Alexander Kent
Operation Monsun

ÜBER DAS BUCH:

Der Zwei-Mann-Torpedo oder Chariot, wie er genannt wurde, war die ultimative Waffe in einem Seekrieg mit höchstem Risiko, und er verlangte Männer von Mut und Verwegenheit, oder wie immer man es auch nennen wollte. *Nur für Freiwillige.* Wenige ahnten, worauf sie sich einließen, bis es zu spät war, den Rückzug anzutreten. Diese U-Boot-Männer sind wie die Männer in Admiral Nelsons Flotte, hieß es bei der Marine: Es sind Männer, die ohne Widerspruch kämpfen, bis der Feind die Flagge streicht.
1943 – Südostasien.
Die Alliierten befinden sich im Krieg mit Japan. Der britische Leutnant James Ross ist mit seiner Spezialeinheit in Trincomalee auf Ceylon stationiert. Als sich Ross mit Leutnant Villiers ins besetzte Singapur schmuggelt, erfahren sie, daß die Deutschen eine U-Boot-Basis aufbauen: *Operation Monsun* – nicht etwa um den Japanern den Rücken freizuhalten, sondern um als Blockadebrecher zu operieren, um wichtiges Material zu befördern, das in Deutschland entweder knapp oder vielleicht auch überhaupt nicht zu bekommen ist. Das deutsche Hauptquartier für *Monsun* ist in Georgetown auf Penang. Als deutsches U-Boot getarnt, starten Ross und Villiers einen selbstmörderischen Angriff, um die Gefahr abzuwenden...

DER AUTOR:

Alexander Kent kämpfte im Zweiten Weltkrieg als Marineoffizier im Atlantik und im Mittelmeer und erwarb sich danach einen weltweiten Ruf als Verfasser spannender Seekriegsromane. Seine marinehistorische Romanserie um Richard Bolitho machte ihn zum meistgelesenen Autor dieses Genres neben C. S. Forester. Seit 1958 sein erstes Buch erschien *(Schnellbootpatrouille)*, hat er über vierzig Titel veröffentlicht, von denen die meisten bei Ullstein vorliegen. Sie erreichten bisher weltweit eine Gesamtauflage von mehr als 20 Millionen und wurden in 14 Sprachen übersetzt. Alexander Kent, dessen wirklicher Name Douglas Reeman lautet, lebt in Surrey, ist Mitglied der Royal Navy Sailing Association und Governor der Fregatte *Foudroyant* in Portsmouth, des ältesten noch schwimmenden britischen Kriegsschiffs.

Alexander Kent

Operation Monsun

Roman

CORMORAN

Titel der Originalausgabe: *A Dawn like Thunder*
Aus dem Englischen von Heinz Zwack
Ungekürzte Ausgabe
Originalausgabe:

Umschlagentwurf: Till Eiden
Illustration: Geoffrey Huband
Druck und Bindearbeiten: Ebner Ulm

Printed in Germany

ISBN 3-517-09135-9

Für Helen Fraser,
meine Verlegerin und liebe Freundin

Danksagung

Der Autor dankt Ulrik Valentiner für Informationen, Fotos und Erkennungssignale für die Operation Monsun.

Leb wohl, Liebste.
Schütze die Frühlingsblumen
deiner Schönheit. Denk an die Zeit,
als wir zusammen glücklich waren.
Wenn ich überlebe, werde ich zurückkehren.
Wenn ich sterbe, behalt mich immer in Erinnerung.

– General Su Wu
zweites Jahrhundert

Inhaltsverzeichnis

1
Vertrauen

Das Warten war das schlimmste. Alle sagten das.

Er saß eingezwängt in einer Ecke der Steuerzentrale des Unterseeboots, und der dicke Taucheranzug aus Gummi trieb ihm am ganzen Körper den Schweiß aus den Poren. Um ihn herum standen die Männer auf Wache oder saßen an ihren Tauchstationen, so konzentriert, daß sie sich in der öligen Wärme kaum bewegten. Im gedämpften Schein der orangefarbenen Beleuchtung wirkten ihre Gesichter wie Teile eines komplizierten Gewebes; nur die klickenden, summenden Instrumente und Skalen lebten.

Er lockerte seine Sitzhaltung ein wenig und sah, wie ihm ein junger Matrose, der neben dem heruntergelassenen Periskop stand, einen kurzen Blick zuwarf. Wahrscheinlich fragte er sich, weshalb er sein Leben in so gefährlicher Weise aufs Spiel setzte; aber wahrscheinlicher war, daß er den Taucheranzug als reale Gefahr erkannte, als eine Bedrohung für sein eigenes Überleben und das seiner Kameraden.

Der Kapitän des Unterseebootes lehnte mit wachsamer Miene am Kartentisch. Vermutlich dachte auch er an das Risiko für sein Boot und die Männer.

Das Unterseeboot befand sich in seichten Gewässern; gut, um das Ziel zu verstecken, nicht so gut, um schnell zu tauchen. Wenn sie plötzlich von Flugzeugen oder einem Patrouillenboot gestellt wurden, gab es kaum eine Chance zur Flucht.

Er zerrte an den harten, engen Gummimanschetten. Der Taucheranzug fühlte sich jetzt völlig anders an als im Wasser, dort war er geschmeidig, etwas Schützendes, Vertrautes nach all den Stunden des Trainings und unter dem wilden Hochgefühl, endlich gegen den Feind im Einsatz zu sein. Selbst den Kopf in die eng anliegende Kapuze zu schieben war schmerzhaft. Und der Mann, der einem dabei half, war gewöhnlich mehr auf Eile bedacht als darauf, es einem bequem zu machen.

Er sah auf die Uhr der Steuerzentrale. Noch eine Stunde bis zur Morgendämmerung. Er versuchte sich die Küste vor dem sich langsam weiterschiebenden Bug des Bootes auszumalen. Er hatte die Pläne und Karten und Meßtischblätter so gründlich studiert, daß er jetzt das Gefühl hatte, er wäre schon einmal hier gewesen.

Er sah sich um, sah die Männer der Brückenwache an der Leiter des Kommandoturms lehnen. Sie trugen alle dunkle Brillen, um im Notfall auf völlige Dunkelheit vorbereitet zu sein. In dem orangefarbenen Zwielicht wirkten sie wie eine Versammlung von Blinden.

Der First Lieutenant des Bootes hantierte mit seinem Rechenschieber. Eine seiner Aufgaben bestand darin, das Schiff unter allen Umständen im Trimm zu halten, Wasser von achtern nach vorn zu pumpen, wenn Torpedos abgefeuert wurden oder vielleicht in schwierigen Gewässern die Wasserdichte stark variierte, etwa wenn aus einer nahe gelegenen Flußmündung Süßwasser ins Salzwasser strömte. Unter Streß konnte es durchaus vorkommen, daß der Trimm verlorenging und der Bug eines Unterseeboots mitten im Angriff durch die Wasseroberfläche stieß.

Der Commander des Bootes war wahrscheinlich in seinem Alter, sechsundzwanzig, sah aber zehn Jahre älter aus. An seinem langen U-Boot-Pullover waren dunkle Flecken zu sehen, wo er sich gewohnheitsmäßig die Hände abwischte, wahrscheinlich um damit seine privaten Ängste zu kompensieren. Aber er konnte sich in seiner Arbeit wenigstens ein Gefühl der Unabhängigkeit vor dem größeren Hintergrund des Krieges bewahren. U-Boote hatten immer diese Wirkung.

Der junge Commander sah das kurze Lächeln seines Passagiers und ging quer durch die Steuerzentrale auf ihn zu. Sie hatten auf dieser geheimen Mission nicht viel Zeit gehabt, sich miteinander zu unterhalten oder näher bekannt zu werden. Jetzt legte er ihm die Hand auf die Schulter und sagte: »Tut mir leid, wenn sich das so in die Länge zieht, Jamie, aber ich sorge dafür, daß Sie vor Tageslicht draußen sind.«

»Danke. Ich habe nie daran gezweifelt.« Etwas zog die Aufmerksamkeit des Commanders auf sich, und er ging zum Repetierkompaß zurück. Der Taucheranzug quietschte, und wieder rann ihm der Schweiß in einem dünnen Rinnsal über den Rücken, als gäbe es irgendwo ein Leck.

Noch eine weitere Operation also. Würde das am Ende wirklich etwas bewirken? Vier Jahre Krieg: Rückzug und Katastrophen zu Lande und die wachsenden Verluste in einem immer brutaler werdenden U-Boot-Krieg hatten das Land beinahe in die Knie gezwungen. Beinahe. Jemand ließ einen Becher aufs Deck fallen, und ein paar Männer fuhren herum, zornig blickend, nervös. *Beinahe.* Es machte einen zynisch, machte einem angst, wenn man zuviel erhoffte. Er versuchte, Ordnung in seine Gedanken zu bringen. Aber ein Gedanke beherrschte alle anderen. Letzten Monat war das unbesiegbare deutsche Afrikakorps aus Nordafrika vertrieben worden. Hätte die britische Achte Armee sich dort nicht an einem Ort namens El Alamein so heldenhaft geschlagen und standgehalten, dann wären die Deutschen weiter nach Kairo, zum Suezkanal und schließlich zu ihrem Endziel Indien gezogen: Hitlers Traum.

Nicht daß irgend jemand sich so eindeutig geäußert hätte. Trotzdem waren alle fest überzeugt, daß der nächste Schritt jetzt die Offensive sein würde, forcierte Landungen auf dem Kontinent, um so eine entscheidende Wende herbeizuführen, so wie es den Jägerpiloten in der Luftschlacht um England gelungen war.

Er sah, wie der Navigationsoffizier mit dem Zirkel auf die

Karte tippte, und nahm wahr, wie sich um seine Augen kleine Fältchen bildeten, als sein Skipper einen Witz machte. Freunde ...

Er spürte, wie der Schweiß an seinem Rücken kalt wurde. War dieser Angriff auf irgendeine wenig bekannte Bucht an der Nordwestspitze Siziliens wirklich ein Teil jener Offensive, wenn auch nur ein kleiner?

Verglichen mit den großen deutschen Kriegsschiffen, die in den eisigen Fjorden Norwegens Zuflucht gefunden hatten, kam einem das Ziel auf den ersten Blick eher belanglos vor. Aber nach den Meldungen des Geheimdienstes sollte dieses Schiff vom Kiel bis zum Deck mit neuen Minen vollgepackt sein, Minen der Art, wie sie an Stränden eingesetzt wurden, wo man mit der Landung feindlicher Streitkräfte rechnete.

Die Admiralität und der Kriegsrat mußten die Möglichkeiten sorgfältig abgewogen haben: das Risiko, dem Feind einen Hinweis auf eine ausgewählte Invasionszone zu liefern, gegen die schreckenerregende Aussicht, daß eine angreifende Armee beim Ansturm auf die Strände von Minen in Stücke gerissen wurde. »Sie brauchen einen Mann mit Erfahrung und der nötigen Entschlossenheit«, hatte ein höherer Offizier erklärt, »nicht einen Fanatiker, für den nur Tod oder Ruhm zählen.«

Und so wurde es auch beschlossen. Lieutenant James Ross sollte jener Mann sein.

Er lehnte den Kopf gegen die mit weißgestrichenem Kork bedeckte Stahlwand, was Kondensation verhindern sollte, und versuchte, die Maschinerie und die Männer, die er bald verlassen würde, aus seinen Gedanken zu verdrängen.

Hier sind wir also. Ende Juni 1943 in dieser gezeitenlosen, umkämpften See, deren Grund mit den Wracks von Schiffen jeder Klasse und Größe übersät war; Jägern und Gejagten gleichermaßen. *Sommer in England.* Eine wunderschöne Jahreszeit, die selbst Luftangriffe, Bombenschäden und Rationierung nicht völlig zerstören konnten, es sei denn, man war eines der Opfer oder ein Empfänger eines jener gefürchteten und gehaßten Telegramme: *Der Sekretär der Admiralität bedauert, Ihnen mitteilen zu müssen, daß Ihr Sohn oder Ehemann oder Verlobter, et cetera, et cetera.* Es hörte nie auf.

Er dachte an seinen Vater – Big Andy, wie er genannt wurde, stolz, daß sein Sohn Marineoffizier war, und fähig, seine Ängste und eigenen Erinnerungen an jenen anderen Krieg zu verbergen. Selbst U-Boot-Fahrer, war er mit all den Tausenden, die die Minen und die Torpedos und den Schlamm und die Stacheldrahtfelder Flanderns überlebt hatten, gestrandet. Aber er hatte sich gegen sein Schicksal gewehrt, hatte gekämpft, wo so viele andere der Verzweiflung nachgegeben und Schnürsenkel und Streichhölzer verkauft oder Mundharmonika gespielt hatten und dabei ihre stolzen Orden präsentierten, um Sympathie zu gewinnen und ein paar Pence zu verdienen, während die Leute sich doch nichts sehnlicher wünschten, als alles zu vergessen.

Big Andy war in den letzten Tagen des Großen Krieges in Zeebrugge leicht verwundet und deshalb schnell entlassen worden. Aber er war beim Dienst in der U-Boot-Flotte als Taucher ausgebildet worden, und das hatte, im Verein mit seiner Erfahrung als Heizer in den komplexen Maschinen- und Motorenräumen, dazu geführt, daß er ins Bergungsgeschäft eingestiegen war. Mit ein paar Freunden hatte er unablässig gearbeitet, angefangen mit kleinen Fahrzeugen, die entlang den verschiedenen Küsten gesunken und zerstört worden waren, bis hin zu der reicheren Ernte, welche die deutsche Hochseeflotte bot, die sich selbst bei Scapa Flow versenkt hatte. Schiffsschrauben aus Messing und Bronze waren ein Vermögen wert zu einer Zeit, als die Industrie noch nicht wieder Schritt gefaßt hatte und die Unternehmer zögerten, in neue Erzeugnisse zu investieren, wenn geborgener Schrott zur Verfügung stand, den Leute lieferten, die bereit waren, ihr Leben zu riskieren.

Ross lächelte. Als er gelernt hatte, einen Taucheranzug zu

tragen, und unter strenger Überwachung seines Vaters Erlaubnis bekommen hatte, in eines jener verrosteten, unglücklichen Wracks hinunterzusteigen, wo einst deutsche Soldaten ganz wie ihre britischen Feinde geplauscht und nach Hause geschrieben hatten ...

Er sah, wie einige Männer der Brückenwache plötzlich aufmerkten, und ertappte sich dabei, wie er selbst zu der gewölbten Decke hinaufblickte, als sich in das gleichmäßige Summen der Ventilatoren und das Zittern der Elektromotoren ein fremdartiges Geräusch mischte.

Ein Poltern außen am Rumpf: ein halbuntergetauchtes Boot oder ein Stück Ladung von einem Wrack. Jedenfalls nicht die Schleppleine einer Mine, die ihre tödlichen Hörner an dem sich langsam bewegenden Eindringling rieb.

Aus dem Augenwinkel sah er, wie die Hände des Commanders über den fleckigen Pullover strichen. Dieses Boot hatte zu denen gehört, die das auf dem Rückzug befindliche Afrikakorps angegriffen hatten. Der Preis, den beide Seiten hatten zahlen müssen, war hoch gewesen. In diesen Gewässern konnte es leicht dazu kommen, daß ein Unterseeboot auf Periskoptiefe von einer Bombermannschaft mit scharfen Augen entdeckt wurde. Mehr brauchte es nicht. Obwohl er äußerlich ruhig blieb, würde der Commander jetzt daran denken und die Chancen abwägen.

Die Geräusche verstummten, und er versuchte sich zu entspannen. Aber statt dessen ertappte er sich plötzlich dabei, wie er sich das kleine Fahrzeug ausmalte, das am Satteltank des Unterseebootes befestigt war und sich daran anschmiegte wie ein Walbaby an seine Mutter. Der Zwei-Mann-Torpedo oder Chariot, Streitwagen, wie diese Dinger offiziell bezeichnet wurden, war die ultimative Waffe in einem Krieg hohen Risikos und verlangte Männer von Mut und Verwegenheit, oder wie immer man es auch nennen wollte. *Nur für Freiwillige.* Wenige ahnten, worauf sie sich einließen, bis es zu spät war, den Rückzug anzutreten: In der

Marine hieß es immer, ein Freiwilliger ist ein Mann, der die Frage falsch verstanden hat. Aber in den bitterkalten schottischen Lochs und während jener ersten gefährlichen Übungen auf See hatten sie angefangen zu lernen und zu akzeptieren, wozu diese neue Waffe fähig war. Seltsamerweise war die italienische Marine die erste gewesen, die hier im Mittelmeer Zwei-Mann-Torpedos gegen britische Kriegsschiffe eingesetzt hatte. Das hatte Winston Churchill dazu veranlaßt, den Kriegsrat und die Regierung dazu zu drängen, die italienischen Anstrengungen zu übertreffen. Die Ausbildung war nicht ohne Zwischenfälle verlaufen. Tod durch Ertrinken, Krämpfe und die Caisson-Krankheit beim Tauchen unter dreißig Fuß, sogar Hirnschäden; die Risiken waren sehr real.

Er ertappte sich dabei, wie seine Gedanken zu ihrem letzten Einsatz im Fjord in der Nähe von Trondheim zurückwanderten. So kalt, daß man glaubte, zu Eis zu erstarren, von einem Hindernis nach dem anderen beeinträchtigt – und dann hatten die Luftaufklärung und die norwegische Widerstandsbewegung schließlich berichtet, daß der Weg zum Ziel frei sei, einem nagelneuen schwimmenden Dock, das für die deutsche Flottenbasis in Kiel bestimmt war. Es war ihre letzte Chance; sobald das Dock einmal die Ostsee erreicht hatte, mit all den Patrouillenbooten und Deckung aus der Luft, wäre die Chance dahingewesen . . .

Er zuckte zusammen, als der Commander ihn am Arm berührte. Er hatte nicht einmal gesehen, wie er herangekommen war.

»Alles klar?«

»Selbstverständlich«, sagte Ross. Es kam zu scharf heraus. Dann lächelte er: »Entschuldigung. Was ist?«

Der andere sah auf die Uhr. »In zehn Minuten gehe ich hinauf. Brauchen Sie noch irgendwas? Ich werde dann ziemlich viel zu tun haben, aber wenn Sie . . .«

Ross schüttelte den Kopf und zuckte zusammen, als der

harte Gummi an seinen Ohren rieb. »Ich will nur, daß es endlich losgeht.«

Ihre Blicke begegneten sich. »Ich habe Ihrer Nummer Zwei schon Bescheid gesagt. Er hat mit einem meiner Kranken Karten gespielt. Muß ein ziemlich cooler Bursche sein.«

Ross sah weg. Tucker war an jenem schrecklichen Tag am Fjord dabeigewesen. Absolut verläßlich: Tapfer war nicht das richtige Wort. Es war weit mehr als das.

»Ein Kerl wie ein Felsen«, sagte er.

Sie blickten beide auf die Männer in der Steuerzentrale, den Bootsführer, die Männer an den Tiefenrudern, deren wachsame Augen sich in den Skalen spiegelten, den Maat am Periskopschacht, der in dem gedämpften Licht aussah, als wäre er höchstens zwölf Jahre alt, den Navigationsoffizier und den First Lieutenant. Das Team, das Herz eines jeden Unterseebootes.

Der Commander murmelte: »Ich frage mich, ob irgend jemand zu Hause wirklich weiß, wie es ist.« Aber dann war die Stimmung wieder verflogen, und er sagte knapp: »Fünf Minuten, Nummer Eins. Gute Horchwache, was?«

Routine vielleicht, aber das wesentliche Bindeglied zwischen ihm und den Männern im ganzen Boot, die auf jede seiner Entscheidungen vertrauen mußten und die sich auf sein Geschick verließen, weil ihr Leben davon abhing.

Der Geheimdienstordner war vom Kartentisch verschwunden; er befand sich bereits im Safe des Skippers. Das Warten war vorbei. Es war einfach nur ein weiteres Zielobjekt, ein kleiner Küstendampfer mit geringem Tiefgang namens *Galatea,* den die italienische Marine für die Dauer des Krieges beschlagnahmt hatte. Das Schiff war von dem großen Flottenstützpunkt in Taranto gekommen und hauptsächlich nachts gefahren, um einer Entdeckung zu entgehen. Seine tödliche Ladung hatten Funktion und Wert des Dampfers verändert. Ross sah, wie einer seiner Helfer sein Atemgerät an einem freien Platz ablegte. Automatisch tastete er nach seinem Tauchermesser.

Plötzlich sah er alles in einem einzigen Blitz vor sich, wie ein schlecht aufgenommenes Foto: Wasser, dessen Farbe sich plötzlich von grün in rot verwandelte, die Augen des Mannes wie Murmeln, als er ihm die Klinge durch den Taucheranzug getrieben und gespürt hatte, wie es auf Fleisch und Knochen stieß. Ganz leichte Sache. Genauso wie die Ausbilder es geschildert und demonstriert hatten. Nicht einmal ein Wimmern.

Er hatte nicht mitbekommen, daß der Kommandant wieder etwas gesagt hatte, aber er spürte, wie die Luft brüllend in die Ballasttanks strömte, und sah den angesprochenen Mann in die Knie gehen, als zischend das dünne Angriffsperiskop aus seinem Schacht gefahren kam.

»Dreißig Fuß, Sir!«

»Alles ruhig, Sir.«

Der Skipper bewegte sich in seinen ölverschmierten Stiefeln einmal im Kreis herum, die Stirn an das Okular des Periskops gepreßt. »Nichts«, sagte er. »Immer noch schwarz wie ein Stiefel.« Und dann: »Klar zum Auftauchen.«

Er hängte sich sein Fernglas um. »Unteren Deckel öffnen. Geschützmannschaft und Deckkommando bereithalten.«

Er ging auf die Männer zu, die an der Leiter warteten, und tippte Ross beim Vorbeigehen kurz an die Schulter. In vier Jahren Krieg waren Esprit und Bravour etwas abhanden gekommen, aber für Ross, der in dem unbequemen Gummianzug dastand und schwitzte, bedeutete diese schlichte Geste alles. *Das Team.*

»Hauptballast abblasen! *Auftauchen!*«

Vorschiffs von der Steuerzentrale und durch wasserdichte Schotten davon abgetrennt, befand sich die Unteroffiziersmesse. Wie auch der Rest des Unterseebootes war sie funktionell und eng. Kabel, Rohrleitungen und Anzeigegeräte aller Art, die Arterien eines jeden Bootes, füllten den größten Teil des Raumes, aber hier und da ließen doch eine vollbusige Pin-up-Aufnahme oder frisch gestopfte Strümpfe erkennen, daß hier auch Menschen lebten.

Leading Seaman Mike Tucker traf seine letzten Vorbereitungen, ehe er schließlich fest in seinen Anzug eingeschnallt wurde. Er sah sich in der beengten Umgebung noch einmal um, die er mittlerweile so gut kennengelernt hatte, schon bevor er sich freiwillig für Special Operations gemeldet hatte. Jeder freigebliebene Raum hing voll großer Netze mit Corned Beef und Dosenfleisch, und er fragte sich, wie Menschen es eigentlich fertigbrachten, unter solchen Bedingungen zu leben, wußte aber zugleich, daß sie nie freiwillig etwas daran ändern würden. Er mußte lächeln, als er an den jugendlich begeisterten Lieutenant auf dem U-Boot-Stützpunkt vor dem Krieg dachte: Portsmouth, jene Stadt der Seeleute, jetzt an vielen Stellen von den ständigen Bombenangriffen in Schutt und Asche gelegt. Der Lieutenant hatte damals die Theorie verbreitet, daß U-Boot-Leute den Männern in Admiral Nelsons Flotte ähnelten: Männern, die zwischen den Kanonen, die sie zu bedienen hatten, lebten, schliefen und ihre bescheidenen Mahlzeiten einnahmen; Männern, die ohne Widerspruch kämpften, bis der Feind die Flagge strich. Tucker hatte das damals nicht begriffen, aber jetzt verstand er. Das Unterseeboot war zuallererst eine Waffe, aber aus der unbequemen Enge erwuchs eine Kraft, ein Vertrauen auf die Bootskameraden, die anderswo kaum ihresgleichen fand. Ein gefährliches Leben, voll Herausforderungen, aber dennoch oder gerade deswegen erzeugte es für diese Navy innerhalb der Navy eine ganz bestimmte Art von Mensch.

Er bereitete sich ohne Hast vor. Er hatte es sogar noch geschafft, sich zu rasieren, und hielt jetzt inne, um sich in einem Metallspiegel, der irgend jemandem gehörte, zu mustern. Ein offenes, freundliches Gesicht mit Augen von der Farbe eines klaren, blauen Himmels. Tucker war fünfundzwanzig oder würde das mit ein wenig Glück jedenfalls im nächsten Monat werden, und hatte bereits sieben Dienstjahre hinter sich. Er erinnerte sich noch gut, wie sie sich damals zu Hause über ihn lustig gemacht hatten. Er war in der Winstanley Road in Battersea, South London, zur Welt gekommen und aufgewachsen, und sein Heim war ein mit drei Brüdern und drei Schwestern überfülltes Haus unweit von Clapham Junction, wo sein Vater als Lokomotivführer auf einer dieser komischen kleinen Lokomotiven arbeitete, die man dazu benutzte, Güterwaggons hin und her zu schieben, Tag und Nacht, *klink, klink, klink,* Güterwagen, aus denen lange Züge zusammengestellt wurden, die am Ende quer durchs Land rollten. Sein Vater war ein strenger Mann, aber ruhig. Wenn er den ganzen Tag lang Waggons rangiert hatte, pflegte er auf dem Nachhauseweg mit seinem Heizer einen Abstecher in den Pub zu machen. Und einmal die Woche besuchte er die *British Legion.* Wie so viele in der Gegend war er ein Veteran jenes anderen Krieges, ein *Überlebender* hatte er es einmal genannt, als er ein Glas zuviel getrunken hatte. Sonst redete er wenig darüber, bewahrte die Erinnerungen und teilte sie nur mit wenigen. Ganz sicher nicht mit den Kindern.

Tucker hatte ein paar Tage Urlaub gehabt, ehe er in Portsmouth an Bord des U-Bootes gegangen war. Nichts hatte sich verändert. Das Haus war ein wenig schäbiger geworden, und auf dem Dach fehlten ein paar Schindeln, so wie die blinden Fenster in anderen Häusern in der Straße, auf die Bomben gefallen waren. Aber der Teekessel war immer heiß, und trotz der Lebensmittelrationierung gab es genug zu essen.

Seine Mutter, die ihm plötzlich alt und müde vorkam, hatte ihn gefragt: »Vermißt du sie immer noch, Mike? Hast du immer noch kein anderes Mädchen gefunden?«

Sein Vater hatte am Küchentisch gesessen, immer noch die Fahrermütze mit dem Messingschild von *Southern Railway* auf dem Kopf. »Laß doch Mutter. Das wichtigste ist doch, daß *er* gesund ist.«

Sie hatten Blicke getauscht: Verständnis, Dankbarkeit. Viele würden es als Liebe bezeichnen.

Irgendwie war ihm das Haus leer vorgekommen. Seine Brüder waren alle – teils freiwillig, teils nicht so freiwillig – beim Militär. Zwei seiner Schwestern hatten geheiratet, und Madge, das Nesthäkchen der Familie, arbeitete in einem Club im Westend, der speziell für die amerikanischen Soldaten in London aufgemacht hatte. Mit all dem Make-up und den Seidenstrümpfen brach sie ihrer Mutter das Herz, wenn sie erst spät in der Nacht nach Hause kam und manchmal auch überhaupt nicht. Er konnte sich gut vorstellen, was da lief.

Sein Vater hatte natürlich gesagt: »Mach dir nicht so viel Sorgen, Mutter. Sie ist jung, und wir haben Krieg.« Sie hatten beide über die absurde Bemerkung gelacht.

Tucker dachte an den Offizier, mit dem er in Kürze in Einsatz gehen würde: Lieutenant James Ross. Zuerst hatte er sich eingeredet, daß er nie mit einem Offizier würde zusammenarbeiten können, noch dazu mit einem Berufsoffizier, aber jetzt sprachen sie sich mit Vornamen an, und zwischen ihnen war so etwas wie eine freundschaftliche Beziehung entstanden, die in jeder anderen Einheit der Navy unmöglich gewesen wäre.

Tucker arbeitete schon seit fast zwei Jahren mit Ross zusammen und vertraute ihm vollkommen. Aber kannte er ihn? Dazu würde es nie kommen.

Er warf einen Blick auf die reglose Gestalt des kranken Matrosen, mit dem er versucht hatte, Karten zu spielen. Ein armer Teufel: seine erste Fahrt auf einem Unterseeboot, sein erster Einsatz überhaupt. Die ersten Tage, nachdem sie den Hafen in Portsmouth verlassen und Kurs auf das Mittelmeer genommen hatten, waren sie aufgetaucht gefahren, um mit den Dieselmotoren die Batterien aufzuladen. Die Zone galt als sicher, und der Kapitän hatte ohne Zweifel strikte Anweisung gehabt, seine Mission nicht zu vergessen, bloß um auf irgendein fettes Ziel Jagd zu machen. Alles hätte gutgehen müssen. Der Skipper und zwei Beobachter hatten auf der offenen Brücke gestanden, herumschwankend wie betrunkene Seehunde in ihrem nassen Ölzeug, als plötzlich zwei Flugzeuge aufgetaucht waren. Dort draußen machte es keinen großen Unterschied, ob es »ihre« oder »unsere« waren. *Tauchen! Tauchen! Tauchen!* hatte die Hupe getönt, und das Wasser war donnernd in die Ballasttanks geströmt, um sie unter Wasser zu drücken. Dieser junge grüne Matrose, der sich bis dahin zweifellos so gefühlt hatte, als würde er eine Rolle in einem Kriegsfilm spielen, war einer der Beobachter gewesen.

Tucker hatte es auf die harte Tour gelernt. Wenn die Hupe ertönte, hatte man fünfzehn Sekunden Zeit, die Brücke frei zu machen und nach unten zu kommen, wobei man nur kurz innehielt, um dabei die oberen und unteren »Deckel« zuzuknallen und zu verriegeln. Bis dahin war der Rumpf bereits im Tauchen begriffen, und die See strömte schon in den engen Raum, wo man gerade gestanden hatte.

Der Junge war gestürzt, hatte sich den Knöchel gebrochen und das Handgelenk angebrochen; daß die anderen auf ihm gelandet waren, war auch nicht gerade von Vorteil gewesen. Auf U-Booten gab es keine Ärzte, und die Erste Hilfe war eher primitiv: Offenbar war man höheren Orts der Ansicht, daß alles andere überflüssiger Luxus war. Man akzeptierte einfach, daß auf einem Unterseeboot entweder alle lebten oder alle starben.

Tucker sah zu dem Jungen hinüber, sah sein schmerzverzerrtes Gesicht im Medikamentenschlaf. Er würde erst richtig behandelt werden können, wenn das Boot zum Stützpunkt zurückkehrte oder sonstwo vor Anker ging, wo man sie vielleicht hinbeordern würde.

Er erinnerte sich daran, wie er sich leise mit ihm unterhalten hatte, ehe er wieder eingeschlafen war. Der Junge hatte gefragt: »Wie ist er denn, Tommy?« Er hatte lächeln müssen. So jung und versuchte doch schon, den alten Seebären zu spielen. Wenn man in diesem Regiment Tucker hieß, war der Rufname immer Tommy*, ganz gleich, was im Soldbuch stand.

* Tommy Tucker, Synonym (»Rhyming slang«) für »supper«. *Anm. d. Übers.*

Er dachte wieder an den Lieutenant. Graue Augen, die einen prüfend ansahen, kalkulierten, nichts glaubten, worüber sie sich nicht vorher ein Urteil gebildet hatten. Er konnte sich noch ganz genau erinnern, wie man ihm gesagt hatte, daß er künftig mit Ross ein Team bilden würde, nachdem sein vorheriger Partner krank an Land gebracht worden war. Der Captain hatte vergnügt erklärt: »Sie werden prima miteinander klarkommen, Tucker. Er ist verdammt gut.«

Tucker hatte das bereits gewußt. Wenn es anders gewesen wäre, hätte Ross nicht überlebt. Als der Junge ihm die Frage gestellt hatte, hatte er ganz schlicht geantwortet: »Er ist ein Held.« Aber da war der Junge bereits wieder eingeschlafen.

Und dann war da dieser schreckliche Einsatz in dem norwegischen Fjord gewesen. Zwei Chariots waren beteiligt gewesen, den anderen hatte Ross' bester Freund befehligt. Manche sagten, sein einziger Freund.

Ziel war das schwimmende Dock gewesen. Aber dann war im letzten Augenblick etwas Unerwartetes geschehen, das alles verändert hatte. Ein deutscher Kreuzer, der in der Nordsee auf eine Mine gelaufen und dabei beschädigt worden war, war in den Fjord eingefahren und hatte, ohne zu zögern, Kurs auf das Dock genommen. Das war ein zusätzliches Ziel gewesen, das sie einfach nicht ignorieren konnten.

Den Einsatz verzögern konnten sie auch nicht, denn als das Dock geflutet wurde, um den beschädigten Kreuzer aufzunehmen, sank es natürlich noch tiefer, so daß der Angriff in dem sich verengenden Raum zwischen der Unterseite des Docks und dem Bett des Fjords noch gefährlicher wurde. Beide Chariots waren zwischen ein paar norwegischen Fischerbooten halb aufgetaucht gewesen. Tucker hatte gesehen, wie Ross nach dem Handgelenk seines Freundes griff, wahrscheinlich um seiner Meinung Nachdruck zu verleihen, und wie der andere dann zögernd darauf reagiert hatte. Die Zeit war knapp. Ein Ausbilder hatte es einmal mit trockenem Humor so formuliert: »Mit sechshundert Pfund Sprengstoff zwischen den Beinen könnte man sich eine ernsthafte Verletzung zuziehen!«

Der Angriff war glatt und wie ein Übungseinsatz abgelaufen. Nachdem sie einem kleinen Motorboot ausgewichen waren, waren sie auf etwa fünfunddreißig Fuß unter dem Dock getaucht und hatten ihre Ladungen ohne Schwierigkeiten anbringen können.

Beide Ladungen waren, während sie sich zwischen den Fischerbooten versteckten, auf die Sekunde genau in einem betäubenden Donnerschlag explodiert. Das Dock schien wie ein Kartenhaus in sich zusammenzubrechen, während der beschädigte Kreuzer zur Seite kippte, Gerüste und Kabel mit sich reißend, bis beide Rümpfe halb untergetaucht waren. Ross' Freund und sein Matrose waren nie wieder zum Vorschein gekommen. Wahrscheinlich waren sie im Schlamm unter dem Dock steckengeblieben und waren mit in die Luft geflogen, als die Ladung explodierte.

Ross hatte man dafür das Victoriakreuz verliehen. Tucker war sich noch immer nicht sicher, was er davon halten sollte.

Er hörte, wie die Männer sich unter der vorderen Luke sammelten. Das war für ein U-Boot der gefährlichste Augenblick: aufgetaucht und mit offener Luke. Es war Zeit.

Er fühlte sich ganz ruhig und wandte sich zum Gehen. Aber ehe er ganz in seinen Anzug eingeschlossen war, zog er seine Brieftasche in ihrem Ölhautfutteral heraus, klappte sie nach kurzem Zögern auf und warf einen Blick auf ihr Foto. *Vermißt du sie immer noch?* hatte seine Mutter gefragt.

Er hielt das Bild im Halbdunkel in der Hand. Eve. *Evie.* Hübsch und adrett in ihrer Schaffnerinnenuniform, den mächtigen Doppeldeckerbus hinter sich.

Es hatte mitten in einem Fliegerangriff angefangen, als der Bus gerade zum Betriebshof in Lambeth zurückkehrte, weil die Schicht zu Ende war.

»Ich begleite dich nach Hause, Kleines . . .«

Und der schnelle prüfende Blick, den er inzwischen so gut kennen- und liebengelernt hatte.

»Also gut, Matrose«, hatte sie geantwortet. »Aber keine Tricks!« Sie hatten beide gelacht. Ihre Familie lebte gleich um die Ecke in der Livingston Road. Er hatte selbst miterlebt, wie sie sich nichts von angetrunkenen Passagieren gefallen ließ, wenn die Pubs schlossen, oder wenn liebesbedürftige Yanks sich einbildeten, daß jedes englische Mädchen Freiwild für sie sei.

Und in einem Fliegerangriff war es auch zu Ende gegangen, aber da war er auf See gewesen, und man hatte es ihm erst viel später erzählt. Es hieß, es sei der schlimmste Bombenangriff auf die Londoner Docks seit Ausbruch des Krieges gewesen: siebenundfünfzig Nächte hintereinander, bis die Lagerhäuser, die Docks und die Schiffe und am Ende die Themse selbst in Flammen standen. Der Doppeldeckerbus war völlig ausgebrannt. Eve hatte man nie gefunden. War das der Grund gewesen, daß er sich freiwillig für Special Operations gemeldet hatte? Weil er nichts mehr hatte, für das sich das Leben gelohnt hätte?

Er hatte gar nicht gemerkt, daß der verwundete Junge die Augen aufgeschlagen hatte und ihn jetzt starr fixierte, als er das Foto küßte und dabei flüsterte: »O Evie, wo bist du?«

Er spürte, wie sich das Deck unter ihm neigte, und hörte die gedämpften Kommandos. *Es geht nach oben.*

Er schickte sich an, die Brieftasche wieder in ihr Futteral zu stecken, warf aber noch einen letzten Blick auf das Foto. Dann seufzte er tief. »Jetzt ist's wieder soweit, Evie. Ich komme zurück!«

Nach der abgestandenen, öligen Luft, die in dem Boot geherrscht hatte, wirkte die Seeluft mit den Gischttröpfchen, die ihm ins Gesicht schlugen, belebend. Ross verspürte ein Gefühl der Freiheit, das nie aufhörte, ihn zu überraschen und zu erregen. Es war noch sehr dunkel oder schien zumindest so, aber er konnte die weißen »Katzenpfoten« sehen, die sich an dem gerundeten Rumpf brachen, und verspürte das langsame Schlingern, das ein paar Matrosen nach Handgriffen tasten ließ, als sie sich über den Chariot beugten, der mit einer speziellen Halterung, die sie in Portsmouth an Bord genommen hatten, am Satteltank befestigt war.

Er erinnerte sich noch ganz deutlich an ihre Zweifel, als man ihnen damals ihren ersten menschlichen Torpedo vorgestellt hatte. Er war etwa ebenso lang wie ein normaler Einundzwanzig-Zoll-Torpedo und trug einen Ballasttank, Pumpen und Tiefenruder und war mit einem Batteriemotor ausgestattet, der auf beschränkte Zeit mit gleichmäßigen drei Knoten laufen konnte. In einem Armaturenbrett, das an das eines Autos erinnerte, waren ein Kompaß und eine Instrumententafel mit Leuchtskalen angebracht. Und ein Steuerknüppel. Ross erinnerte sich noch gut an seine erste Probefahrt; die Worte des rotgesichtigen Ausbilders klangen ihm jetzt noch in den Ohren. »Es ist wie beim Radfahren – gehen Sie's einfach locker an.« Sie mußten recht einfältig gewesen sein, es zu glauben.

Er tippte Tucker an den Arm und war froh, daß man ihn ihm als Partner zugeteilt hatte: ein Berufsseemann, ein ausgebildeter Torpedomann, reif und verläßlich. Das tat gut nach den vielen Freiwilligen, aus denen Special Operations bestand – Telegrafisten, Köche, Stewards und Signalmaate. Man konnte ihre Ausbildung nie aus den Abzeichen erraten, die sie an ihren Uniformen trugen, wenn es einmal zu einem jener seltenen Anlässe kam, da sie Uniform trugen.

Abgesehen von seiner stillen Zurückhaltung, fielen einem an Tucker zu allererst seine ruhige Stärke und die unbefangene Art, wie er sich bewegte, auf. Seine Hände waren groß und kräftig, und Ross erinnerte sich an eine Episode in Schottland, wo sie von kampferprobten Kommandos der Marine in Selbstverteidigung und Nahkampf ausgebildet worden waren. Einer ihrer Ausbilder, ein vierschrötiger Sergeant, hatte Tucker von hinten den Arm um den Hals gelegt und ihm gleichzeitig ein imitiertes Messer in die Rippen gedrückt. Sein Grinsen war in einen Schmerzensschrei übergegangen, als Tucker mit einer Hand sein Handgelenk gepackt und zugedrückt hatte. Dem Triumph des Sergeanten waren Wut und Erniedrigung gefolgt: »Jetzt haben Sie mir fast den Arm gebrochen, Sie verrückter Hund!«

Tucker hatte sanftmütig gelächelt. »Nur fast, Sarge? Ich lasse wohl nach!«

Ein Maat flüsterte: »Alles bereit, Sir.« Ross nahm rittlings auf dem Chariot Platz und spürte, wie Tucker ihn jetzt beobachtete; seine Silhouette zeichnete sich plötzlich schärfer vor dem Himmel ab. Es war so kalt. Er stellte fest, daß er lächeln konnte. Das war das erste, was neue Rekruten am Mittelmeer feststellten. Die vielen Kreuzfahrtplakate vor dem Krieg hatten ihnen allen das Gefühl vermittelt, daß es dort nur Sonne, ein warmes Meer und lächelnde italienische Mädchen gab.

Der Himmel begann sich aufzuhellen. Er konnte sich den Käpt'n des U-Boots gut vorstellen, wie er dort oben auf der Brücke stand und sein Nachtglas in der Hand hielt. Wieder lächelte er. *Oder sich die Hände am Pullover abwischt.* Er schob seine Kinnlade vor. Er hatte schon miterlebt, wie Männer bei der einfachsten Andeutung eines Witzes, einem Gesicht oder irgendeiner Erinnerung durchdrehten.

Er griff nach seiner Nasenspange und vergewisserte sich, daß sie gut saß; sie tat weh, aber so war das gewöhnlich, besonders nach so vielen Taucheinsätzen. Er schob sich das Gummimundstück zurecht und regulierte Luft- und Sauerstoffventil, bis er bequem atmen konnte. Er konnte spüren, wie ihn die Matrosen auf der Decksverschalung anstarrten. Sie wünschten, daß er endlich hier abhaute. Die große Vorderluke war bereits hermetisch verschlossen; wenn das Boot tauchen mußte, würden diese Männer zum Turm rennen, hinaufklettern und sich innerhalb weniger Sekunden hinunterfallen lassen müssen. Trotzdem durfte diese letzte Überprüfung nicht überhastet werden. Möglicherweise hatte das versunkene Wrack, oder was immer es gewesen war, etwas verbogen oder beschädigt. Druckmesser, Zeitzünder für den massiven Sprengkopf ... er blickte auf und nickte. Tucker kletterte an Bord. Wie ein Soziusfahrer dicht bei der Klappe, hinter der Zangen, Drähte und Magnete in Reichweite verstaut waren.

Ross hob den Arm und sah, wie die dunklen Silhouetten der Seeleute auf der Decksverkleidung verblaßten, mit dem Turm eins wurden. Nur der Maat blieb, bis der Propeller knatternd zum Leben erwachte und die See über die Beine der beiden Chariotfahrer spülte. Sie waren frei. Der Maat winkte ihnen ein letztes Mal fast beiläufig zu, und gleich darauf war auch er verschwunden.

Das U-Boot schien sich von ihnen zu entfernen, die See zitterte, als das Wasser brüllend in seine Tanks schoß. Die Tiefenruder waren bereits auf Tauchfahrt gestellt. Noch einmal eine heftige Turbulenz und Gischt wie tropischer Regen auf den nackten Handgelenken, dann gehörte das Meer plötzlich ihnen.

Ross überprüfte seine Instrumente noch einmal und warf einen Blick auf den kleinen Leuchtkompaß. Nach allen Berechnungen würde es zwei Stunden dauern, bis sie die Bucht und die nichts argwöhnende *Galatea* aus Taranto gefunden hatten. Es sei denn, irgend etwas war schiefgegangen, unvorsichtige Äußerungen beispielsweise, vor denen die Plakate immer wieder warnten. Zwei Stunden also; zwei Stunden von hier bis zum hellen Sonnenlicht, hatte der Navigationsoffizier gesagt. Der Freund des Käpt'n: das konnte man sehen, das war wie etwas Lebendiges zwischen ihnen. Er versuchte sein Bewußtsein davor zu verschließen. Wie bei David ...

Er griff nach hinten und nahm Tuckers Hand. Sie war stark und fest und wie es schien unempfindlich gegen das kalte Wasser, das sie jetzt umströmte, ihre Anzüge an ihre Glieder und ihren Körper preßte und sie aufs neue zu Geschöpfen der See machte. Tucker wußte, was zu tun war. Alles was sie brauchten, war Vertrauen und Zuversicht. Und der Druck seiner Hand sandte ihm diese Botschaft.

Er wandte sich wieder seinen Instrumenten zu, aber der Gedanke wollte ihn nicht loslassen.

Es war überhaupt nicht wie bei David. David war tot. *Und du hast ihn getötet.*

Das Warten war das schlimmste.

Der First Lieutenant des Unterseeboots wischte über die Linsen seines Feldstechers, stemmte die Ellbogen gegen die nassen Stahlplatten und führte das Glas dann langsam und stetig in einem weiten Bogen über den Bug. Es fing an, kühler zu werden, aber vielleicht waren das auch seine Nerven. Hinter ihm taten die beiden Brückenwachen genau das gleiche, suchten nach der leisesten Bewegung oder einem Schatten, während der Rumpf unter ihnen fast unmerklich den letzten Ausläufern des Sonnenuntergangs entgegenglitt. Es war ein unwirklicher, ehrfurchtgebietender Sonnenuntergang, ein mächtiger Pinselstrich aus tiefstem Rot, der es selbst den schärfsten Augen unmöglich machte, jene dunklere Linie zu erkennen, die See und Himmel voneinander trennte.

Zu lang. Zu verdammt lang. Er biß sich auf die Unterlippe und bildete sich eine Sekunde lang ein, daß er es laut ausgesprochen hatte. Aber keiner der beiden Ausgucke hatte etwas bemerkt. Was bemerkt? dachte er bitter. Daß ihr First Lieutenant die Nase gestrichen voll hatte?

Den ganzen Tag lang, seit sie bei Morgendämmerung den Chariot abgesetzt hatten, hatten sie mit größter Behutsamkeit manövrieren müssen. Die Gewässer waren nicht gut für Unterseeboote; er hatte die Karte zu oft studiert, um das vergessen zu können. Zwölf Faden waren es an diesem Punkt; gerade mal zweiundsiebzig Fuß. Er versuchte nicht daran zu denken. Die Höhe eines Bürogebäudes – es war, als würde man das Unterseeboot über eine Straße in der Stadt steuern.

Es war zu lang. Vielleicht war ihnen etwas passiert, aber ebensogut war es möglich, daß der Chariot gerade vom Land angekrochen kam, um nach ihnen Ausschau zu halten. Der Lieutenant hatte schon einige Mantel-und-Degen-Einsätze im Mittelmeer hinter sich, bei denen es jedesmal darum gegangen war, Agenten hinter den feindlichen Linien abzusetzen. Es mußte eine ganz besondere Art Verrücktheit sein, die sie dazu trieb, dachte er. Und sie waren alle gleich. Angespannt, reizbar und doch auf eine ganz besondere Weise darauf erpicht, sich ganz auf sich allein gestellt zu bewähren. Einmal hatte er eine junge Französin abgesetzt und alle Mühe gehabt, sich nicht auszumalen, welches Schicksal sie erwartete, falls sie in Gefangenschaft geriet und man sie der Gestapo übergab. Eines war sicher: Sie hatten nie dieselben Agenten zweimal zu Gesicht bekommen.

Gleich würde der Skipper heraufkommen. Dann würde es seine Entscheidung sein, ob sie aufgetaucht blieben oder umkehrten. *Seine Entscheidung.*

Seltsam, wenn man darüber nachdachte. Man hatte auch ihn für einen Kommandantenkurs vorgeschlagen, den *Vernichter,* wie man es nannte. Aber nachdem er First Lieutenant für diesen Captain gewesen war, und davor kurze Zeit für einen anderen, war er gar nicht mehr so sicher. Er hatte mit angesehen, was passierte, wenn man die Befehlsgewalt hatte, und wie das ihren jungen Skipper verändert hatte.

Das schlimmste war, daß, kaum hatte der Chariot sie verlassen, ein kurzer Funkspruch mit der lakonischen Mitteilung eingegangen war, der Einsatz sei abgesetzt worden. Die beiden Chariotfahrer sollten zurückgezogen werden. Als irgendein blöder Stabsoffizier in London plötzlich seine Meinung in der Sache geändert hatte, war es bereits zu spät gewesen. Wie oft kam das vor, fragte er sich. Männer, die einfach weggeworfen wurden wie die bunten Nadeln auf den Wandkarten, die man so leicht in eine kleine Schachtel warf, wenn das eine oder andere Schiff hatte dran glauben müssen. Er unterdrückte ein Gähnen. Das waren die Nerven. Vielleicht war es sogar Angst.

Sie hatten untertags Zuflucht in tieferen Gewässern gesucht, nachdem sie am klaren Himmel zwei Flugzeuge, wie Glassplitter glitzernd, entdeckt hatten. Es war nie gut, über die Möglichkeit nachzudenken, daß der Feind vielleicht vor diesem ganz speziellen Angriff gewarnt worden war, und sich auszumalen, daß diese Flugzeuge nur die ersten einer ganzen Armada waren, die alarmiert wurde.

Und dann hatte der Hydrophon-Operator, während sie für das Rendezvousmanöver den Kurs gewechselt hatten, schwach das Motorengeräusch eines kleinen Schiffes aufgeschnappt. Weit achtern in südwestlicher Richtung, aber es war stets da. Dem Geräusch nach handelte es sich nicht um ein großes Kriegsschiff oder einen U-Boot-Jäger, aber es war bekannt, daß die Italiener ebenso wie die Royal Navy speziell für diese Aufgabe eine Menge Fischerboote umgebaut hatten. Und Wasserbomben waren immer tödlich. Ganz gleich, wer sie warf.

Er blickte auf den roten Pinselstrich, der quer über den Himmel verlief. Ein paar Sterne bereits, aber kein Mond. Bald würde es schwarz wie ein Schweinebauch sein. *Keine Chance.*

Ein Ausguck murmelte: »Skipper unterwegs, Sir.«

Wie klang seine Stimme? Nervös oder nur erfreut, daß der Skipper kam, um die Verantwortung zu übernehmen? Um sie alle hier schleunigst rauszuholen?

»Alles ruhig, Nummer Eins?« Er hob bereits sein Glas und lauschte nach Geräuschen oder Spuren einer Bewegung. Dann fügte er hinzu: »Hydrophon meldet immer noch denselben Standort. Kann natürlich ein Fischer sein.«

Er lachte trocken, und einer der Ausgucks zuckte zusammen, als ob er laut geschrien hätte. »Dort drüben im Nordosten ist Marsala. Dort habe ich als junger Schnösel mal einen prima Hummer gegessen. Herrlich hat der geschmeckt, das kann ich Ihnen sagen.«

Dann schlug seine Stimmung um, und er sagte knapp: »Sie meinen, wir sollten kehrtmachen, was?«

»Das steht mir nicht zu.«

»*Meine Entscheidung.* Ich weiß. Sehen Sie es mal so. Da sind zwei Boys draußen, vielleicht verwundet, was weiß ich. Und sie verlassen sich auf uns. Das darf man nicht außer acht lassen!«

»Das weiß ich, Sir.« Und dann fügte er schroff hinzu: »Richtig schlecht kann einem da werden – da der Einsatz ohnehin abgebrochen worden ist.«

Der Captain starrte ihn in der zunehmenden Dämmerung an, das seltsame Glühen des Sonnenuntergangs färbte seinen Mützenschild rot. Wenn auch das verschwunden war, würden sie sich zurückziehen müssen. »Wir bleiben noch eine Weile«, sagte er. »Sagen Sie in der Steuerzentrale Bescheid.«

Der kleinere der beiden Ausgucke meldete: »Flugzeug, Sir. Steuerbordbug.«

Sie lauschten dem unregelmäßigen Dröhnen, bis die Geräusche der See es übertönten.

»Ein deutsches Transportflugzeug, nehme ich an«, sagte der Skipper. Ebensogut hätte er eine Bemerkung zum Wetter machen können.

Der First Lieutenant war immer noch da. »Sonst noch etwas, Sir?« fragte er.

»Nein. Gehen Sie hinunter und machen Sie sich fertig. Es dauert nicht mehr lange.«

Als der Kopf des Lieutenants durch die Luke verschwand, wußte er, daß er ihn nicht verstanden hatte.

Er sah wieder durch sein Glas. Wie viele Millionen Male, fragte er sich. Die Suche nach Beute und der Versuch, den Jägern zu entgehen. Und alle hingen sie von ihm ab, von seinen Augen und den Schlüssen, die er zog, nachdem er ein Ziel gesichtet hatte.

Dieses Boot war schon einige Male mit Wasserbomben angegriffen worden, aber irgendwie waren sie immer rausgekommen. Er glaubte, das Flugzeug schon wieder zu hören, aber es war etwas anderes.

Er spürte, wie der kleine Ausguck sich regte, und fragte: »Alles in Ordnung, Nobby?«

Der Mann grinste. »Ich muß immer noch an Ihren Hummer denken, Sir. Aber ich bin eher Fisch und Chips gewöhnt oder ein Glas Ale an der Old Kent Road!«

Der Skipper wandte sich ab, war aber gerührt. *Einer seiner Männer*. Er kannte sie alle und hatte Respekt für sie, und das ging tiefer als bloße Vernunft. Wie der kleine Matrose von der Old Kent Road. Er hatte ihn schon mehrmals disziplinarisch strafen müssen oder hatte gehört, daß er von einer Hafenpatrouille betrunken an Bord geschleift wurde. Und trotzdem konnte er Witze darüber machen. Und hier stehen, wenn man es ihm befahl, bis er umfiel.

Er wußte, daß die beiden ihn anstarrten, als er sich jetzt über das Sprachrohr beugte.

»Bereithalten, Steuerzentrale. In ein paar Minuten ...« Er fuhr herum, als der andere Beobachter plötzlich aufkeuchte: »Da sind Sie, Sir! Backbordbug – einen Augenblick war ich nicht sicher, aber dann ...« Er war ganz außer sich.

»Halt, Nummer Eins. Vordere Luke öffnen. Zwei gute Leute und eine Hievleine, *Beeilung*!«

Und da war der Chariot jetzt plötzlich, tanzte längsseits im Wasser, jetzt viel kleiner ohne seinen sechshundert Pfund schweren Sprengkopf.

»Einer von ihnen ist verletzt.« Er umklammerte die Reling, bis der harte Stahl ihm Halt verlieh. Er sah die undeutliche Silhouette von Ross, konnte seine Sorge spüren, als die Matrosen seine Nummer Zwo auf Deck zogen.

Der Chariot trieb bereits davon, sie hatten ihn geflutet, um

Zeit zu gewinnen. Wie lange hätte er noch gewartet? Noch eine Minute? Dann erst blickte er auf. Winzige helle Sterne; der rote Pinselstrich war verschwunden.

»Brücke räumen.« Er betätigte die Hupe und spürte den schrillen Ton durch die Rumpfplatten unter seinen Füßen. Die vordere Luke wurde geschlossen, das Deck war leer. Er steckte den Stöpsel in das Sprachrohr und beugte sich über die Luke. Der kleine Ausgucksmaat wollte sich gerade die Leiter hinunterlassen, als etwas alle aufblicken ließ. Ein mächtiger Blitz erhellte den Horizont, und dann wälzte sich das Dröhnen der Explosion über das Wasser und stieß seufzend, wie eine feste Masse, gegen ihre Satteltanks.

Jemand in der Steuerzentrale stieß ein wildes Triumphgeschrei aus. Aber der zähe kleine Matrose konnte an nichts anderes denken als an die Gemütsbewegung, die er in den Augen des Skippers gesehen hatte.

Bis der Skipper durch den Kontrollraum nach vorn in die Unteroffiziersmesse gelangt war, hatte er seine Fassung wiedergewonnen, konnte das Grinsen der Matrosen und die triumphierend hochgereckten Daumen ignorieren. Es war Erleichterung, die Gebete erhört, nicht mehr. *Seine Männer.*

Er fand Ross, der sich gerade aus seinem Anzug schälte, und zwei Matrosen, die der Nummer Zwei die Maske und die Geräte wegschnitten.

Der Mann namens Tucker stieß hervor: »Ein verdammter Draht. Hat mir den Anzug aufgeschlitzt. Der ist vollgelaufen. Hab keine Luft mehr gekriegt.« Sein Brustkorb hob und senkte sich, offenbar tat ihm die Lunge weh.

»Sie sollten jetzt nicht reden«, sagte Ross. »Ruhen Sie sich aus. Ich seh zu, daß ich einen Schluck Rum finde.«

Das Deck neigte sich, als der First Lieutenant das Boot in die Tiefe steuerte. Aber das war draußen. Tucker zuckte zusammen; er hatte Blut am Hals, wo der Maschendraht ihn verletzt hatte. Seine Stimme klang deutlich und klar, als er zu Ross sagte: »Sie kamen zurück. Woher haben Sie es gewußt?«

»Ich wußte es einfach«, sagte Ross. Er sah zu dem jungen Käpt'n des U-Boots hinüber. »So etwas weiß man, nicht wahr, wenn es wirklich wichtig ist?«

Der Käpt'n nickte und hörte, wie die Zentrale ihn in seine Welt zurückrief.

»Ja. Wenn es wichtig ist.« Er ging. Das war knapp gewesen. Für sie alle. Wieder einmal.

2
Ein völlig anderer Krieg

Das Hotel, nach Londoner Begriffen eher klein, lag günstig an einer Ecke des St. James' Square. Die üblichen Pyramiden aus aufgehäuften Sandsäcken, die den Säuleneingang schützen sollten, verdeckten sogar seinen Namen, und so wirkte es eher wie ein privater Club. In glücklicheren Tagen waren dort mit Vorliebe Geschäftsleute aus dem Fernen Osten abgestiegen, und zur Mittagszeit war es ein regelmäßiger Treffpunkt von Londoner Verlegern gewesen: ein ruhiges, wohlangesehenes Haus, das sich nie an die Kriegszeiten hatte gewöhnen können.

Lieutenant Charles Villiers blieb stehen und blickte über den Platz hinweg. Auf dem Rückweg zum Hotel war er aus reiner Neugier stehengeblieben und hatte die Duke Street hinauf in Richtung Piccadilly geblickt. Er hatte im heißen, staubigen Sonnenschein den stetigen Fluß von Menschen auf beiden Straßenseiten betrachtet und war erstaunt gewesen, inmitten des dunklen und helleren Blaus der Navy und der Royal Air Force und der überwältigenden Flut von Männern und Frauen in Khaki nur eine einzige Person ohne Uniform zu sehen. Und so viele Ausländer darunter – ein Beweis dafür, falls es dessen noch bedurfte, daß die Deutschen inzwischen ganz Europa und Skandinavien beherrschten: Polen und Holländer, Norweger und Tschechen und natürlich die Freien Franzosen.

Villiers konnte sich nicht erinnern, wie lange er zu Fuß unterwegs gewesen war, und konnte auch nicht verstehen, weshalb er nicht hungrig war, er hatte seit dem Frühstück nichts mehr zu sich genommen, und jetzt war früher Abend. St. James Park, dann Green Park, Piccadilly und die Jermyn Street entlang, einst Sitz so manchen teuren Schneiders. Jetzt waren in denselben Schaufenstern Offiziersuniformen der drei Waffengattungen ausgestellt und nicht etwa die Sportjacketts und Flanellhosen jener anderen Welt.

Er trat in die Eingangshalle und sah den Manager, einen Staubwedel unter den Arm geklemmt, geschäftig ins Telefon sprechen. Genau wie er es erwartet hatte: wie ein rundliches Bierkrugmännchen mit einer pomadisierten Haarsträhne, die auf seinem sonst kahlen Schädel klebte. Die Umstände erforderten es, daß er Manager, Telefonist und Empfangschef in einer Person war. Aber nur vorübergehend, wie er bei der Begrüßung mit strahlender Miene verkündet hatte. Was für eine Veränderung gegenüber den üblichen Gästen des Hauses, hatte Villiers gedacht. Stabsoffiziere waren heutzutage die Stammgäste, keine einfachen Lieutenants, besonders solche Stabsoffiziere, deren gewellte Ärmelstreifen sie als »Gentlemen auf Zeit« auswiesen – eine damals durchaus gängige Bezeichnung, welche diese Herren Reserveoffiziere allerdings als im höchsten Grade beleidigend zurückgewiesen hätten. Der Manager schaffte es, zu dienern und zu lächeln, ohne daß ihm dabei ein Wort am Telefon entging.

Es war seltsam und ein wenig beunruhigend, daß ihm der Manager ebenso wie das Hotel so vertraut waren wie alte Freunde. Bis er vor zwei Tagen seinen Namen in das Hotelregister eingetragen hatte, war Villiers noch kein einziges Mal dort gewesen. Jetzt konnte er sich nicht vorstellen, irgendwo anders zu wohnen, und wünschte, er wäre früher gekommen. Weil er es nicht ertragen konnte? Weil er Angst vor den Erinnerungen hatte, die dabei in ihm hochkommen würden? Er war sich dessen noch nicht sicher.

Er nahm die Uniformmütze ab und musterte sich in einem der prunkvollen Wandspiegel. Ein jung-altes Gesicht, kein Junge mehr und auch noch kein Mann. Das Haar so blond, daß es im hellen Sonnenlicht überhaupt keine Farbe hatte, und eine feine gleichmäßige Sonnenbräune. Wieder empfand er jenes Gefühl der Unsicherheit. Die Leere. Seine Mutter hätte es als *die koloniale, bisquitfarbene Sonnenbräune* bezeichnet.

Er runzelte leicht die Stirn und erinnerte sich an die Stimme im Park. Er war durch die Mall gegangen, als ein Wagen neben ihm angehalten und ein rotes zorniges Gesicht zu ihm herausgeblickt hatte. Ein Captain der Royal Navy mit einer unscheinbaren, kleinen Frau daneben. Wahrscheinlich sein Weib, das arme Ding. Der Captain war fast außer sich gewesen; unglaublich, wie jemand sich in so kurzer Zeit derart in Wut hineinsteigern konnte.

»Was zum Teufel denken Sie sich eigentlich, Mann? Hier so herumzulaufen, eine Schande für die Uniform!«

Villiers blickte auf die Uniformmütze in seiner Hand. Er hatte sie abgenommen, um die warme Sonne zu genießen, hatte den Tauben und Enten zugesehen und den Marinehelferinnen aus den unterirdischen Bunkern der Admiralität in der Nähe, die sie fütterten. »Es ist so ein schöner Tag, Sir.«

Der Captain war förmlich explodiert. »Ich bin zum Palast unterwegs, sonst . . .« Villiers hatte ihm gerade in die Augen gesehen und im Blick des Captains plötzlich Unsicherheit entdeckt, fast Bestürzung. »Ich weiß wirklich nicht, was heutzutage aus unseren Streitkräften geworden ist!«

Villiers hatte sich selbst antworten hören: »Denen geht es recht gut, Sir. Sie sollten sich da wirklich einmal selbst umsehen, Sir, statt sich wie ein aufgeblasener Idiot aufzuführen!«

Die Frau des Captains hatte versucht, ihren Mann zu beruhigen: »Hör doch auf, Henry. Der junge Mann ist doch völlig durcheinander. Siehst du das nicht?«

Der Wagen war davongebraust. Wenn der Fahrer später in seine Kaserne zurückkehrte, würde er etwas zu erzählen haben.

Villiers hatte seine Dienstmütze auf einen Tisch gelegt. *Völlig durcheinander.* Eher übergeschnappt.

In der Bar herrschte nicht sehr viel Betrieb. Es war genauso, wie sein Vater es ihm von seinen Besuchen in England geschildert hatte. An einem Tisch saßen zwei polnische Offiziere und ein Army-Colonel, der immer wieder auf die Uhr sah.

Ein älterer Kellner trat an seinen Tisch. »Sir?«

»Pink Gin, einen großen, bitte.« Auf einem Stuhl in der Nähe lag eine Zeitung mit Schlagzeilen, so schreiend, daß man sie fast hören konnte.

ALLIIERTE INVASION IN SIZILIEN. *Achte Armee nimmt an der Südostküste gemeinsam mit den Kanadiern alle Ziele ein. Amerikaner landen und rücken nach Norden vor.*

Er nahm die Zeitung. Er sah ein paar Bilder mit Tommies, die mit hochgehobenen Daumen in die Kameras grinsten, und eines von einem Zerstörer, der Nebelgranaten verschoß, um einen Angriff zu tarnen. Villiers starrte die Bilder an. *Die Rückkehr.* Das, worauf sie alle gewartet hatten.

Dann blieb sein Blick auf einer kurzen Meldung am Ende des Artikels hängen. *Die Admiralität berichtet von Einsätzen, die von einigen Spezialeinheiten vor dem eigentlichen Angriff in feindlichen Gewässern durchgeführt wurden und zur Folge hatten, daß in einer kritischen Phase der Landeoperation viele Leben gerettet wurden.* Er legte die Zeitung auf den Stuhl zurück. *So leicht gesagt.* Er fragte sich, wer diese Männer gewesen waren, ob er sie vielleicht kannte. Ob sie überlebt hatten.

Er blickte auf und bemerkte, daß eine Frau in die Bar getreten war. Die beiden polnischen Offiziere beobachteten sie wie Raubtiere. Sie sagte etwas zu dem Kellner, und der winkte sie zu einem der kleinen Tische in der Nähe. Offenbar hielt er nicht viel von Frauen ohne Begleitung.

Villiers nahm sein Glas vom Tablett des Kellners. Der sagte, ohne gefragt worden zu sein: »Sie wartet auf jemanden.« Dann runzelte er die Stirn. »*Sagt* sie.«

Villiers musterte sie. Jung und sehr hübsch mit kurzem, lockigen Haar, in einem dunklen, zweiteiligen Kostüm, wahrscheinlich grau, obwohl man das bei dem schwachen Licht, das von draußen in den Raum fiel, nur schwer erkennen konnte. Eine weiße Spitzenbluse nahm dem Kostüm etwas von seiner Strenge. Sie hatte sich mit großer Sorgfalt angezogen, trug allerdings keine Strümpfe. Er hatte oft genug gehört, wie sich die Marinehelferinnen über die Knappheit an ordentlichen Strümpfen beklagten. Über einem ihrer Fußknöchel sah er einen kleinen Kratzer mit getrocknetem Blut. Er sah weg und ballte die Fäuste. Es erinnerte ihn an seine Schwester. Er hatte sie eines Tages dabei erwischt, wie sie sich die Beine rasierte, und sie hatte ihn aus dem Badezimmer gedrängt ...

Weitere Stimmen. Er blickte wieder auf: Die Szene hatte sich verändert. Der nervöse Colonel war gegangen, und einer der Polen war mit aufgesetztem freundlichem Grinsen an den Tisch des Mädchens getreten.

Es lief ab wie in Zeitlupe. Die Hand des Offiziers an ihrem Arm, ihr plötzlicher Zorn – oder war es Angst? Der Rest war vorhersehbar. Der Pole drehte sich um, als Villiers sagte: »Lassen Sie die Dame in Ruhe.«

Der Mann starrte ihn an, und sein Grinsen verblaßte.

Villiers ignorierte ihn völlig und sagte zu ihr: »Es gibt einen abgeschlossenen Raum, wo Sie warten können.« Er spürte ihre Zweifel. Ihre Augen wanderten von seinem Gesicht zu den gewellten Streifen an seinen Ärmeln, und er fügte hinzu: »Ist schon in Ordnung. Ich beiße nicht.« Er lächelte. Später würde sie sich noch lange daran erinnern, wie schwer ihm damals das Lächeln zu fallen schien.

Der zweite Pole rief seinem Begleiter etwas zu, verstummte aber, als Villiers sich über seinen Tisch beugte und mit halblauter Stimme sagte: »Sprechen Sie Englisch, *richtiges* Englisch, mein Freund?«

»Selbstverständlich!« brauste der Mann auf.

»Na prima. Dann verduften Sie, solange Sie noch können, haben Sie die Freundlichkeit.«

Er nahm ihren Ellbogen und führte sie von der Bar weg. Da war eine mit Bambusintarsien verzierte Tür, über der *The Malacca Room. Nur für Hotelgäste* stand. Der Raum war leer – aber das war er meistens. Es sei denn, ein Gast hatte sich dorthin zurückgezogen, um nach einem guten Mittagessen ein kleines Nickerchen zu machen.

»Sind Sie Hotelgast?«

Er blickte auf sie herab und lächelte. »Für den Augenblick schon. Tut mir leid, was da gerade vorgefallen ist. Aber wahrscheinlich sind Sie ja daran gewöhnt. Ein hübsches Mädchen, der Krieg und zu viele Soldaten, die sich amüsieren wollen.«

Sie sah sich im Zimmer um, und er konnte sie jetzt ein wenig gründlicher studieren. Braune Augen, hübsch geformte Hände.

»Ich warte *tatsächlich* auf jemanden«, sagte sie. »Ich hoffe, er wird mir Arbeit geben. Ich möchte nicht, daß die Leute glauben . . .« Ihr Gesicht rötete sich etwas. »Wie heißen Sie?«

»Charles Villiers. Ich bin auch wegen eines Bewerbungsgesprächs hier, man könnte es zumindest so nennen.«

Sie musterte ihn neugierig. »Und Sie wohnen wirklich hier?«

Er hielt ihr seinen Ärmel hin. »Nicht mit dem Sold, den es für zwei Streifen gibt. Ein Abendessen hier würde ein tiefes Loch in meine Brieftasche reißen.« Und dann wollte er wissen: »Wann kommt denn der Mann, auf den Sie warten?«

Sie sah auf die Uhr. »Vor zwei Stunden. Ich habe angerufen. Aber seine Sekretärin hat mir gesagt, ich soll warten. Ich hoffe, daß es nicht noch sehr lange dauert. Ich muß zurück.«

»Zurück?«

»Nach Southsea.«

Die Eisenbahnlinien nach Portsmouth und Umgebung waren schon mehrmals bombardiert worden. Zu einer solchen Zeit war es ganz sicherlich gefährlich, noch spät unterwegs zu sein.

»Kommen Sie von einem großen Schiff, oder sollte ich das nicht fragen?« fragte sie. Sie war sehr nervös und machte Konversation, um es zu vertuschen.

»Nein, ich habe im Augenblick Landdienst.« Er stand schnell auf, wie eine Katze. »Wie heißt denn der Betreffende? Ich werde es dem Mann am Empfang sagen und Ihnen auch gleichzeitig einen Drink besorgen.«

Sie schüttelte den Kopf. »Ich – ich trinke eigentlich nicht ...« Doch dann nickte sie, und der plötzliche Entschluß ließ sie nur noch verletzbarer erscheinen. »Dann bitte einen Sherry, wenn es Ihnen nichts ausmacht.«

Er fand den rundlichen Manager am Eingang, wo er auf den Platz hinausspähte.

»Ich mag diese sonnigen Abende. Da ist nicht die ganze Zeit Verdunklung, und die Leute kommen und gehen und haben Geld, das sie ausgeben können.«

Villiers nannte ihm den Namen des Mannes, und der Manager sagte: »Ah, Mr. Tweed – der kommt von Zeit zu Zeit her. Ich sage der Lady Bescheid, sobald er sich bei mir meldet.« Er sah sich um, und sein Gesicht wirkte plötzlich ernst und besorgt.

»Es hat mir wirklich *so leid getan,* Mr. Villiers. Uns allen. Wir können es alle noch gar nicht recht glauben.«

Villiers packte ihn am Arm. »Ich weiß. Danke.« Er nahm die zwei Gläser und ging in den Malacca Room zurück.

Beinahe wäre er mit ihr zusammengestoßen und wußte instinktiv, daß etwas vorgefallen war. »Was ist denn?«

Sie machte Anstalten, die Tür zu öffnen, aber er stellte die Gläser hin und griff nach ihrem Handgelenk. »Los, raus damit!«

»Sie sind genauso wie die anderen. Eine leichte Beute,

stimmt's?« Sie deutete auf das Porträt über dem offenen Kamin, in dem jetzt kein Feuer brannte: ein Seefahrer mit einem Teleskop und hinter ihm Mast und Takelage eines Segelschiffs. Dann rief sie aus: »*Charles Villiers* – hatten Sie den Namen da her?« Ihre Augen blickten verärgert und enttäuscht.

Aber sie wehrte sich nicht, als er sie auf ihren Stuhl setzte. Irgend etwas in seinen Augen oder an seiner Stimme oder seinem Verhalten zwang sie, ihm zuzuhören. »Das ist Captain Charles Villier«, sagte er ruhig, »Sie hatten recht. Er war mein Urgroßvater.« Sie starrte ihn an, während er die Brieftasche herauszog und ihr seinen Ausweis zeigte. »Sehen Sie?« Gemeinsam blickten sie auf das Porträt. Villiers hatte es nach irgendeiner Ähnlichkeit mit seinem Vater abgesucht, aber es gab keine. Als er den Ausweis wieder einsteckte, sah sie das Foto.

»Wer ist das, Ihre Freundin?« Ihre Stimme klang jetzt ruhiger, und die Animosität war verschwunden.

Er steckte das Foto weg. »Meine Schwester.«

Er wußte, daß sie etwas sagen wollte, und meinte beinahe schroff: »Nehmen Sie diese Karte. Ich werde ein paar Tage hier sein. Also rufen Sie mich bitte an, wenn Sie wieder in die Stadt kommen. Wenn ich nicht da bin, hinterlassen Sie bitte eine Nachricht. Ich möchte, daß Sie mir das versprechen.«

Sie zuckte mit keiner Wimper, auch nicht, als er wieder nach ihrem Handgelenk griff. »Das verspreche ich Ihnen, aber ich weiß wirklich nicht . . .«

Er lächelte sie an. »Das Versprechen reicht mir.«

Die Tür öffnete sich einen Spalt, und der Manager sagte: »Mr. Tweed ist jetzt da, Miss. Sein Taxi wartet draußen.« Sie ging in die Halle hinaus und sah an der Tür eine vage Gestalt. Aber sie mußte die ganze Zeit an den hochgewachsenen, sonnengebräunten Lieutenant denken. Die Tür zum Malacca Room war geschlossen. Es war, als hätte sie sich alles nur eingebildet.

Sie zögerte kurz am Empfangspult: »Lieutenant Villiers – kennen Sie ihn gut?«

Der Manager zuckte die Achseln und antwortete vorsichtig: »So gut auch wieder nicht. Ein sehr tapferer junger Mann, wie ich glaube. Seine Familie habe ich natürlich gekannt – seine Mutter und sein Vater sind immer bei uns abgestiegen, wenn sie nach London kamen. Für sie war das hier ein zweites Zuhause.«

Eine Stimme drängte sich in ihr Gespräch; ungeduldig und ziemlich laut. »Tut mir leid, wenn ich mich ein wenig verspätet habe. Wir sollten jetzt fahren.«

Aber etwas ließ sie wie erstarrt stehenbleiben, so als würde eine Hand ihr Handgelenk festhalten. »Wo haben Sie denn gelebt?«

Der Manager zögerte, er fürchtete, vielleicht ein Geheimnis zu verraten.

»Singapur.«

Sie spürte, wie sich ihr Herz fast überschlug.

»Sie sind alle getötet worden«, sagte der Manager mit sanfter Stimme. »Von den Japsen ermordet.«

Sie dachte an die kleine Fotografie, die sie in seiner Brieftasche gesehen hatte. Jetzt war er der einzige, der noch übrig war. Sie reckte das Kinn, und während sie zur Tür ging, hallten die Worte des Managers in ihr nach: *ein zweites Zuhause.*

Sie blickte hinaus auf den Platz, der jetzt im Schein der untergehenden Sonne wie mit Gold überzogen wirkte, und sah den Mann, mit dem sie verabredet war. Es war dumm von ihr. Sie brauchte diese Stellung, jetzt mehr denn je. Ein gutgeschnittener Anzug, glatt zurückgekämmtes Haar wie in den Brylcreem-Anzeigen und ein Lächeln, das den polnischen Offizier weit in den Schatten stellte.

»Ich habe es mir anders überlegt.« Sie wandte sich dem Taxi zu. »Können Sie mich zur Waterloo Station bringen?« fragte sie den Fahrer.

»Bis zum Mond, wenn Sie schön darum bitten, Fräulein!«

Er legte krachend den Gang ein und grinste. Der Gesichtsausdruck des Mannes war zum Malen. Der Mann war vor einem Club eingestiegen, hatte dieses hübsche kleine Ding also hier warten lassen. *Was für ein Blödmann!*

Sie blickte aus dem Fond des Taxis auf die vorbeihuschende Szenerie hinaus; nach der beschaulichen Südküste wirkte das alles so hektisch. Uniformen, Soldaten mit ihren Mädchen, Sandsäcke, zersprungene Mauern, Häuserruinen von den Bombenangriffen.

Sie dachte an seine Hand auf ihrem Handgelenk, den plötzlichen Schmerz in seinen Augen und die Karte, die er ihr gegeben hatte. Sie würde ihn nie anrufen. Wie konnte sie? Und was würde er dann von ihr denken?

Die Halle des Waterloo-Bahnhofs wimmelte von Matrosen, die vom Urlaub zurückkehrten, sich einen Freitagabend in London amüsieren wollten oder zu neuen Schiffen aufbrachen. Sie sah zwei Lieutenants mit mächtigen Tabakspfeifen, die sie noch jünger erscheinen ließen, als sie tatsächlich waren. Gewellte Streifen wie die seinen – wo fuhren sie hin? Was taten sie?

Sie fand ein Abteil, das mit Ausnahme eines jungen Matrosen, der sich am Fenster von seiner Mutter verabschiedete, leer war. Sie setzte sich in eine Ecke und holte den Roman heraus, den sie sich mitgebracht hatte. Bis sie Portsmouth erreichte, würde es dunkel sein, und bei den verhängten Lampen an der Decke würde sie dann unmöglich lesen können.

Sie hörte, wie die Frau sagte: »Aber daß du mir nicht alle Plätzchen herschenkst, Bobby. Ich habe sie selbst gebacken. Laß sie dir also schmecken.« Hände wurden geschüttelt, und irgendwo schrillte eine Pfeife. Die meisten Matrosen hatten sich vermutlich in das andere Ende des Zuges gezwängt, um in Portsmouth Harbor gleich draußen sein und *en masse* durch die Sperren rennen zu können, um den Kontrolleuren zu entgehen und sich ihre Fahrkarten für die nächste Reise aufzuheben.

»Schreib, wenn du kannst, Junge.« Jetzt hatte ihre Stimme einen Knacks. Wie viele Leute machten das wohl Tag für Tag durch, fragte sie sich.

Eine Tür knallte zu, dann setzte sich der Zug langsam in Bewegung. Ein paar Leute winkten, andere schluchzten stumm in ihre Taschentücher. Der junge Matrose setzte sich und starrte zum Fenster hinaus. Er sagte nichts. Es stand ihm alles im Gesicht geschrieben.

Sie öffnete ihre Handtasche, holte nach kurzem Zögern den Ehering heraus und schob ihn sich auf den Finger.

Sie hatte die Stelle wirklich haben wollen, aber sie entdeckte jetzt, daß sie nichts bedauerte. Sie hatte sich mit Mr. Tweed bereits vorher einmal getroffen und wußte, daß er eine Wohnung am Fluß in Hammersmith hatte; hätte das letzte Bewerbungsgespräch dort stattfinden sollen, zu einer Zeit, als es für sie zu spät gewesen wäre, um noch nach Hause zu fahren?

Sie schlug ihr Buch auf, stellte dann aber fest, daß sie immer wieder auf ihr Handgelenk starrte, das Charles Villiers mit derartiger Intensität festgehalten hatte.

Sie blickte durch das Splitterschutznetz auf die dichten Reihen schindelgedeckter Dächer hinaus, die jetzt im Licht der untergehenden Sonne orangefarben leuchteten, so daß man die Narben und Lücken in jeder Straße nicht sehen konnte.

Sie sah auf den Ring an ihrem Finger und seufzte. Bloß ein Traum. Der Lieutenant, der genauso hieß wie der Mann auf dem Porträt, würde sie bereits vergessen haben.

Rear-Admiral Oswald Dyer, »Ossie«, wie ihn seine Freunde nannten, saß hinter seinem großen leeren Schreibtisch und lauschte dem gedämpften Dröhnen des Londoner Verkehrs. Es gab weder Benzin- noch Dieseltreibstoff, außer für die Grundversorgung der Bevölkerung, hieß es immer. Er runzelte die Stirn. *Beinahe hättet ihr mich getäuscht.*

Er sah sich in dem Büro um, die Wände waren kahl und

nüchtern und neu dekoriert – und wofür das alles? Dyer war für seinen Dienstrang alt, er war zwischen den Kriegen als Commander in den Ruhestand versetzt worden. Daß man ihn bei Kriegsausbruch wieder in den aktiven Dienst zurückgeholt hatte, war für ihn wie eine Wiedergeburt gewesen. Er war zum Captain und schließlich zum Rear-Admiral befördert worden und hatte aus seiner nicht gerade vielversprechenden Ernennung zum Leiter der Special Operations, Abteilung Unterwasserwaffen, etwas gemacht, auf das man stolz sein konnte. Sie hatten mit beinahe nichts angefangen; die Navy hatte jede Art von Begleitfahrzeug, Minenräum- oder Streifenboot zum schieren Überleben gebraucht, als anfangs die täglichen Verluste weit über das hinausgegangen waren, was sie hatte ersetzen können. Niemand hatte sich sehr für Ossie Dyers Special-Operations-Einheiten, seinen Zirkus, interessiert – damals noch nicht. Verteidigung und Überleben hatten erste Priorität. Zurückzuschlagen und dem Feind Schaden zuzufügen war in dieser Phase nicht viel mehr als ein Wunschtraum gewesen.

Er hatte seinen Beitrag dazu geleistet, daß sich das gründlich geändert hatte. In dem kleinen beschlagnahmten Schloß in Schottland mit Blick auf den Loch, wo ihre Ausbildung angefangen hatte, hatte Dyer niemanden geschont, sich selbst am allerwenigsten. Es war primitiv gewesen, gefährlich, oft tödlich, aber sie hatten nicht nachgelassen. Der erste Chariot war noch eine Holzattrappe gewesen. Sie hatten ihm den Spitznamen »Cassidy« gegeben, ihn mit einem Motorboot geschleppt und die glücklosen Taucher jedes nur denkbare Manöver damit durchführen lassen. Himmelweit von ihren letzten Erfolgen in Norwegen und Sizilien entfernt, dachte er. Er konnte sich an die meisten ihrer Gesichter noch erinnern, die jungen und die nicht so jungen, so wie Ross, den man mit dem Victoriakreuz ausgezeichnet hatte.

Was nun? Das alte Schloß am Loch würde ihnen fehlen. Vor dem Krieg war es ein Hotel für reiche Angler gewesen.

Die riesige Halle, an der auch die Bezeichnung *Offiziersmesse* nichts änderte und die so aussah, als stammte sie aus einem Errol-Flynn-Film, hatte große Feiern und gleichermaßen tiefe Trauer gesehen, wenn ein Ausbildungsplan oder auch ein echter Einsatz schiefgelaufen war.

Und der alte Ossie Dyer hatte sie alle großgezogen. Mit seinem kahlen Schädel, der die Farbe eines braunen Hühnereis hatte, und den zwei Flügeln aus weißem Haar war er für seine Taucherteams und später dann auch für die Vier-Mann-Besatzungen der modernen X-Craft oder Zwerg-U-Boote Tag und Nacht erreichbar gewesen. Mit seinem alten schwarzen Labrador namens Slouch hatte er sie jedesmal gehen sehen und sich gefreut, wenn sie zurückgekehrt waren.

Er musterte sein spartanisches Büro. Slouch würde die Heide und das feuchte Gras vermissen, den Spaß, den es ihm machte, die Vögel zurück ins Wasser zu jagen.

Jetzt gehört auch er nicht mehr dazu, genau wie ich.

Er dachte an den Mann, der die neue Special-Operations-Abteilung leiten sollte: Captain Ralph Pryce, D.S.O., Royal Navy; ein U-Boot-Mann wie sein Vater vor ihm, der sich sein Victoriakreuz in Zeebrugge verdient hatte. Sie brauchten frisches Blut, selbstverständlich brauchten sie das. Pryce war vermutlich die richtige Wahl. Er war schon jetzt Captain und würde bald befördert werden. Der jüngste Admiral seit Nelson, hatte er jemanden prophezeien hören.

Der Krieg würde noch eine Ewigkeit dauern. Sie würden bald vergessen sein, wie es in jenen ersten tapferen, verzweifelten Jahren gewesen war. Auf ihn wartete wahrscheinlich irgendein nicht näher definierter Beraterposten. Er würde es in den Augen der jungen Offiziere sehen, die er besuchte: die ungeduldige Toleranz von Männern, die gezwungen waren, noch so einen alten Schwachkopf zu ertragen, den man schon lange hätte pensionieren müssen.

Er schlug mit der Faust auf die kahle Schreibtischplatte. Aber *sie würden es nicht wissen*, konnten nicht verstehen, wie es früher gewesen war. Ein Team, eine Bruderschaft, die zu einer tödlichen Waffe zu formen er mitgeholfen hatte.

Die Tür ging auf, und eine streng blickende Marinehelferin im Offiziersrang mit einem Bündel Funksprüchen in der Hand sah ihn an.

»Haben Sie gerufen, Sir?«

Er blickte auf seine geballte Faust. »Tut mir leid, Sue; bloß ein wenig Dampf abgelassen.«

»Jean«, verbesserte sie ihn nachsichtig. »Das wird schon werden, Sir. Man braucht bloß ein wenig Gewöhnung, das ist alles.«

Er lächelte ihr zu. »Nicht viel Betrieb heute.«

Sie sah sich in dem Büro um und stellte sich die neue Landkarte vor und wo sie hängen sollte. Der Schreibtisch konnte auch etwas Farbe vertragen; ein paar Blumen würden nicht schaden. Sie blickte auf die Reihen von Orden auf der Uniformjacke des Offiziers. Sie erkannte nur einen davon: Ihr Vater hatte denselben in Jütland bekommen.

Er meinte: »Meinem alten Hund wird es in London nicht gefallen, nicht nach ...« Er schüttelte den Kopf. »Na schön – wir werden uns schon daran gewöhnen, so wie Sie gesagt haben.« Sehr zuversichtlich klang es nicht.

»Ich habe eine Liste mit den neuen Einheiten, Sir«, sagte sie. »Ich wußte, die würden Sie sehen wollen.«

Er warf einen Blick darauf und sah, daß Captain Ralph Pryce die Liste bereits gesehen und abgezeichnet hatte.

»Sie sagen mir doch Bescheid, wenn Lieutenant Ross eintrifft – äh, Jean?«

»Er ist bereits hier, Sir«, erwiderte sie ruhig. »Jetzt heißt es Lieutenant-Commander Ross.«

Er schnitt eine Grimasse. »Das wußte ich auch noch nicht.«

Sie spürte, daß er verstimmt, ein wenig verletzt war. *Bleib auf Distanz. Paß auf, daß du dich nicht in etwas hineinziehen läßt, was über deine Zuständigkeit und deine Pflichten hinausgeht.* Aber sie hörte sich sagen: »Ich war raus aus dem

Dienst, Sir. Ich war verheiratet. Mein Mann ist vor ein paar Monaten mit der *Lightning* untergegangen. Also bin ich zurückgekommen. Ich wußte nicht, wie ich es ihnen sonst hätte heimzahlen sollen.«

Sie ärgerte sich über sich selbst, und ihr Blick war zu verschwommen, um zu bemerken, daß der alte, weißhaarige Konteradmiral neben ihr stand und ihr sein Taschentuch reichte.

»Ist schon gut, Jean«, sagte er leise. »Ein neuer Anfang für uns beide. Wir dürfen nicht zurückblicken.«

Sie setzte sich auf einen Sessel und sah ihm zu, wie er zwei Tassen aus einem Aktenschrank holte.

Er lächelte auf sie herab. »Die Sonne ist *fast* unter die Rah gesunken. Außer Brandy habe ich nichts, tut mir leid.«

Sie hob die Tasse, und die Tränen glitzerten noch feucht auf ihren Wangen. »Cheers, Sir!« Und dann lächelte sie zurück, vielleicht zum ersten Mal, seit man ihr das Telegramm gebracht hatte.

Eine müde wirkende Marinehelferin, ein Schreibstubenmaat, öffnete die Tür des kleinen Vorraums und wartete, bis der einzige Insasse des Raums zu ihr aufblickte.

»Captain Pryce erwartet Sie, Sir.«

James Ross nahm seine Mütze und folgte ihr. Er hatte die Blicke der anderen Frauen registriert: Neugier, Interesse, einen der Männer zu sehen, mit denen sie jeden Tag zu tun hatten, denen sie aber nur selten persönlich begegneten, Männer, die sie sonst nur von den klappernden Fernschreibern, den ein- und ausgehenden Funksprüchen und immer wieder den Gefallenenlisten kannten.

Abgesehen von der neuen Uniform mit den zweieinhalb Streifen aus goldener Litze an den Ärmeln war er noch derselbe Mensch, sagte er sich. Und doch war alles anders. Zurück in England zu sein in der Admiralität selbst, jetzt kurz vor einem Gespräch mit einem Mann, der, ob er das nun wußte oder nicht, stets Teil seines Lebens gewesen war, schien ihm in mancher Hinsicht eine gefährliche Aussicht als die Vorbereitung eines Angriffs. Er erinnerte sich daran, wie das Klappern der Schreibmaschinen kurz verstummt war, als er den Raum betreten hatte, erinnerte sich an die schnellen Blicke, mit denen die Marinehelferinnen versucht hatten, sich ein Bild von dem Mann zu machen, der er in den Zeitungen mehr als einmal als Held bezeichnet worden war. Er hatte gesehen, wie ihre Augen zu dem roten Band mit dem kleinen Kreuz gewandert waren. *So sieht also ein Held aus.* Wie die Augen der Frauen bei einer der Beerdigungen, nachdem ein Testangriff danebengegangen war. *Warum er und nicht mein Mann?*

Als er kurz mit seinem Vater telefoniert hatte, hatten ihn seine Erregung und seine echte Freude gerührt. Das Leben ging seltsame Wege, dachte er. Captain Ralph Pryce war der Sohn des Mannes, der damals Big Andys kommandierender Offizier gewesen war, als sie versucht hatten, das Dock mit einem veralteten, bis an den Rand mit Sprengstoff vollgestopften Unterseeboot zu rammen. Pryces Vater war dabei ums Leben gekommen, und man hatte ihm posthum das Victoriakreuz verliehen. Ross selbst hätte wahrscheinlich nie erfahren, was sich an jenem blutigen St. George's Day wirklich zugetragen hatte, wenn er nicht als Internatsschüler auf die Highmead School gebracht worden wäre, eine alte, hochangesehene Institution in Dorset, die die Söhne von Offizieren und hohen Zivilbeamten darauf vorbereitete, in die Fußstapfen ihrer Väter zu treten. Es war eine teure Schule, und Ross staunte noch immer über die Art und Weise, wie sein Vater einen großen Teil seiner hartverdienten Bergungsprämien dazu benutzt hatte, die Schule durch gutes Zureden, Drohungen oder sonstige Mittel dazu zu veranlassen, einen Jungen von so bescheidener Herkunft aufzunehmen. Der Grund für die Wahl und die Entschlossenheit seines Vaters war offenkundig. Ganz oben auf der Ehrenliste von Highmead stand der Name von Francis Pryce, Victoriakreuzträger, einer der Helden der Schule.

Und an diesem strahlend schönen Julitag sollten sich die beiden Söhne zum ersten Mal begegnen.

Die Marinehelferin öffnete die Tür. »Lieutenant-Commander Ross, Sir.«

Ross ertappte sich dabei, wie er einen Blick auf seinen Ärmel warf. Die neuen Tressen erzeugten in ihm ein Gefühl, als wäre er sich selbst ein Fremder.

Der Captain stand hinter seinem Schreibtisch auf und streckte ihm die Hand hin. Ross hatte das deutliche Gefühl, daß Pryce sich auf dieses erste Zusammentreffen vorbereitet und sogar das Timing bestimmt hatte.

Pryce war groß und schlank, und seine Uniform ließ einen athletischen, vom Sport gestählten Körper erkennen, gerade als ob er daran gearbeitet hätte, alles überflüssige und unerwünschte Fleisch abzuschleifen. Sein Haar, dunkel, aber an den Schläfen schon leicht ergraut, war ganz kurz geschnitten, so daß sein Gesicht schmal und wie gemeißelt wirkte. Ein gerader Mund mit tiefen Falten an den Mundwinkeln und eine Hakennase und darüber die durchdringendsten Augen, die Ross je gesehen hatte. Ruhig und stetig wie der Mann selbst: äußerlich kontrolliert und doch mit allen Anzeichen einer verzehrenden, ruhelosen Energie.

»Setzen Sie sich.« Er lehnte sich in seinem Sessel zurück. »Sie rauchen doch nicht, oder?«

Das war eher eine Feststellung als eine Frage.

»Gewöhnlich Pfeife.« Ross stellte fest, daß die Schreibtischplatte, abgesehen von einem einzigen Aktendeckel, leer war. Ganz sicher kein Aschenbecher.

Pryce sagte: »Sie waren in Highmead, dann auf dem Royal Naval College in Dartmouth. Ich mußte ganz von vorn anfangen als Kadett auf der *Britannia*. Aber da kriegt man den richtigen Schliff. Mein Vater war auch in Highmead.«

Ross sah, wie seine Finger zu dem noch nicht aufgeschlagenen Aktendeckel wanderten, und mußte an seinen *House-master* an jener Schule denken, den Lehrer, der speziell für seinen Schlafsaal verantwortlich gewesen war. Er führte Aufzeichnungen über jeden einzelnen Jungen: ihre Gewohnheiten, die guten und die schlechten, ihre Qualitäten und ihre Unarten. Pryce war also ausführlich über seine Ausbildung und seine bescheidenen Anfänge informiert, und Ross verspürte eine kurze Anwandlung desselben Zorns, den er damals mit Mühe in Zaum gehalten hatte, als sein Vater ihn zum ersten Mal auf der Schule besucht hatte, als dort Tag der offenen Tür gewesen war. Er erinnerte sich, wie sich seine Mitschüler über den großen, vierschrötigen Mann lustig gemacht hatten, der den Schuldirektor mit »Sir« anredete. Das zweite Mal, als Big Andy in seinem chromblitzenden neuen Bentley vorgefahren war, hatten sie sich schon weniger mokiert.

»Ja, ich weiß, Sir. Mein Vater hat unter ihm in Zeebrugge gedient.«

Wieder näherten sich die Finger der Akte. »Tatsächlich? Aber an dem Tag, an dem er getötet wurde, war nur ein weiterer Offizier an Bord.«

Ross zwang sich dazu, seine Glieder zu entspannen, Muskel für Muskel. »Das ist richtig. Mein Vater war ein einfacher Heizer.«

Pryce musterte ihn ruhig, wobei seine Augen seltsam undurchsichtig blieben. Wie die eines Hais, dachte Ross.

»Sie wissen natürlich, daß Ihr jüngster Einsatz in Sizilien eigentlich bereits abgesagt war. Aber wir hatten den Kontakt mit dem U-Boot verloren, sonst ...« Die Augen wandten sich schnell ab, als Ross sich sein Handgelenk massierte. Unterhalb der Manschette seiner Uniformjacke war ein blaurotes Mal, wie von einer Verbrennung. Zu viele Taucheinsätze, die harte Arbeit unter Wasser, während die Uhr tickte. »Glücklicherweise war der Angriff ein kompletter Erfolg. Daran habe ich auch nie gezweifelt. Aber man hätte an

Ihrer Stelle ein anderes Team schicken können.« Das klang wie eine Anklage.

»Rear-Admiral Dyer war überzeugt ...«

Pryce fiel ihm ins Wort. »Ich weiß. Ich nicht, und deshalb sind Sie hier.« Er stand auf, eine knappe, sparsame Bewegung wie bei einer Turnübung. »Sizilien ist ein Anfang. Als nächstes kommt Italien. Am Ende werden wir vor der eigentlichen Aufgabe stehen, in Frankreich zu landen. Ein langer, harter Kampf, aber wir können und müssen da durch.« Ein knappes Lächeln. »Es *muß* etwas geschehen. Die Arbeit der Special Operations muß sich ändern – die Angriffe durch Chariots und auch durch X-Craft sollen Teil von etwas Fließenderem, Tödlicherem werden, nahkampfmäßig. Es werden gerade einige neue Special-Operations-Einheiten zusammengestellt, die von Fall zu Fall mit der Army und anderen Aufklärungseinheiten zusammenarbeiten sollen. Ich brauche dazu eine neue Art von Führung, Offiziere, die den Erfolg über alles andere stellen. Ihre Motive sind mir verdammt gleichgültig. Ich will bloß Resultate.«

Ross wartete und fragte sich, ob er wohl je mit diesem Mann würde arbeiten können.

Pryce sagte mit ausdrucksloser Stimme: »Der Ferne Osten. Wo der Feind mit einem in der modernen Kriegführung bislang unbekannten Maß an Terror und Brutalität regiert. Die internationalen Konventionen, die Rechte der Kranken und der Verwundeten, der Kriegsgefangenen – sie betrachten das als *unsere* Schwäche. Vielleicht haben wir zu lange gebraucht, um das zu begreifen.« Seine Augen blitzten. »Ich möchte, daß Sie die Leitung einer solchen Einheit übernehmen. Das ist ein völlig anderer Krieg, ein Krieg ohne Regeln.« Er blickte auf die Akte, die vor ihm auf dem Schreibtisch lag. »Sie sind nicht abgeneigt, den Feind zu töten. Man kann Krieg nicht immer durch die anonyme Distanz einer Kanone oder eines Bombenzielgeräts führen.« Wieder das Lächeln. »Wie jemand einmal gesagt hat, ein Deutscher war es, glaube ich: ›Der Krieg verlangt, daß wir uns früher oder später die Hände ein wenig schmutzig machen müssen.‹ Das glaube ich auch.«

Ross sah ihn an, wie er, vom Fenster und dem klaren Himmel eingerahmt, hinter seinem Schreibtisch saß. Zwei Sperrballons, wahrscheinlich irgendwo über den Docks, schienen wie winzige silberne Wale an Pryces linker Schulter befestigt zu sein.

»Wenn Sie irgendwelche Zweifel haben, ist das jetzt der Zeitpunkt, sie auszusprechen.« Pryces Ton war schärfer geworden. War das auch eingeübt?

Er fragte sich, was Pryce sagen würde, wenn er ihm jetzt erzählte, daß sein Vater schon getötet worden war, bevor das veraltete U-Boot, die schwimmende Bombe, ihr Ziel erreicht hatte. Daß ein einfacher Matrose, ein Mann aus dem gemeinen Volk, auf dem ungeschützten Kommandoturm das Steuer übernommen und das Boot direkt ins Ziel gelenkt hatte. Big Andy hatte nie über jene letzten Augenblicke gesprochen. Was war das für ein starkes Band, das ihn vor und nach dem Angriff an seinen jungen Skipper gefesselt hatte? Ross konnte sich von einer derartigen Loyalität keinen Begriff machen, doch dann mußte er an Tucker denken. Er lächelte schwach. *Tommy* Tucker.

»Ich möchte gerne, daß mein bester Mann zum Maat befördert wird. Das würde ihm für diese Art von Arbeit mehr Autorität verleihen.«

Pryce schüttelte den Kopf, war sichtlich einen Augenblick lang verwirrt. »Dann stimmen Sie also zu? Ich kann Ihre Ernennung ausschreiben lassen?« Er versuchte gar nicht, seine Ungeduld zu verbergen, seinen Eifer, die nächste Aufgabe in Angriff zu nehmen.

»Ich werde nur kurz bei Rear-Admiral Dyer vorbeischauen, Sir.«

Wieder dieser scharfe Blick. »Wenn es sein muß. Ich fürchte, er billigt meine Methoden nicht. Wenn es um Strategie geht, leben wir in völlig verschiedenen Welten.«

Das Telefon klingelte. Wie bestellt.

»Der Premierminister«, schnarrte Pryce. »Ja, ich rufe in ein paar Minuten zurück.«

Er streckte Ross die Hand hin, hart und trocken, so wie der Mann selbst.

Ross ging hinaus, und wieder verstummten die Schreibmaschinen. Bis der Tag um war, würde jedes dieser Mädchen gehört haben, worauf er sich eingelassen hatte. *Nie freiwillig melden!* Weiß der Himmel, was Tucker sagen würde, ob er überhaupt mit einer Versetzung einverstanden sein würde, noch dazu in eine Abteilung, in der die Wahrscheinlichkeit, daß er getötet wurde, noch größer war.

Ein neuer Anfang, neue Gesichter. Er strebte auf Dyers Tür zu.

Aber nicht David, mit all seinen Späßen und seinem jugendlichen Optimismus.

Es war vorbei. Nichts konnte ihn zurückbringen.

3
Soldaten

Der khakifarbene Mannschaftswagen mußte wieder einmal an einer Straßenbiegung seine Fahrt verlangsamen, und dann breitete sich plötzlich unter ihnen die ganze glitzernde Weite von Portsmouth Harbor aus. Nach den grünen Hecken von Surrey mit seinen einladenden Hotels und Pubs und dem riesigen Fleckenteppich der Felder von Hampshire war der Kontrast völlig unerwartet: das Wasser, die zahllosen grauen Silhouetten jeder vorstellbaren Gattung von Kriegsschiff und dahinter die Umrisse von Portsmouth selbst, noch zu weit entfernt, um schon die Narben einer Stadt erkennen zu lassen, die regelmäßig aus der Luft angegriffen wurde.

Captain Ralph Pryce saß auf dem Vordersitz neben dem

Fahrer der Royal Marine, die Mütze mit den blitzenden goldenen Eichenblättern ungewöhnlich keck auf dem Kopf sitzend. Er drehte sich halb herum und sah zu den beiden anderen Passagieren.

»Das gute alte Pompey – ich bekomme dieses Gefühl jedesmal, ganz besonders von hier auf dem Portsdown Hill: Ganz schön mitgenommen natürlich, aber trotzdem immer noch das gleiche. Wo ich mein erstes Schiff bestieg. Wo ich mein erstes Kommando übernahm.«

Lieutenant-Commander James Ross warf einen Blick auf seinen Begleiter, der, seit sie London verlassen hatten, kaum ein Wort geredet hatte. Ihm war gerade so viel über Lieutenant Charles Villiers mitgeteilt worden, wie Pryce offenbar für richtig hielt, aber er ärgerte sich trotzdem, daß man sie einfach so zusammengewürfelt hatte. Wenn sie beide nur eine Stunde in einem dieser ruhigen kleinen Pubs verbracht hätten, wäre es sicherlich leichter gewesen. Er wußte über Villiers Eltern und seine Schwester Bescheid, die in Singapur ums Leben gekommen waren, und auch das, was Pryce über Villiers Rückkehr nach dort auf irgendeiner geheimen Mission direkt unter der Nase der japanischen Besatzungsarmee erwähnt hatte. Wenn er dabei verraten worden und in Gefangenschaft geraten wäre, hätte ihn ein schreckliches Schicksal erwartet. Der alte Ossie Dyer hatte es auch erwähnt, als er ihn in der Admiralität besucht hatte. Er hatte vor Zorn schier gekocht, daß ein Vorgesetzter ein so schreckliches Risiko auch nur ins Auge fassen, geschweige denn billigen konnte.

»Halten Sie hier.« Pryce sagte nie »bitte«. »Ich muß kurz telefonieren.«

Sie hielten an einer Telefonzelle, und Ross sagte halblaut zu Villiers: »Haben Sie sich einigermaßen eingewöhnt?« Er sah, wie der Blick des jungen Lieutenants sofort argwöhnisch wurde. *Wahrscheinlich glaubt er, daß Pryce mich aufgefordert hat, ihn auszuhorchen.* »Sie sind ja in einem ziemlich noblen Hotel abgestiegen, wie ich höre.«

Villiers lächelte. »Das war die Idee meines Onkels. Er lebt in Sussex und hat immer die Investitionen der Firma hier drüben verwaltet. Ich fand, es wäre schade gewesen, das Angebot abzulehnen.«

Ross sah ein paar Landmädchen mit Rechen über der Schulter vorbeigehen. Eine Nation im Krieg. So wie die Geschützstellungen, die sie gesehen hatten, mit Tarnnetzen abgedeckt, damit man sie aus der Luft nicht erkennen konnte, und die hohen Stangen auf den Feldern, die man im ersten Kriegsjahr aufgestellt hatte, um zu verhindern, daß der Feind mit Lastenseglern Luftlandetruppen absetzte. Jetzt hatte sich eine ganze Menge geändert; Sizilien hatte das bewirkt und der Sieg der Achten Armee in Nordafrika, die den unbesiegbaren Rommel über das Mittelmeer zurückgetrieben hatte. Sie fingen jetzt an zurückzuschlagen, statt einfach dazusitzen und auf sich einprügeln zu lassen. Ja, es hatte sich eine ganze Menge geändert.

Villiers drehte sich plötzlich herum und stützte den Ellbogen auf die Armlehne zwischen ihnen. »Glauben Sie, daß wir demnächst in den Fernen Osten gehen?«

»Damit rechne ich. Ceylon als erster Schritt – und was nachher kommt, nun, darüber weiß ich genausowenig wie Sie.« Er musterte Villiers Gesicht und dessen sich ändernden Ausdruck. »Sie vermissen den Osten, nicht wahr?«

»Ja. Trotz allem, was geschehen ist. Oder vielleicht gerade deswegen. Ich bin in Singapur und Malaya aufgewachsen, und wenn ich nicht nach England gekommen wäre, um hier meine Ausbildung abzuschließen, wäre ich immer noch dort gewesen, als . . .« Er sprach den Satz nicht zu Ende.

Pryce kam zurück und knallte die Wagentür zu. »Es gibt Leute, die haben anscheinend bloß Seetang im Hirn!« Ross sah seinen Sitznachbarn an und lächelte. Pryce war nur ein paar Minuten weggewesen, und doch hatte er in der kurzen Zeit das Gefühl gehabt, daß er wenigstens angefangen hatte, mit Villiers warm zu werden. Er hoffte, daß es dem anderen ähnlich erging.

Villiers drehte sich herum und beobachtete zwei tieffliegende Jagdflugzeuge, als der Wagen sich ruckend wieder in Richtung Portsmouth in Bewegung setzte. *Unsere.* Nach all der Zeit ertappte er sich immer noch, wie seine Fäuste sich ballten, wenn er in der Nähe Flugzeuge sah. Für manche Männer war das das letzte gewesen, was sie je zu sehen bekommen hatten.

Er hatte Ross' prüfende Blicke bemerkt, sein Interesse, und hatte es von ihrem ersten Zusammentreffen an für echt gehalten. Und jetzt hatte er an diesem recht schweigsamen, zurückhaltenden Offizier, der das Victoriakreuz trug, noch etwas entdeckt: Was er zunächst für bewußt auf Distanz achtende Reserviertheit gehalten hatte, war in Wirklichkeit eher eine Art Scheu. Wenn auch nur die Hälfte von dem stimmte, was man ihm erzählt hatte, war Ross ein äußerst mutiger Mann, daran gab es gar keinen Zweifel. Und was seine Persönlichkeit anging, hatte er nicht die geringste Ähnlichkeit mit irgendeinem anderen Berufsoffizier, dem Villiers je begegnet war. Er lächelte still vor sich hin. Ganz gewiß nicht mit Pryce. *Ein ziemlich nobles Hotel.* Das wirkte gerade, als wäre er jemand anderer, der mit der Rolle, die er zu spielen hatte, und seinem Rang trotz allem, was geschehen war, nicht zurecht kam.

Pryce sagte leichthin: »Wir steigen am Royal Navy Hospital in Haslar aus. Ich muß dort jemanden aus der Kohorte sehen.«

Die Kohorte. So war das immer: etwas altmodisch und ein bißchen von oben herab.

Pryce sagte: »Captain Trevor Sinclair hat ein paar Einsätze für Special Operations mitgemacht. Erstklassig, der Bursche«, er lachte in sich hinein, »für einen Royal Marine jedenfalls.«

Er stieß den Fahrer an. »Will Sie nicht beleidigen, Brooker.«

Der Marineinfanterist starrte in den Rückspiegel. »Hab's nicht so aufgefaßt, Sir.«

»Sinclair hat in Burma gearbeitet, bei den kombinierten

Operationen und auch mit unseren Leuten. Er ist verwundet worden, aber man hat mir gesagt, er brennt darauf, wieder einzusteigen.«

Villiers dachte an das Hotel in St. James. Sie hatte beim Manager eine Nachricht für ihn hinterlassen, so wie sie es versprochen hatte, und ihm bestellen lassen, daß sie gut nach Hause gekommen sei. Sie hatte den Manager am Telefon gebeten, Lieutenant Villiers für seine Hilfe zu danken. Der Manager hatte sich sehr korrekt nach ihrem Namen erkundigt. *Carol.* Das war alles. Aber da war mehr, oder hätte da mehr sein können? Von einem Hotelzimmer aus hatte er zugesehen, wie sie die Entscheidung getroffen hatte, ihren möglichen künftigen Arbeitgeber stehenzulassen. Er kannte sie nicht und wußte auch nichts über sie, aber er war doch irgendwie froh gewesen, daß sie allein mit dem Taxi weggefahren war. Aber wenn nun . . . Er sah zu, wie die Hecken und Bäume Häusern und stacheldrahtbewehrten Kontrollpunkten und dem üblichen Gedränge von Seeleuten wichen.

Hätte er es ihr sagen können? Wäre es dann anders gewesen?

Er schüttelte den Kopf, ohne zu merken, daß Ross sich halb herumgedreht hatte und ihn ansah. Nein. Er würde das nie einem anderen Menschen anvertrauen können. Es würde immer da sein, so als ob er, als die Japaner hereingeplatzt waren, tatsächlich in dem Haus gewesen wäre, wo er aufgewachsen war. Sein Bewußtsein war nicht imstande, den Vorgang weiter als bis zu diesem Augenblick zu erforschen, obwohl er wußte, was nachher geschehen war.

Bei ihrem ersten Gespräch war Pryce auf jenen Teil seiner Vergangenheit kaum eingegangen. Nur am Ende hatte er beinahe beiläufig gefragt: »Und würden Sie wieder nach Singapur zurückgehen, wenn man Ihnen das vorschlagen würde?«

Die Stimme zu hören war, als würde jemand ganz anderer zu ihm sprechen. So selbstsicher und abgehackt. »Wenn ich etwas tun könnte – irgend etwas – ja, doch.«

Für einen Ort der Heilung und der friedlichen Genesung hätte man sich einen anderen Ort als das Royal Naval Hospital in Haslar vorstellen können; die eine Seite grenzte ans Wasser, wo Tag und Nacht Torpedo- und Kanonenboote lärmend von ihrem nahe gelegenen Stützpunkt, H.M.S. *Hornet*, vorbeidonnerten, unterwegs zum Kanal und auch weiter hinaus aufs Meer, um den Feind in seinen eigenen Küstengewässern aufzuspüren. Es war auch zu Fuß nur ein kurzes Stück zum *Dolphin*, dem U-Boot-Stützpunkt und der Ausbildungsschule, wo viele Special-Operations-Leute ihre erste Ausbildung erhalten hatten. Im Vergleich zu *Hornet* war *Dolphin* beinahe ein stummer, ja irgendwie unheimlicher Teil der Hafenanlage. Wo Pryce sein erstes Kommando bekommen hatte.

Pryce stieg aus dem Wagen und strich sich seine Jacke glatt, nicht daß sie das je nötig zu haben schien.

»Ich muß zum leitenden Sanitätsoffizier. Noch mehr Papierkrieg, denke ich.« Er sah zu Ross hinüber. »Ein Krankenwärter kann Sie führen. Sehen Sie nach, ob Captain Sinclair fertig ist und gepackt hat. Ich möchte ihn sprechen; dann kann man ihn in sein Quartier zurückbringen.« Er warf dem Fahrer einen suchenden Blick zu. »Ist das alles geregelt, Brooker?«

»Ja, Sir.« Es hörte sich an wie »Na klar doch«.

Als Pryce wegging, sagte Ross zu Villiers: »Sie bleiben bei mir. Einverstanden, wenn ich Charles zu Ihnen sage?« Er lächelte und sah plötzlich gute fünf Jahre jünger aus. »Ich heiße James.« Er zögerte kurz, und wieder spürte Villiers seine Scheu. »Meine Freunde nennen mich Jamie.« Sie schüttelten sich feierlich die Hände, geduldig von einem Krankenwärter im weißen Mantel beobachtet, der schließlich sagte: »Wenn Sie mir bitte folgen würden, Gentlemen.«

Villiers meinte: »Seltsame Lage für ein Krankenhaus.« Dann blickte er durch ein Fenster hinaus auf das Wasser, das so nahe war, daß man beinahe den Eindruck hatte, es würde direkt gegen die Terrasse schwappen.

Ross beobachtete ihn und erkannte, daß Villiers Portsmouth gar nicht so sah, wie es jetzt war, sondern einen anderen Hafen, der, wie das Krankenhaus, in den Tagen der hohen Maste und der Pyramiden von Segeln seine Blüte erlebt hatte. Das rührte ihn, obwohl er doch fast geglaubt hatte, über derartige Empfindungen hinaus zu sein.

Der Krankenpfleger wandte sich um, sofort auf dem Posten, als jemand eindringlich rief: »Pfleger, Pfleger! *Schnell!*«

Er sagte: »Nummer zehn, Sir.« Und war verschwunden.

»Herrgott, wie ich diese Kästen hasse«, sagte Ross schroff.

Sie sahen einander an, und dann rief in die plötzlich eingetretene Stille eine Männerstimme: »Herrgott, das hätte mir jemand sagen sollen, ich bin doch kein Gedankenleser, verdammt noch mal!« Dann trat wieder Stille ein, und Ross klopfte an die Tür. »Herein. Nur keine Scheu!«

Der Mann trug einen Khaki-Kampfanzug und die Rangabzeichen eines Captain der Royal Marines auf beiden Schultern.

Ross hatte sofort den Eindruck von Energie und Ungeduld und Charme. Ein warmes Lächeln begrüßte sie, und der Blick des Mannes huschte in einer Art amüsierter Neugier von einem zum anderen. »Also, ich muß schon sagen, das ist *wirklich* eine Ehre! Gleich zwei von Ihnen!«

Ross drehte sich halb zur Seite, um seinen Begleiter vorzustellen, und hatte plötzlich das Gefühl, als würde sein Verstand einrasten. Wie schon so oft. Wenn der Zeitzünder an einer Mine nicht funktioniert, das plötzliche Ticken so laut wie Big Ben, wenn man nur noch zwölf Sekunden zu leben hat. Oder das erschrockene Gesicht eines feindlichen Froschmannes, der neben einem aus dem eisigen Wasser auftaucht, um einen anzugreifen oder Alarm zu schlagen. Jene kürzeste aller Sekunden, wenn man weiß, daß man ihn töten wird. Und das alles war jetzt in Villiers Gesicht zu sehen. Ungläubigkeit, Überraschung? Nein, dachte Ross, es war Schock.

Der Captain namens Sinclair sah zu einem offenen Koffer auf dem Bett hinüber und sagte: »Das ist übrigens meine

Frau.« Villiers streckte die Hand aus und spürte, wie ihre Finger sich um die seinen schlossen, sah, wie die Angst in ihren Augen in Dankbarkeit umschlug, als er beiläufig sagte: »Charles Villiers. Sehr erfreut, Ihre Bekanntschaft zu machen.«

Ein leichtes, geblümtes Kleid, aber sonst genauso, wie er sie in Erinnerung hatte, wie er an sie gedacht hatte. Nur daß sie einen Ehering trug. Sie sagte: »Wir sind beinahe fertig.«

Villiers gab sich Mühe, sie nicht anzustarren. Southsea, hatte sie gesagt. Natürlich. Dort gab es eine große Royal-Marines-Kaserne, in Eastney.

Ross sagte: »Captain Pryce möchte Sie sprechen, bevor Sie gehen.« Er warf Villiers einen kurzen Blick zu und wußte, daß er richtig geraten hatte.

Sinclair griff sich an seinen Schnurrbart, wie um sicherzustellen, daß dort alles so war, wie es sein sollte. »*Captain* Pryce, wie? Nun ja, nun ja. Als wir uns das letzte Mal begegnet sind, hatte er noch zweieinhalb Streifen.« Er griff sich an den Hinterkopf und fügte dann gleichgültig hinzu: »Als ich mir *das da* eingefangen habe!« Ross öffnete die Tür. »Ich schicke Ihnen einen Pfleger für Ihr Gepäck.« Und dann, zu Villiers gewandt: »Sie warten mit Mrs. Sinclair. Der Wagen sollte gleich kommen.«

Dann waren sie allein miteinander. »Es tut mir wirklich *leid*!« Sie leistete keinen Widerstand, als er noch einmal ihre Hand nahm. »So schrecklich leid. Ich wußte nicht, daß es so kommen würde. Und – und Sie waren so nett zu mir in dem Hotel ...«

Er drückte ihre Hand. »Machen Sie sich keine Gedanken. Und vielen Dank auch, daß Sie die Nachricht hinterlassen haben.« Er zog seine Brieftasche heraus und zeigte ihr den Zettel. »Sehen Sie? *Carol.*« Sie war den Tränen nahe, und ihre Gesichtszüge wirkten plötzlich angespannt. »Ich hatte keine Ahnung«, sagte er, »sonst hätte ich mich da unter irgendeinem Vorwand rausgehalten.«

»Dann wird mein Mann also mit Ihnen Dienst tun?« Es war, als spräche sie von einem Fremden. »Wenn ich das nur gewußt hätte ...«

Vor der Tür waren Geräusche zu hören; ein Rollstuhl oder vielleicht ein Karren für das Gepäck des Captains.

»Ich habe viel über Sie nachgedacht«, sagte er schlicht. »Ich habe Sie in dem Taxi wegfahren sehen.«

Sie starrte ihn an, einen kurzen Augenblick lang erfreut und dann sichtlich verängstigt. »Wirklich? Da bin ich froh.« Sie warf einen Blick auf die Uhr, aber er vermutete, daß sie sie gar nicht sah. »Ich sollte jetzt gehen.«

»Ich muß Sie wiedersehen.«

Sie schüttelte den Kopf, und ihre dunklen Locken streichelten ihren Hals. »Unmöglich.« Sie war jetzt ganz ruhig, und ihre Augen blickten stetig, als sie zu ihm aufsah. »Er würde mich umbringen.« Dann nickte sie langsam. »Wirklich, das ist mein Ernst.« Er betrachtete ihre Hand an seinem Ärmel, ihre Finger an den Streifen. »Aber ich danke Ihnen. Und Sie werden nie wissen ...«

»Behalten Sie meine Karte«, sagte er. »Wenn ich Ihnen je behilflich sein kann ...«

Sie schüttelte erneut den Kopf. »Sie sind sehr liebenswürdig. Finden Sie ein hübsches Mädchen und vergessen Sie mich. Es war ein Traum. Bloß ein Traum.«

Ein Träger stieß unsanft die Tür auf und streckte vergnügt den Kopf herein. »Wagen steht draußen, Mrs. Sinclair. Ihr Mann wartet.« Als sie sich zur Tür wandte, blickte er auf ihre nackten Beine.

Villiers hätten ihm am liebsten den Hals umgedreht, und als die Tür sich hinter ihnen geschlossen hatte, sagte er: »Für mich ist es nicht bloß ein Traum. Jetzt nicht mehr!«

Ross erwartete ihn. »Tut mir leid, Charles. Das wußte ich nicht.«

Villiers wirbelte zu ihm herum, und seine Augen blitzten, während er auf eine versteckte Andeutung wartete. Dann lokkerte sich seine Haltung. »Nein, *mir* tut es leid. Ich habe es ja auch nicht gewußt.«

Er spürte Ross' Hand auf seiner Schulter, als sie zusahen, wie Pryce mit schnellen Schritten aus dem Gebäude kam. Dann sagte Ross: »Dieses noble Hotel, in dem Sie wohnen. Denken Sie, wir könnten uns dort einen kolossalen Drink genehmigen, wenn Seine Lordschaft uns nach London zurückbringt?«

Ihre Blicke begegneten sich. Das war verdammt knapp gewesen.

»Der beste Vorschlag, den ich den ganzen Tag gehört habe«, sagte Villiers eine Spur zu locker.

»Wenn Sie mir je etwas darüber erzählen wollen –«

Villiers versuchte zu lächeln. »Danke. Das gleiche gilt für Sie.«

Dann war Pryce bei ihnen. »Ich muß weiter. Jede Menge zu tun.« Aber zum ersten Mal fehlte in seiner Stimme der Schwung.

Als sie in die Sonne hinaustraten, glaubte Villiers, ihre Stimme zu hören. *Er würde mich umbringen.* Das war ihr Ernst gewesen.

Die streng blickende Frau in der Uniform eines Offiziers des Women's Royal Navy Service, WRNS, saß, das Kinn in die Hand gestützt, an ihrem Schreibtisch und blickte jetzt auf, als die Tür sich einen Spalt öffnete. Es war ein langer Tag gewesen, und die Luft war feucht und klebrig, weil die Verdunklungsjalousien bereits geschlossen waren. Nichts bewegte sich, nicht einmal die Andeutung eines Lufthauchs.

»Tut mir leid. Das Büro ist geschlossen.« Sie hielt sich die Hand vor die Augen, um sie vor dem Schein der Schreibtischlampe zu schützen, und erkannte jetzt den jungen R.N.V.R.-Lieutenant, der vor ihr stand und sie ansah. Ihre Haltung lockerte sich ein wenig. »Lieutenant Villiers. Sie fühlen sich wohl ein wenig einsam, da die anderen jetzt alle weg sind?«

Villiers sah auf die andere Tür. Dahinter brannte ebenfalls Licht. »Ich dachte, ich könnte vielleicht den Rear-Admiral sprechen.« Plötzlich kam er sich verloren vor, als habe er den Boden unter den Füßen verloren. Es war dumm gewesen, hierher zu kommen. Aber sie hatte recht. Jetzt, nachdem Ross und die anderen, die er in Pryces »Kohorte« kennengelernt hatte, weggezaubert worden waren, war es tatsächlich anders. Ein schneller Geleitzug nach Colombo, wo alles für ihren Empfang vorbereitet war. Pryce hatte unbekümmert gesagt: »Sie werden in ein paar Wochen folgen. Ich möchte, daß Sie die Führung der letzten Gruppe übernehmen, die aus Schottland herunterkommt. Das wird für Sie lehrreich sein. Keine Sorge – bis Sie nach Ceylon kommen, ist der Krieg noch nicht zu Ende!«

»Das ist ein wenig ungewöhnlich«, sagte die Marinehelferin. Sie sah die Anspannung in seinem gebräunten Gesicht, die Unsicherheit. Vielleicht hatte er seine Meinung geändert, wollte jetzt gar nicht mehr in den Fernen Osten zurück. Sie hatte seine Akte gelesen und wußte genausoviel über Villiers wie alle anderen. Wer hätte es ihm verübeln können?

Nein, das war es nicht. Als Villiers sich schon zum Gehen wandte, sagte sie ruhig: »Ich will sehen, was sich machen läßt.«

Als sie das Zimmer des Rear-Admirals betrat, fand sie ihn mit hochgekrempelten Ärmeln, die Uniformjacke über die Stuhllehne gehängt, einen Stapel Funksprüche in beiden Händen und konzentriert nachdenkend. Er blickte auf, erstaunt, ihr Klopfen nicht gehört zu haben. »Ah, Jean – ich wollte Sie gerade rufen. Ich kann es immer noch nicht glauben.«

»Was denn, Sir?«

»Die wollen mich wieder in Schottland haben! Die haben einen kompletten neuen Ausbildungsplan für Unterwasserwaffen aufgestellt, der Erste Seelord hat mich persönlich angefordert.«

»Das freut mich für Sie, Sir.« Es überraschte sie, daß es ihr so naheging. Dabei war es erst wenige Wochen her, daß er in das neu hergerichtete Büro eingezogen war, verletzt, durcheinander und sichtlich verloren. Und jetzt ging er schon wieder. »Freut mich *wirklich*«, wiederholte sie. »Und viele andere werden es genauso empfinden.«

Er rieb sich das Kinn. »Das bedeutet natürlich eine Menge zusätzliche Arbeit; neue Waffen, neue Prüfungen, um die richtigen Leute dafür zu finden.« Er sah sie durchdringend an. »Ich werde dort jemanden brauchen, der mir assistiert, wissen Sie, eine Art Flaggleutnant.« Er stand auf wie schon einmal, als sie in diesem selben Büro zusammengebrochen war. »Wollen Sie mit mir nach Schottland kommen, Jean?«

Sie sagte: »Fast hätte ich es vergessen, Sir. Lieutenant Villiers ist hier. Er möchte Sie einen Augenblick sprechen.« Sie öffnete die Tür halb und sah sich dann nach ihm um. »*Natürlich* komme ich mit. Sie brauchen es bloß zu sagen.«

Villiers ging an ihr vorüber und nahm ein wenig verlegen auf dem leeren Besuchersessel Platz.

Er war mit Ossie Dyer ein paarmal zusammengetroffen, seit er hierher gekommen war, und hatte immer wieder über sein unglaubliches Gedächtnis für Namen und Gesichter gestaunt. Männer, die er kennengelernt, ausgebildet oder mit denen er nur gefischt oder Golf gespielt hatte. Ein guter Mann. Und ein sehr fürsorglicher, auch wenn man das bei seiner polternden Art nicht gleich merkte.

Ossie kam sofort zur Sache, und das, obwohl er noch ganz im Bann der unerwarteten Nachricht und auch der Reaktion seiner Assistentin stand. Schottland . . . bald würde es wieder kalt sein; die Lochs und das halbverrostete Depotschiff so unwirtlich wie eh und je. Paradiesisch würde es sein.

»Sie wollten mich etwas fragen?«

»Die anderen sind abgereist, Sir«, sagte Villiers und sah, wie der andere nickte. »Ich habe versucht, hinsichtlich der Offiziere auf dem laufenden zu bleiben, die zu der . . .« Er gab sich Mühe, nicht *Kohorte* zu sagen » . . . neuen Abteilung versetzt worden sind. Captain Pryce hat den größten Teil der Unterlagen mitgenommen . . .« Es hatte keinen Sinn. Er kam sich vor wie ein Schuljunge, der, um nicht Rugby spielen zu müssen, behauptete, er habe sich das Handgelenk verstaucht.

Ossie Dyer zog eine Schublade auf. »In jüngster Zeit gibt es nur einen Zugang, und der ist nicht gerade neu bei Special Operations.« Er blätterte in einem kleinen Buch. »Captain Trevor Sinclair, Royal Marines. Aber den kennen Sie ja, oder?«

»Ich bin ihm in Haslar begegnet«, sagte Villiers, »unmittelbar bevor er wieder den Dienst aufnahm. Eigentlich kenne ich ihn nicht.«

»Oh, Sie werden ihn schon kennenlenen. Hervorragender Mann übrigens. Er hätte beinahe Pech gehabt bei einem Angriff hinter den japanischen Linien in Burma. Die meisten seiner Männer sind gefallen, aber er ist zurückgekehrt. Er war damals ziemlich übel zugerichtet. Eine Mine ist in der Nähe der feindlichen Anlagen, die sie zerstören sollten, hochgegangen und hat seinen Sergeanten und einige seiner Jungs getötet. Sinclair hat ein paar Splitter abbekommen, die letzten davon wurden ihm erst letzten Monat herausoperiert. Ich muß sagen, ich hatte damit gerechnet, daß er den Rest seines Lebens im Krankenhaus verbringen würde. Aber Captain Pryce hat mir versichert, daß der Stabsarzt recht zufrieden mit ihm sei. Sinclair ist fit und brennt darauf, wieder eingesetzt zu werden – wenn das zutrifft, könnte er für Ihren Verein ungeheuer wichtig sein. Er hat in Burma mit der Army zusammengearbeitet, sogar mit den Chindits*. Erstklassige Einsatzerfahrung für einen so jungen Mann.« Er seufzte. »Aber für mich ist heutzutage jeder jung.«

* Chindits – so wurden die hinter den japanischen Linien operierenden burmesischen Soldaten (nach Chinté, einem Wesen aus der burmesischen Mythologie) genannt. *Anm. d. Übers.*

Villiers fragte: »Könnte es sein, daß er vielleicht noch nicht ganz wiederhergestellt ist, Sir?«

»Na ja, wer kann das schon sagen, wenn man so etwas durchgemacht hat. Ein Splitter hatte etwa die Größe einer Grammophonnadel. Können Sie sich das vorstellen?«

Villiers erinnerte sich jetzt daran, daß sie ihm erklärt hatte, sie hätte eine Stellung gebraucht. Auch sie mußte geglaubt haben, daß ihr Mann erledigt sei; eines der vielen Wracks, die der Krieg zurückließ. Und die Schärfe in der Stimme, die er und Ross durch die Tür in Haslar gehört hatten; das lockere entwaffnende Lächeln, mit dem Sinclair sie begrüßt hatte. Sein *Das ist übrigens meine Frau.* Villiers konnte sich noch ganz genau daran erinnern, wie er sich an den Hinterkopf gegriffen und in der gleichen beiläufigen Art bemerkt hatte, »als ich mir *das da* eingefangen habe«. Und sie hatte Angst vor ihm, vor dem, was er möglicherweise tun würde, tun könnte.

»Ich kann Ihnen leider nichts anbieten, mein Junge«, sagte Dyer. »Ich will weg – heute nacht ist Bombermond.«

»Tut mir leid, Sir. Es war sehr nett von Ihnen ...«

Dyer war bereits dabei, in seine Uniformjacke zu schlüpfen. »Aber gern. Ich bin sehr stolz darauf, Sie in meiner Abteilung zu haben. Nach dem, was Sie mitgemacht haben.« Er sah sich um, aber da war nur die Marinehelferin unter der Tür.

»Er ist gegangen, Sir.«

Dyer entließ ihn aus seinen Gedanken. »Kommen Sie und trinken Sie einen Schluck, dann erzähle ich Ihnen von dem Schloß am Loch.« Er lächelte, jetzt wieder glücklich. »*Unser* Schloß. Der alte Slouch wird Sie auch mögen, das verspreche ich Ihnen! Ein wenig taub wie ich, aber nur wenn er will!«

Sie nahm ihren Dreispitz ab und dachte dabei immer noch an Villiers. Es war ein langer Tag gewesen, und als sie das Licht im Büro abschaltete, hörte sie in der Ferne das Heulen der ersten Sirenen. Fliegeralarm. Vielleicht war Ossie etwas entgangen? Villiers war nicht der Typ Mann, der einen Flaggoffizier ohne Grund störte.

Aber das hatte Zeit, was auch immer es war. Jetzt galt es erst einmal an Schottland zu denken.

Charles Villiers schaltete die Nachttischlampe aus und zog die schweren Verdunklungvorhänge einen Augenblick zurück. Helles Mondlicht und in der Ferne, irgendwo südlich der Themse, die hin und her schweifenden Strahlenbündel der Suchscheinwerfer am Himmel. Er kehrte zu seinem Bett zurück und setzte sich, ehe er das Licht wieder einschaltete. Die Zeitung lag zusammengefaltet neben ihm; der Krieg in Sizilien war so gut wie vorbei, und zwischen den Deutschen und ihren entmutigten italienischen Alliierten zeigten sich bereits die ersten Spannungen des Rückzugs.

Er erinnerte sich, wie Ross nach ihrer Rückkehr aus Portsmouth ins Hotel gekommen war, wie sie über Pryces plötzlichen Verhaltenswandel geredet hatten, obwohl seine Energie sich wieder eingestellt hatte, als die Befehle für Ceylon schließlich bestätigt worden waren. Ob Pryces Verhalten etwas mit Sinclairs früher und offenbar unerwarteter Entlassung aus der ärztlichen Behandlung zu tun gehabt hatte?

Es war ein Wunder, daß Ossie Dyer die Gründe für seine Fragen nicht spitzgekriegt hatte. Gewöhnlich entging dem Alten nicht so leicht etwas.

Das Telefon schrillte laut. Das würde der Manager sein, so diskret wie eh und je, eine Ankündigung des Fliegeralarms mit der höflichen Empfehlung, daß es vielleicht im Luftschutzkeller des Hotels sicherer sein würde, bis Entwarnung kam.

Eine unbekannte Stimme sagte: »Lieutenant Villiers? Ich habe ein Gespräch für Sie.«

Es war eine schlechte Leitung, wie ein Funkgespräch mit atmosphärischen Störungen, aber er erkannte ihre Stimme sofort.

Sie sagte: »Ich bin's ...« Ein kaum merkbares Zögern. »Charles?«

Seine Hand umfaßte den Telefonhörer fester. »Was ist? Wo sind Sie?«

Sie erwiderte: »Ich wollte mich nur noch mal richtig bei Ihnen bedanken, für Ihre Freundlichkeit, als Sie nach Portsmouth kamen – nach Haslar. Sie haben so schnell begriffen . . .«

Villiers dachte daran, wie Ross ihm zu Hilfe gekommen war, kühl und besonnen. Wenn das nicht gewesen wäre . . . Er sagte: »Ich weiß, daß Ihr Mann abgereist ist. Sagen Sie nichts davon am Telefon, sonst könnten wir getrennt werden.« Er versuchte zu lächeln, versuchte sie über die Meilen hinweg zu beruhigen. »Unvorsichtige Reden, Sie wissen schon. Ich weiß, daß ich das nicht sagen sollte, aber es ist schön, Ihre Stimme zu hören. Es ist, als ob Sie neben mir wären. Ich wünschte, es wäre so.«

Einen Augenblick lang dachte er, er sei zu weit gegangen, sie habe aufgelegt.

Dann sagte sie: »Viel Glück, und passen Sie gut auf sich auf.« Ihre Stimme klang unsicher. Es mußte sie große Überwindung gekostet haben, dieses Gespräch zu führen.

»Ich muß Sie sehen, ehe ich abreise«, sagte er. Ein Knistern in der Leitung, aber nichts geschah. »Ich verspreche Ihnen auch, daß es Ihnen nicht peinlich sein wird. Ich will Ihnen sagen – nein, ich *muß* Ihnen sagen . . .« Das lief alles falsch.

Sie sagte: »Ich habe wieder ein Bewerbungsgespräch, in zwei Tagen. Ich – ich könnte mich anschließend mit Ihnen treffen, wenn Sie wollen.«

»Ob ich will?« Er schluckte. »Kommen Sie zum Hotel. Der *Malacca Room.* Erinnern Sie sich?«

Jetzt weinte sie, aber ganz leise. »Das werde ich nie vergessen. Ihr Urgroßvater. Was haben Sie zu diesem polnischen Offizier gesagt?«

»Sie sind zu jung, um das zu hören.« Er preßte sich den Telefonhörer ans Ohr. »Wir können uns dann unterhalten.« Sie konnte nicht antworten, und er sagte: »Bis Donnerstag dann.«

Sie hatte den Hörer bereits aufgelegt, aber er sagte, als ob sie noch da wäre: »Ich werde hier sein.«

Dann holte er eine Flasche Plymouth Gin, auf deren Etikett *Duty Free H.M. Ships Only* stand, aus dem Schrank und tastete nach einem Glas.

Wahrscheinlich war es Wahnsinn, aber sie durfte einfach davon nicht verletzt werden.

Als schließlich die Sirenen über London die Entwarnung heulten, war er völlig angekleidet eingeschlafen, und die Ginflasche war noch verschlossen. Er hatte schon eine Ewigkeit nicht mehr ohne den Alptraum geschlafen.

Lieutenant-Commander James Ross hielt sich an der Reling fest und blieb stehen, um zu den Deckaufbauten des Schiffes aufzublicken. Er hatte beinahe vergessen, wie es auf einem großen Schiff war. Von außen betrachtet, war dies ein mächtiger Kreuzer, auf dem nie ein Tag verstrich, ohne daß die Männer zu den gebieterischen Klängen des Signalhorns für dies oder jenes antraten. Aber H.M.S. *Endeavour* war nicht das, was sie zu sein schien, sondern war, wie auch einige ihrer Schwesterschiffe, tatsächlich ein Minenleger, deren Rumpf gewöhnlich mit einer tödlichen Ladung von etwa vierhundert Minen vollgepackt war. Die *Endeavour* hatte Befehl, blitzschnell vorzustoßen, ein Minenfeld zu legen und wieder zu verschwinden, ehe genügend Zeit war, sie aus der Luft zu entdecken. Captain Pryces Kohorte war in Liverpool an Bord des Kreuzers gegangen und hatte nach der ersten Etappe der Reise in Gibraltar Anlaß, dankbar für die Wahl ihres Transportmittels zu sein. Die *Endeavour* war trotz ihrer Größe so schnell, daß ihre Eskorte aus vier Flottenzerstörern alle Mühe gehabt hatte, Schritt zu halten. Selbst wenn der Minenleger auf sparsame Marschfahrt gegangen war.

Eine andere Welt. Eine volle Offiziersmesse, Mahlzeiten, die, wie es sich gehörte, von weißbefrackten Stewards serviert wurden; weit entfernt von dem Schlamassel und Versteckspiel in feindlichen Häfen, wo sie jede Minute hätten entdeckt und angegriffen werden können. Aus Höflichkeit hatte der Captain der *Endeavour* Pryce seine eigene Kabine angeboten. Pryce hatte in unziemlicher Hast akzeptiert.

Der Krieg, den sie kennen-, respektieren und manchmal auch fürchten gelernt hatten, blieb mit jeder Umdrehung der Schrauben weiter hinter ihnen zurück. Langstreckenflugzeuge, U-Boote und Angriffe auf Handelsschiffe waren hier beinahe unbekannt, und heute morgen hatten sie in der Ferne einen schwachen grauen Streifen Land gesehen: Sierra Leone. Afrika.

Ross setzte seinen Spaziergang fort, fest entschlossen, trotz der üppigen Mahlzeiten und des Mangels an Bewegung so fit wie möglich zu bleiben. Er sah Tucker an einem der Davits für die Rettungsboote stehen, sich die Hand über die Augen halten und ein paar fremdartige Vögel beobachten, die dicht über der schäumenden Bugwelle dahinglitten.

Sie begegneten sich täglich wie verlorene Seelen auf diesem Schiff mit seinen über vierhundert Offizieren und Matrosen. Ross hatte sich immer noch nicht ganz an den Anblick Tukkers in seiner neuen Maatsuniform mit den vergoldeten Knöpfen und den gekreuzten Ankern am Ärmel gewöhnen können. Aber sie stand ihm, so wie er gewußt hatte, daß Tukker zu der Maatsrolle passen würde.

Tucker nahm Haltung an, als er ihn sah. »Freche kleine Biester, diese Vögel. Mich wundert bloß, daß sie nicht vor Erschöpfung runterfallen!«

Ross nickte. Das Schiff lief auf Südostkurs. In ein paar Tagen würden sie in Simonstown in Südafrika vor Anker gehen. Er war als junger U-Boot-Fahrer einmal dort gewesen und wußte, daß Tucker den Hafen ebenfalls kannte. Eine Seemannsstadt. Heiß, nicht zu teuer und freundlich.

»Ist für mich immer noch ein wenig seltsam, in der Unteroffiziersmesse zu sitzen«, sagte Tucker. »Aber es sind nette Jungs – die glauben anscheinend, daß *wir* die Spinner sind, weil wir das tun, was wir tun, statt auf großen Schiffen zu dienen.« Er grinste, daß man die Fältchen um seine Augen sehen konnte. »Die würden natürlich anders reden, wenn sie mit einer Ladung Minen im Laderaum einen Torpedo abbekommen würden!«

Sie verfielen in kameradschaftliches Schweigen und blickten den schaumgekrönten Wellen nach, die vom Vordersteven nach achtern trieben.

Tucker dachte an seine letzten paar Urlaubstage, die Verblüffung, als er in seiner neuen Uniform aufgetaucht war. Alles, was sein Vater hervorbrachte, war: »Also das haut mich doch um. *Das haut mich um.* Seh sich einer unseren Mike an!« Selbst seine alte Großmutter hatte ihn umarmt und ihm Glück gewünscht. Gewöhnlich hatte sie für niemanden ein gutes Wort. Seine Mutter hatte sich nach seinem nächsten Einsatz erkundigt und ihn dann gewarnt, *mit die farbigen Mädchen* vorsichtig zu sein.

Es war schon zum Lachen, wirklich. Seine Mutter war nie weiter als bis Southend gekommen, und selbst da war sie am Abend wieder zurückgefahren.

»Schade, daß Mr. Villiers nicht mitkommen konnte, Sir«, sagte er. »Ich wette, der ist jetzt ein wenig einsam.«

Ross lächelte. Tucker war schon etwas Besonderes. Er redete praktisch mit jedem und freundete sich mit den meisten an; er hatte es sogar gewagt, Captain Pryce zur Vorsicht zu mahnen, als er mit einer geladenen Pistole hantiert hatte, ohne sich vorher zu vergewissern, daß sie auch gesichert war. Nur selten hatte man Pryce derart sprachlos gesehen.

Er dachte an jene Nacht im St. James Hotel. Sie hatten ziemlich viel gebechert, und im Laufe ihres Gesprächs hatte Villiers ihm von seinem Urgroßvater, Captain Charles Villiers, Händler in Fernost und Fahrensmann, erzählt; wie das Geschäft in Hongkong seinen Anfang genommen hatte, als er erleben mußte, daß die Hälfte seiner Mannschaft krank wurde, vergiftet von dem Trinkwasser, das der Hafen den

Hunderten von Schiffen lieferte, die mit der Flut kamen und gingen. Er hatte sich eine Süßwasserkonzession mit ein paar sauberen Leichtern und vertrauenswürdigen Leuten gekauft, die seine Geschäfte für ihn erledigen konnten. Der Name Villiers war weltweit bekannt geworden, aber nur wenige wußten, daß das alles mit dem Verkauf von Trinkwasser begonnen hatte.

Villiers hatte seine Eltern und seine jüngere Schwester nicht erwähnt, und Ross hatte nicht danach gefragt. Es war einfach da: in seiner Stimme, in seinen Augen, in seiner offenkundigen Liebe für das Leben, das sie einst alle zusammengeführt hatten.

»Netter Kerl«, sagte er zu Tucker. »Sollte sich gut bei uns einfügen. Aber was Sie da sagen, stimmt. Schade, daß er zurückbleiben mußte. Er soll noch ein paar Leute für unsere Abteilung mitbringen – zwei Taucher und ein paar Mechaniker. Wie viele es insgesamt sein werden, weiß ich noch nicht.«

Er dachte auch an das Mädchen, dem er kurz im Haslar Hospital begegnet war. Captain Sinclairs junge Frau. Das war der andere Grund, weshalb er wünschte, Villiers wäre mitgekommen. Er versuchte, den Gedanken zu verdrängen. Wenn er je einen Vorbehalt gegenüber Villiers gehabt hatte, dann wegen seiner Vergangenheit, wegen des unübersehbaren Hasses, den er für die empfand, die seine Familie ermordet hatten, seinem Wunsch nach Rache. Solche Motive veranlaßten einen Mann häufig dazu, unvorsichtig zu werden, ohne Rücksicht auf andere, die sich auf ihn verließen. Ross hatte zunächst befürchtet, daß dieser Royal Marine so sein könnte; ein Mann der Tat und spontaner Entschlüsse, kein Mann der Vernunft. Jetzt, wo er Villiers ein wenig besser kannte, hatte er in dieser Hinsicht keine Sorge mehr.

Aber er konnte sein Gesicht sehen und auch das der jungen Frau, als sie einander im Haslar Hospital gegenüberstanden. Es wäre Wahnsinn, wenn sie sich miteinander einlassen würden. Nur eine kurze Affäre? Selbst das konnte schlimme Folgen haben.

Wir ziehen in einen Krieg, über den wir sehr wenig wissen. Die Chance, daß ein Einsatz scheiterte und er als Kriegsgefangener enden würde, hatte Ross stets beunruhigt. Aber er hatte nie Angst gehabt. Er hatte mitgeholfen, deutsche Überlebende aus den eisigen Wellen zu bergen, wo sie doch noch Minuten zuvor alles mögliche getan hatten, um einander zu töten. Eine Decke über die Schultern, eine Zigarette zwischen zitternde Lippen, ein Schuß Rum, wenn einer zu haben war. Und nachher waren sie ihm nie anders als seine eigenen Männer vorgekommen.

Aber die Japse ... Er hatte es in Villiers Augen gesehen, ein junger Mann, den Trauer und Entsetzen so weit getrieben hatten, daß er sich sogar zu irgendeinem hirnrissigen Einsatz in Singapur gemeldet hatte, den sich nur ein zweiter Pryce ausgedacht haben konnte, falls es so jemand überhaupt gab.

Und was ist mit dir? Es war wie eine fremde Stimme. *Was würdest du an seiner Stelle tun?*

Die Lautsprecheranlage quietschte, dann ertönte das Trillern einer Bootsmannspfeife.

»Hoch die Geister. Messeälteste antreten zum Rumempfang!«

Ross gab sich innerlich einen Ruck und versuchte zu lächeln. Dies war die Wirklichkeit. Nur dies zählte, bis der Auftrag erledigt und abgehakt war.

Als er wieder in seinen Gedanken zu stöbern begann, konnte er dort nur noch Neid entdecken.

4
Es wird ernst

Als Captain Pryces Special-Operations-Aufklärungstrupp in Trincomalee, dem wichtigsten Ankerplatz der Flotte an der Ostküste Ceylons, eintraf und an Land ging, war das beinahe enttäuschend. Weit davon entfernt, sich jetzt wie Beteiligte an einem völlig neuen Kriegsschauplatz zu fühlen, hatte der September ihnen ein seltsames Gefühl der Unwirklichkeit und Isoliertheit vom eigentlichen Geschehen gebracht.

Man hatte einige Quartiere, die vorher verheirateten Angehörigen der Landstreitkräfte gedient hatten, in Unterkünfte für die Marineeinheit umgewandelt, während die Chariots, die die Reise von England im Bauch des großen Minenlegers zurückgelegt hatten, auf ein kleines Depotschiff verlegt wurden, das alle notwendigen Einrichtungen und eine Werkstatt für die Feuerwerker und Torpedomänner enthielt.

Strahlendblauer Himmel, weiße Uniformhemden und Shorts: alles Veränderungen zum Besseren hin, denen nur die Nachrichten von zu Hause gleichkamen. Wie erwartet, hatten die Alliierten inzwischen die Invasion in Süditalien begonnen. Diesmal nicht auf irgendeiner Insel, sondern auf dem Kontinent selbst. Es war nicht leicht gewesen. Die Deutschen waren vorbereitet und hatten sich kaum auf die Italiener verlassen. Sie hatten mit Artillerie und Panzern Widerstand geleistet sowie mit einer völlig neuen Waffe, einer funkgesteuerten Rakete, die aus der Luft auf ein Schiff gelenkt werden konnte und die dort zum ersten Mal zum Einsatz kam. Einige schwere Kriegsschiffe waren beschädigt worden, darunter auch der Flaggschiffveteran *Warspite,* der Liebling der Mittelmeerflotte. Aber trotz einiger Mißverständnisse zwischen den alliierten Befehlshabern waren die Angriffsziele erreicht und eingenommen worden. Operation *Avalanche* war erfolgreich verlaufen.

Pryces Chariot-Crews, die das bitterkalte Wasser schottischer Lochs und der Nordsee gewöhnt waren, staunten über die Schönheit und Wärme der Küste, wo sie in einer Unterwasserwelt roter und weißer Korallen, inmitten dunkler Felsen und exotischer Blumen übten, so daß es ihnen manchmal schwerfiel, sich auf die Regeln des Angriffs zu konzentrieren.

Insgesamt standen ihnen sechs Chariots mit Crews und Ersatzpersonal zur Verfügung, dazu eine beträchtliche Anzahl von »Experten«: Ausbilder für Sprengstoffe und Überlebensteams und sogar ein Instruktor, der Vorträge über Tropenkrankheiten hielt.

An diesem heißen Abend trat Lieutenant-Commander James Ross in einen Lichtpool vor der Tür, die die Aufschrift *Captain-in-Charge* trug, und zögerte dann. Pryce hatte ihn aufgefordert, »einfach mal reinzuschauen«, aber offensichtlich war jemand bei ihm: Ross konnte sein abgehacktes, bellendes Lachen hören. Was wollte er wohl diesmal? Er mußte plötzlich an Villiers denken. Dessen Überfahrt nach Ceylon hatte sich nochmals verzögert, und Ross fragte sich manchmal, ob das vielleicht bedeutete, daß all dies umsonst gewesen war; daß irgendeine vorgesetzte Stelle entschieden hatte, daß keine Notwendigkeit bestand, diese oder irgendeine andere Special-Operations-Gruppe noch weiter zu vergrößern.

Ein Matrose, der an einem kleinen Tischchen mit einem Telefon saß, meldete förmlich: »Ein höherer Army-Offizier ist bei ihm. Soll ich ihn anrufen?«

Ross schüttelte den Kopf. »Nein, vielen Dank. Ist jemand in der Einsatzleitung?«

»Nur der diensthabende Offizier, Sir. Das meiste wird noch im Stützpunkt abgewickelt.«

Ross ging weiter und fand sich kurz darauf in einem der neugebauten Korridore, die die verschiedenen Büros und Lagerräume miteinander verbanden. Früher war die Einsatzzentrale ein gewöhnlicher Bungalow gewesen, was aber kaum mehr zu erkennen war, seit man die üblichen Wandkarten und Informationstafeln angebracht hatte. Untertags waren dort ein paar Marinehelferinnen tätig. Aber wenn es keine besonderen Vorkommnisse gab, war dies eine Navy, die ihren Dienst zwischen neun und fünf verrichtete.

Unter einem polierten Stein lag ein Zettel, und er beugte sich vor, um einen Blick darauf zu werfen. Es war nichts Wichtiges; nur ein Hinweis auf ein bevorstehendes Squashturnier.

»Kann ich Ihnen behilflich sein –« ein kaum wahrnehmbares Zögern, »Sir?«

Ross nahm erst jetzt wahr, daß an dem größten Schreibtisch mit der Kennzeichnung S.O.O. eine Marinehelferin saß. Vermutlich kein Stabsoffizier; Ross war nicht einmal sicher, ob ihre Einsatzgruppe in dieser frühen Phase einen Offizier beanspruchen konnte. An einem Ärmel trug die Frau das Rangabzeichen eines Maats, so wie Tucker, nur in anderer Farbe, und auf dem anderen die gekreuzten Flaggen und den Buchstaben eines Codierers. Sie hielt einen Bleistift in der Hand, und er sah ein halbgelöstes Kreuzworträtsel unter ihrem Ellbogen.

»Sind Sie hier zuständig?«

Sie musterte ihn ruhig, und im grellen Schein der Deckenbeleuchtung wirkten ihre Augen fast gelb. »Yes, Sir. Petty Officer Mackenzie.«

Ihre kühle Art ärgerte ihn irgendwie, ohne daß er hätte sagen können, weshalb. »Ich bin Lieutenant-Commander ...«

Sie stand auf. »Ich weiß, wer *Sie* sind, Sir. Das wissen wir alle.«

Es war nicht gerade unverschämt, aber respektvoll war es auch nicht.

»Den Funkspruchordner-Aktuell«, sagte er knapp. Als sie nicht darauf reagierte, fügte er hinzu: »Die heutigen. Ich möchte sie sehen.«

Sie lächelte; das ließ sie sehr attraktiv erscheinen. »Nicht möglich, Sir.«

»Ich quittiere den Empfang, wenn es das ist, was Sie stört!«

»Das stört mich nicht, Sir. Captain Pryce hat angeordnet, daß ich sie nur auf seine ausdrückliche Anordnung herausgeben darf. Wenn ich gegen diese Vorschrift handle, bekomme ich Ärger.«

Ross sagte: »Ich muß etwas nachsehen.« Aber es war nutzlos. Er hatte das Gefühl, daß sie die Situation genoß. Sie hatte dunkles, glänzendes Haar – kohlschwarz. An ihr war irgend etwas Ungewöhnliches, dachte er; sie wirkte fremdartig, ausländisch, wenn das möglich war.

»Kann ich Ihnen sonst etwas bringen, Sir?« fragte sie. »Eine Tasse Tee vielleicht?«

»Vielen Dank, nein. Dann gehe ich eben zu Captain Pryce, wenn es unbedingt sein muß.«

Aber als er sich umsah, hatte sie sich bereits wieder über ihr Kreuzworträtsel gebeugt.

Eine eigenartige Begegnung. Vielleicht mochte sie Offiziere nicht, oder vielleicht ganz allgemein Männer?

Ich verliere meinen Sinn für Humor. Dumm, sich über so etwas zu ärgern.

Als er Pryces Tür erreichte, sagte der diensthabende Matrose: »Er erwartet Sie, Sir.«

Pryce war in aufgeräumter Stimmung. »Ich habe auf Sie gewartet. Es unterliegt natürlich noch der Geheimhaltung, aber morgen wird es die ganze Welt wissen!« Er deutete auf einen Stuhl. »Ich wette, dort droben in den Lochs feiern die heute abend, oder welche verdammte Tageszeit die jetzt auch haben mögen!«

Ross wartete; das abweisende Verhalten der jungen Frau beschäftigte ihn immer noch.

»Unser Vertrauen in kleinere Unterwasserwaffen hat sich bestätigt, Ross«, sagte Pryce. »Einige unserer X-Craft – wie viele es waren, ging aus dem Funkspruch nicht hervor – sind in den norwegischen Fjord eingedrungen, wo sich die *Tirpitz* die ganze Zeit versteckt hielt. Netze, Ausleger, Patrouillenboote, einfach alles! Und die haben es geschafft! Ihre Sprengladungen angebracht, und jetzt ist der Pott bewegungsunfähig, wahrscheinlich für immer!«

Ross starrte ihn an, und das Bild wollte sich irgendwie nicht vor seinem inneren Auge aufbauen. Er hatte oft daran gedacht, sich zu den X-Craft versetzen zu lassen, den Zwerg-U-Booten, die eines von Ossie Dyers Projekten gewesen waren. Sie waren klein und trugen nur eine vierköpfige Besatzung, und doch hatten sie das Unmögliche geschafft. Die *Tirpitz* war das mächtigste Kriegsschiff der Welt nach ihrem Schwesterschiff, der *Bismarck,* die die *Hood* in nördlichen Gewässern vernichtet hatte, wo das Wasser so eisig kalt war, daß man dort nur Minuten überleben konnte. Die *Bismarck* war ebenfalls versenkt worden. Aber das hatte den Einsatz des größten Teils der Flotte und dazu noch eine Menge Glück erfordert. Und solange es die *Tirpitz* gab, selbst wenn sie ihren Schlupfwinkel in den norwegischen Fjorden nie verließ, band das dringend benötigte Schiffe, nur weil ja jederzeit die Möglichkeit bestand, daß sie plötzlich auslaufen würde.

»Und was ist mit unseren Jungs passiert, Sir?« fragte er mit leiser Stimme.

»Was?« Pryce befand sich offenbar in einer anderen Welt. »Oh, das weiß ich auch nicht genau. Ein paar sind gefangengenommen worden. Aber dennoch . . .«

Aber dennoch. »Ich wünschte, wir wären da dabeigewesen«, sagte Ross.

Pryce musterte ihn mit einem eigenartigen Blick. »Das ist der Grund, weshalb ich Sie für diese Arbeit ausgewählt habe. Wir werden immer Ausfälle haben. Offiziere, die mit dem eigenen Beispiel führen, sind etwas Besonderes.« Und dann sagte er: »Da dies ein besonderer Anlaß ist . . .« Er öffnete einen Schrank und holte eine Flasche Malt Whisky heraus. Dann drückte er einen Klingelknopf. »Nur ein Glas, verdammt!«

Ross beobachtete ihn. Pryce freute sich echt über die mächtige *Tirpitz,* selbst Churchill hatte zugegeben, daß es wenigstens zwei britische Schlachtschiffe im gemeinsamen Einsatz brauchte, um eine Chance gegen sie zu haben. Aber er war gereizt. Vielleicht kam er sich auch irgendwie übergangen vor.

»Ich wollte mir die neuesten Funksprüche über unsere Leute aus England ansehen«, sagte Ross. »Lieutenant Villiers ...«

Die Tür ging auf, und die Marinehelferin stand da und musterte ihn mit denselben kühlen Augen.

»Also doch keinen Tee, Sir?« Und dann, zu Pryce gewandt: »Ich bin selbst gekommen. Der Bote ist austreten.«

Pryce nickte. »Ja. Ja, freilich. Könnten Sie mir noch ein Glas besorgen?« Die Tür schloß sich wieder.

Er zog eine Schublade auf. »Hier habe ich die Funksprüche.« Er warf Ross einen prüfenden Blick zu. »Ich habe da gerade ein wenig Spannung gespürt. Dann haben Sie also schon die Bekanntschaft unserer furchterregenden Victoria gemacht?« Er lachte. Und dann fügte er wieder ganz sachlich hinzu: »Sie können sagen, was Sie wollen, aber sie hat den größten Anteil daran, daß diese Büros so schnell eingerichtet waren und alle Geräte hier sind, die wir brauchen. Ein *sehr* intelligentes Mädchen. Wir können von Glück reden, daß wir sie haben.«

Ross dachte darüber nach. Es war selten, daß Pryce jemanden so uneingeschränkt lobte. »Ich hätte gedacht, daß uns der W.R.N.S. jemanden im Offiziersrang schickt.«

Pryce schraubte langsam die Flasche auf. »Ich bin sicher, daß Miss Mackenzie der gleichen Ansicht ist. Sie würde einen guten Offizier abgeben.«

Ross erinnerte sich an ihre Augen, ihre kaum verhohlene Mißbilligung. »Warum ist sie es dann nicht, Sir?«

Pryce warf einen verstohlenen Blick auf die Tür und murmelte: »Ihre Herkunft – Sie wissen ja, wie es ist. Die falsche Seite der Decke, erklärt es das?«

Sie kam mit dem Glas zurück. »Sonst noch etwas, Sir?«

Sie sah Pryce an, aber Ross spürte den Zorn in ihrer Stimme, als ob er ihm gelten würde. *Sie weiß, daß wir über sie geredet haben.*

Er spürte, wie Pryce ihm das Glas in die Hand drückte. Es war fast randvoll, und dabei hatte er noch nie gesehen, daß Pryce vor dem Essen trank, meist nicht einmal während des Essens.

Pryce sagte: »Ich kann mir gut vorstellen, daß so mancher Romeo aus der Offiziersmesse sich schon an sie rangemacht hat, wie? Ich schätze, die würde die armen Schweine zum Frühstück verzehren!«

Er hob sein Glas. »Cheers! Auf all die Jungs, die wir gekannt haben und die nicht zurückgekehrt sind.« Seine Stimmung verflog ebenso schnell, wie sie gekommen war, und er wandte sich wieder den Papieren auf seinem Schreibtisch zu.

»Sie waren mit einem Lieutenant namens David Napier gut befreundet.« Das war eine Feststellung, keine Frage. »Er ist bei diesem letzten großen Einsatz ums Leben gekommen, ja? Gar nicht so weit von der verdammten *Tirpitz* entfernt.«

Ross bestätigte das und fragte sich, was jetzt kommen würde, fragte sich auch, weshalb er schon vorher das Gefühl gehabt hatte, daß etwas im Busche war. »Wenn unsere anderen Leute hier eintreffen, kommt noch ein zusätzliches Chariot-Team mit«, sagte Pryce. »Sub-Lieutenant Peter Napier wird es befehligen.«

Ross packte die Armlehnen seines Sessels fester. Dabei schwappten ihm ein paar Tropfen Whisky aufs Bein, ohne daß er es beachtete.

»Nicht Peter.« Er fand keine Worte. »Er ist zu jung und unerfahren. Können Sie das nicht verhindern, Sir?«

»Natürlich ist er jung. Die meisten waren das einmal.« Pryce lächelte, aber seine Augen blieben kalt und ausdruckslos. »Selbst Sie. Der Kommandant des Ausbildungslagers war voll des Lobes für ihn – mit weitem Abstand der beste Bewerber, den er seit langem gehabt hat. Warum sollte ich ihn aufhalten? Er ist gut und brennt auf den Einsatz, genau das, was wir brauchen. Wenn es jemand anderer wäre, würden Sie mir jetzt vorwerfen, daß ich hier eine Günstlingswirtschaft betreibe, meinen Rang ausnütze, stimmt's?«

Ross hörte kaum, was er sagte. »Er war doch bloß ein Junge. Er hat seinen Bruder vergöttert.«

»Und Sie auch, nach allem, was ich gehört habe. Wir brauchen immer jemanden, zu dem wir aufblicken, Ross; daran ändert selbst dieser verdammte Krieg nichts!«

Er sah vielsagend auf die Uhr. »Ich habe mit unseren Freunden in Khaki gesprochen. Wir werden uns über Dschungelausbildung unterhalten müssen; sie fit halten, bereit für den echten Einsatz.«

Er wandte sich ab. »Und noch etwas, was Sie für sich behalten sollten, und diesmal ist es wirklich top secret. Lord Louis Mountbatten bekommt das Oberkommando über Südostasien: Army, Navy, alles.« Er sah lächelnd zu der Wandkarte mit ihren vielen bunten Fähnchen hinüber. »Niemand wird *uns* noch einmal ins Meer treiben, nie wieder.«

Ross ging zu einer Seitentür hinaus und stand dann eine Weile in der warmen, einhüllenden Finsternis da. Der Duft von Blüten lag berauschend in der Luft, und doch konnte er auch das Salz auf seinen Lippen spüren. Die See war hier genauso wie im Südwesten Englands, nie weit von einem entfernt.

Er dachte an das Mädchen mit dem rabenschwarzen Haar. *Die falsche Seite der Decke.* Wie sollte jemand wie Pryce das je verstehen?

Jemand, zu dem man aufblicken kann. Würde Peter ebenso wie sein Bruder für etwas so Dummes sterben?

Er hörte gedämpfte Beifallsrufe; sie schienen aus dem Gebäude zu kommen, in dem die Unteroffiziersmesse untergebracht war. Sicher war die *Tirpitz* einer der Gründe für die allgemeine Begeisterung.

Er stellte fest, daß er lächeln konnte, wenigstens in der

Dunkelheit. Da fühlte er sich einigermaßen sicher. Soviel zum Thema *top secret.* »Tommy« Tucker war wahrscheinlich bei seinen neuen Kameraden da drinnen, das Foto seiner Londoner Busschaffnerin sicher in dem Futteral aus Ölhaut verstaut. Männer wie er verlangten so wenig und gaben so viel.

Ein paar schwankende Gestalten stolperten aus der Tür der Unteroffiziersmesse, und er hörte, wie jemand auf ein Klavier einhämmerte.

Das Lied war so vertraut und wirkte vielleicht deshalb so beruhigend auf ihn. Vielleicht hatte David doch recht gehabt. *Steht dein Name einmal auf der Liste, kannst du nichts mehr dran ändern.*

»Nun kommt schon, Nelson, Rodney und Hood, dieser Pott mit den langen Schloten ist doch zu nichts gut!«

Beides zusammen sagte eigentlich alles.

Der *Malacca Room* im Hotel war leer. Draußen fing es bereits an, dunkel zu werden, und man konnte den Herbst in der Luft spüren. Villiers nahm der jungen Frau den Regenmantel ab und sagte: »Tut mir wirklich leid, das alles. Ich hatte mir das anders vorgestellt.«

Der Nachmittag war unbefriedigend verlaufen, nachdem sich beide unterfangen hatten, sich darauf zu freuen. Ihr Bewerbungsgespräch hatte sich verzögert, und als sie schließlich ins Hotel gekommen war, hatte man den Tisch, den er woanders für den Nachmittagstee reserviert hatte, bereits anderweitig vergeben. Das Lokal, das sie schließlich in einer Seitenstraße von Piccadilly gefunden hatten, war überfüllt, laut und ohne Charakter gewesen. Der nächste Fehler war dann das Kino. Im Schutz der Dunkelheit zu sitzen war zwar recht nett. Er hatte sogar den Arm um ihre Schultern gelegt, während auf der Leinwand der Film über die Amerikaner im Pazifik dahindröhnte. Und dann hatte sich das nur zu vertraute Dia über die Leinwand geschoben: SOEBEN IST FLIEGERALARM GEMELDET WORDEN. Und das hatte selbst dieser kurzen Intimität ein Ende gemacht, als die Zuschauer im Saal, hauptsächlich Soldaten mit ihren Mädchen, protestiert und mit den Füßen gestampft hatten. Aber die Vorschriften waren jetzt härter geworden. Zu viele überfüllte Kinos waren von Bomben getroffen worden, deren Gäste überhaupt nichts gewußt oder die Gefahr nicht ernst genommen hatten, bis es zu spät gewesen war.

Sie wollte nach Putney; sie hatte Freunde dort, wo sie übernachten konnte. Morgen würde sie das Ergebnis ihres Bewerbungsgesprächs erfahren. Es hätte ein so schöner Tag sein können. Und jetzt war er ihnen beiden verdorben.

»Ich will sehen, ob ich uns etwas zu trinken besorgen kann«, sagte Villiers. Er sah sie ernst an und erinnerte sich an ihre dunklen Locken auf seinem Handgelenk, als er den Arm um sie gelegt hatte. Eine Menge anderer Paare hatten dasselbe getan, und er schloß aus den gedämpften Geräuschen, daß einige ein gutes Stück weitergegangen waren, jede Zurückhaltung und Vorsicht außer acht lassend.

Sie waren Arm in Arm durch die Dämmerung geschlendert, hatten die hellen Nadelstiche am Himmel gesehen, detonierende Flak-Granaten, durch die Entfernung harmlos gemacht. Wieder das Eastend, wie ein Zeitungsverkäufer verkündete.

»Mir gefällt das nicht, daß Sie nach Putney gehen«, sagte er abrupt, »wo auch immer das ist, jedenfalls nicht allein. Es wird regnen – Sie würden nie ein Taxi bekommen.«

Die Tür öffnete sich einen Spalt, und der Manager lugte ins Zimmer. »Hier drinnen ist's ein bißchen kühl, ich könnte einen elektrischen Heizofen kommen lassen.« Er warf dem Mädchen einen diskreten Blick zu. »Zu früh für Kohle, heißt es.« Er hielt Villiers ein Briefkuvert hin. »Das ist heute nachmittag gekommen, Mr. Charles. Ich mußte dafür unterschreiben.«

Sie beobachtete sein Gesicht und spürte den Wandel, der

sich in ihm vollzog. Nicht erregt und nicht einmal resigniert. Es war ein seltsam verlorener Blick, dachte sie, wie bei einem kleinen Jungen.

Der Manager sagte: »Ich könnte Ihnen Erfrischungen besorgen. Ich weiß, eigentlich ist das nicht . . .«

Er zog sich zurück.

Villiers faltete den Brief zusammen. »Morgen also. Ich muß in den Norden.«

Sie wartete, blickte auf seine Finger auf dem Papier, die Hand, die sie im Kino auf ihrem Kragen gespürt, die auf der Straße ihren Arm gehalten hatte. »Übersee?« fragte sie.

Er sah sie an und durch sie hindurch, trat an ihren Stuhl und berührte sie an der Schulter. Sie war nicht sicher, daß er überhaupt bemerkte, was er tat. »Ich wollte, daß alles so nett für Sie wird. Morgen muß ich weg. Und Sie gehen nach Putney.« Das Lächeln wollte nicht kommen. »Nicht einmal ein Feuer kann man hier drinnen anmachen. Brennstoff sparen, Energie sparen, alles sparen, bloß Leben nicht. In den Badewannen haben die jetzt Sechs-Zoll-Linien gezogen. Es ist unpatriotisch, mehr Wasser zu verbrauchen, als man wirklich benötigt.«

»Ärgern Sie sich nicht, Charles«, sagte sie. »Es war schön hier . . . bei Ihnen. Das hat alles andere ins richtige Verhältnis gesetzt. Wir haben doch gewußt, daß es nicht von Dauer sein konnte.«

Er setzte sich neben sie und starrte sie an. »Sie könnten Ihre Freunde von hier aus anrufen, ihnen sagen, daß Sie es sich anders überlegt haben. Wir könnten zusammen zu Abend essen. Nur wir zwei.«

»Wissen Sie, was Sie da von mir verlangen?« sagte sie. »Was Sie tun?« Ihre Ruhe überraschte sie. »Sie wissen, daß ich gehen muß. Wenn wir ausgetrunken haben. Danach . . .«

Er ergriff ihre beiden Hände. »Ich möchte, daß Sie bleiben, Carol. Ich wünsche mir das so sehr, daß es weh tut. Das Ergebnis Ihres Bewerbungsgesprächs erfahren Sie immer noch.« Er drückte ihre Hände und wirkte plötzlich sehr jung, sehr verletzbar. »Ich bin ganz sicher, daß Sie die Stelle bekommen, die Sie sich gewünscht haben.«

Der Manager kam mit einem Tablett und Gläsern herein. »Ich mußte dem alten Henry den Tag freigeben, Mr. Charles«, sagte er. »Sein Junge, Kanonier bei der Air Force, ist als vermißt gemeldet worden – über dem Meer abgestürzt, heißt es.«

Villiers sah auf ihre Hände, die sie ihm nicht entzogen hatte. »Der arme Teufel. Wenn er etwas braucht . . . falls ich irgend etwas tun kann. Sie wissen schon.«

Der Manager sah auf das Porträt des alten Captain Villiers. »Er wäre stolz auf Sie gewesen, wenn ich das sagen darf.«

Villiers hob sein Glas. »Also, Carol.«

Sie fragte: »Haben Sie Ihre Brieftasche?«

Verblüfft zog er sie heraus. »Hier.«

Sie klappte sie auf und nahm die Karte heraus, auf die er ihren Namen geschrieben hatte. Sie hatte in seiner Brusttasche einen Bleistift gesehen und griff jetzt danach. Einen winzigen Augenblick lang spürte sie unter seinem Hemd seinen Körper. Er war so heiß, so als ob er Fieber hätte.

Es war ein goldener Drehbleistift, auf dem seine Initialen eingraviert waren. Ein Geschenk von jemandem, der ihn liebte, dachte sie.

»Mein Geschenk zum einundzwanzigsten Geburtstag«, sagte er. »Von meiner Schwester.«

Sie strich den Namen auf der Karte aus und konnte seine plötzliche Gemütsbewegung spüren, ebenso wie ihre eigene. »Sie müssen das richtig schreiben, Charles. Es heißt *Caryl.*« Sie griff nach dem Sherry, drehte sich dann aber halb herum, sah ihn an und sagte mit weicher Stimme: »Wenn Sie *sicher* sind. Ich möchte nicht, daß Sie denken . . .« Sie sprach den Satz nicht zu Ende, als er sich zu ihr beugte und sie fast scheu auf die Wange küßte. Sie griff nach seiner Hand, so scheu, so vorsichtig; plötzlich kam ihr in den Sinn, daß er vielleicht noch nie mit einem Mädchen zusammengewesen war.

»Ja, ich bin sicher, Caryl«, sagte er. »Ich bin noch nie so sicher gewesen. Weißt du, ich war nämlich noch nie verliebt, jedenfalls nicht so richtig.«

Sie strich ihm mit den Fingern über die Lippen. »Sag das nicht. Alles ist gegen uns. Ich bin mit einem Mann verheiratet, den ich nicht liebe, und wir beide werden wahrscheinlich noch einmal bedauern, was wir gerade tun.« Dann lächelte sie, als ob ihre echten Gefühle auf der Lauer gelegen hätten und sie hätte sie bisher nur nicht verstanden. »Ich werde bleiben. Ich *möchte* bleiben. Ich weiß, daß es eine ganze Menge Mädchen gibt, die die Gelegenheit sofort ergreifen und nie darüber nachdenken würden, ob es richtig ist oder nicht ... du gefällst mir –« Sie berührte das Ordensband an seiner Brust. »Was ist das?«

Er sah sie an, versuchte seine Gedanken, seine Empfindungen, alles irgendwie in den Griff zu bekommen. Es war ein Traum. Gleich würde er daraus erwachen. »Das Verdienstkreuz.« In aller Bescheidenheit setzte er hinzu: »Das gibt's, wenn man ausnahmsweise was Konstruktives geleistet hat.«

Sie blickte auf, als der Manager wieder hereinkam. »Ich habe Ihre Tasche am Empfangspult, Miss. Ich kann versuchen, ein Taxi zu bekommen, aber es regnet ziemlich stark.«

»Mein Gast wird bleiben«, sagte Villiers. »Läßt sich das einrichten?«

Der Mann legte seinen Zeigefinger auf den Kaminsims unter dem Porträt, als würde er dort nach Staub suchen. »Übernachtungsgäste müssen sich ausweisen, das ist Vorschrift.« Er lächelte traurig. »Der Krieg, Sie wissen ja. Aber gewöhnlich liegt das Hotelregister um die Zeit bereits im Safe. Die Formalitäten haben Zeit bis morgen früh.«

Villiers wartete, bis sie wieder allein waren. »Und du bist auch ganz sicher?«

Sie strich über sein Gesicht, sein Haar, seinen Mund. »Ich hätte nie gedacht, daß es einmal geschehen könnte, daß ich so etwas tue.« Sie blickte auf seine Hand an ihrem Handgelenk, wie jenes allerste Mal . . . und es *war* verrückt. Was, wenn jemand dahinterkam, ihr Vater zum Beispiel und all die anderen, die gegen sie und für Trevor Partei ergreifen würden. Für Trevor, den Kriegshelden. Er hätte nie über seine Orden und mutigen Taten scherzen können. Sie hätte ihn gleich jenes erste Mal verlassen sollen . . . ehe man sie dazu gebracht hatte, Schuldgefühle zu entwickeln, als er in einem Krankenhaus nach dem anderen isoliert worden war. Jeder Besuch war wie ein Bußgang gewesen. Er hatte nie ein Wort gesagt und, wenn nicht ihr Vater oder jemand von seinen Verwandten zugegen gewesen war, kaum ein Zeichen des Erkennens von sich gegeben. Ein völlig anderer Mann. Oder etwa doch nicht? Hatte sie sich auch in dem Punkt etwas vorgemacht?

Schnell sagte sie: »Nimm mich mit rauf, Charles. Die Zukunft kann warten. Die Vergangenheit ist vorbei.«

Das Zimmer war im zweiten Stock, und das war gut so, dachte Villiers. Der Aufzug wurde nachts immer abgeschaltet, um dieses oder jenes zu sparen. Jemand war bereits dagewesen und hatte das Bett aufgeschlagen. Auf der einen Seite war sorgfältig sein neuer Seidenpyjama ausgelegt, den er bis jetzt nie getragen hatte.

Sie strich über die Seide und meinte dann: »Ich werde wie eine richtige Vogelscheuche aussehen. Ich habe mir warme Sachen mitgebracht für den Fall, daß ich in den Luftschutzraum muß.«

Er sah sie an, von ihrer Erregung, ihrem Glück erwärmt, das echt war, und wenn es auch nur für den Augenblick sein sollte.

Sie hielt die Pyjamajacke hoch. »Ich werde das hier tragen. Du kannst ja die untere Hälfte nehmen.«

Das Zimmer hatte ein Bad, und sie nahm ihre Reisetasche und sagte: »Was für ein Luxus! Wo ich bisher übernachtet habe, war das Bad immer auf dem Flur und meist noch in einem anderen Stockwerk!«

An der Tür blieb sie stehen, plötzlich wirkte sie sehr klein und unsicher. »Hast du etwas zu trinken, ich – ich meine, ohne daß du es bestellen mußt?«

»Nur Gin, fürchte ich«, erwiderte er.

Sie nickte bedächtig. »Dann werde ich einen Schluck Gin trinken.«

Er lächelte. Eigentlich hätte es Champagner sein sollen. Er griff trotzig nach seiner Pyjamahose. Eines Tages *würde* es Champagner sein.

Sie kam wieder ins Zimmer, ihre nackten Füße waren auf dem ausgebleichten Teppich nicht zu hören. »Was für ein schönes Bad.« Sie nahm das Glas Gin, das er ihr reichte, und warf einen skeptischen Blick darauf. »Also, runter damit!«

Er wartete, bis sie aufgehört hatte zu husten, und sagte dann: »Du brauchtest ja nicht alles auf einmal zu trinken!«

Sie rollte sich auf den Rücken und streckte die Hände nach seinen Schultern aus. »Wie schön braun du bist. Aber das habe ich gewußt.«

»Biskuitfarben«, sagte er leise.

Dann berührte er sanft ihr Gesicht und lehnte sich über sie, um das Licht auszuschalten.

»Nein«, sagte sie. »Dieser Augenblick gehört uns. Wir wolen uns nicht davor verstecken.« Sie beobachtete seine Finger an den Knöpfen ihrer Jacke, spürte seine Schüchternheit, etwas, das ebenso stark war wie Schuldgefühle.

»Küß mich«, sagte sie.

Ihre Lippen begegneten sich, und sie legte ihre Hand auf die seine, um ihm mit den Knöpfen zu helfen.

Sie fühlte seine Hand auf ihrer Haut, fühlte, wie sein Zögern plötzlich in Gier umschlug, als er ihre Brüste umfaßte, sie mit der Hand umschloß und darüberstrich, bis ihre Brustspitzen hart wurden und schmerzten.

Er küßte sie, sanft, aber fest, küßte ihren Hals, ihre Brüste, ihren Bauch, bis die Erregung in ihr aufstieg und sie spürte, wie sie die Kontrolle über sich verlor. Er kniete über ihr, während sie nach ihm griff, sah, wie ihr Atem schneller wurde. Sie fand ihn und hielt ihn, als ob sie seit Ewigkeiten ein Liebespaar gewesen wären.

Er war sanft und zärtlich, doch von dem Drang getrieben, sie zu erforschen, hielt und küßte er sie wie ein Eindringling, bis sie beide das Getrenntsein nicht länger ertragen konnten.

Sie sah ihn mit geweiteten, einen Augenblick lang verzweifelten Augen an. Sie wollte nicht an jenes andere Mal denken, wo man sie geschlagen hatte und gezwungen, Dinge zu tun, die sie selbst jetzt mit Scham erfüllten. Und dann ließ die Erinnerung sie los, und sie war erstaunlich entspannt, als sie über sein zerzaustes Haar strich und sagte: »Jetzt, Charles ... nimm mich. Tu mit mir, was du magst.«

Lange nachdem sie sich vereint hatten, lagen sie beieinander, wie ein in Stein gemeißelter Liebesakt. Auf dem Boden neben dem Bett lagen die beiden Pyjamahälften ebenfalls ineinander verschlungen, gleichsam symbolisch.

Später streichelte sie seine nackten Schultern und sein Gesicht. Sie mußte die Vergangenheit vertreiben, die ihn gequält hatte, mußte ihn vor der Zukunft schützen. Ihre Gedanken blieben an dem Wort hängen. Es gab *keine Zukunft.* Sie spürte, wie er ihr sanft entglitt, und betete darum, daß er nicht aufwachen und ihre Tränen sehen würde.

Und doch will ich ihn so sehr, wie ich es nie für möglich gehalten hätte. Er ist reicher, als er selbst begreift, aber es ist ihm gleich, er akzeptiert es nicht einmal.

Sie ließ den Gedanken so in ihr Bewußtsein eindringen, wie er in sie eingedrungen war.

Und er liebt mich. Um meiner selbst willen. Um seiner selbst willen. Dagegen konnte man nicht ankämpfen, weil es die Wirklichkeit war. Man konnte sich dem nur ergeben.

Sie drückte ihn fester an sich. Aber bedauern? Niemals.

5
Operation Emma

James Ross stand neben einem der Tische und blickte zur Decke auf, als das donnernde Brüllen des Regens, das alle anderen Geräusche übertönt hatte, plötzlich nachzulassen begann.

»Manchmal wünsche ich mir, ich hätte in Wellblechaktien investiert«, sagte er. »Die halbe Welt hier draußen scheint damit überdacht zu sein!« Einige von ihnen lachten, vielleicht ein wenig entspannter, seit Pryce sich nach einem kurzen Auftritt wieder zurückgezogen hatte.

Der Einsatzraum war mit Menschen vollgepackt, und die Luft war so feucht, daß die altmodischen Ventilatoren an der Decke kaum etwas dagegen ausrichten konnten.

»Sie dürfen rauchen«, sagte er. Er sah zu, wie die Pfeifen gestopft und die zollfreien Zigaretten herumgereicht wurden. Auch das war etwas, wozu Pryce nie ermunterte; es sei denn, er hielt es mit dem Rauchen wie mit seinem Malt Whisky – nur wenn er allein war.

Es war erstaunlich, was die Wochen regelmäßiger Ausbildung bewirkt hatten. Die Männer sahen gebräunt und entspannt aus, und ihre Hemden klebten ihnen in der feuchten Luft am Körper. Eine gute Mischung, dachte Ross. Einige vertraute Gesichter, andere, die jeden Tag vertrauter wurden. Ein kanadischer Lieutenant und einer aus Neuseeland hatten sich zu den anderen gesellt, und jetzt beobachteten ihn alle, während ein Matrose seine Taschenlampe auf die große Wandkarte richtete. Lieutenant Charles Villiers war erst vor zwei Tagen eingetroffen, in Begleitung von Sub-Lieutenant Peter Napier, Davids jüngerem Bruder. Villiers hatte Ross bereits erzählt, daß Napier die ganze Zeit kaum von etwas anderem gesprochen hatte als davon, wie glücklich er sich schätze, dieser Einheit zugeteilt worden zu sein. Abgesehen von seiner nicht zu übersehenden Jugend – vielleicht wäre Unschuld der bessere Ausdruck dafür –, war die Ähnlichkeit geradezu entnervend. Dasselbe schnelle Grinsen, die Sommersprossen, das kastanienbraune Haar; Ross versuchte, ihn nicht anzusehen. Es war gerade, als sähe er einen wiedergeborenen David vor sich.

Ein Zahlmeister – Lieutenant, der Pryce als Sekretär zugewiesen worden war – saß mit einem Block auf der Armlehne seines Sessels da, zweifellos bereit, Pryce, wann immer er das wünschte, über jede Einzelheit der Besprechung zu berichten. Außerdem gab es ein paar Marinehelferinnen, die ebenfalls Papier und Bleistift bereithielten und vom Chief und den Maaten, die hier waren, um etwaige Fragen über die Einsatzbereitschaft der Chariots zu beantworten, mit mehr als nur beiläufigem Interesse beobachtet wurden.

Ein bärtiger Lieutenant-Commander saß mit übereinandergeschlagenen Beinen, eine mächtige Bruyère-Pfeife paffend, da und wartete mit den anderen. Losgelöst von den anderen und doch ein wesentlicher Bestandteil der Kette, befehligte er das Unterseeboot *Turquoise*, mit dem sie so regelmäßig geübt hatten, daß es beinahe Routine geworden war.

Es hatte aufgehört zu regnen, und sie konnten draußen in der Dunkelheit das Plätschern zahlloser Wasserfälle hören.

Ross räusperte sich. Dies war das erste Mal, daß sie ihm alle zusammen gegenübersaßen. Das erfüllte ihn mit einem ganz besonderen Gefühl der Verantwortung, ja sogar Stolz. Er konnte sich immer noch nicht ganz daran gewöhnen. In der Vergangenheit hatte er als einzelner dagesessen, sich die einzelnen Einsatzberichte angehört und mit den Konsequenzen eines Fehlschlags oder einer Katastrophe auseinandergesetzt.

»Man hat uns hierhergeschickt, um uns Angriffsziele zu suchen. Jetzt haben wir eines. Diese Operation kommt ein gutes Stück früher, als wir uns das vielleicht gewünscht hätten, aber es ist jetzt von äußerster Wichtigkeit, daß wir schnell handeln.«

Er trat an die Landkarte und benutzte einen großen Messingzirkel als Zeigestock. »Hier sind wir, Trincomalee. Von diesem Punkt aus wird der Einsatztrupp zuerst Kurs nach Osten nehmen und dann um die Nordspitze von Sumatra herum in die Malakkastraße.« Er glaubte, auf Villiers Lippen die Andeutung eines Lächelns erkennen zu können. Irgendeine alte Erinnerung vielleicht, möglicherweise aber auch etwas ganz anderes. »Unsere Unterseeboote haben diesen Kurs seit Monaten benutzt, um Aufklärungstrupps und Agenten an Land zu setzen und sie nach Beendigung ihres Einsatzes wieder abzuholen. Eine schwierige Aufgabe selbst in günstigen Zeiten. Und die geographischen Gegebenheiten der Meerenge machen das Ganze noch schwerer.« Er blickte zu dem bärtigen U-Boot-Kommandanten hinüber und sah, wie sich mehrere Köpfe zu ihm herumdrehten. »Bob Jessop ist mit diesen Gewässern vertraut und wird die Chariots und ihre Crews zu diesem Zielpunkt bringen.« Die Zirkelspitze ließ die Landkarte beben. »Salanga. Aus Berichten des Geheimdienstes wissen wir, daß die Japse dort eine neue Funkortungsanlage bauen. Etwas, das Radar so nahe kommt, daß es kaum noch einen Unterschied macht. Wegen der vielen kleinen Inseln und anderer Gefahrenpunkte müssen unsere Unterseeboote immer bereits sechs Meilen vorher auftauchen. In der Vergangenheit, wenn es darum ging, Leute an Land zu setzen, war das gerade noch ausreichend. Aber inzwischen haben wir erfahren, daß der Feind drei oder vier MA/SBs in den nahen Hafen verlegt hat.«

Er sah, wie eine der Marinehelferinnen sich zu Peter Napier hinüberbeugte und ihn etwas fragte, und fügte hinzu: »Entschuldigung. *Motor Anti Submarine Boats* – U-Boot-Jäger also. Nicht gerade eine Flotte, aber mit entsprechend frühzeitiger Warnung würde bereits eines davon ausreichen, um auszulaufen und unser Unterseeboot zu orten.«

Peter musterte ihn scharf, und Ross bemerkte, daß er seine Hand, die auf dem Tisch neben der Hand der Marinehelferin gelegen hatte, nicht wieder zurückzog.

»Wir werden morgen die letzten Vorbereitungen abschließen, aber ich kann Ihnen heute schon sagen, daß für die Operation der Chariot von Lieutenant Walker und der unseres Neuzugangs, Sub-Lieutenant Napier, eingesetzt werden.« Er sah in einigen Gesichtern Überraschung, vielleicht sogar Verstimmung, über die Wahl des letzteren und sagte ruhig: »Peter Napiers Chariot ist neuer und von etwas anderer Konstruktion. Er hat sich daran gewöhnt.« Sie waren tatsächlich schneller, hatten eine größere Reichweite und trugen fast die doppelte Ladung Torpex in ihren Sprengköpfen.

Er versuchte, Peters begeisterte Reaktion nicht wahrzunehmen. Als ob das alles ein riesiges Spiel wäre, ein Privileg und zugleich ein Streich, der jemandem gespielt wurde. Er sah, wie er die Hand seines Mädchens drückte und ihr etwas zuflüsterte und wie sie seinen Blick erwiderte.

Jetzt fiel ihm W.R.N.S.-Maat Victoria Mackenzie auf. Sie saß gleich hinter dem anderen für den Einsatz ausgewählten Mann, Lieutenant Walker, dem Kanadier, ihr kohlschwarzes Haar schimmerte in der grellen Deckenbeleuchtung. Auch sie machte sich Notizen. Als er wieder sprach, blickte sie ihn direkt an. »Operation *Emma* – das scheint passend, da sie ja am Trafalgar Day stattfindet. Ich glaube, der kleine Admiral wäre einverstanden gewesen.«

Er musterte ihre Gesichter, jetzt selbst etwas gelassen, und erinnerte sich an frühere Einsätze, an vertraute Gesichter, die nicht zurückgekehrt waren. Er sagte: »Ich brauche Sie nicht daran zu erinnern, welche Gefahren in diesem oder jedem anderen solchen Plan lauern. Wenn Sie in Gefangenschaft geraten . . .« er hielt inne. »Nein, beschäftigen wir uns lieber mit *Emma*.«

Ein plötzlicher Ausbruch von Beifallklatschen und Füßestampfen riß ihn aus dem Konzept. Er sah, wie Walker, der Kanadier, applaudierte und ihn grinsend ansah, und versuchte nicht daran zu denken, daß sie sich nach dem morgigen Tag vielleicht nicht wiedersehen würden.

Die Tür flog auf, und alle erhoben sich von ihren Plätzen, als Pryce eintrat. Er sah Ross an und wedelte dann mit einer Hand vor seinem Gesicht hin und her. »Wie es hier drinnen stinkt! Man könnte glauben, die ganze Bude geht in Rauch auf!« Dann lächelte er. »Heute abend werden in der Offiziersmesse Drinks ausgeschenkt, Gentlemen. In der Unteroffiziersmesse ebenfalls. Einladung von Rear-Admiral Dyer.« Er hustete und fügte dann mit einem schiefen Lächeln hinzu: »*Ossie*. Obwohl ich nicht die leiseste Ahnung habe, wie wir das Geld von ihm bekommen sollen!«

Für die meisten von ihnen war das die erste scherzhafte Bemerkung, die sie je aus Pryces Mund gehört hatten.

Die Versammlung begann sich aufzulösen, und die unsichtbare Grenze zwischen Offizieren und anderen Dienstgraden trat wieder in Kraft.

»Gut gelaufen, finde ich«, sagte Pryce. »Prima Show.«

»Ich würde gerne in der *Turquoise* mitfahren, Sir.«

Er hatte im besten Fall mit einer Auseinandersetzung gerechnet, aber Pryce nickte. »Famos. Diesmal jedenfalls. Es könnte notwendig werden, den Einsatz in letzter Minute abzublasen. Wenn Sie dabei sind, wäre das gut für die Moral.« Er nickte wieder, und seine Raubvogelnase wirkte dabei wie ein Schnabel. »Gut mitgedacht – äh, Jamie.«

Ross drehte sich um, um nach dem Mädchen namens Victoria Ausschau zu halten, aber sie war bereits gegangen.

In Zweier- und Dreiergrüppchen verließen sie das Gebäude und versuchten auf dem Weg zu der improvisierten Offiziersmesse den im Mondlicht schimmernden Pfützen auszuweichen.

Pryce saß allein in seinem Büro und starrte auf die Tür. *Immer einen Sprung voraus.* Ob Instinkt oder irgendeine innere Warnung, er zweifelte nie daran.

»Herein!« Er hatte ein zögerndes Klopfen an der Tür gehört.

Er musterte sie ausdruckslos. »Ah, Victoria. Sie haben etwas für mich?«

Sie ging quer durch das Büro zu seinem Schreibtisch. »Ich habe es gerade dechiffriert, Sir.« Sie wirkte ziemlich verstört, von ihrem üblichen Selbstbewußtsein keine Spur.

»Aber Sie wissen, was in dem Funkspruch steht?« Er bemühte sich, seine Stimme weniger schroff klingen zu lassen. »Jetzt kommen Sie schon, Victoria. Ich kann ja nicht Gedanken lesen.«

Einen winzigen Augenblick lang, nicht länger, blitzte es zornig in ihren gelbbraunen Augen. Dann sagte sie: »Es ist an Sie adressiert, Sir. Verschlußsache.«

Der Funkspruch war kurz. Er konnte fast spüren, daß sie ihn beobachtete, als er las.

Dann sagte er: »Lieutenant-Commander Ross' Vater ist bei einem Berge-Unglück ums Leben gekommen.«

Ein langes Schweigen trat ein. Dann fragte sie: »Werden Sie es ihm sagen, Sir, oder . . .?«

Er spielte mit dem Gedanken, ihr einen Drink anzubieten, tat ihn dann aber ebenso schnell wieder ab. *Immer einen Sprung voraus. Nie vergessen.*

Es ging einfach nicht. Falls es irgendwann einmal zu Ermittlungen kam, ganz zu schweigen von einem Kriegsgerichtsverfahren, würde man diese Geste möglicherweise als etwas ganz anderes betrachten.

Er sagte: »Können Sie ein Geheimnis für sich behalten?« Er sah, wie sie zusammenzuckte, als ob er sie angeschrien hätte. »Bis Operation *Emma* vorüber ist, so oder so? Er kann sowieso nichts tun, und es würde möglicherweise seine Aufmerksamkeit von der vorliegenden Mission ablenken. Das sehen Sie doch ein.«

»Ich – ich denke schon, Sir.«

Pryces innere Spannung begann sich ein wenig zu lösen. Der Panzer hatte einen Sprung bekommen. »Sie haben die Männer doch heute abend bei der Einsatzbesprechung gesehen und gehört. Sie waren dabei. Die Männer brauchen ihn, sie verlassen sich auf ihn. Das haben Sie doch sicherlich gesehen?«

Sie starrte den Funkspruch auf seinem Schreibtisch an, als wäre das Blatt Papier etwas Schmutziges. »Ich werde es niemandem sagen, Sir.«

»Nicht einmal dem Colonel«, sagte er.

Sie sah ihn an, wieder ganz ruhig, trotzig, die Victoria, der er vertraute. »Nein, nicht einmal meinem Vater, Sir.«

Als die Tür sich hinter ihr geschlossen hatte, griff er nach kurzem Zögern zu einem Streichholz, zündete den Funkspruch an und ließ ihn zu feiner Asche verbrennen.

Die junge Frau stand auf dem nassen Weg und blickte zum Mond hinauf. Dann hörte sie Schritte und sah eine weiße Gestalt in der Dunkelheit kommen. Es war der neue Sub-Lieutenant, Peter Napier. Zwischen ihm und Ross gab es irgendwelche besonderen Bande, aber sie hatte keine Ahnung, welcher Art diese Bande waren.

»Haben Sie Lieutenant-Commander Ross gesehen, meine Liebe?« fragte er freundlich.

Sie schüttelte den Kopf. »Nein. Bei Captain Pryce ist er nicht.«

»Sie warten alle auf ihn.« Er klang verloren, plötzlich unsicher. Sie erinnerte sich an Pryces schneidende Stimme, als ob er gerade erst gesprochen hätte. *Sie brauchen ihn, verlassen sich auf ihn. Das haben Sie doch sicherlich gesehen?*

»Ich hatte gedacht . . . wenn dieser Rummel vorüber ist, könnten wir vielleicht zusammen einen Landausflug machen?«

Sie war froh, daß er ihr Gesicht nicht sehen konnte. Allem Anschein nach verstand er sich ganz gut mit der Marinehelferin, die bei der Besprechung neben ihm gesessen hatte. Vielleicht war es ihm egal, wer es war.

»Wir werden sehen«, sagte sie kühl. Und dann drehte sie sich impulsiv zu ihm herum und fügte hinzu: »Viel Glück mit *Emma.* Wir werden Ihnen die Daumen drücken.«

Sie sah ihm nach, wie er in der Dunkelheit verschwand. Noch ein Held? Oder noch ein Telegramm?

Sie dachte wieder an Pryce. So kalt, so selbstsicher. Wenn er von ihrem Vater sprach, nannte er ihn immer den »Colonel«. Damit sie es nie vergaß.

Sie hörte lauten Gesang aus der Offiziersmesse und fragte sich, ob Ross mit seinem gewinnenden Freund dort war, dem anderen Neuankömmling, Villiers. Noch jemand eilte in diese Richtung: Es war ihre Vorgesetzte, Second Officer Clarke.

»Bin froh, daß ich Sie erwischt habe, Victoria. Können Sie die nächsten zwei Stunden für mich einspringen? Ich kläre das später mit der Einsatzleitung.« Sie war kaum imstande, ihre Erregung zu bändigen, und blickte zur Offiziersmesse hinüber.

»Selbstverständlich, Ma'am.« Mit wem würde sie wohl als nächstes schlafen? Sie schien damit nie irgendwelche Schwierigkeiten zu haben.

Sie blickte der Frau nach, wie sie ihren Weg zur Offiziersmesse fortsetzte; sie rannte beinahe. Dann starrte sie in jene größere Finsternis, wo selbst die Lichter nicht hinreichten. *Was stimmt nicht mit mir?* Ein paar schwere Tropfen warmen Regens fielen auf ihr Hemd. Sie war allein.

Die Offiziersmesse der *Turquoise* war, wie die meisten ihrer Art, klein, kompakt und funktionell. An den Kojen, die den größten Teil des Raums füllten, waren meist die Vorhänge zugezogen, und ihre Insassen klammerten sich an dieses winzige Maß Privatsphäre, ehe sie wieder auf Wache gingen oder zu ihren sonstigen Pflichten zurückkehrten.

Ross saß am Tisch, spielte mit seinem Becher süßen Tees und lauschte den vertrauten Geräuschen eines Unterseebootes auf Tauchfahrt, dessen Elektromotoren kaum ein Zittern im Boden erzeugten. Eine ruhige See hatte der Skipper, Bob Jessop, gesagt, und das galt für die ganzen fünf Tage der Muße, die sie gebraucht hatten, um diesen Punkt auf der Karte zu erreichen.

Er hörte aus einer der mit Vorhängen verhängten Koje

sanftes Schnarchen und aus einer anderen, wie ein Mann sich unruhig herumwälzte. Aus Erfahrung wußte er, daß diese Männer, ebenso wie alle anderen, die sich gerade irgendwo im Boot ausruhten, binnen Sekunden auf ihren Stationen sein würden, falls plötzlich das Schrillen der Alarmhupe die Stille zerriß. Und einige von ihnen würden wahrscheinlich nicht einmal wissen, wie sie dorthin gekommen waren. Sie waren während der Nacht aufgetaucht und hatten die Dieselmotoren angeworfen, um die kostbaren Batterien zu laden und das Boot durchzulüften – zum letzten Mal, bis die Operation beendet war. Oder abgesagt. Er sah auf die Uhr: sieben Uhr früh. Er versuchte sich zu erinnern, wie spät es gewesen war, als Nelson an diesem Oktobertag die vereinten Flotten des Feindes gesichtet hatte.

Er hörte Geräusche aus der Kombüse, die nur wenige Schritte entfernt war, woran der Geruch nach Kohl und fettigem Essen ständig erinnerte.

Noch ein ganzer Tag, bis sie die *Turquoise* verlassen und Kurs aufs Land nehmen würden.

Und ich werde nicht mit ihnen kommen.

Sehr vorsichtig klappte er seine Karte auf dem Tisch auseinander, trotzdem verstummte das Schnarchen ein paar Augenblicke lang. Beinahe konnte er die unausgesprochene Klage hören: *Nimm doch ein bißchen Rücksicht auf einen armen Wachhabenden.*

Wie auf Stichwort kam ein Paar Füße aus einer Koje, und Peter Napier glitt neben ihm herunter. Er wirkte zerzaust, aber erfrischt, und Ross vermutete, daß er sich ohnehin noch nicht zu rasieren brauchte. Er fragte: »Mal einen Blick riskieren?« und studierte ihn, während er sich über die Karte beugte. Wie alt war er – neunzehn, zwanzig vielleicht? Aber er kam ihm viel jünger vor.

»Wir haben jetzt gerade diese große Fahrrinne hier passiert, hier –« Er deutete mit der Zirkelspitze darauf. »Die Nicobar-Inseln sind nördlich von uns, und Sabang und die

Spitze von Sumatra liegen etwa vierzig Meilen nach Süden. Genügend Platz und über tausend Faden unter dem Kiel.« Er lächelte. »Für den Augenblick jedenfalls.«

Napier tippte auf die Karte. »Und das ist unser Ziel?«

»Die Insel Salanga ist am oberen Ende der Straße von Malakka, die an dieser Stelle etwa hundertsechzig Meilen breit ist. Anschließend verengt sie sich schnell – selbst für ein U-Boot wird es da ziemlich ungemütlich. Falls die Japse also irgendeine Art von Radar auf der Insel installieren, würde das diese Landeoperationen recht haarig machen.«

Er sah zu, wie seine Hand sich auf der Karte bewegte, als würde sie ganz unabhängig von ihm denken und planen. »Sie machen es einfach so, wie man es Ihnen beigebracht hat. Wenn Sie glauben, daß Ihre Beobachtungen nicht mit den Berichten übereinstimmen, machen Sie kehrt.« Als Napier nichts darauf antwortete, tippte er ihn an den Arm. »Ist das klar?«

»Ein Kinderspiel.« Er drehte sich um und sah Ross ein wenig unsicher an. »Sie wollten, daß ich mich da raushalte, oder? Wegen dem, was mit David passiert ist. Aber sehen Sie mal, ich *mußte* es einfach tun. Als ich das Angebot bekam, habe ich mit beiden Händen zugegriffen!«

Ross nickte. In diesen paar Sekunden war die Ähnlichkeit mit David verblüffend: braune Augen, sein lebhafter Gesichtsausdruck, der seine Gefühle widerspiegelte. Wie damals, als er den Einsatz hatte absagen wollen – der Kreuzer und das schwimmende Dock. David hatte das nicht für ein »Kinderspiel« gehalten.

»Es tut mir leid. Ich fühlte mich verantwortlich.« Beide lächelten. »Das tue ich immer noch.«

Der Messemaat blieb am Eingang stehen. »Frühstück in einer Viertelstunde, Leute.« Er leckte sich über die Lippen. »Dosenwürstchen und Rührei aus Eipulver! Schmeckt herrlich!«

Ross seufzte. Man mußte hier einen Magen aus Eisen haben.

»Übrigens«, meinte Napier fast beiläufig, »ich habe diese hübsche Marinehelferin kennengelernt, ehe wir ausgelaufen sind.« Er zögerte. »Sie wissen schon, die mit den Maatstreifen. Ein klasse Mädchen.«

»Viel Zeit haben Sie ja nicht verschwendet«, antwortete Ross mit leiser Stimme.

»Oh, das war's nicht. Als ich ihr begegnete, war ich auf der Suche nach Ihnen.« Er warf nur einen kurzen Blick hinauf zu der gewölbten Decke, als ein plötzliches Zittern durch den Rumpf ging. »Sie war irgendwie verstimmt, das war zu merken.«

»Worüber denn?«

»Das weiß ich nicht. Vielleicht habe ich es mir auch nur eingebildet. Das glaube ich aber nicht. Sie ist nicht wie die anderen.«

»Inwiefern?« Es war gut, ihn reden zu lassen. Was auch immer er nach außen hin zeigte, er mußte nervös sein, schließlich war das sein erster Einsatz. Oder war es etwas anderes?

»Nun, ich habe gehört, wie jemand auf der Party sagte, daß sie – also, halb und halb ist, wenn du weißt, was ich meine.«

»Ich glaube gar, Sie werden rot«, sagte Ross, aber er mußte die ganze Zeit an ihren unterdrückten Zorn denken, als sie in Pryces Büro gekommen war, als ob sie gewußt hätte, daß sie über sie geredet hatten. »Wahrscheinlich geht es ihr auf den Geist, daß ihr die ganze Zeit irgendwelche liebeskranken U-Boot-Typen nachrennen«, fügte er dann locker hinzu.

»Trotzdem ...« Beide blickten auf, als der Kommandant der *Turquoise* in die Offiziersmesse trat und sich gähnend den schwarzen Bart kratzte.

»Gibt's schon Tee?«

Einer der Vorhänge bewegte sich. »Verdammt noch mal, Ruhe da draußen!«

Jessop schlug mit der Hand auf den Vorhang, an der Stelle, wo er die Hinterpartie des Insassen der Koje vermutete, und knurrte: »Ein bißchen mehr Respekt für den Captain bitte ich mir aus!« Dann grinste er. »Oben ist alles ruhig. Ich habe in der ersten Dämmerung einen kurzen Blick hinausgeworfen. Ruhig wie ein Mühlteich.« Dann wurde er wieder ernst. »Wir haben keine Funksprüche empfangen, als wir gestern nacht die Batterien aufluden. Der Einsatzbefehl steht also noch.« Er blickte auf die Karte. »Unser Schwesterboot hat gestern ein paar Jungs an Land gesetzt, also hätten wir schon etwas gehört, wenn das schiefgegangen wäre.«

Ross blickte ebenfalls auf die Seekarte. Die sauberen Linien und Meßwerte, Tiefen und Kompaßabweichungen lieferten ihm ein so deutliches Bild, als sähe er alles plastisch vor Augen: Felsen, kleine Strände und die Stelle, wo sich den Angaben nach die Radarstation befand. Er konnte ahnen, was der bärtige U-Boot-Kommandant gerade dachte. Wie konnte man sich nur für solch einen Job freiwillig melden? In einer Gegend an Land gesetzt und ganz auf sich allein gestellt, von der jeder wußte, daß sie nur so von Japsen wimmelte. War das schierer Mut oder eine Art Wahnsinn? Ein australischer Major, der sie in Dschungelkriegführung ausgebildet hatte, hatte gesagt: »Denken Sie immer daran. Dieser Feind ist ganz anders als alles, was Sie je zuvor gekannt haben. Völlig sinnlos, etwas von wegen Genfer Konvention und Gefangenenrechten zu jammern, wenn Sie in Gefangenschaft geraten. Das ganze Territorium, das die Japse eingenommen haben, wird von Angst und Schrecken regiert, mit der grausamsten Brutalität, die Sie sich vorstellen können. *Denken Sie also immer daran.* Sehen Sie zu, daß Sie als erste zuschlagen und denen zuvorkommen.« Er hatte sie der Reihe nach angesehen, ein Gesicht nach dem anderen. »Sie töten Leute wie uns . . .«, dann hatte er etwas gezögert, bevor er fortfuhr: ». . . früher oder später.«

Ross dachte plötzlich an Villiers. Er war tatsächlich schon einmal nach Singapur zurückgegangen, und er zweifelte nicht im geringsten daran, daß er wieder gehen würde, wenn man es von ihm verlangte. Und was war mit diesem Mädchen in England, diesem Mädchen, das die Frau eines anderen war?

Vielleicht schaffte sie es, in ihm einen Gesinnungswandel herbeizuführen.

Napier stand auf und schaute zu Boden. »Ich glaube, ich gehe jetzt mal nachsehen, wie meine Nummer Zwei klarkommt.«

Er verließ die Offiziersmesse, und Jessop meinte nachdenklich: »Wenn ich ein Schiff im Fadenkreuz habe, versuche ich, nicht an die Menschen zu denken, die sterben werden, wenn ich eine Salve abfeuere. Aber das hier ist anders. Ich ziehe *meinen* Krieg vor.« Plötzlich schnitt er eine Grimasse. »Herrgott, wie diese Würstchen riechen! Wer die erfunden hat, sollte ein Jahr lang auf einer einsamen Insel ausgesetzt werden und nichts anderes zu essen bekommen!«

Ross wußte, daß seine Gedanken ganz woanders waren, daß er plante, überlegte, was zu tun war, falls der Feind ihre Operation bereits entdeckt hatte. Trotzdem fragte er ihn, und staunte selbst darüber, wie ruhig seine Stimme klang: »Übrigens, um welche Zeit hat denn der alte Nelson die vereinte Flotte zum ersten Mal gesichtet?«

Jessop blickte auf, und der Becher mit Tee, den er in der Hand hielt, verharrte auf halbem Weg zu seinem Bart. »Sechs Uhr morgens. Aber die *Victory* hat erst um elf Uhr vierzig *England Expects** gehißt.« Dann grinste er breit, so daß seine Zähne weiß hinter seinem Bart blitzten. »So hätte es mir gefallen, Jamie. Die Hölle von Schlacht, aber zu wissen, daß der Admiral dort oben ist und genauso im Feuer steht wie der letzte Matrose.«

Peter Napier blieb in dem engen Gang vor den Toiletten im Bug stehen und betupfte sich mit dem Taschentuch die Lippen. Er hatte sich plötzlich übergeben müssen. Als er sich jetzt abgestandenes Wasser ins Gesicht spritzte, betrachtete er sich

* *England Expects* – England expects every man to do his duty (England erwartet, daß jeder Mann seine Pflicht tut), Flaggensignal in der britischen Flotte. *Anm. d. Übers.*

im Spiegel. Er hatte Ross und Jessop in der Offiziersmesse lachen hören. Das Geräusch hatte mitgeholfen, ihn wieder aufzurichten.

Aber das Gesicht, das er im Spiegel sah, war von Angst gezeichnet.

Das Absetzen der beiden Chariots von den Satteltanks der *Turquoise* war wie ein Uhrwerk abgelaufen oder wie eine der regelmäßigen Übungen in Schottland. Das war aber auch die einzige Ähnlichkeit. Hier war der Himmel vom Licht des Mondes und der Sterne, die bis zur Wasserfläche herabzureichen schienen, fast taghell erleuchtet, und die See fühlte sich beinahe warm an.

Bill Walker, der kanadische Lieutenant, war als erster abgefahren, weil sein Chariot langsamer als Napiers neues Modell war.

Walkers Nummer Zwei war ein schweigsamer Mann aus der Gegend von Newcastle und hieß Nash. Es war ein Wunder, wie die beiden es schafften, sich mit ihren unterschiedlichen Dialekten überhaupt zu verständigen.

Peter Napier warf einen Blick auf die Leuchtskalen des Kompasses und des Tiefenmessers. Wenige Minuten nachdem die Dunkelheit das Unterseeboot verschluckt hatte, hatte er alles überprüft und dabei keinerlei Fehlfunktionen festgestellt. Eigentlich hätte er die übliche Erregung, jenes berauschende Gefühl der Ausgelassenheit, empfinden sollen, das ihn so überrascht hatte, als er das erste Mal getaucht war. Ross hatte von Deck aus zugesehen, wie sie abgefahren waren, und Napier hatte seine Enttäuschung darüber gespürt, zurückbleiben zu müssen, und zugleich auch die Sorge um den Bruder seines toten Freundes – die hatte er auch bei der letzten Einsatzbesprechung, ehe er in seinen Gummianzug schlüpfte, deutlich in Ross' Augen gesehen.

Die Einsatzbesprechung hatte eine weitere bedrückende Erinnerung an die Gefahr und die Möglichkeit des Todes mit sich gebracht, als sie nämlich ihre Zusatzausrüstung in der Schutzkleidung verstauten. Bei den Special Operations nannte man es das *Für-alle-Fälle-Päckchen*, aber jetzt, wo der Einsatz und das Land plötzlich Realität geworden waren, kam ihm die Bezeichnung gar nicht mehr so komisch vor. Die Ausrüstung bestand aus einer Pistole mit Munition, einem kleinen Beutel mit goldenen Sovereigns, Kompaß, Messer und einem kompakten Werkzeugetui sowie einem Stück Seidenstoff, auf dem in verschiedenen orientalischen Sprachen zu lesen stand, daß die britische Regierung jeden reich belohnen würde, der dem Inhaber des Tuches half, wenn dieser in Not geraten war. Und schließlich war da noch eine Giftkapsel, als letztes Mittel gegen eine Gefangennahme und das, was mit Sicherheit darauf folgen würde.

Napier hob den Arm und spürte, wie seine Nummer Zwei, Nick Rice, ihm auf die Schulter klopfte. Sie tauchten langsam und vorsichtig ab, zwanzig, dreißig Fuß, das Wasser preßte ihnen die Gummianzüge an den Leib, und das Armaturenbrett leuchtete, als ob es den ganzen Ozean bescheinen wollte. Dann wieder auf Oberflächentiefe, mit Luftblasen, die vor ihren Sichtscheiben blubberten, während Napier noch einmal den Kompaßstand überprüfte. Es herrschte starker Sog und eine unbestimmte Gegenströmung, auf die sie achten und die sie am Ende bei der Annäherung an ihr Ziel in Betracht ziehen mußten. Napier malte sich die Zielzone aus, so wie er und die anderen sie bei voller Vergößerung durch das Hauptperiskop gesehen hatten, als die *Turquoise* soweit aufgetaucht war, wie ihr Kommandant es gewagt hatte. Üppig grüne Inseln und einladend blaues Wasser, dann ein kleiner Buckel, die Landzunge, hinter der sich der natürliche Hafen befand. Nichts hatte sich bewegt; es hatte so ausgesehen, als hätten sie die ganze Welt für sich, eine makellose Meerlandschaft. Und dann, noch heller als selbst der Widerschein ihrer Instrumentenbeleuchtung, hatten sie die kleinen, aber deutlichen Blitze gesehen, wie ein zufälliges sinnloses Signal. Jessop hatte ganz fachmännisch erklärt: »Das sind die U-Boot-Jäger. Wahrscheinlich in zwei Gruppen vertäut – die Sonne spiegelt sich in den Glasscheiben ihrer Ruderhäuser oder so etwas. Da haben wir wenigstens einmal die richtige Information bekommen!«

Aber das lag schon ein paar Stunden zurück. Jetzt näherten sie sich mit jeder Umdrehung der winzigen Schraube etwas Realem, Feindlichem, etwas Drohendem, dem selbst das helle Mondlicht nichts von seiner Gefährlichkeit nehmen konnte.

Napier spürte, wie seine Nummer Zwei sich nach vorne beugte, um irgend etwas zurechtzuschieben, und fragte sich, was er wohl davon hielt. Bevor er sich freiwillig für Special Operations gemeldet hatte, war Nick Rice Funkmaat gewesen und hatte hauptsächlich auf Zerstörern Dienst getan, die Schiffskonvois begleitet hatten. Er war Ende der Zwanzig, ein ernster, zurückhaltender Mann, aber in der Ausbildung und bei den letzten Übungen hatten sie gut zusammengearbeitet, obwohl zwischen ihnen nie eine so enge Beziehung wie bei einigen der anderen Teams entstanden war. Vielleicht brachte es Rice einfach nicht fertig, einem Offizier, den er mit Vornamen anreden durfte, als ob er einer seiner Messekameraden wäre, sein ganzes Vertrauen zu schenken. Vielleicht wartete er auch nur darauf, wie sie beide reagieren würden, »wenn es ernst wurde«, wie Captain Pryce es immer nannte.

Napier versuchte alle Gedanken aus seinem Bewußtsein zu verdrängen, aber da tauchten immer wieder Gesichter auf und schwebten wie Geister vor ihm durch das Wasser. Sein Bruder; Ross' offenkundige Besorgnis um seine Sicherheit; die Ehrfurcht, mit der einige ihn wegen seiner Auszeichnungen betrachteten, obwohl Ross selbst das allem Anschein nach nie bemerkte. Kein Wunder, daß David gesagt hatte: »Einer von den Burschen, denen man überallhin folgen würde. Ich weiß, daß ich es tun würde!«

Rice tippte ihn wieder an die Schulter, sein Gesichtsschutz glänzte im kühlen Mondlicht.

Napier sah den dahintreibenden, grün phosphoreszierenden Schleier, und als er sich auf seinem Sitz herumdrehte, sah er, daß sich von der Schraube des Chariots aus noch mehr davon nach achtern kräuselte. Man hatte sie davor gewarnt, daß in tropischen Gewässern mit so etwas zu rechnen sei, trotzdem kam es als eine Art Schock. Sobald sie näher an Land waren, würde das ganz sicherlich jemand sehen. Die Phosphoreszenz, auf die ihn Rice hingewiesen hatte, mußte von dem anderen Chariot kommen, der den Angriff führte. Er dachte an das Gesicht des Kanadiers während jener letzten Einsatzbesprechung. Keinerlei Anzeichen von Unsicherheit, geschweige denn Angst; aber schließlich hatte er auch schon an mehreren solchen Einsätzen teilgenommen, sowohl in Norwegen wie auch im Mittelmeer. Er hatte es sogar fertiggebracht, über die Selbstmordtablette Witze zu reißen. In der gedehnten Art und Weise, wie die Leute in Ontario zu reden pflegen, hatte er gesagt: »Also, wir müssen es denen einfach glauben. Ich denke nicht, daß uns jemand aus eigener Erfahrung berichten kann, ob das Zeug wirkt oder nicht!«

Ein paar Seevögel flogen flatternd und kreischend nur wenige Meter vor ihnen auf. Napier hielt sich den Arm vors Gesicht, ohne zu wissen weshalb, und gleich darauf Ärger und Scham. Er konnte das Leuchten im Kielwasser des anderen Chariot gerade noch erkennen. Sie waren knapp siebzig Meter voneinander entfernt. Er nahm den Fahrthebel etwas zurück, um die Entfernung beizubehalten. Zu jedem anderen Zeitpunkt hätten sie einander jetzt gratuliert. Es lief alles ohne Panne; ungewöhnlich selbst nach so intensiver Ausbildung. Das Ganze war, wie viele sagten, immer noch eine Operation, bei der man über den Daumen peilte und auf den Herrgott hoffte.

Jetzt hinunter. Er sah auf den Tiefenmesser. Zwanzig Fuß und kaum ein Beben des Motors. *Leichte Kursänderung. Uhr und Kompaß nochmals überprüfen.* Er konnte spüren, daß sein Herz wie ein Dampfhammer arbeitete. Und sein Mund schmerzte vom Einatmen aus den Sauerstoffflaschen.

Jetzt. Er zog den Steuerknüppel etwas zu sich heran und hielt ihn dann gleichmäßig fest, bis sie mit den Köpfen über Wasser dahinfuhren, während der Mond auf eine riesige Speerspitze sich kräuselnder Wellen auf der flachen Wasserfläche herunterschien, so daß sie wie getriebenes Silber aussah. Er klammerte sich am Knüppel fest und versuchte ein Gähnen zu unterdrücken. Da waren sie, die beiden Ziele, aus ihrem augenblicklichen Blickwinkel einander überlappend. Schwarz und gigantisch im Mondlicht. Er konnte sogar die stockähnlichen dreibeinigen Maste auf den vertäuten Schiffen erkennen: klein und schnell, wie die früheren Torpedoboote, etwa siebzig Fuß lang, hatte in dem Geheimdienstbericht gestanden, leicht bewaffnet, aber mit genügend Wasserbomben, um ein Dutzend *Turquoises* in die Ewigkeit zu schicken.

Sie machten jetzt kaum mehr Fahrt, und Napier hatte den anderen Chariot völlig aus den Augen verloren. War auch gut so. Er dachte jetzt fast laut vor sich hin. *Wenn ich den Feind sehen kann, können die uns auch sehen.* Seine Haut fühlte sich heiß und klebrig an, und wieder kam Übelkeit in ihm hoch. Die Boote waren jeweils an einem großen Ponton oder Leichter vertäut. Er klappte seine Gesichtsmaske auf und atmete tief durch. Woran auch immer die Boote vertäut waren, jedenfalls war es mit Treibstoff gefüllt, jederzeit bereit, die Boote aufzutanken, falls diese Befehl zum Auslaufen bekamen, um einen Eindringling aufzuspüren. Aber nichts bewegte sich. Ebensogut hätte das Ganze eine Übung sein können mit diesem rotgesichtigen Bootsmann, der dann am Ende lobend nickte: »Gut gemacht, Mr. Napier; diesmal hätten Sie ein Ei knacken können!«

Aber die Stimmen aus der Vergangenheit schienen sich über ihn lustig zu machen. Was wußten die denn zu Hause schon, sicher und wohlbehalten in ihrer Welt der Tradition und Regelmäßigkeit. *Was wissen die denn schon?*

Er hatte gerade noch Zeit, die Pumpen- und Motorsteuerung zu regulieren, ehe der Leichter über ihnen aufragte, schwer und massiv wie eine Klippe.

Sie glitten längsseits und kamen dicht unter der Wasseroberfläche zum Stillstand. Der Aufprall war vermutlich kaum wahrnehmbar, fühlte sich aber an wie ein Steinschlag. Napier spürte, wie das rauhe Metall an ihnen vorbeischarrte und dann zum Stillstand kam. Er spähte blindlings nach oben, wartete auf die Lichter, die Schüsse. Und den Schmerz.

Er dachte an Lieutenant Walkers Chariot. Ein schneller Blick auf die Uhr sagte ihm, daß das andere Team inzwischen wahrscheinlich seine Arbeit bereits getan hatte und sich in diesem Augenblick anschickte, die Rückfahrt zum U-Boot anzutreten.

Rice war bereits neben ihm ins Wasser geglitten und wartete darauf, den massiven 1100-Pfund-Sprengkopf zu lösen und mit seinen Magneten an dem Leichter festzumachen. Seine Bewegungen ließen keine Anzeichen von Angst oder Zögern erkennen, und falls ihn ihr etwas ungeschicktes Aufprallen neben und unter dem Zielobjekt erschreckt hatte, ließ er sich davon nichts anmerken. Teamwork. *Lassen Sie sich Zeit . . . Geraten Sie nicht in Panik.* Er schrie in seine Maske: *Ich bin nicht in Panik! Ich gerate nie in Panik!* Als er merkte, was er da tat, half ihm das, seine Nerven zu beruhigen. Er beugte sich zur Seite, griff nach Rices Schulter, wandte sich dann wieder der Steuerung zu und bereitete sich darauf vor, die Ballasttanks neu zu trimmen, sobald der Sprengkopf abgetrennt war. Er preßte die rechte Hand auf seinen Anzug und versuchte, seinen Herzschlag festzustellen.

Es war geschafft. Rice würde dort unten bereits das gnadenlose Ticken des Zünders hören. Plötzlich kam er sich ganz beschwingt vor, als würde er auf Wolken schweben, so als ob unvermittelt etwas in seinen Sauerstoffvorrat geraten wäre. Wenn dieses Ding hier hochging, Treibstoff, Leichter, Boote und vielleicht sogar die Wasserbomben, würden die auf der anderen Seite der Erdkugel in ihrem verdammten Whitehall den Knall sicher hören!

Er ließ den Chariot langsam an dem Leichter aufsteigen und klappte erneut seine Gesichtsmaske auf. Obwohl der Gestank von hochoktanigem Treibstoff in der Luft hing, schmeckte die Luft dennoch wie Wein.

Und da war jetzt Rice; langsam und vorsichtig zog er sich in die Höhe, ehe er seine Maske aufklappte.

»Verdammt gut gemacht!« rief Napier. »Wir haben's geschafft!« Seine Stimme knisterte förmlich, und er spürte die Anspannung nicht, die Rice plötzlich erfaßt hatte. »Also Beeilung alter Junge – sehen wir zu, daß wir hier verduften!«

Rice spähte zu dem nächstliegenden Boot, dem kleinen Ruderhaus und einem im silbernen Mondlicht ganz deutlich erkennbaren Maschinengewehr hinüber. »Als wir längsseits gingen, muß sich ein Draht verhängt haben.« Er deutete zum hinteren Teil des Chariot, den Arm halb unter Wasser. »Er hat sich um Schraube und Ruder gewickelt. Wir müssen zu schnell gefahren sein.«

Napier blickte wie erstarrt auf ihn herab. »Den werden wir schon abschütteln, sobald wir in Fahrt sind. Steigen Sie jetzt auf.«

Rice rührte sich nicht von der Stelle. »Wenn Sie das versuchen, ziehen Sie die Schraubenwelle aus der Buchse. Das klappt nicht.« Seine Stimme klang stur, plötzlich ärgerlich.

»Was ist das denn für ein Draht?«

»Ich denke, irgendein Dockarbeiter hat ihn hängen lassen. Aber ist ja eigentlich nicht wichtig, oder?«

Napier versuchte klar zu denken, und plötzlich traf es ihn wie mit einem Faustschlag, wie ernst ihre Lage war. Es würde ohnehin schon schwierig genug sein, mit der *Turquoise* ein Rendezvous-Manöver zu fahren, auch ohne fehlerhafte Steuerung und die Gefahr eines völligen Ausfalls.

Rice spürte seine Verzweiflung und sagte: »Haben Sie nicht gesagt, daß nicht weit von hier ein Strand ist?« Und dann eindringlich: »Los, probieren wir es. Ich bekomme die Schraube und das Ruder sofort frei!«

Napier starrte zu der dunklen Silhouette der Landzunge hinüber. »Die könnten uns sehen«, sagte er.

»*Die?*« Es klang fast geringschätzig. Unter anderen Umständen wäre es geradezu unverschämt gewesen. »Herrgott, bei all dem Lärm wären die doch schon lange hier gewesen!«

Napier sah zu ihm herab. »Tut mir leid. Nicht Ihre Schuld. Ich wollte Sie nicht anschreien.« Dann traf er seine Entscheidung. »Gut, tun wir's.«

Rice seufzte erleichtert. Er hatte schon früher erlebt, daß Offiziere plötzlich zusammenbrachen; als Funkmaat war er einer der wenigen Privilegierten gewesen, denen der Zugang zu jener separaten Welt der Brücke und denen, die dort das Sagen hatten, erlaubt gewesen war. Aber im Atlantik, der »Schlachtstätte«, wie die Männer auf den Geleitzügen ihn nannten, hatte man immer seine Kameraden um sich herum, andere, die einem die Last abnahmen, wenn es wirklich blutig zuging. Er beobachtete den Sub-Lieutenant, wie der seine Gesichtsmaske zuklappte und nach dem Steuer griff. *Hier, mein Sohn, gibt es nur uns.*

Der Chariot bewege sich langsam rückwärts von den vertäut daliegenden Booten weg. Napier bildete sich ein, er könne den Zeitzünder im Takt mit seinem eigenen wilden Herzschlag ticken hören.

Sie standen Seite an Seite im seichten Wasser, der schwere Chariot wiegte sich in der leichten Dünung und drängte sich immer wieder an sie heran, wie ein sterbender Delphin.

»Fast hätte ich es runterbekommen!« sagte Rice, der zwischendurch immer wieder nach Luft schnappte. Er spähte nach unten und rief aus: »*Verdammte Scheiße!* Jetzt habe ich die Zange fallenlassen!«

Napier wollte auf seine Uhr sehen, hatte aber Angst vor dem, was sie ihm möglicherweise sagen würde, so wie der

Sternenhimmel über ihm, der von Sekunde zu Sekunde heller wurde.

»Lassen Sie mich machen!« Er klappte seine Gesichtsmaske zu und wäre beinahe gefallen, verhängte sich in irgendwelchen Gewächsen und tastete wie ein Verrückter um sich, bis er das warme Metall des Seitenschneiders gefunden hatte.

Er richtete sich auf, konfus, aber irgendwie auch erfreut darüber, etwas erreicht zu haben. Er hielt Rice die Zange hin, und dann wurde ihm bewußt, daß der noch ebenso wie vorher dastand, die Hand am Tiefenruder, aber völlig reglos.

Napier klappte seine Gesichtsmaske auf. »Hier!« Er spürte, daß sich etwas verändert hatte, und fragte heiser: »Was ist denn los, Mann?«

Und dann sah er sie, ein fahler Schein vor dem dunklen Gebüsch; drei Gestalten, und jede so reglos wie Rice. Wie in einem Alptraum konnte er sich weder bewegen noch einen Laut von sich geben; selbst sein Herz, das gerade noch wie wild geschlagen hatte, schien zum Stillstand gekommen zu sein.

Rice fummelte an seinem Anzug herum, vielleicht versuchte er seine Pistole herauszuziehen. Eine der reglosen Gestalten bewegte sich, so schnell, daß Napier gar nicht sah, wie er seine Deckung verließ. Im nächsten Augenblick spürte er den Arm eines Mannes an seiner Kehle und wurde nach hinten gedrückt, bis er nicht mehr schlucken konnte. Er registrierte nur das stumpfe Leuchten von Stahl und dann den gleichmäßigen Atem des Mannes, als der seinen Griff verstärkte und seinen Körper zum tödlichen Stoß ausbalancierte.

Eine harte, englische Stimme rief: »Langsam!« Ein Lichtstrahl tastete in Napiers Augen und blendete ihn, ehe er weiterwanderte und den unruhig auf und ab tanzenden Chariot erfaßte.

Die Stimme klang zornig, oder war es Enttäuschung?

»Wer zum Teufel seid ihr?« Und als dann eine andere, größere Gestalt mit knirschenden Schritten über den Sand kam, setzte er geringschätzig hinzu: »Herrgott, es kommt noch soweit, daß sie uns die Jungs im Kinderwagen rüberschikken!«

Napier schwankte und wäre hingefallen, wenn ihn nicht eine stützende Hand am Arm festgehalten hätte. Die kurze muskulöse Gestalt, die ihn so geschickt gepackt hatte und ihm noch immer das Messer an die Kehle hielt, musterte ihn jetzt, schüttelte den Kopf und grinste dann breit.

Napier würgte heraus: »Darf man vielleicht erfahren ...«

Der andere, der zuerst gesprochen hatte, sagte jetzt schneidig und mit befehlsgewohnter Stimme: »Sinclair, Royal Marines. Wir waren hier ebenfalls aktiv. Sind vor sechsunddreißig Stunden eingetroffen. Alles erledigt.« Er und der andere Mann lachten in sich hinein. »Sie haben gerade Glück gehabt. Gurkhas fragen gewöhnlich nicht erst nach der Zeit!«

»Also keine Japse«, brachte Rice schließlich heraus.

»Jetzt nicht mehr. Die sind alle bei ihren Ahnen. Mit Ausnahme von einem.«

Zwei weitere Gurkhas in schmutzigen Tarnanzügen drängten einen Soldaten zum Wasser hinunter. Er war geknebelt, und man hatte ihm die Hände auf dem Rücken gefesselt.

Napier trat zurück, er spürte den Geschmack von Erbrochenem im Mund. Es war ein japanischer Soldat. Selbst im Zwielicht konnte er die Uniform erkennen, genau wie auf den Bildern im Geheimdiensthandbuch.

Der Mann namens Sinclair sagte: »Er ist der Ingenieur – seine Männer haben an der Anlage gearbeitet. Ich will seine Tasche haben.« Dann lächelte er; nachher dachte Napier, daß er ebensogut zehntausend Meilen von diesem schrecklichen Ort hätte entfernt sein können. Der Lichtkegel der Taschenlampe wanderte zum Uniformrock des Mannes, und dann riß Sinclair ihn auf, als wäre er aus Zeitungspapier. Er nahm dem Mann die kleine Tasche weg und sagte befriedigt: »Unsere Wissenschaftler werden sich dafür interessieren. Verdammt nützliches Zeug, könnte ich mir vorstellen.«

Rice sagte leise: »Ich glaube, wir sollten jetzt hier verschwinden, Sir.«

Aber Napier beobachtete die Augen des Gefangenen in dem kleinen Lichtkegel. Erschreckt, resigniert, flehend – ob er wohl wußte, was er jetzt zu tun hatte?

Sinclair riß ihn aus seinen Gedanken. »Wenn Sie Captain Pryce sehen, grüßen Sie ihn von mir.« Er lachte. »Auch wir sehen jetzt zu, daß wir zurückkommen, was, Tom?« Dann warf er einen Blick auf den japanischen Soldaten und sagte knapp: »Erledigen!«

Nur ein schwaches Aufblitzen war zu sehen, als der *Kukri* über die Schulter des Mannes zischte. Er hustete nicht einmal, aber Napier sah das Blut, das wie schwarzer Teer über seine zerrissene Uniformjacke strömte, als sie die Leiche ins Wasser fallen ließen.

Napier selbst wäre gestürzt, wenn Rice ihm nicht behilflich gewesen wäre, den Chariot zu besiegen. Seine Hände fühlten sich taub an, als er den Motor anließ und Rice den Chariot herumzog, so daß er Kurs auf die offene See nehmen konnte.

Rice kletterte auf seinen Sitz, und dann waren sie endlich wieder unterwegs.

Als Rice sich umsah und auf den kleinen Strand zurückblickte, war er leer, als ob der ganze Alptraum nie stattgefunden hätte.

Die *Turquoise* wartete, die Crew des anderen Chariot war bereits sicher unter Deck. Irgendwie hatte Napier die ganze Zeit über, selbst während er der Angst und schließlich sogar dem blanken Entsetzen ausgeliefert war, gewußt, daß Ross auf ihn warten würde.

Der Himmel war deutlich heller geworden, als Napier das Ventil öffnete, um den Chariot zu fluten und zum Meeresgrund zu schicken. Einige klopften ihnen auf die Schulter, ein paar Worte des Grußes, als man sie an Bord zerrte. Dann klappten Luken zu, der Rumpf vibrierte etwas kräftiger, als das Unterseeboot einen engen Bogen fuhr. Gesichter blickten zu ihnen auf, als man sie durchs Boot führte, und Napier bildete sich ein, er könne hören, wie das Wasser in die Tanks strömte, als sie zu tauchen begannen.

Und dann war er wieder in der Offiziersmesse, und alle Vorhänge waren offen, alle Kojen leer. Er setzte sich, während sich zwei Männer daranmachten, ihm seinen Gummianzug auszuziehen.

Ross hielt ihm einen Becher Kakao an die Lippen, der reichlich mit Rum versetzt war, aber ebensogut hätte es Sodawasser sein können, er schmeckte überhaupt nichts.

Ross beobachtete ihn mit ernster Miene. Der erste Einsatz. Würde es einen weiteren geben?

Dann fragte er mit leiser Stimme: »Wie war's, Peter?«

Napier blickte auf die Hand auf seiner nassen Schulter und wäre fast zusammengebrochen. »Kinderleicht«, erwiderte er flüsternd. Dann blickte er auf und sah den anderen mit glasigen Augen an. »*Wirklich!*«

Ross stellte den Becher hin. »Wir reden später.« Er lächelte und fragte sich, was geschehen war, fürchtete, daß er es bereits wußte.

Um sieben Uhr morgens, während die *Turquoise* bequem auf neunzig Fuß Tiefe fuhr, explodierten die Ladungen der beiden Chariots, und nur Minuten später folgte die, die Sinclair und seine Leute gelegt hatten.

Operation *Emma* war vorbei.

6
Gedanken an zu Hause

James Ross hob die Kaffeetasse, aber sie war leer, obwohl er sich nicht daran erinnern konnte, sie ausgetrunken zu haben. Pryces Büro kam ihm nach der engen, geschäftigen Welt des Unterseebootes ruhig und still vor. Es war geradezu unwirklich, auch wenn man in der Ferne das Klappern einer einsamen Schreibmaschine und gelegentlich das Schrillen eines Telefons hören konnte.

Captain Ralph Pryce stand, den Rücken einem Fenster zugewandt, reglos und wachsam, so wie er die ganze Zeit dagestanden hatte, während Ross den kleinen Stapel Funksprüche durchgeblättert hatte.

Ross fühlte sich niedergeschlagen und müde und fragte sich, warum er es einfach nicht akzeptieren, sich nicht damit abfinden konnte. »Dann haben Sie es also gewußt, Sir?« sagte er. »Vor unserer Abfahrt.«

»Natürlich habe ich es gewußt«, sagte Pryce knapp. »Es war meine Entscheidung. Ich hoffe, sie war richtig. Sie hätten das unter den gegebenen Umständen auch getan. Vielleicht.«

In seiner weißen Uniform schien Pryce vor dem Hintergrund der im Wind schwankenden Palmen und des leeren blauen Himmels förmlich zu glänzen. Hemd und Shorts perfekt gebügelt, die Rangabzeichen an der Schulter im Licht der Sonne wie Goldbarren glitzernd.

»Da war nichts, was Sie hätten tun können. Ich habe gründliche Erkundigungen eingezogen, während Sie mit dem Team unterwegs waren. Alles, was getan werden konnte, *ist* getan worden. Ihre Mutter ...«

»Stiefmutter«, fiel Ross ihm leise ins Wort. Wegen der grellen Sonne konnte er das ärgerliche Zucken im Gesicht des Captains nicht sehen. Ein Versehen, das er hätte bemerken, über das er hätte Bescheid wissen müssen.

Er sah erneut auf die Funksprüche. Sein Vater hatte sich nie über irgendwelche gesundheitlichen Probleme beklagt und immer sorgfältig darauf geachtet, sich regelmäßig untersuchen zu lassen, allein schon um der Admiralität willen: Schließlich kamen seine meisten Bergungskontrakte von dort. Es war ein kleines Wrack in der Nähe von Portland Bill gewesen. Ein Mitglied seiner Mannschaft hatte eine gleich über dem Wasserspiegel im Brückenaufbau verklemmte korrodierte, nicht detonierte Bombe gemeldet. Niemand hatte sie entfernen wollen, bis die Pioniere vom Sprengkommando eingetroffen waren. Ross konnte sich die Szene so gut vorstellen, als ob der dabeigewesen wäre, konnte sich sogar die Stimme seines Vaters vorstellen. *Ach was, du Schwachkopf, das ist doch ein Blindgänger! Sollen wir einen ganzen Tag Arbeit verlieren?*

Die Bombe war tatsächlich ein Blindgänger gewesen, aber Big Andy hatte bei dem Versuch, sie freizuwuchten, einen Herzanfall erlitten und war kurz darauf in dem nahe gelegenen Marinekrankenhaus gestorben.

Pryce sagte: »Urlaub wäre ja nicht in Frage gekommen – richtig?«

Ross nickte. *Ohnehin zu spät!* Er hätte erraten müssen, daß irgend etwas nicht stimmte. Pryce hatte seinen eigenen Wagen geschickt, um ihn abzuholen, als er vom Depotschiff des U-Bootes aus an Land gegangen war. Selbst der eher schroffe Kommandant der *Turquoise* war ihm ungewöhnlich bedrückt vorgekommen, als Ross am Morgen von Bord ging und er sich von ihm verabschiedete.

Pryce drehte sich um und starrte auf das üppige Grün vor dem Fenster. »Operation *Emma* war ein großer Erfolg. Alle Ziele vernichtet und keine Verluste für uns. Das wird die unbesiegbaren Japaner ein wenig unsicher machen, wenn sie wissen, daß entschlossene Gruppen wie die unseren landen und sich hinter ihre Verteidigungslinien schleichen können. Ich bin sehr erfreut; und auch stolz.« Seine Raubvogelnase bewegte sich auf und ab. »*Sehr.*« Als Ross darauf nichts sagte, fragte er mit scharfer Stimme: »Sie doch auch, will ich hoffen?«

»Bis zu einem gewissen Grad, Sir.« Es tat weh, sich wieder darauf zu konzentrieren. Er konnte im Augenblick nur an den rauhen, aber gutmütigen und zuverlässigen Mann denken, den er zum letzten Mal bei einem seiner Urlaube zu sehen bekommen hatte. Die Verleihung des Victoriakreuzes an seinen Sohn war Big Andys größter Augenblick gewesen. Vor Stolz hatte er förmlich von innen heraus geleuchtet. Im Palast, als der König seinem Sohn das Bronzekreuz überreichte, hatte er strahlend ausgerufen: »Ich könnte nicht glücklicher sein, wenn es meines wäre, Euer Majestät.« Ross wandte sich ab. *Es hätte ihm auch gebührt.* Abrupt sagte er: »Ich denke, Sub-Lieutenant Napier sollte für den Augenblick vom aktiven Dienst befreit werden. *Emma* war sein allererster Einsatz.« Stunt hätte er es genannt. Vorher.

»Da bin ich anderer Ansicht. Er hat perfekte Arbeit geleistet, trotz einer kleinen technischen Panne. Ich denke, man sollte ihn ermuntern und ihm nicht das Gefühl vermitteln, ein blutiger Amateur zu sein.«

Das Funkgerät der *Turquoise* mußte auf der Rückfahrt nach Trincomalee jede verfügbare Minute, in der die Sicherheit gewährleistet war, in Betrieb gewesen sein, sonst wäre Pryce nicht so gut informiert gewesen.

Ross sagte: »Mir war nicht klar, daß unser Captain Sinclair das Einsatzkommando führen würde.«

»Das wußte auch mit Ausnahme des Einsatzstabes niemand. Je weniger, desto besser. Wie ich Ihnen schon einmal sagte, am Ende kommt es nur auf das Ergebnis an. Das Motiv für die Arbeit kann Haß oder Rache sein. Ebensogut kann es Hingabe sein – sogar Ehrgeiz.« Er drehte sich schnell herum. »*Resultate*, erinnern Sie sich?«

Wie aus meilenweiter Entfernung erinnerte sich Ross an Napiers Stimme, als er ihn das erste Mal befragt hatte. Mit ausdrucksloser Stimme, in der immer noch der Schock mitklang, hatte er von Sinclair gesagt: »Es hat ihm Spaß gemacht. Sie hätten ihn sehen sollen. An einem Punkt dachte ich, er würde uns töten lassen!«

Er hörte, wie Pryce sagte: »Was Sinclair angeht, so verlangt die Arbeit, die er leistet, eine ganz besondere Art von Mensch. Jemanden, der den Feind mit seinen eigenen Waffen und ohne Gnade bekämpfen kann.« Und dann fügte er fast lässig hinzu: »Seine Ernennung zum Major ist übrigens unterwegs; und ein weiterer Orden.«

»Ich verstehe.«

Pryce sagte: »Wenn die Japse ihn erwischt hätten ...« Er führte den Satz nicht zu Ende. Statt dessen setzte er hinzu: »Sie können übrigens abtreten, wenn Sie wollen. Ein wenig müde, nehme ich an?«

»Nein, Sir. Ich hatte auf der Rückfahrt genügend Zeit, mich auszuruhen und nachzudenken.«

»Sie sehen also, meine Entscheidung war richtig. Sie wären überhaupt nicht in Form gewesen, wenn ich Ihnen die traurige Nachricht vorher übermittelt hätte.«

Traurig? Wußte der Mann überhaupt, was das bedeutete?

»Genauer gesagt – äh, Jamie, ich muß Sie um eine Gefälligkeit bitten. Seit diesem letzten Einsatz haben die Ereignisse sich richtiggehend überschlagen. Ich muß nach Bombay fliegen, um an einer Stabskonferenz teilzunehmen. Ich werde die ganz bestimmt alle ins Bild setzen!« Er machte keinen Hehl aus seiner Befriedigung. »Wir werden in Kürze Besuch von Howard Costain bekommen, einem der wichtigsten Kriegskorrespondenten. Sehr angesehen, könnte äußerst nützlich sein. Für uns, meine ich.«

»Wenn es Ihnen nichts ausmacht, Sir ...« Ebensogut hätte er den Mund halten können.

Pryce fuhr fort: »Der Admiral hat zugestimmt, daß wir eine Party für ihn veranstalten sollten.« Er sah sich in seinem Büro um, als wäre es ein Käfig. »Nicht hier in diesem armseligen Ersatz für eine Marineanlage und natürlich nicht auf dem Stützpunkt. Wir hatten gedacht, daß wir die Party vielleicht auf dem Mackenzie-Anwesen abhalten könnten. Persönlicher, ein besserer Eindruck, hatten wir gedacht.«

Ross überlegte kurz, wer mit *wir* gemeint war. Der Admiral vielleicht?

Pryce beobachtete ihn erneut. »In meiner Abwesenheit werden Sie hier das Kommando führen. Ich kann mich doch darauf verlassen, daß Sie sich um unsere Leute und den täglichen Verkehr mit der Einsatzleitung kümmern.« Er tippte mit seinem makellosen weißen Schuh auf den Fußboden. »Falls natürlich irgend etwas Dringendes kommt, wissen Sie ja, wie Sie mich erreichen können.«

Vertrauen, aber auch nicht zuviel davon.

Ross fragte. »Dieser Mackenzie – ist das der, den man gewöhnlich den ›Colonel‹ nennt?«

»Richtig. Ein echter Sohn des Empire. Ist vor Jahren aus der Armee aus- und ins Teegeschäft eingestiegen – muß mächtigen Erfolg haben. Hat großen Einfluß, in Ceylon jedenfalls. Howard Costain wird beeindruckt sein.«

Ross dachte an die Marinehelferin, von der Peter Napier gesprochen hatte. *Halb-und-halb.* Das machte ihn plötzlich ziemlich zornig.

Pryce sagte: »Sie können ihn ja aufsuchen. Der Colonel ist bereits im Bilde.« Ihn schien das zu amüsieren. »Und achten Sie darauf, daß der junge Villiers auch da ist. Er kennt die Gegend und spricht sogar das hiesige Kauderwelsch, soweit mir bekannt ist.« Dann wurde er wieder ernst, als würde er eine Maske aufsetzen. »Das mit Ihrem Vater tut mir wirklich verdammt leid. Noch dazu wenn man bedenkt, daß er mit meinem alten Herrn gedient hat. Eine kleine Welt, wie?«

Das Telefon schrillte, und Pryce griff sich den Hörer, wobei er es mit der kleinen Handbewegung schaffte, seine ganze Verstimmung zum Ausdruck zu bringen. »Ich dachte, ich hätte Ihnen gesagt . . .« Er legte den Hörer auf und zuckte die

Achseln. »Ich muß jetzt gehen.« Er warf Ross einen prüfenden Blick zu. »Seien Sie nicht so streng mit Napier. Nächstes Mal wird es leichter sein.« Sein Tonfall wurde schroffer. »Wenn nicht, möchte ich die Gründe wissen!«

Ross ging an dem Matrosen am Telefon vorbei. Der Mann beobachtete ihn, wie um festzustellen, ob ein Victoriakreuzträger auf etwas so Unvermeidbares wie persönlichen Schmerz anders reagierte als ein gewöhnlicher Sterblicher.

Er hörte Stimmen vor der Tür und sah Peter Napier breit lächelnd und mit beiden Händen gestikulierend irgend etwas erzählen. Er sprach mit derselben Marinehelferin. Es fiel schwer, ihn sich jetzt als die keuchende, unter Schock stehende Gestalt vorzustellen, die man nach dem Angriff an Bord der *Turquoise* gehievt hatte.

»Sie haben es nicht vergessen?« hörte er ihn sagen. »Wir sind verabredet, nicht vergessen.«

Sie blickte auf und sah Ross in der Tür stehen. Er sah, wie ihr Atem schneller ging, so als hätte sein unerwarteter Anblick sie aus dem Gleichgewicht gebracht, ja sie nervös gemacht.

Peter rief aus: »Ich habe gerade gesagt . . .«

Ross ging an ihm vorbei. »Ich weiß. ›Ein Kinderspiel.‹«

Warum sollte es etwas ausmachen? Was machte überhaupt noch etwas aus? Aber das tat es doch.

Der Leseraum, wie man ihn nannte, lag dicht neben der Offiziersmesse. Es gab nicht viele Bücher, und die wenigen, die es gab, waren ziemlich abgegriffen. Es lagen auch Zeitschriften und Zeitungen aus, einige davon so alt, daß sie überhaupt nicht mehr von Interesse waren. Aber wenigstens war es hier still. Aus dem einzigen Fenster des Raums konnte man das Meer sehen, aber sonst sehr wenig.

Ross saß in einem der Sessel und starrte auf das Glas Gin, das neben seinem Ellbogen stand. *Nicht zu viele davon, mein Junge, sonst bist du der nächste.* Er sah sich nicht um, als die Tür aufging und Lieutenant Charles Villiers eintrat.

»Sagen Sie es mir bitte, wenn Sie möchten, daß ich verschwinde«, sagte Villiers. »Ich dachte, Sie würden vielleicht reden wollen.«

Ross lächelte. Obwohl er sich umgezogen und ein lauwarmes Bad genommen hatte, fühlte er sich immer noch erschöpft und gereizt.

»Danke. Mit der Zeit gewöhne ich mich daran.« Und dann erinnerte er sich plötzlich schmerzlich an Villiers Eltern und Schwester. »Ich denke, für mich war der alte Herr immer eine Art Selbstverständlichkeit. Hat sich für uns zu Tode geschuftet. Dann ist meine Mutter an Grippe gestorben. Das hat ihn nicht aus der Bahn geworfen. Er hat wieder geheiratet – es war nie mehr so wie früher, aber er hat jemanden gebraucht, der ihm zur Seite stand, der ihn aufgemuntert hat, wenn es hart herging.« Er grinste, trotz seines Leids. Vielleicht war sein Stolz auf Big Andy ein passenderes Denkmal. »Gar nicht übel für einen einfachen Matrosen, was? Als ich das letzte Mal mit ihm sprach, hatte er gerade einen weiteren Bergungsschlepper gekauft. *Du darfst nie etwas auf Abzahlung kaufen, Jamie, das Geld könnte dir plötzlich ausgehen, und wo stehst du dann?*« Er konnte ihn fast hören, wie er das sagte.

»Sie sind Schotte«, bemerkte Villiers, »aber man hört es Ihnen gar nicht an.«

»Was, kein knorriger Spazierstock und kein Haggis*, wie Harry Lauder**?« sagte Ross trocken. Er spürte, wie Villiers sich in sich zurückzog, und fügte mit sanfterer Stimme hinzu: »Wir sind nach Süden gezogen, als mein alter Herr seinen Scapa-Flow-Vertrag erhielt. Falmouth. Das ist dann wohl auch meine Heimat geworden. Und wo sind Sie zu Hause?«

Villiers blickte auf seine Hände. »Singapur und Malaya und ein oder zwei Reisen nach England. Ich habe es als meine

* Haggis: Herz, Lunge und Leber vom Schaf, im Schafsmagen gekocht (typ. schottisches Gericht).

** Harry Lauder (eigtl. Hugh MacLennan, 1870–1950): schottischer Balladensänger und Varieté-Komödiant.

Heimat betrachtet, aber letztes Mal bin ich mir dort wie ein Fremder vorgekommen.« Man konnte ihm ansehen, daß er zu einem Entschluß gelangt war. »Ich muß Ihnen das sagen.« Er schüttelte den Kopf, so daß ihm das Haar in die Stirn fiel. »Nein, ich *will* es Ihnen sagen. Ich habe dieses Mädchen wiedergesehen. Caryl.«

Ross merkte, wie er sich den Namen förmlich auf der Zunge zergehen ließ. »Das habe ich mir schon gedacht.«

»Sie ist Captain Sinclairs Frau«, erklärte Villiers freimütig. »Sie will sich scheiden lassen.« Und dann sah er ihm gerade in die Augen. »Sehen Sie, Jamie, ich liebe sie. Und ich glaube, sie liebt mich auch.«

Ross überlegte. Ein sehr angenehmer, ehrlicher junger Mann, dem es wahrscheinlich sein ganzes Leben lang an nichts gemangelt hatte. Bis jetzt. Die Qual, seine Familie auf so schreckliche Weise verloren zu haben, ließ ihm alles andere unwichtig, belanglos erscheinen. Er betrachtete seine Gefühle für diese verheiratete Frau nicht einmal mehr als Risiko. »Sinclair wird sich recht bald wieder der ...« Ross lächelte »... der *Kohorte* anschließen. Er soll zum Major befördert werden und einen Orden bekommen, hat man mir wenigstens gesagt. Seien Sie also vorsichtig.«

Villiers stand auf und ging ans Fenster. »Irgend etwas stimmt nicht mit dem Mann. Sie hat Angst vor ihm.«

Ross beobachtete den Jüngeren, spürte seine Sorge; sie war beinahe körperlich wahrzunehmen. Und dann erinnerte er sich auch an Napiers ein wenig zusammenhanglosen Bericht über das, was vorgefallen war, nachdem die Chariots ihre Sprengladungen angebracht hatten. Es war natürlich möglich, daß er sich irrte, aber da war ein Gedanke, der ihn nicht loslassen wollte. Aus Sinclair hatten seine Erlebnisse einen anderen Menschen gemacht. Oder war er schon immer so gewesen?

Villiers berührte seine Brusttasche. »Ich habe einen Brief von ihr bekommen. Der erste, der hier angekommen ist.« Er sah die plötzliche Warnung in Ross' grauen Augen und sagte, fast um Entschuldigung bittend: »Es ist schon in Ordnung. Sie hat den Umschlag mit der Maschine geschrieben. Niemand kann erkannt haben, woher er gekommen ist.« Er starrte aufs Meer hinaus, auf den strahlend hellen Horizont zwischen den wogenden Bäumen, der wie ein riesiger Damm aussah, und erinnerte sich an jenen letzten Morgen, wo er in ihren Armen erwacht war, an das Gefühl, etwas Wunderbares, Unvorstellbares erlebt zu haben: und auch Staunen darüber, daß es überhaupt geschehen sein konnte. Sie hatten sich noch einmal geliebt, hatten versucht, nur für den Augenblick zu leben.

Er lächelte in sich hinein. Der Hotelmanager hatte nicht ihren Ausweis verlangt, ehe sie weggegangen war. Der erste Charles Villiers hätte das gebilligt.

Der Brief hatte alles zurückgebracht, hatte die Entfernung irgendwie zu einem wenig großen Hindernis schrumpfen lassen. Er sagte: »Ich habe versucht, es Rear-Admiral Dyer zu erklären . . .«

»Sie haben *was*?«

Einen Augenblick lang dachte Villiers, er sei zu weit gegangen.

Ross sagte ruhig: »Bestellen Sie noch zwei Drinks.« Dann grinste er: »Das muß man Ihnen schon lassen, Charles, an Entschlossenheit fehlt es Ihnen nicht.« Er hob die Hand. »Das nächste Mal sagen Sie es *mir*, all right? Ossie Dyer versteht seinen Job, aber ich glaube nicht, daß die Romantik in seiner Strategie einen besonderen Stellenwert hat!«

Sie lachten beide, die letzten Barrieren zwischen ihnen waren gefallen. Ein Beobachter, wenn es einen gegeben hätte, hätte sie für alte Freunde gehalten.

Ross trat ans Fenster. Diese friedliche Ansammlung von Bungalows und Lagerhäusern sah jetzt sogar aus, als gehöre sie zur Navy, dachte er. Die Flagge der britischen Kriegsmarine hing schlaff von einem neuen Mast, der mit weiß gestrichenen Steinen umgeben worden war. Er legte die Hand auf den warmen Fenstersims und erinnerte sich an den uralten Marinewitz: *Wenn sie sich bewegt, mußt du sie grüßen; wenn nicht, mußt du sie weiß anstreichen!*«

Er dachte an Villiers, seine offenkundige Aufrichtigkeit. Wenn Sinclair je Wind davon bekam ... er schüttelte den Kopf. Dazu durfte es nicht kommen. Bald würde wieder eine Konferenz mit den Leuten vom Nachrichtendienst stattfinden; anschließend würde man ihn vielleicht irgendwo andershin versetzen. Er erinnerte sich an die verschiedenen Motive, die Pryce aufgezählt hatte, aber welches paßte zu Trevor Sinclair? Mut oder Wahnsinn, Haß auf den Feind oder das echte Bedürfnis zu töten?

Manche wurden durch den Krieg zum Mann. Aber viele zerstörte der Krieg auch. Viel mehr sogar.

Villiers kam zurück, gefolgt von einem Steward, der ein Tablett mit Gläsern trug. »Jetzt fühle ich mich schon viel besser!«

Ross war froh, daß Villiers ihm Gesellschaft leistete. Es war deutlich in Villiers offenen Zügen zu lesen: Er und das Mädchen waren ein Liebespaar geworden. Nicht die übliche Kriegsaffäre, sondern ein Liebespaar mit allen Konsequenzen.

Als der Steward hinausgegangen war, sagte Ross ruhig: »Wenn Sie jemals hier aussteigen und in den regulären Marinedienst oder so etwas zurückkehren wollen, brauchen Sie es mich bloß wissen zu lassen. Ich will dann sehen, was ich machen kann.«

Villiers war plötzlich sehr ernst. »Nein, Jamie. Ich habe mich freiwillig gemeldet. Ich muß das tun, wenn ich, sobald das einmal alles vorbei ist, mit mir selbst leben will. Das bin ich ihnen schuldig.«

Ross brauchte nicht zu fragen, wen er meinte. Er hob sein Glas. »Danke, daß Sie es mir gesagt haben.«

»Ich denke, Sie haben es ohnehin gewußt«, sagte Villiers.

Draußen quäkte ein Lautsprecher, obwohl der ganze Bau klein genug war, daß eine Männerstimme durchaus ausgereicht hätte.

»Alles herhören! Feuerwehreinsatztrupp melden! Freiwachen enden in einer Stunde!«

Stimmen erfüllten die Offiziersmesse, und das Klirren von Gläsern war zu hören.

Mit ihren Gedanken allein gelassen, tranken Ross und Villiers aus.

Irgendwie hatte jeder von ihnen das Gefühl, einen neuen Anfang gefunden zu haben.

Maat Mike Tucker trat aus der heißen Sonne in den Schatten, den die Bungalows boten. In den letzten paar Tagen war auf dem verbrannten Gras eine kleine Holztafel mit der Aufschrift *Achterdeck* aufgetaucht, und er hatte beim Vorbeigehen die Hand grüßend an die Mütze gelegt. Heutzutage brachten die es fertig, aus allem eine Marineinstitution zu machen, und seit dem Zeitalter der Segelschiffe war »Achterdeck« stets ein Synonym für »Offiziere« gewesen. Er blieb stehen und nahm die Mütze ab, um so in den Genuß einer etwaigen Seebrise zu kommen. Das seltsame Gefühl, das die Beförderung mit sich gebracht hatte, hatte sich zu seiner großen Überraschung völlig gelegt. Jetzt *war* er Maat, und das war's.

Drei Tage waren verstrichen, seit das U-Boot Ross und die anderen von der Operation *Emma* in der Malakkastraße zurückgebracht hatte. Jetzt war es November, obwohl sich hier doch nie etwas zu verändern schien. Die erste Erregung und das übliche Risikobewußtsein hatten sich nahezu verflüchtigt. Abgesehen vom Überprüfen der Chariots an Bord des Depotschiffs und ständigen Einsatzübungen, die aber gegenüber der Realität irgendwie harmlos erschienen, schien niemand die leiseste Ahnung zu haben, was er mit ihnen anfangen sollte.

Er dachte an den Brief von zu Hause, der vor ein paar Tagen eingetroffen war. Seine Mutter gab nie viel von ihren echten Gefühlen, Hoffnungen oder Ängsten preis; ihre Briefe waren ganz wie sie, geduldige Understatements. Aber der letzte war doch ein wenig anders gewesen. Madge, seine jüngste Schwester, hatte es jetzt wirklich geschafft. Nicht daß das sonderlich überraschend gekommen wäre. Selbst das hatte man dem Brief seiner Mutter entnehmen können. Madge hatte es geschafft, schwanger zu werden. Irgendein Yankee, der daraufhin sofort versetzt worden war.

Es gab auch andere Neuigkeiten. Ein Pub, in dem sein Vater Stammgast gewesen war, war den Bomben zum Opfer gefallen. Den Namen hatte sie in ihrem Brief nicht erwähnt; vielleicht hatte sie vermutet, daß ihn ein aufmerksamer Zensor ohnehin gestrichen oder vielleicht sogar den Brief zurückgeschickt hätte. In dem Brief waren ein paar Namen erwähnt, bei dem vor seinem inneren Auge Bilder auftauchten, Gesichter, von denen er einige nie wieder sehen würde. Ihre Hauptsorge war wie stets, daß ihr Sohn Mike *in der Fremde* war, etwas, woran sie sich, obwohl er Berufssoldat war, nie hatte gewöhnen und was sie noch weniger hatte akzeptieren können.

Er dachte an jene erste Begegnung mit Ross Stunden nach seiner Rückkehr. Es war beiden leichter als erwartet gefallen, über Big Andys Tod zu sprechen, vielleicht weil sie einander wesentlich besser kannten, als ihnen das bewußt gewesen war. Ein kräftiger Händedruck und Tuckers ehrliche Beileidsbekundung, und dann hatte Ross schlicht gesagt: »Er war immer da, wissen Sie. Obwohl wir uns gar nicht sooft begegnet sind, war er immer da, hat einfach dazugehört.«

Wie sein eigener Vater, dachte Tucker; ruhig, bei den Kollegen beliebt, aber fest und entschlossen, wenn es darauf ankam. Was er von Madge denken mochte, wußte Gott allein. Überraschung spielte dabei sicherlich keine Rolle.

Zu jeder Tages- und Nachtzeit mit seiner kleinen Tenderlokomotive auf dem Rangierbahnhof unterwegs, aber besser dran als viele andere während einer Zeit der Depression und der Massenarbeitslosigkeit, das Los vieler Soldaten, die aus dem Großen Krieg zurückgekommen waren. *Die Überlebenden.* Ja; ihre Väter hatten mehr miteinander gemein gehabt, als ihm bewußt gewesen war. Dieses Wissen hatte sich bei ihm erst allmählich eingestellt, als er sich im Laufe der Zeit daran gewöhnt hatte, mit einem puritanischen Berufsoffizier auf du und du zusammenzuarbeiten.

Tucker war eine andere Art Offizier gewöhnt gewesen. Distanziert, autoritär. Entscheidungen, mit einer Effizienz gefällt, an der es nichts zu rütteln gab. Fast wie ein Stempel mit der Aufschrift *Pflicht.* Er und Ross waren einmal zusammen in Edinburgh gewesen, wo die militärische Abwehr sie befragen wollte. Sie hatten einen halben Tag zur freien Verfügung gehabt, und Ross hatte dem Fahrer des Wagens gesagt, er solle sie nach Leith bringen, einer kleinen verschlafenen Ortschaft an der Küste, wo sie in einem Pub eingekehrt waren, um einen Schluck zu trinken. Ross hatte auf ein gepflegtes, weißgestrichenes Haus gegenüber gezeigt und gesagt: »Das war mein Zuhause, Mike. Wo ich meinen ersten Atemzug getan habe.«

Tucker war sich gar nicht sicher, was er eigentlich erwartet hatte. Das Haus war recht hübsch, aber nicht einmal halb so groß wie seines in Battersea.

Man konnte nie wissen, dachte er. Tucker hatte auf die harte Tour gelernt, sich nie auf etwas zu verlassen. Es gab solche und solche Offiziere. Er hatte jetzt am eigenen Leib erlebt, wie Ross sich um die Leute kümmerte, mit denen er zusammenarbeitete. Und das Band zwischen Ross und seinem Freund David hatte er wie etwas Lebendiges gespürt. Dann mußte er an den neuen Mann denken, Peter Napier. Äußerlich seinem toten Bruder sehr ähnlich, aber weiter ging es nicht. Das Lächeln, die Augenblicke von tiefem Ernst, bei denen man fast die Verzweiflung gespürt hatte, das war nur David gewesen. Peter war da ganz anders. Er war unreif. Tucker hatte Mühe, das richtige Wort zu finden. *Oberflächlich.*

Er klopfte an die Tür und rechnete beinahe damit, Pryces

schroffes *Herein!* zu hören. Er und einige der anderen hatten sich eingestehen müssen, daß es in Trincomalee weniger langweilig war, solange Pryce hier zugange war.

Ross blickte von seinem Schreibtisch auf und lächelte. Tucker hatte den Eindruck, daß er für die Unterbrechung dankbar war.

Second Officer Jane Clarke, die einzige Marinehelferin im Offiziersrang, die bisher ihrer Special-Operations-Gruppe unmittelbar zugeteilt war, lehnte über Ross' Schulter, während sie ein paar Funksprüche ordnete. Blond, blauäugig, mit einem Himmelfahrtsnäschen und *so einem englischen Gesicht,* wie seine Mutter sich ausgedrückt hätte. Sie hatte eine offene und direkte Art, einen anzusehen. Eine hübsche, etwas üppige Figur übrigens auch; *sehr lecker,* wie der Küchenmaat es formuliert hatte.

Sie wirkte etwas verwirrt, als Ross fragte: »Was kann ich für Sie tun, Mike?«

Second Officer Clarke stand aufrecht da und zupfte an ihrer Uniformbluse, während sie zu dem langsam an der Decke kreisenden Ventilator aufblickte. Die Wirkung war an Tucker nicht verloren. Sehr bettwürdig. Einem Flirt nicht abgeneigt. Das überraschte ihn. Nach Eves Tod hatte er nur selten an andere Frauen gedacht.

»Der Wagen steht bereit, Sir.« Tucker unterdrückte ein Lächeln. Offensichtlich hatte Ross die Verabredung völlig vergessen. »Für heute abend. Er soll Sie zum Mackenzie-Anwesen bringen.«

Ross seufzte. Er hatte gehofft, daß Pryce vorher zurückkommen würde, aber alles deutete darauf hin, daß er wenigstens noch vier Tage in Bombay bleiben würde.

»Ich kenne den Weg«, sagte das Mädchen.

Ross sah sie an. Die Botschaft war klar, wenn auch nicht laut ausgesprochen. Er hatte es sehr wohl zur Kenntnis genommen, wie ihre Brust seine Schulter kurz gestreift hatte, hatte das warme Parfum ihres Körpers eingesogen. Sie spürte sein Zögern und fügte hinzu: »Ich war schon einmal dort.«

Ross sagte: »Sie haben heute abend Dienst. Das haben Sie doch selbst gesagt.«

Sie feuchtete ihre Unterlippe an. »Ich finde schon jemanden, der meinen Dienst übernimmt. In der Einsatzzentrale weiß man ja ohnehin Bescheid, was los ist.«

Tucker sagte höflich: »Mr. Villiers wird mit Ihnen kommen, Sir.«

Ross lächelte das Mädchen an. »Das nächste Mal vielleicht.«

Sie berührte seine Hand. »Meine Freunde nennen mich Jane.« Sie ging aus dem Zimmer, ohne Tucker eines Blicks zu würdigen.

Ross sagte: »Ich wußte das mit Charles Villiers gar nicht.«

Tucker trat von einem Fuß auf den anderen. »Nun, ich nehme jedenfalls an, daß er gern mitkommen würde.«

»Wohl versucht, mich zu retten, Mike?«

Tucker sah ihm ruhig in die Augen. »Nettes Mädchen. Ist aber nicht Ihr Typ.«

Ross ließ seinen Blick über das Bündel Funksprüche schweifen, um Tucker nicht ansehen zu müssen. »Mit dem nächsten Konvoi kommen vier weitere Chariots, zwei als Ersatz. Ich überlasse es Ihnen, das mit dem Waffenmeister zu regeln.« Er dachte an das Mädchen, das gerade hinausgegangen war. *Ist aber nicht Ihr Typ*. Und warum nicht? Es wäre sowieso nichts Ernsthaftes gewesen. Sie gehörte nicht zu denen, die das erwarteten. Sie bloß in den Armen halten, sich gehenlassen . . . Als er aufblickte, sah er, daß Tucker ihn immer noch ansah.

Er sagte: »Maat Mackenzie hat angeboten zu fahren, Sir.«

Ross starrte an ihm vorbei in den blauen Himmel. Er hatte nur ein paarmal mit ihr gesprochen, und dann auch nur über dienstliche Dinge, weil Pryce nicht dagewesen war. Und einmal, als er gerade dabeigewesen war, seine Pfeife anzuzünden und sie ihm den Rücken zugewandt hatte, während sie den Aktenschrank abschloß, hatte sie gesagt: »Mir hat das sehr leid getan, Sir. Das mit Ihrem Vater.« Er hatte ihre Entschlossenheit gespürt, einen neutralen Ton anzuschlagen. »Ich weiß, wie mir zumute gewesen wäre.«

Sie mußte über den Funkspruch Bescheid gewußt haben, ehe die *Turquoise* abgelegt hatte, vielleicht hatte sie sich sogar bereit erklärt, ihm die Nachricht vorzuenthalten in dem Wissen, welche Wirkung sie auf ihn haben würde.

»Hat Ihnen Ihr Rendezvous mit Sub-Lieutenant Napier Spaß gemacht?« hatte er gefragt. Es war eine dumme Bemerkung gewesen, bloß um etwas zu sagen.

Ihre Reaktion war unverzüglich gekommen: »Hätte ich um Erlaubnis fragen sollen, Sir? Vielleicht auf dem Dienstweg und schriftlich?« Es war, als ob sich eine Mauer zwischen ihnen erhoben hätte . . .

»Da ist etwas, worüber ich mit Ihnen reden wollte, Sir«, sagte Tucker. »Mich beunruhigt das ein bißchen.« Er war jetzt ganz ernst, geradezu förmlich.

»Raus damit.«

»Mr. Napiers Nummer Zwei, Nick Rice. Ehemals Telegrafist.«

»Ja, was ist mit ihm?« Er konnte die plötzliche Besorgnis, die Spannung des anderen spüren. Tucker hatte sehr klare Vorstellungen von Loyalität und wie weit man sie nutzen durfte. Es war *wirklich* ernst.

»Er ist heute morgen zu mir gekommen. Ich habe ihm gesagt: ›Red nicht um den heißen Brei rum, Nick. Sag, was dich plagt, oder finde dich damit ab.‹«

»Und?«

»Er möchte versetzt werden, Sir. Die Crew wechseln, wenn sich die Gelegenheit ergibt. Sie haben mir gesagt, daß neue Chariots kommen. Also, das wäre vielleicht der richtige Zeitpunkt. Wenn es soweit ist, gibt es bestimmt auch ein paar neue Gesichter.«

Ross wünschte, es gäbe in dem Büro etwas zu trinken. Aber falls Pryce noch etwas hatte, würde das unter Verschluß stehen. »Das verstehe ich nicht«, sagte er. »Ich hatte den Eindruck, daß die beiden gut miteinander zurechtkommen. Erstklassige Zeugnisse; nichts, was mich daran hätte hindern können, ihn so früh in den Einsatz zu schicken.« *Das und Pryces Hartnäckigkeit.*

Tucker überlegte. Aus Nick Rice war es herausgeplatzt: »Schau, Tommy, ich mache ja alles mit. Aber der Junge hätte uns beide fast hochgehen lassen. Der hat völlig durchgedreht!« Er sagte zu Ross: »Das Vertrauen ist verlorengegangen, Sir. Könnte sich ja legen. Ich habe das schon miterlebt.«

Ross lächelte. *Wem sagst du das.* »Wenn man sich hier so umsieht, möchte man es ja nicht glauben. Aber das hier ist ein Fronteinsatz. Wir können es uns nicht leisten, daß irgend etwas schiefgeht, oder?«

Tucker grinst und war froh, daß er es erwähnt hatte. »Stimmt, Sir.«

Als er sich zum Gehen wandte, fragte Ross: »Hat sie wirklich angeboten, uns dorthin zu fahren? Ich frage mich warum.«

Tucker vertraute auf sein sprichwörtliches Glück. »Wahrscheinlich, weil sie Sie vor ihrer Vorgesetzten beschützen will. ›Jane‹, so heißt sie doch, nicht wahr?«

Als Ross geduscht und sich umgezogen hatte, wartete Tucker bereits auf ihn. Er hielt vorsichtig einen länglichen Karton unter dem Arm.

»Ich weiß nicht, wie Sie das machen«, sagte Ross. »Der Colonel rührt das Zeug vielleicht gar nicht an. Aber trotzdem vielen Dank.«

Tucker grinste. »Er heißt Mackenzie. Natürlich mag er es. Der Chefsteward hat es organisiert. Dieselbe Marke, wie Captain Pryce sie schätzt.«

Sie traten in die Abendsonne hinaus, wo eine weitere

Überraschung auf sie wartete. Er hatte eines der üblichen überstrapazierten Dienstfahrzeuge erwartet, mit ausgeleierter Federung und unzureichender Lüftung. Aber was ihn erwartete, war alles andere als das. Elegant, gerundet wie ein Sportwagen – ein Sunbeam Talbot, wie er dann erkannte. Der Wagen war vor dem Krieg in England eine teure Rarität gewesen und jetzt natürlich völlig unerschwinglich. Das Fahrzeug war cremefarben, seine Motorhaube mit der unvermeidlichen Schicht Straßenstaub bedeckt. Ein Relikt aus der Vergangenheit, dachte er, jedenfalls für die, die Glück gehabt hatten. Ross mußte an den Bentley seines Vaters denken, der bis auf weiteres aufgebockt worden war. Was würde aus dem Wagen werden, dem ganzen Stolz von Big Andy? fragte er sich. Vielleicht würde seine Stiefmutter wieder heiraten und ihn ihrem neuen Mann überlassen. Er wunderte sich darüber, welche Bitterkeit bei diesem Gedanken in ihm aufkam.

»Wenn Sie soweit sind, Sir . . .« Sie hatte neben dem Wagen gestanden und ganz zwanglos mit Villiers geplaudert. Sie nahm Tucker die Schachtel ab, und Ross bemerkte den kurzen Blickwechsel zwischen ihnen. Dann öffnete sie die Wagentüren auf der Fahrerseite und lud ihn ein, im Fond Platz zu nehmen. Villiers hielt ihr seinerseits die Tür auf und stieg dann auf der anderen Seite ein, während sie das Steuer übernahm.

Nach hinten gewandt, erklärte sie: »Wenn alles gut läuft, wird es etwa eine Stunde dauern, Sir. Die Straßen sind in gutem Zustand.« Im Rückspiegel sah Ross, wie sie Villiers zulächelte. »Aber der Nordostmonsun wird das bald ändern.«

Vorbei am Wachposten und hinaus auf die offene Straße ging die Fahrt, und die Farben und Gerüche dieses exotischen Landes beeindruckten ihn im Licht der Abendsonne noch mehr.

»Wir folgen erst der Straße nach Süden, am Meer entlang, und dann geht es landeinwärts, ein bißchen ins Hochland hinauf – stimmt's Victoria?« sagte Villiers.

Sie nickte, und ihr schwarzes Haar wippte dabei unter ihrer

Mütze. »Wie England – in Ceylon ist man auch nie mehr als achtzig Meilen vom Meer entfernt!«

Ross blickte auf ein paar magere Rinder, die auf ein Feld getrieben wurden. Dies war eine Insel von großer Schönheit und zugleich erschreckender Armut. Die beiden vorne plauderten, und sie nahm gelegentlich die Hand vom Steuer, um auf irgend etwas Interessantes zu zeigen. Einen eingestürzten Tempel; eine katholische Kirche. Sie war mit der Gegend vertraut, aber Ross, dem man gesagt hatte, daß sie in Singapur geboren war, spürte, daß sie sich hier nicht heimisch fühlte.

Sie entfernten sich jetzt vom Meer, und die Bäume wölbten sich wie ein grüner Tunnel über dem Wagen. Er blickte auf ihre Hand, als sie fester ins Steuer griff, um die nächste Kurve zu nehmen. Klein und stark. Ihre Unterhaltung mit Villiers erzeugte in ihm ein Gefühl der Isolierung. Er versuchte zu lächeln. *Eifersüchtig vielleicht?*

Plötzlich drehte sie sich halb nach hinten. »Mein Vater freut sich auf Ihren Besuch, Sir. Was auch immer er sagt, ich glaube, er vermißt es immer noch, nicht mehr mitten im Geschehen zu stehen.« Sie sah zu Villiers hinüber. »Jetzt ist es nicht mehr weit.«

»Ich könnte den ganzen Tag hier sitzen und mich chauffieren lassen!« Er strich sich mit der Hand durch sein blondes Haar. »Es ist lange her.«

Die weiß gestrichenen Torflügel standen offen und gaben den Blick auf eine lange, gepflegte Zufahrt mit Blumenbeeten und farbenprächtigen Sträuchern frei, die Ross völlig fremd waren. Am Ende der Einfahrt plätscherte ein Brunnen mit Bronzekranichen, die ihre Flügel dem in Kaskaden herunterfallenden Wasser entgegenreckten.

Das Haus war beeindruckend. Es stand auf einer Art Stelzen aus Ziegelsteinen, um die Termiten fernzuhalten, war weit und geräumig angelegt, mit einer breiten Veranda, die von einem Ende bis zum anderen reichte. Ross sah, wie Villiers sich vorbeugte, um besser sehen zu können. Es war ein typischer Kolonialbungalow, und Ross kam plötzlich der Verdacht, daß er Villiers an zu Hause erinnerte.

Sie verlangsamte die Fahrt, offenbar hatte sie Villiers' Gesichtsausdruck richtig gedeutet; denn sie tippte ihn an und sagte mit weicher Stimme: »Sie müssen den Abend heute genießen. Seien Sie nicht traurig.« Ross spürte, wie ihm die schlichten Worte sich wie ein Messer im Leib umdrehten.

Villiers murmelte: »Ich habe gewußt, daß Sie es verstehen würden. Danke.«

Der Wagen hielt vor dem Eingang an, und ein Diener im weißen Mantel eilte ihnen entgegen, um sie zu begrüßen.

Sie öffnete Ross den Schlag und reichte ihm Tuckers Schachtel. »Es gibt gleich etwas zu trinken. Bitte gehen Sie hinein.«

Villiers setzte seine Uniformmütze auf und schüttelte die sentimentale Stimmung von sich ab. »Was für ein Haus!«

Sie musterte ihn ernst. »Wie Hollywood? Das sagen die Besucher immer.«

Villiers grinste. »Sie wissen genau, was ich meine!«

»Werden Sie warten, oder kommen Sie auch mit herein?« fragte Ross sie etwas verlegen.

Erst sah sie durch ihn hindurch, und dann blickte sie ihn an, als sähe sie ihn zum ersten Mal. »Ich wohne hier, Sir.«

Als sie die Treppe hinaufgingen, meinte Ross, bemüht, seine Verlegenheit abzuschütteln: »Ich wollte ihr nicht zu nahe treten.«

Villiers sah ihn an. »Ich denke, Sie erinnern sie vielleicht an jemanden, Jamie«, meinte er. »Jemanden, der sie einst unglücklich gemacht hat.«

Irritiert sagte Ross: »Ganz schön gescheit für Ihr Alter! Sie müssen mir das einmal beibringen.«

Villiers blieb stehen, um das eindrucksvolle Eingangsportal zu bewundern. Es gab eine Unzahl chinesischer Statuen und Schnitzereien und auch ein paar aus Indien, aber hauptsächlich wohl Erinnerungsstücke von den Reisen des Colonel in den Fernen Osten. Leise sagte er: »Caryl würde Spaß daran haben, das alles zu sehen.«

Einfach so. Sie schien ihn die meiste Zeit zu beschäftigen. So schnell konnte so etwas gehen; in ihrem Fall *war* es so schnell gegangen.

Man nahm ihre Mützen entgegen, und Ross war plötzlich auf eine seltsame Weise froh, daß er gekommen war. Wieder sah er sich einem Brunnen gegenüber, aber als er ihn gerade näher betrachten wollte, versiegte der Wasserstrom; im gleichen Augenblick wurde die Beleuchtung auf ein paar Sekunden dunkler, ehe sie wieder hell wurde. Gleichzeitig erwachte der Brunnen wieder zum Leben.

»Man kann sich hier auf gar nichts verlassen! Mein Notstromaggregat war eine der besten Investitionen, die ich je getätigt habe!«

Colonel Basil Mackenzie schritt ihnen entgegen, um sie zu begrüßen. Groß, mit zerfurchtem Gesicht, einem buschigen weißen Schnurrbart und dazu passenden Augenbrauen hätte man ihn in diesem und jedem anderen Land sofort als Soldaten erkannt. Sehr aufrecht, mit breiten Schultern in einem gutsitzenden Jackett war er immer noch derselbe Mann wie auf den Bildern in der Highmead School und den verschiedenen Clubs, die Ross besucht hatte. Omdurman, Sewastopol, die britischen Karrees, Schulter an Schulter in Waterloo . . . er hätte überall hingepaßt.

»Lieutenant-Commander Ross – ich werde Jamie zu Ihnen sagen, wenn ich darf. Und Lieutenant Villiers. Ist Ihnen ›Charles‹ recht?«

Sie schüttelten sich die Hände, und dann nahm er die beiden am Arm. »Die Sonne ist über die Rahnock, sagt man bei Ihnen, richtig?«

Ross reichte ihm die Schachtel. »Ich hoffe, Sie mögen das, Sir?«

Er hielt die Flasche ins Licht. »*Islay Malt*, du lieber Gott!« Er strahlte. »Sie müssen nicht nur ein mutiger und kluger

Mann sein, sondern obendrein auch einer mit großem Einfluß!« Er drehte sich um und rief den Diener, aber nicht ehe Ross seine Augen gesehen hatte. Gelbbraun wie die des Mädchens.

Sie kam jetzt herein, ihre Schuhe klapperten auf dem gekachelten Boden der Eingangshalle. Sie sah müde aus, vielleicht bedauerte sie, daß sie hier waren. Der Colonel gab ihr einen Kuß auf die Stirn, und erst jetzt wurde Ross bewußt, wie groß er war.

»Ich weiß nicht, Jamie, Frauen in Uniform!« Er lächelte, und plötzlich verschwanden die Jahre aus seinem Gesicht. »Trotzdem, damals in Flandern standen sie auch mit uns an der Front.«

»Ich möchte gern schwimmen, Daddy. Ich klebe am ganzen Körper.«

Er nickte. »Zeig Charles den Garten – und den Swimmingpool natürlich!«

Sie schob ihre Hand anmutig unter Villiers Arm. »Kommen Sie mit, *Sir*. Vielleicht ist es hier doch wie in Hollywood.«

»Ein schönes Paar, was!« sagte der Colonel, aber seine Augen ruhten dabei auf Ross und beobachteten seine Reaktion. Dann schmunzelte er. »Kommen Sie mit ins Museum – so nennen das hier alle – und sagen Sie mir, was Sie mit diesem verdammten Kriegsberichterstatter im Sinn haben.« Er trat vor eine geschlossene Tür und zog einen Schlüssel heraus. »Und von England können Sie mir auch erzählen, wenn Sie schon mal dabei sind.«

Es war ein großer Raum, in dem nur eine einzige Lampe brannte, die auf einem breiten Schreibtisch stand. Ross sah sich interessiert um, während sein Gastgeber weitere Lichter einschaltete. Obwohl Mackenzie den Raum als »Museum« bezeichnet hatte, vermutete Ross, daß es sich um einen sehr privaten Ort handelte, und es überraschte und rührte ihn zugleich, daß der alte Herr ihn eingeladen hatte, sein Refugium mit ihm zu teilen.

Eine ganze Wand war von Büchern gesäumt, und dann gab es eine Anzahl Kupferstiche mit Militärszenen und dazwischen alte Schwerter und orientalische Messer. Gegenüber der Tür hing, von einem eigenen kleinen Scheinwerfer angestrahlt, ein Porträt von Mackenzie selbst, auf dem er so gut getroffen war, daß es einer Fotografie sehr nahekam. Er trug eine grüne Uniform, balancierte einen weißen Tropenhelm auf einem Knie und blickte in die Ferne.

Ross hörte, wie Mackenzie Gläser füllte. »Wann ist das gemalt worden, Sir?«

Mackenzie antwortete: »Bevor ich meinen Abschied nahm. *Frontier Force Rifles.*« Seine Stimme klang beiläufig, sachlich, aber Ross wußte, wie wichtig das für ihn war. »Das Regiment war lange Zeit in Singapur und Malaya stationiert, jedenfalls das, was nach dem Krieg von den armen Teufeln noch übriggeblieben war. Sie haben in Flandern wie die Löwen gekämpft – selbst das hat sie nicht gebrochen, aber der Fraß der Britischen Armee hätte es beinahe geschafft!« Er hielt ihm ein Glas hin. »Pink Gin, ist Ihnen das recht?«

Ross grinste. Der alte Kämpe hatte noch keine Spinnweben angesetzt.

»Anschließend sollte ich aus der Indischen Armee austreten und befördert werden. Ist der Drink in Ordnung?«

Ross setzte sich und wich dem starren Blick eines Tigerfells mit Kopf vor dem Schreibtisch aus. Mackenzie fuhr fort, als spräche er zu sich selbst. »Meine Frau und meine beiden Söhne waren bei mir. Damals war das so üblich.«

Er trat ans Fenster und blickte zwischen den Jalousien auf den purpurfarbenen Sonnenuntergang hinaus.

»Ich habe das Land geliebt. Bedauerlicherweise hat meine Frau es gehaßt. Manchmal denke ich, daß sie die Army auch gehaßt hat.« Er lächelte, aber das ließ ihn nur traurig erscheinen. »Dabei war sie die Tochter eines Generals. Aber man weiß ja nie, oder?«

Ross fragte sich, warum er ihm das alles erzählte, obwohl

sie sich doch gerade erst kennengelernt hatten; zugleich war er überzeugt, daß der Colonel dies nicht etwa gewohnheitsmäßig tat. Ganz besonders hier in diesem Raum, der so voll Erinnerungen sein mußte. »Also ist sie mit einem Truppentransporter nach Hause gefahren.« Er klang so, als wäre er weit weg. »Die beiden Jungs haben ihre Sache gut gemacht. Der eine ist bei den *Hampshires,* der andere im *Royal Armoured Corps.*«

Und dann sagte er fast abrupt: »Rauchen Sie ruhig Ihre Pfeife, wenn Sie wollen. Hier gibt's keine Regeln.« Er sah zu, wie Ross seine Pfeife und den Tabaksbeutel herauszog, und sagte: »In Singapur hatten wir eine *amah* für die Jungs. Sie war vorher Krankenschwester gewesen und kam sehr gut mit ihnen zurecht.« Er sah Ross gerade in die Augen. »Eine Affäre war eine ganz andere Sache – eine Menge von den Jungs hatten welche, eine Mätresse vielleicht, um die Monotonie des Garnisonsdienstes erträglich zu machen, aber man ließ nie zu, daß es darüber hinausging. Die Ehre des Regiments oder so etwas!« Er sah wieder Ross an. Derselbe suchende Blick. »Da kommen Sie her.« Er knipste einen weiteren Punktscheinwerfer an über einem weiteren Porträt: ein freundliches, schönes orientalisches Gesicht mit langem schwarzem, in Zöpfe geflochtenem Haar.

»Victorias Mutter«, sagte Mackenzie leise. Er strich ganz sanft über den vergoldeten Rahmen. »Jeslene. Ich sitze oft hier und sehe sie an. Sie starb kurz nachdem wir nach Ceylon gekommen waren.«

»Und Sie haben den Dienst in der Army quittiert, Sir?«

Er strich sich den weißen Schnurrbart. »Hatte gar keine andere Wahl. Also versuchte ich es mit Teepflanzen. Hat sich übrigens rentiert. Aber heutzutage habe ich Leute, die alles für mich besorgen. Ich bin hier bloß der *alte Soldat.*«

»Danke, daß Sie mir das erzählen, Sir.«

Mackenzie lächelte. »Ein Zeichen von Alter. Wenn ich in London leben würde, dann würde ich im Club auf der Lauer liegen, bereit, jeden zu Tode zu langweilen, der dumm genug wäre, sich anzuhören, wie wir Hügel Sechzehn gehalten haben!«

Er mixte mit großem Geschick noch einen Pink Gin. Ross zögerte und fragte dann: »Wie kam es, daß Ihre Tochter Marinehelferin wurde?«

»Wahrscheinlich, weil sie die Army gehaßt hat. Die haben hier kurz nach Kriegsausbruch eine Freiwilligeneinheit für Frauen aufgestellt. Sie wollte etwas tun.« Er starrte in sein Glas. »Für das Land, hat sie gesagt. Aber genau wie der junge Mann, den Sie mitgebracht haben, hat sie gar kein Land, jedenfalls keines, das sie als Heimat bezeichnen könnte. Um das zu finden, braucht man mehr als nur einen Paß.«

Ross sah zwei undeutliche Gestalten am Fenster vorbeigehen und fragte sich, ob Villiers ihr von seinem Mädchen erzählen würde – seinem Mädchen in England, das die Frau eines anderen war.

»Ich bin froh, daß sie zu Ihrem Verein gehört, Jamie. Manche Leute auf dem Stützpunkt – aber Sie wissen ja selber, wie das ist.« Er erläuterte nicht näher, was er damit meinte.

»Captain Pryce hat gesagt, er wüßte nicht, wie er ohne sie zurechtkommen würde.«

»Pryce – doch, der würde schon zurechtkommen. Schließlich ist sie erst Maat.« Er grinste breit. »Aber schließlich haben Hitler und Napoleon auch einmal als Korporäle angefangen, oder?«

Ross hörte das Mädchen lachen. Mackenzie meinte: »Sagen Sie es ihm nicht, jedenfalls jetzt noch nicht, aber ich habe mit seinem Vater in Singapur Golf gespielt. Ich habe ihn nicht näher gekannt, aber seine Familie natürlich, wie alle dort unten.« Er schaltete das Licht über dem Gemälde aus. »Ich mache mir Sorgen um Victoria. Wenn ich einmal nicht mehr bin, meine ich.« Und dann fügte er, beinahe zornig, hinzu: »Lassen Sie uns jetzt essen gehen. Ihr jungen Leute müßt ja am Verhungern sein.«

Villiers stand draußen in der Halle und bewunderte die Schnitzereien. Mackenzie legte ihm die Hand auf die Schulter und sagte leise: »Ihr Zuhause fehlt Ihnen sehr, nicht wahr, junger Freund?«

Villiers sah ihn an, und sein Gesicht wirkte plötzlich beinahe hilflos. »Ja, an solchen Tagen schon.« Dann drehte er sich um und starrte in die Dunkelheit, als ob sich dort seine Gespenster ein Stelldichein gäben.

Jetzt trat das Mädchen zu ihnen. Sie war in eine weite Robe gehüllt und hatte sich ein Handtuch um das Haar gewunden. »Es war herrlich!« Sie sah Ross und ihren Vater an. »Das solltet ihr auch probieren.«

Aber Ross mußte noch immer an das Porträt im Zimmer des Colonels denken. Welchen Preis hatten sie für ihre Liebe zahlen müssen, obwohl sie standgehalten hatte, gestärkt durch die Ablehnung, die ihnen entgegengebracht worden war.

Die anderen waren vorangegangen. Mit verhaltener Stimme fragte sie: »Hatten Sie ein nettes Gespräch mit meinem Vater?«

»Ich hätte ihm stundenlang zuhören können.«

»Hat er Ihnen auch das Porträt gezeigt?«

Sie sagte das so beiläufig, aber es schien ihr wichtig zu sein. Vielleicht war da vor ihm jemand gewesen, jemand, der auf dieselbe Frage geantwortet hatte. Vielleicht hatte Villiers doch recht.

»Ich sehe jetzt, nach wem Sie geraten sind«, sagte er. »Sie war wunderschön.«

Sie starrte ihn an, verblüfft, aber nicht verärgert. Dann rief sie aus: »Das dürfen Sie nicht sagen! Das gehört sich nicht!«

Seine Stimme blieb erstaunlich ruhig: »Doch, das sollte jemand sagen und es auch ernst meinen, so wie ich.«

Wiederholte er nur, was schon einmal ein anderer Mann zu ihr gesagt hatte? *Ich könnte jetzt die Hand ausstrecken und sie berühren, aber sie ist genauso weit entfernt wie Charles'*

Mädchen auf der anderen Seite der Welt. Er dachte an seinen Vater; das kam immer ganz plötzlich und ohne Warnung. Diese Erinnerungen würden nie aufhören, ihn zu quälen. *Wie ist sie, Jamie? Wann lernen wir dein Mädchen kennen?*

»Das würde nicht funktionieren«, sagte sie mit leiser Stimme. »Aber . . . vielen Dank.« Ihre Fingerspitzen berührten sein Gesicht. »Ich möchte nicht, daß Ihnen oder mir weh getan wird.« Dann ging sie langsam weg, und ihre nackten Füße hinterließen auf dem gekachelten Boden kleine feuchte Abdrücke.

Und dann setzte sie, ohne sich dabei umzudrehen, hinzu: »Ich fahre jetzt zurück und bitte die Fahrbereitschaft, daß man Ihnen jemand schickt, der Sie abholt.«

»*Nein!*« Er war verblüfft, wie scharf das herauskam. »Mir wäre viel lieber, wenn Sie warten würden. Ich möchte nicht, daß Sie allein zurückfahren.«

Er sah, wie der Ärger in ihr verflog, und sie antwortete beinahe gleichgültig: »Wenn Sie meinen. Wenn Sie es so wollen.«

Er nickte und kam sich dabei albern vor. »Ja, ich will es so.«

Die anderen sahen ihn an, als er an der Tafel Platz nahm, und fragten sich gewiß, was zwischen ihnen vorgefallen war.

Als ein Bediensteter hereinkam und höflich sagte: »Telefongespräch für Commander Ross, bitte«, hieb der Colonel mit der Faust auf den Tisch.

»*Verdammt noch mal!* Können die Sie denn keine Sekunde in Ruhe lassen?«

Villiers stand auf, als das Mädchen, das sich jetzt umgezogen hatte, zu einer anderen Tür hereinkam. Sie forderte ihn mit einer Handbewegung auf, wieder Platz zu nehmen, und er sah, daß sie ganz bleich, beinahe aschfahl war.

In dem Augenblick kam Ross zurück und starrte mit glasigen Augen auf die Tafel. »Das war der Provost Marshal*. Vor

* Provost Marshal: Kommandeur der Militärpolizei.

einer Stunde hat man an der Hauptstraße nach Tricomalee eine weibliche Leiche gefunden.« Er blickte auf, wußte, daß sie da war, es gehört hatte. Es war die Strecke, die sie gefahren wäre.

»Und warum ruft man da Sie an?« rief der Colonel.

Ross blickte auf seine Hände herab, aber sie waren ganz ruhig, ja sogar locker. Dann sagte er: »Es handelt sich um Second Officer Clarke. Sie ist ermordet worden.«

7
Monsun

Captain Ralph Pryce ging unruhig in seinem Büro auf und ab und schnarrte: »Da bin ich bloß ein paar Tage weg und finde bei der Rückkehr *all das* vor!« Er deutete mit einer vagen Handbewegung auf das Fenster. »Und jetzt noch der verdammte Regen!«

Ross wartete neben seinem Schreibtisch und lauschte mit halbem Ohr, wie der Wolkenbruch trommelnd auf das Wellblechdach niederging, während er immer noch versuchte, die Eindrücke der vergangenen Nacht zu verarbeiten. Die Fahrzeuge auf der Straße; die Ambulanz, deren rote Kreuze im Scheinwerferlicht wie Blut ausgesehen hatten; die zahlreichen Lampen in den Händen der Militärpolizisten. Er hatte ihr scharfes Einatmen gehört, als sie den Wagen abgebremst hatte und aus den Schatten plötzlich die rote Mütze eines Militärpolizisten aufgetaucht war.

Er hatte gesagt: »Warten Sie hier. Charles, kümmern Sie sich um sie.« Kalt und gefühllos, obwohl selbst das eine Lüge war.

Der Major, der den Militärpolizeieinsatz leitete, hatte kurz angebunden erklärt: »Tut mir leid, Sie rausholen zu müssen. Ich dachte, es ist am besten, wenn das in der Familie bleibt.«

Sie waren sich schon einmal begegnet, er hatte ein schmales, ausdrucksloses Gesicht mit einem kleinen Schnurrbart. Ein Polizistengesicht – auch ohne die Uniform unverkennbar.

»Leider kein besonders hübscher Anblick, Sir«, sagte der Major.

Die Frau hatte halb auf der Seite gelegen, einen Arm ausgestreckt, in der Haltung des Todes erstarrt. Sie war praktisch nackt, und ihre zerfetzten Kleidungsstücke, die rings um sie in der Dunkelheit verstreut waren, wurden von den Militärpolizisten untersucht und registriert.

Weitere Scheinwerfer waren eingeschaltet worden, und Ross hatte sich vorgebeugt, um zwei Ameisen von ihrer nackten Schulter zu wischen. Ihre Haut hatte sich wie Eis angefühlt; etwas, das man zunächst in einer so schwülen Nacht gar nicht begreifen konnte. Er hatte sich selbst fragen hören: »Kann man sie denn nicht wegbringen?«

»Natürlich. Ich lasse sie zudecken. Ich nehme an, ich bin gegenüber solchen Dingen abgestumpft.«

»Das ist es nicht.« Ross kniete nieder und betrachtete die Leiche. So still und reglos, und doch sah er sie vor seinem inneren Augen noch wie am Nachmittag, als sie sich erboten hatte, sie zum Mackenzie-Anwesen zu fahren. Unter ihrer rechten Brust waren ein Bluterguß und eine Kratzwunde zu erkennen. Er legte den Arm um sie und hob sie ein Stück an. Rings um ihn war jede Bewegung zum Stillstand gekommen. Er spürte, wie die Rotmützen ihn beobachteten.

Der Major sagte: »Sie hat stark geblutet. Aber nur die eine Wunde. Wir werden mehr wissen, wenn wir sie zum Sanitätsoffizier bringen.«

Jemand war mit einer Lampe vorgetreten und hatte die Tote angeleuchtet, und Ross hatte sich über die Schulter der Toten gebeugt, hatte den Schatten ihrer Wirbelsäule gesehen und dann die Wunde: schmal, aber der Täter mußte mit solcher Wucht zugestoßen haben, daß die Haut rings um die Wunde aufgefetzt und gerötet war. Wie in einer Art Wahn konnte er im Geiste die Stimme des Ausbilders hören, lakonisch, geradezu gelangweilt, als er seine Instruktionen für sie wiederholt hatte. »*Daumen an der Klinge und nach oben stechen, Gentlemen, sonst rutscht die Klinge von den Rippen ab und endet höchstwahrscheinlich in Ihrem eigenen Bein.*«

Der Major sagte: »Sie haben so etwas also schon früher gesehen?«

Ross ließ sie vorsichtig zu Boden gleiten und wischte ein paar Haare von ihren starren Augen. »Ich habe es schon *getan*, falls Sie das meinen.« So abgebrüht und gefühllos, als ob er sie hätte schockieren, ihnen klarmachen wollen, worum es hier ging.

Er hörte, wie eine Wagentür zugeknallt wurde und Villiers schrie: »Nein! Victoria, kommen Sie zurück!« Sie hatte sich ihren Weg durch die niedrigen Büsche gebahnt und wäre fast hingefallen, als sie die nackte Leiche auf dem Boden sah.

Dann hatte sie die ausgestreckte Hand ergriffen und sich neben ihr niedergekauert, ihr über die Stirn gestrichen und mit leiser Stimme auf sie eingeredet, bis eine der Rotmützen eine Plane gebracht hatte, um die Leiche damit zuzudecken.

Ein paar schwere Regentropfen waren auf die Bäume gefallen, und Sekunden später hatte der Wolkenbruch eingesetzt. Der Monsun. Er hatte seitdem nicht nachgelassen.

Pryce war zurückgekehrt, hatte sich über die Verspätung des Flugzeuges aufgeregt und war dann noch wütender geworden, als er erfahren hatte, was vorgefallen war. Eine Weile hatte es den Anschein gehabt, als würde ihn das Einschreiten der Militärpolizei wütender machen als der brutale Mord an dem Mädchen.

Allem Anschein nach war die Konferenz in Bombay nicht so glatt verlaufen oder hatte Pryce nicht so viel Lob eingebracht, wie er es erwartet hatte.

»Die glauben anscheinend, daß Europa und die bevorstehende Invasion durch die Alliierten das einzige ist, worauf es ankommt. Ich habe denen gesagt, *hier*, hier ist der entscheidende Schauplatz. Wenn wir gegen die Japaner scheitern, dann können wir uns für alle Zeit vom Fernen Osten und von Indien verabschieden!«

Jetzt stand er da und blickte mit kaum verhohlenem Haß in den Regen hinaus, als wäre der eine Art persönlicher Angriff auf ihn. »Maat Mackenzie soll kommen«, schnarrte er. »Ich will meine Spezialakte und die Geheimdienstberichte.« Seine Augenbrauen gingen in die Höhe. »Nun?«

»Ich habe sie nach Hause geschickt, Sir«, sagte Ross. »Ich fand, daß sie genug durchgemacht hatte.«

»Ah ja. Ich denke, so wie die Dinge lagen . . . und ich habe Ihnen ja schließlich meine Vertretung übergeben.« Es klang wie eine Anklage. »Bin froh, daß Sie den Colonel sehen konnten. Nützlicher Bursche, wenn er will.«

Es klopfte an der Tür.

»Herein!«

Sie trat ein und schloß die Tür hinter sich: »Ich dachte, Sie würden wahrscheinlich die Geheimdienstberichte und das Funklogbuch haben wollen, Sir.«

Ross starrte sie an, ordentlich und wie aus dem Ei gepellt in ihrer weißen Uniform, mit glänzendem schwarzem Haar, er erinnerte sich daran, wie der Regen auf die MPs heruntergeprasselt und von der Plane und den nackten Füßen des toten Mädchens weggespritzt war. Victoria hätte ebensogut selbst nackt sein können, so hatte der Wolkenbruch ihr die Uniformbluse an den Körper geklebt. Sie schien es nicht zu bemerken, wirkte gleichgültig; selbst ihre Tränen hatte der Regenguß verdeckt.

»Hebt sie doch auf, *bitte!* Laßt sie nicht einfach so daliegen.«

Villiers war mit einem Teppich oder einer Decke aus dem Wagen erschienen und hatte sie ihr über die Schultern gelegt. Sie hatte es nicht einmal bemerkt.

Ross hatte Villiers aufgefordert, sie zum Anwesen ihres Vaters zurückzubringen, und gesagt: »Ich erledige das hier.«

Sie hatte ihn angestarrt, und er hatte die Qualen, die sie litt, in ihren Augen gelesen. »Sie wollte unbedingt mitfahren. Wenn sie mitgekommen wäre, würde sie noch am Leben sein. Die arme Jane!«

Ross hatte gesagt: »Erklären Sie es dem Colonel, Charles. Ich werde ihn, sobald es geht, aufsuchen.« Erst dann hatte er den Arm um sie gelegt, sie in ihrer triefend nassen Uniform an sich gedrückt und ganz nah an ihrem Ohr gesagt, um sich in dem brüllenden Regen verständlich zu machen:

»Gehen Sie bitte mit Charles, Victoria. Ich habe nicht gewollt, daß Sie das hier zu sehen bekommen.«

Sie hatte sich nicht bewegt. »Sie haben es *gewußt*. Sie waren um mich besorgt, nicht wahr?«

Er war immer noch nicht sicher. Zweites Gesicht, Schicksal; beides oder auch keines davon. Aber es war nicht das erstemal.

Jetzt stand sie da und sah ihn an. Es war schwer, zu glauben, daß es dieselbe junge Frau war.

»Entschuldigung, Sir. Ich bin zurückgekommen. Ich dachte, ich würde gebraucht, jetzt, wo Second Officer ...« Sie sprach nicht zu Ende. Dann sagte sie, zu Pryce gewandt: »Major Guest will weg. Er würde Sie vorher gerne noch sprechen.«

»Verdammter Polizist«, schnarrte Pryce. »Na schön, muß wohl sein.«

Wie Victoria wirkte auch der Militärpolizist wie aus dem Ei gepellt mit scharfen Bügelfalten an seinem Khaki-Drillich, denen anscheinend der Regen nichts anhaben konnte.

Pryce bat ihn mit einer Handbewegung, Platz zu nehmen. Der Major warf einen Blick auf die junge Frau und fragte: »Fühlen Sie sich jetzt besser?« Er wartete die Antwort nicht ab, schien auch nicht mit einer zu rechnen. »Gut, so ist's recht.« Und dann zu Pryce gewandt: »Mein Sergeant hat einige von ihren Sachen. Ich nehme an, Ihre Leute werden die haben wollen. Ausweis, Handtasche und etwas Kleingeld und so.« Er legte eine goldene Armbanduhr auf den Schreibtisch.

Die Spange war gebrochen. »Unter der Leiche. Kein Raubversuch.«

Pryce sagte zu Victoria: »Sie können gehen, wenn Sie wollen.«

Sie regte sich nicht von der Stelle. »Ich würde gern bleiben, Sir.«

Der Major zuckte die Achseln. »Der Wagen, mit dem sie gefahren ist, ist unberührt. Ihre Leiche lag auf einer –« er warf einen Blick in seine Notizen, »Decke im Schottenmuster. Allem Anschein nach hat sie den Mörder gekannt. Vielleicht hat sie angehalten, um ihn mitzunehmen, oder sie waren möglicherweise sogar miteinander verabredet. Dieser Regen hat alle Spuren zerstört. Keine Chance, Reifenabdrücke zu bekommen.«

Ross dachte an die grellen Scheinwerfer und die Jeeps der Militärpolizei, die vielen Stiefel, die sich rings um die Leiche in den Boden gedrückt hatten. Auch ohne den Regen wären wohl keine Spuren zurückgeblieben.

Pryce zögerte; die Anwesenheit der jungen Frau schien ihm irgendwie unbehaglich zu sein.

Der Major sagte: »Der Medical Officer hat natürlich eine Untersuchung durchgeführt, und die Army schickt jemanden aus Colombo, sobald das Wetter besser wird.« Er klappte sein Notizbuch laut zu. »Vermutlich handelt es sich um versuchte Vergewaltigung, aber sie hat sich gewehrt und . . .« Er warf Ross einen scharfen Blick zu. »Sie haben damals nachts etwas über die Wunde gesagt. Sie haben gesagt: ›*Ich habe es schon getan, falls Sie das meinen.*‹« Er hob sein Notizbuch hoch. »Ich habe es aufgeschrieben. Sehen Sie es sich an, wenn Sie wollen. Ich denke, Sie waren da ziemlich erregt, und daß es vielleicht eine Art Prahlerei war, um das zu verdecken. Niemand würde Ihnen daraus einen Vorwurf machen.«

Ross spürte, wie sie ihn beobachtete. »Es war die Wunde. Das war etwas, das man uns beigebracht hat. Ich mußte diese Technik selbst schon einsetzen. Das hatte ich gemeint.«

Guest sagte: »Könnten Sie mir das zeigen?« Er warf Victoria einen Blick zu. »Seien Sie doch bitte so freundlich.«

»Sie hat doch schon genug durchgemacht, verdammt nochmal!« warf Ross zornig ein.

Pryce blieb stumm.

Sie trat drei Schritte vor, bis sie vor ihm stand; ihre Augen blickten ihn gerade an, wie die ihrer Mutter auf dem Porträt des Colonels. Mandelförmig mit feinen schwarzen Wimpern.

»Bitte«, sagte sie. »Falls es Ihnen weiterhilft. Ich habe keine Angst.« Es schien die anderen auszuschließen, so als wären sie ganz allein.

Ross sagte leise: »Stellen Sie sich mit dem Rücken zu mir.« Er sah den Major und Pryce über den Kopf des Mädchens hinweg an, konnte die Spannung in ihr spüren, wie in jener Nacht im Regen.

Er zwang sich dazu, langsam zu sprechen. »Linker Arm über die Schulter und vorn um den Körper herum.« Er hielt sie fest, drehte sie leicht herum, bis sein Handgelenk unter ihrer rechten Brust war. Sie berührte seine Hand, und einen Augenblick lang hoffte er, daß sie es sich anders überlegt hätte. Aber sie hielt sein Handgelenk ganz ruhig und unpersönlich und hob es auch noch an, so daß er ihre Brust durch die Uniformbluse spüren konnte.

Sie sagte: »Da waren ein Bluterguß und ein Kratzer. Das habe ich gesehen.«

Der Major zuckte mit keiner Wimper. »Das stimmt.«

Sie blickte auf Ross' Hand herunter. Dann sagte sie leise: »Wo Ihre Uhr ist, Sir.«

Ross sah weg. »Ja. Wenn man den Gegner leicht herumdreht – so –, kann man ein Messer einsetzen.« *Daumen an der Klinge, Sir.* Wie der deutsche Froschmann, derselbe Griff, obwohl sie gemeinsam im eisigen Wasser des Fjords gesunken waren, als das Messer sich tief hineingebohrt hatte und die Luftblasen um sie herum zuerst rosa und dann dunkelrot geworden waren. Er dachte an das tote Mädchen, so wie er sie vor zwei Tagen in diesem selben Büro hier gesehen hatte. Im Liegen würde es genauso sein. Durch die Rippen nach oben, ein so heftiger Stoß, daß er das Herz beim ersten Zustoßen durchbohrte.

Er sagte: »Die Spuren könnten von einer Uhr stammen.«

Der Major klappte sein Notizbuch auf, schloß es dann aber wieder. »Irgendeine Ahnung bezüglich der Waffe?« Seine beiläufige Art konnte nicht über sein professionelles Interesse hinwegtäuschen.

»Schmale Klinge.«

Der Major fiel ihm ins Wort. »Zweischneidig, hat der M.O. gemeint.«

Ross ließ seine Hand sinken, aber sie blieb mit dem Rücken zu ihm stehen, als hinge ein Bann über ihr. »Ein Kommando-Dolch oder so etwas.«

Der Major stand auf. »Ich gehe jetzt und hole meine Jungs zusammen. War kein Problem zu überprüfen, wo Ihre Leute waren. Jeder hat ein Alibi.«

»Das will ich auch verdammt hoffen!« sagte Pryce indigniert. »Wir haben hier schließlich oberste Sicherheitsstufe!«

Der Major wirkte ungerührt. »Second Officer Clarke war nicht auf dem Stützpunkt und allein. Sie hatte um Erlaubnis gebeten, ihren Posten verlassen zu dürfen. Ein Sicherheitsgrund war nicht angegeben oder verlangt worden!«

»Ich werde dafür sorgen, daß sich das ändert. Glauben Sie mir!«

»Wird Miss Clarke nicht mehr viel helfen, nicht wahr?« sagte der Major.

Die Tür schloß sich leise hinter ihm, und Pryce sagte: »Was zum Teufel hat sie sich bloß dabei gedacht? Jetzt muß ich versuchen, Ersatz für sie zu bekommen. Aber bis dahin – Victoria, können Sie ihre Aufgaben übernehmen?«

»Ja, Sir«, antwortete sie mit ausdruckslosem Gesicht.

Pryce tippte einen Stapel Papiere auf den Schreibtisch und legte ihn dann vorsichtig hin.

»Ein Stabsoffizier vom Nachrichtendienst kommt heute nachmittag. Vorher natürlich Lunch.« Er sah Ross an. »Die Chance auf einen weiteren Einsatz, wenn alles gut läuft. Manche Leute glauben anscheinend, daß wir hier die meiste Zeit schlafen!«

Sie blickten sich um, als die Tür aufging und der Major noch einmal zu ihnen hereinsah. »Fast hätte ich's vergessen, Sir. Soweit wir feststellen konnten, ist nichts gestohlen worden, aber die Mützenplakette des Opfers fehlte. Wir haben überall gesucht. Die Mütze lag nahe bei der Leiche, aber keine Plakette.« Er sah Victoria an. »Blau, nicht wahr?«

Sie nickte und fragte dann: »Warum sollte die jemand nehmen?«

Er zuckte die Achseln. »Souvenir, Trophäe, wer kann das schon sagen? Wir werden uns alle Mühe geben, aber ich glaube, das wird recht schwierig werden bei den Tausenden von Soldaten, die wir auf der Insel und draußen auf den Truppentransportern haben.« Er ging.

»Dem hat das verdammt Spaß gemacht, wie?« sagte Pryce kühl.

Ross sah zu, wie Victoria nach der schmalen Armbanduhr griff. Auf der Rückseite war eingraviert *Für die liebe Jane von Tony, in Liebe.*

Sie sagte: »Er ist, glaube ich, mit der *Repulse* untergegangen. Ich glaube, Tony war der einzige Mann, der ihr je etwas bedeutet hat.« Sie legte die Uhr wieder hin und sagte leise: »Die arme Jane. Ich hoffe, die erwischen ihn . . .« Sie gab sich sichtlich Mühe, nicht in Tränen auszubrechen. »Ich werde jetzt alle Vorbereitungen für heute nachmittag treffen, Sir.«

Als sie hinausgegangen war, sagte Pryce: »Das klingt schon besser! Wichtige Dinge sind in Vorbereitung. Ich werde einen Funkspruch an die *Turquoise* absetzen über den U-Boot-Befehlshaber. Wenn dieser Einsatz genehmigt wird, brauchen wir das Boot wieder – irgendwelche Überholungsarbeiten müssen da warten!«

Ross sah auf seine Uhr. Hatte sie daran gedacht, als er sie vor sich gehalten hatte? Sich ihn mit dem Messer so vorgestellt, wie er es beschrieben hatte? Sich ausgemalt, wie es für Jane Clarke gewesen war? Jetzt weilte sie nicht mehr unter den Lebenden, bald würde man sich an sie nicht einmal mehr als Opfer erinnern, nur noch ein paar Freunde würden ihrer gedenken. Dann war sie nur noch ein weiteres Opfer des Krieges, eines von so vielen. Ein Brief von Pryce, vielleicht einer vom Admiral und ein kleines Päckchen mit persönlichen Habseligkeiten wie die zerbrochene Armbanduhr. Nicht viel, was so von einem Leben übrigblieb.

Er hatte vorgehabt, Pryce über die Konferenz und den geplanten Einsatz für seine »Kohorte« zu befragen. Statt dessen fragte er: »Was ist mit Captain Sinclair, Sir?«

»Jetzt *Major*. Ist gerade bestätigt worden.« Seine Augen wirkten trüb in der dampfenden Hitze. »Das war das erste, was ich überprüft habe. Ich habe den Kopf nicht in den Wolken, wie das manche Leute anscheinend glauben!« Dann lokkerte sich seine Haltung etwas. »Er befindet sich zur Zeit in Colombo. Wird sich morgen hier melden.« Ein schwaches Lächeln zog über seine Lippen. »Der Mann ist sauber – zufrieden?«

Ross sagte nichts. Ob Villiers da auch zustimmen würde, war eine andere Sache.

Pryce griff nach seinem Telefon. Er zögerte. »Wirklich eine scheußliche Geschichte. Aber wir haben damit nichts mehr zu tun. Der ›Vorfall‹ ist abgeschlossen. Wir haben hier einen Krieg zu gewinnen!«

Ross verließ sein Büro. Victoria wartete draußen auf ihn. »Tut mir leid, daß man Ihnen das zugemutet hat«, sagte er. »Ich habe gespürt, wie Sie darunter gelitten haben.«

»Und ich, wie Sie gelitten haben«, sagte sie leise. »Sie haben jenen Augenblick noch einmal durchlebt, nicht wahr?«

Er blickte auf die Regentropfen, die am Fenster herunterrannen. »Das tue ich oft. Vielleicht ist es am besten, wenn man Distanz bewahrt.« Sie sah ihn nicht an. »Mein Vater möchte gerne, daß Sie bald zum Abendessen kommen und diesmal auch wirklich mit ihm essen. Sie können Charles Villiers mitbringen. Ich habe das Gefühl, daß ich ihm neulich eine Enttäuschung bereitet habe . . .«

Er schüttelte den Kopf. »Sie könnten das gar nicht.« Er lächelte. »Ich würde gerne kommen. Aber ich bin nicht sicher, ob ich noch einmal eine Flasche Islay Malt organisieren kann!«

Als sie sich umdrehte, sah er, daß in ihren Augen Tränen standen.

Sie sagte: »Ich habe Sie so schlecht behandelt . . .«

Er griff nach ihrer Hand. »Das habe ich wahrscheinlich verdient.«

Sie ging weg, zum Einsatzraum, wo sie sich das erste Mal begegnet waren, und er fragte sich, wie oft ihr Blick wohl zu dem leeren Stuhl ihr gegenüber wandern würde.

Soweit es sie betraf, würde der »Vorfall« nie abgeschlossen sein. Wie leicht hätte sie es sein können.

Commander John Crookshank, der ranghöchste Offizier im Stab des Admirals und dort für nachrichtendienstliche Angelegenheiten zuständig, traf pünktlich zu seinem Lunch mit Pryce ein. Er war ein rundlicher, liebenswürdiger Mann, den die Navy, die Welt, die er am meisten liebte, wie so viele andere schon längst ausgemustert hätte, wenn nicht Krieg gewesen wäre.

Ross empfing ihn im Vorzimmer und spürte sofort die Verlegenheit des Commanders darüber, daß er noch einen ungeladenen Gast mitgebracht hatte. Der andere Mann war ein völlig Fremder, klein, adrett und scharf. Ein militärisch wirkender Schnurrbart, grauer Anzug aus leichtem Stoff und eine Krawatte im Streifenmuster, entweder die Farben eines Regiments oder die eines exklusiven Londoner Clubs.

Er wurde als Brigadier Hubert Davis vorgestellt, offenbar

ein äußerst wichtiger Geheimdienstoffizier, der soeben erst aus London eingetroffen war. Davis zeigte keine Spur von Müdigkeit, und sein Anzug sah so aus, als ob er ihm gerade erst aus der Reinigung geliefert worden wäre.

»Ross, wie?« Seine Augen musterten ihn schnell, übersahen nichts. »Weiß eine Menge über Sie. Froh, daß Sie hier sind.«

Es war unklar, wie er das meinte, fand Ross. Pryce war weniger konziliant. Er sagte: »Ich fürchte, der Lunch wird nicht gerade aufregend sein, Brigadier. Wenn ich gewußt hätte ...«

Der Brigadier war nicht weniger direkt: »Nun, jetzt wissen Sie es. Fangen wir also an.«

Es klopfte an der Tür, und Villiers trat ein, die Mütze unter den Arm geklemmt und das Hemd vom Regen durchnäßt.

Ross wies ihn zu einem Stuhl. »Sie kommen zu früh. Schon zu Mittag gegessen?«

Villiers ließ sich auf den Stuhl sinken und drehte die Mütze zwischen den Fingern. »Nein. Sie auch nicht, nehme ich an.«

Ross zuckte die Achseln. »Also, was kann ich für Sie tun? Captain Pryce will mit Ihnen reden. Ein Bonze aus Whitehall ist auch da drinnen. Ich werde mich dazusetzen, wenn Ihnen das recht ist?«

Villiers schien ihn nicht zu hören. »Ich bin gerade unserem alten Freund, Major Sinclair, begegnet.«

»Sie haben hoffentlich nicht zuviel gesagt?« Ross spürte, wie seine Muskeln sich spannten.

Villiers versuchte zu lächeln, schaffte es aber nicht. »Nein. Ich habe ein ungutes Gefühl bei ihm, besonders nach dem, was der junge Napier über ihn erzählt hat.«

»Also, es kann durchaus sein, daß Sinclair nicht mehr lange hier ist, Charles. Ich höre, daß man ihn möglicherweise in die Heimat zurückschicken wird, damit er seinen Orden stilgerecht in Empfang nehmen kann.«

Villiers starrte ein wenig verträumt aufs Fenster. Es hatte zu regnen aufgehört, als ob jemand eine große Tür zugeschlagen hätte. Die Sonne schien jetzt, und überall stieg der Dampf wie Nebel auf.

Ross zog seine Pfeife heraus. Er konnte den eisigen Körper der Toten in seinen Armen nicht vergessen, ihren gebrochenen, starren Blick. *Paßt aber nicht zu Ihnen.* Tucker schien auch ein wenig durcheinander, wahrscheinlich bedauerte er, was er über sie gesagt hatte.

»Ich weiß nicht, Charles, aber ich denke, die wollen Sie aushorchen.«

Villiers sah ihn an, und sein Blick wurde warm. »Ich vertraue immer auf Ihr Urteil. Über Singapur, meinen Sie?«

»Einfach so ein Gefühl.«

»Machen Sie sich Sorgen, daß die mich wieder dorthin schicken könnten?«

»Das wäre Wahnsinn. Keiner kann Sie zwingen. Wenn ich dazu irgend etwas zu sagen habe ...«, er zuckte erneut die Achseln. »Seien Sie einfach darauf vorbereitet, ja?«

Eine Marinehelferin brachte Kaffee, und Ross dachte an das Mädchen Victoria an ihrem Schreibtisch in der Einsatzzentrale. Was ging in ihrem Kopf wirklich vor? Sie war ganz offensichtlich immer noch von dem brutalen Tod ihrer Vorgesetzten erschüttert, und die kleine goldene Uhr mit der eingravierten Widmung schien sie ganz besonders zu beunruhigen.

Das Mittagessen endete auf die Minute pünktlich. Irgendwie war es typisch für Pryce, dachte Ross, daß er es in seinem Büro und nicht etwa in seiner Unterkunft hatte servieren lassen. Beunruhigte ihn etwa, daß irgendein Fremder persönliche Züge an ihm entdecken könnte, eine Eigenheit oder gar eine Schwäche?

Ein Steward mit einem Tablett kam heraus. Es standen keine Weingläser darauf.

Irgendwo klingelte kurz ein Telefon, gleich darauf kam Maat Mackenzie mit einem Stenoblock in der Hand ins Vorzimmer. »Sie sollen reinkommen, Sir«, sagte sie. Und dann fügte sie, an Villiers gewandt, hinzu: »Sie sollen noch einen Augenblick hier warten.« Für sie alle schien jener Augenblick des Friedens in dem idyllischen Garten des Colonels eine Ewigkeit zurückzuliegen.

Ross hielt ihr die Tür auf, erinnerte sich daran, wie ihr Körper sich an den seinen gedrückt hatte, um Major Guest zu demonstrieren, wie einfach es war, einen Mord zu begehen.

Die drei Gesichter in Pryces Büro blickten auf, als sie eintraten. Erstaunlicherweise schien lediglich der drahtige kleine Brigadier verwirrt, ja sogar verblüfft.

»Ich dachte, Sie hätten eine W.R.N.S.-Offizierin in dieser Einheit?«

»Sie ist tot«, sagte Commander Crookshank. »Leider läßt sich so kurzfristig ...«

Pryce fiel ihm ins Wort. »Maat Mackenzie ist die erfahrenste und ganz sicherlich die verläßlichste Marinehelferin in meinem Stab.«

Die Augen des Brigadiers ruhten immer noch auf dem nackten Arm des Mädchens und den blauen gekreuzten Ankern am Ärmel. »Wenn Sie es sagen.«

Pryce funkelte ihn an. »Ich sage es.«

In dem Augenblick bewunderte ihn Ross.

Brigadier Davis holte einen Notizblock heraus und sagte: »Also schön – äh, Mackenzie. Stenographisches Protokoll und zwei komplette Kopien für meine Akte und die von Captain Pryce. *Top secret.*«

Ross musterte ihn verstohlen. Brigadier welcher Waffengattung, fragte er sich. Oder war es einer jener fiktiven Titel, die, wie er gehört hatte, bei der Elite der Mantel-und-Degen-Branche so verbreitet waren.

Davis sagte: »So, und jetzt zu Lieutenant Villiers.«

»Ein sehr guter Mann, Sir«, sagte Crookshank bedächtig. »Reserveoffizier, aber trotzdem ...« Ein Versuch, zu vermitteln. Dafür war er bekannt. Er hatte seine Nische gefunden und wollte sie nicht verlieren.

»Es stand alles in seinem Bericht«, sagte Pryce. »Eine außergewöhnlich wohlhabende Familie, übrigens auch berühmt. Inwieweit er Ihrer Abteilung helfen kann, ist eine andere Frage.« Und dann fügte er schroff hinzu: »Liegt ja auch bei ihm, finden Sie nicht?«

Ross sah auf den gebräunten Arm der jungen Frau neben ihm. Sie hielt ihren Bleistift so fest, daß er überrascht war, daß er nicht abknickte. Sie hielt den Blick gesenkt, und er fragte sich, ob sie ihren Zorn verbarg, wie damals, als sie gemerkt hatte, daß er und Pryce über sie gesprochen hatten. Oder ärgerte sie sich über Davis' Zögern, sein Widerstreben, und sah es als eine weitere, vielleicht rassistisch gefärbte Kränkung an?

»Solange man sich auf ihn verlassen kann«, sagte Davis kühl. »Genau das bedeutet *top secret*, jedenfalls in London.«

Pryce gab sich damit nicht zufrieden. »Als ich das letztemal im Savoy zu Mittag gegessen habe, saß ich neben drei Stabsoffizieren, die so offen über die Verteidigungsanlagen in Dover redeten, daß ich keine Mühe gehabt hätte, die Stadt im Alleingang zu nehmen.«

Crookshank fragte schnell: »Wie war denn das alte Savoy?«

Pryce sah ihn an und lächelte frostig: »Noch vorhanden. Genügt Ihnen das?«

Die Tür ging auf, und Villiers tat ein, das Hemd immer noch naß vom Regen.

Wieder sah Ross, wie ihre Finger den Bleistift umklammerten. Sie durchlebte das Ganze erneut. Den strömenden Regen, der alle Geräusche übertönte, den nackten Körper, den die Rotmützen abdeckten. Oder war es etwas, das sie für Villiers empfand?

Pryce stellte die anderen vor und sagte: »Setzen Sie sich, alter Junge.«

Villiers sah Ross an, wie um sich zu vergewissern, daß er richtig gehört hatte. *Alter Junge*. Das war ein Pryce, den keiner von ihnen kannte.

Davis sagte: »Ich bin über Ihre Verbindungen mit Singapur und Malaya informiert oder jedenfalls die meisten dieser Verbindungen. Meine Abteilung arbeitet so, wie Bauarbeiter Ziegel aufeinanderlegen, sie fügt Fakten zusammen, versucht ein Schema zu erkennen und dafür zu sorgen, daß die Dinge zusammenpassen. Wir beachten jede Information, die uns und natürlich unserem Land helfen könnte.«

Villiers sagte: »Es war mein Zuhause, Sir. In vieler Hinsicht ist es das immer noch.«

Davis warf einen Blick in sein kleines Buch. Wie Major Guest, dachte Ross. »Erinnern Sie sich an jemanden namens Richard Tsao, ein Bekannter vielleicht?«

Villiers starrte an ihm vorbei. Wenn er Überraschung empfand oder irgendeine andere Gefühlsregung, ließ er sich davon nichts anmerken. »Ich habe ihn recht gut gekannt. Er war im unteren Management der South China Lighterage Company of Singapore und Malaya. Ist ihm etwas passiert?«

Davis beantwortete die Frage nicht. »Die South China Lighterage Company war eine der Firmen, die Ihrer Familie gehörten, glaube ich?«

Villiers nickte. Sein Verstand arbeitete, versuchte vorherzusehen, was kommen würde, weshalb so beiläufig jemand aus seiner Vergangenheit erwähnt wurde.

Davis blickte kühl auf die Hand der jungen Frau, die den Bleistift hielt. »Richard Tsao leitet diese Firma jetzt.« Er sah den Lieutenant an, und seine Augen waren starr wie Steine. »Er arbeitet für die japanische Besatzungsarmee.«

Villiers' Stimme blieb gleichmäßig. »Wenn er am Leben bleiben wollte, war das vernünftig. Zwei Angestellte meines Vaters sind geköpft worden, bloß weil sie weiterhin in Englisch unterschrieben haben.«

Ross beobachtete ihn, wollte helfen, wollte diesem unbarmherzigen Verhör ein Ende machen. Hatte Villiers dieses blutrünstige Detail entdeckt, als er heimlich nach Singapur zurückgekehrt war, als Ossie Dyers so wütend gewesen war?

»Wir haben dort natürlich Agenten«, fuhr Davis fort. Seine Stimme klang vage, desinteressiert. »Richard Tsao hat durchblicken lassen, daß er uns möglicherweise gewisse Informationen verschaffen könnte.«

Der Bleistift bewegte sich wieder. Villiers sagte: »Er müßte ein Narr sein, ein solches Risiko einzugehen. Er hat schließlich Familie.«

Davis blätterte ein paarmal um. »Die haben viele von uns auch, Lieutenant.«

Ross sah, wie Villiers' Hand sich zur Faust ballte. Wie konnte jemand eine so dumme, grausame Bemerkung machen?

»Seit einigen Monaten wundern sich unsere vereinigten Nachrichtendienste über ein gewisses Interesse der Deutschen an Singapur. Sie sind natürlich praktisch Waffenbrüder der Japse. Aber hier scheint es um etwas anderes zu gehen. Es wurde mehrmals eine Operation *Monsun* erwähnt.« Er hielt kurz inne.

»Jedenfalls verdammt aktuell«, sagte Pryce gereizt.

Davis ignorierte ihn. »Ein Agent hat ganz zufällig bestätigt, daß Tsao darüber informiert ist.« Er spreizte die Hände. »Viel kann man damit nicht anfangen.«

Villiers sagte ausdruckslos: »Sie möchten, daß ich mich mit ihm treffe, Sir.«

»Wenn es sich einrichten läßt. Sie werden natürlich auf Schritt und Tritt von uns beraten werden.«

»Und was verlangt er?«

»Das kann ich noch nicht sagen. Aber Operation *Monsun* ist Realität. Und es ist notwendig, daß wir erfahren, worum es geht. So fadenscheinig das auch alles erscheinen mag.«

»Ich könnte das tun«, sagte Villiers.

Davis klang weder erleichtert noch überrascht. »Es gibt da noch einen kleinen Haken, aber damit könnten wir klarkommen; ihn vielleicht sogar vermeiden.«

Ross fiel ihm ins Wort: »Dieser Tsao will natürlich Gewißheit, stimmt's? Sich mit jemandem treffen, der weniger persönlich involviert ist.« Er sah Villiers an. »Ich könnte Lieutenant Villiers begleiten, falls das nützlich wäre.«

Villiers starrte ihn an und schüttelte den Kopf. Aber er sagte nichts. Vielleicht gab es auch keine Worte dafür.

»Haben Sie das, äh, Mackenzie?«

Ihre Augen blickten auf, starrten Ross ungläubig und erschrocken an. Aber dann sah sie wieder auf ihren Block und erklärte kühl: »Ja, Sir.«

Davis rieb sich die Hände. »So, das wär's dann, Gentlemen. Gute Arbeit für einen Nachmittag, denke ich.« Dann, an Victoria gewandt: »Sie können jetzt gehen und den Bericht abtippen und mir das Stenogramm nachher bringen.«

Er sah Villiers an. »Wir werden Sie auf dem laufenden halten. Und vielen Dank.«

Pryce sagte: »Ich muß schärfsten Protest dagegen einlegen, wie Sie diese Angelegenheit betrieben haben, Sir!«

»Das ist nicht in meiner Hand – nicht in *unserer* Hand.«

Er stand auf, sein Anzug war immer noch makellos. »Wir sehen uns in Kürze wieder. Jetzt muß ich ein paar Funksprüche absetzen.« Er blieb stehen, eine wohlmanikürte Hand an der Türklinke. »Vergessen Sie die stenographischen Notizen nicht, ja?«

Pryce sah, wie die Tür sich schloß, und brauste auf: »Hält er sie für eine Spionin, um Himmels willen?«

»Ich dachte, wir hätten einen eigenen Einsatz in Vorbereitung, Sir«, sagte Ross.

Pryce brummte ärgerlich: »Nicht vor ihm!« Und dann fügte er, an Commander Crookshank gewandt, hinzu: »*Top Secret* gilt auch dafür!«

Er stand langsam hinter seinem Schreibtisch auf, wie um Zeit zu gewinnen, um sich zu beruhigen. Dann tippte er an die große Karte an der Wand: »Vielleicht ist es sinnlos – zu spät, was weiß ich –, aber ich habe das Unterseeboot *Turquoise* in Alarmzustand versetzt und möchte eine Chariot-Crew einsatzbereit haben, um sofort nachdem ich die Genehmigung in Händen halte, die Fahrt anzutreten.« Sein Finger ruhte auf der Küste Burmas. »Nicht so weit wie der letzte Einsatz«, er lächelte dabei, als ob er irgendeinen geheimen Gedanken vor ihnen verberge, »*Emma*. Aber wir haben Informationen erhalten, daß ein großer japanischer Frachter hier im Westen des Irrawaddy-River-Deltas auf Grund gelaufen ist. Wie ich schon sagte, es könnte zu spät sein. Möglicherweise haben die den Frachter bereits abgeschleppt, aber ich bezweifle das. Das Schiff war bis zum Rand mit Eisenbahnschienen und solchem Zeug beladen.«

Crookshank beugte sich vor und schien sein Unbehagen für den Augenblick vergessen zu haben. »Ich habe den Funkspruch gelesen. Die Japse bauen eine neue Eisenbahn in Rangoon, die am Ende bis Mandalay führen soll. Das sind etwa vierhundert Meilen durch äußerst unwegsames Gelände. Sie werden also diese Ladung und auch weiteren Nachschub brauchen, wenn sie pünktlich fertig werden wollen.«

Pryce nickte und sagte dann grimmig: »Ist ja wohl nicht schwer zu erraten, wer die ganze Arbeit leistet.«

Crookshank nickte. »Kriegsgefangene. Und die sterben wie die Fliegen, soviel ich weiß.«

Pryce nahm die Hand von der Karte und drehte sich zu Ross herum. »Ich möchte, daß Sie wieder den jungen Napier schicken. Ich habe das Gerede auch gehört, aber ich will keinen Widerspruch. Das wird für ihn der Durchbruch sein. Ich werde anschließend dafür sorgen, daß er seinen zweiten Streifen bekommt.«

»Habe ich dabei etwas zu sagen, Sir?« fragte Ross.

»Ich denke, Sie haben schon genug gesagt!« Und dann lächelte er überraschend und legte Ross die Hand auf den Arm. »Sie können mir glauben, ich habe recht. Er ist gut, war aber einfach für *Emma* noch nicht bereit. Das hier wird ein Lehrbucheinsatz sein, wie eine Übung.«

Dann fuhr er beinahe jovial fort: »Bedauerlicherweise wird

der junge Napier die Party für Howard Costain verpassen. Die soll nächste Woche stattfinden.«

Ross ging hinaus. Er kochte innerlich und wußte doch zugleich, daß Pryce wahrscheinlich recht hatte. Napier mußte selbst mit seinen Schwierigkeiten fertig werden, sonst war er erledigt.

Er sah sie langsam auf sich zukommen, den abgetippten Bericht in der Hand. Sie hielt ihm ihren Stenoblock hin. »Soll ich das vor deren Augen verbrennen?«

Er nahm ihren Arm und drückte ihn ganz leicht. »Ich hätte ihm eine runterhauen können.«

Sie entzog ihm ihren Arm nicht. Als er sie ansah, sah er den Ausdruck in ihren Augen, sah, wie sie sein Gesicht studierte, als würde sie etwas suchen. Oder jemanden.

»Ich weiß, daß ich nicht darüber reden darf. Aber als Sie das gesagt haben, was Sie glaubten, für Charles Villiers tun zu müssen, hätte ich Sie am liebsten daran gehindert, hätte sagen wollen, daß Sie schon genügend gesehen und getan haben.« Sie hielt inne. Es fiel ihr schwer. »Was ist, wenn die Sie wirklich schicken.« Ihr Mund bebte, aber sie konnte einfach nicht aufhören. »Wenn die ...«

Er drückte sanft ihren Arm. »Das werden sie nicht. Charles mag jung und verliebt sein, aber er kennt diese Insel ebensogut wie Sie!«

Sie wischte sich über die Wange, als hätte sie erwartet, dort eine verräterische Träne zu finden. »Verliebt? Das freut mich für ihn.« Plötzlich wurde sie sehr ernst. »Aber er muß vorsichtig sein. Die Familie Villiers war sehr mächtig und wurde von ihresgleichen sehr bewundert.« Sie zögerte, fragte sich, ob sie vielleicht zu weit gegangen war.

Ross sagte: »Ich weiß. Die Söhne des Empire sind nicht immer so beliebt, wie man ihnen einredet.«

Sie hörte es irgendwo klingeln. »Ich muß gehen.« Sie hielt die Papiere hoch. »Sie wissen ja, Monsun hat etwas mit Regen zu tun.«

Wie um ihre Worte zu unterstreichen, begann es in diesem Augenblick wieder zu schütten.

8
Nächste Verwandte

Mike Tucker hatte aufgehört, sich darüber zu wundern, wie schnell der Übergang von Schlaf zu einem Zustand hellwacher Aufmerksamkeit sein konnte. Während seine Hände blitzschnell nach der Stahlpritsche über ihm huschten, war sein ganzer Körper wie eine Feder gespannt, bereit, in das Halbdunkel der Unteroffiziersmesse zu springen. Stück für Stück registrierte sein Bewußtsein die normalen Geräusche und Empfindungen, sortierte sie und tat Unwichtiges ab. Das bebende Vibrieren des untergetauchten Schiffsrumpfs, das gelegentliche Klicken irgendwelcher Geräte, ein Gefühl der Bewegung, aber ohne jede menschliche Stimme. Es war, als ob die *Turquoise* ein Unterwasserphantom wäre, das gar keiner Menschen bedurfte, um es in Gang zu halten.

Die Luft war stickig, abgestanden, ohne Frische. Es hatte keine Gelegenheit gegeben, das Boot zu lüften und die Dieselmotoren zum Laden der Batterien laufen zu lassen. Vier Tage, seit sie Trincomalee verlassen hatten, und je näher sie ihrem Ziel auf dem burmesischen Festland gekommen waren, um so bewußter war jedem geworden, daß rings um sie feindliche Operationen abliefen und selbst ein kurzes Auftauchen auf Periskoptiefe zu gefährlich war, um es auch nur in Betracht zu ziehen.

Vier Tage. Ein ganzes Leben. Die Angehörigen der U-Boot-Mannschaft hatten einander, um ihre Gedanken auszutauschen. Für die Crew des Chariot, Sub-Lieutenant Peter Napier und seine Nummer Zwei, Telegrafist Nick Rice, fehlte selbst dieser Trost.

Tucker legte sich zurück, die Hände unter dem Kopf verschränkt, und starrte zu der Pritsche über ihm auf. Unterseeboote waren eine Lebensart, wenn man das zuließ. Er malte sich den Chariot aus, wie er hingeschmiegt auf dem Satteltank lag, reglos, aber tödlich. Wartend. Noch ein paar Stunden, dann würde ihr Einsatz beginnen. Oder der Skipper des Unterseebootes, Bob Jessop, würde eine einsame Entscheidung treffen müssen. Die Entscheidung, die ganze Operation abzusagen. Tucker lächelte im Halbdunkel. Besser er als ich ...

Er dachte auch an Ross und seinen Gesichtsausdruck, als er ihn aufgesucht und ihm den Vorschlag gemacht hatte, daß er Napier begleiten wollte, um ihn zu unterstützen. Als einer vom alten Team. Der Profi. Jetzt war Tucker nicht mehr so sicher. Nick Rice hatte ihn unter vier Augen angesprochen und wiederholt, daß er mit Napier als seinem Offizier nicht zufrieden sei.

Tucker hatte ihm zu erklären versucht, daß es für Klagen oder Zweifel zu spät war. Schließlich waren sie keine grünen Rekruten mehr. Sie waren tapfere, in ihrem Kriegshandwerk perfekt ausgebildete Männer; für Schlamperei war weder Zeit noch Raum. Rice würde jetzt bei seiner Ausrüstung sitzen, alles noch einmal durchgehen und jede Einzelheit des geplanten Angriffs durchdenken. Als die *Turquoise* schließlich Funkkontakt hatte herstellen können, hatte es keinerlei Informationen gegeben, die eine Planänderung gerechtfertigt hätten. Der beschädigte Frachter lag immer noch da, wo er auf Grund gelaufen war; vielleicht in Gesellschaft eines Schleppers. Möglicherweise würde man die Ladung Schienen ausladen müssen, ehe man das Schiff bewegen konnte und ein anderes ausgeschickt wurde, um es zu ersetzen. Alles so vage und unbestimmt. Tucker hatte sich wie gewöhnlich auf das konzentriert, was von ihm verlangt wurde. Wenn man darauf setzte, daß ein zweifelhafter Einsatz in letzter Minute abgesagt wurde, irrte man sich gewöhnlich.

Er dachte sehnsüchtig an sein Zuhause in London, die Silhouette von Battersea bis hinunter zum Fluß, ehe Rauch und Nebel einsetzten. Bald würde Weihnachten sein. Die Pubs würden ein gutes Geschäft machen.

Er ertappte sich dabei, wie er an das Mädchen dachte, das in Ceylon gestorben war. Dann korrigierte er sich in Gedanken: *das ermordet worden war*. Er hatte gehört, wie einige von den anderen darüber geredet hatten, daß Ross und Mackenzie, die Marinehelferin, am Tatort gewesen waren. Jetzt war das Mädchen bloß noch eine Erinnerung. Er versuchte erneut, sie mit Eve zu vergleichen. *Sie* mußte immer noch dort liegen, begraben unter eingestürzten Gebäuden; es hatte jedoch geheißen, daß es nicht so war, daß man sie in einem der großen Massengräber zur letzten Ruhe gebettet hatte.

Aber wenn nicht? Lag sie vielleicht immer noch dort, ohne daß sich jemand um sie kümmerte? Aber vielleicht war gar nicht genug von ihr übriggeblieben, um sie zu begraben.

»Was ist los?« herrschte er den Matrosen an, der den Vorhang zurückgezogen hatte.

»Der Alte will Sie in der Steuerzentrale«, sagte der Mann. Dann zwinkerte er ihm zu. »Wohl gerade von was Hübschem geträumt, wie?«

Tuckers Füße kamen fast lautlos auf dem Deck auf. Er warf einen Blick auf die mit Vorhängen verhängten Kojen, die Männer von der Freiwache. Er konnte sich noch gut an sein erstes Boot erinnern, all die Warnungen, daß man sich sofort in Bewegung setzen mußte, wenn die Hupe das ganze Boot erdröhnen ließ. Er hatte seine Messekameraden etwas geringschätzig gemustert und dabei gedacht, na, da mach dir mal keine Sorgen. Einer oder zwei von ihnen hatten recht plump gewirkt und ganz und gar nicht den Eindruck gemacht, sich schnell bewegen zu können.

Aber als dann das Signal gekommen war, hatte er sich plötzlich ganz allein in seiner Messe wiedergefunden. Alle waren flott vom Fleck gekommen, als es drauf ankam.

Hinein in die ölgeschwängerte Luft der Steuerzentrale: an

ihren Sitzen festgeschweißte Männer, keine Sekunde den Blick von ihren Instrumenten wendend. Tucker warf einen schnellen Blick auf den Tiefenmesser. Einhundert Fuß, keine Dünung, keine anderen Geräusche.

Der Skipper war mit seinem Navigationsoffizier am Kartentisch. Peter Napier studierte die Karte, die Hand auf seinen Notizen. Auf seinen Wangen lag ein leichter Flaum; vielleicht hatte er vor, sich einen Bart wachsen zu lassen, um Eindruck auf die Damenwelt zu machen. Tucker stellte fest, daß er immer noch grinsen konnte. Keine Chance – der erste Windstoß würde alles wegblasen.

Bob Jessop hob den Kopf. »Gutes Wetter. Alles spiegelglatt da oben. Die letzte Phase sollte glatt verlaufen.«

Tucker stellte fest, daß der Navigator plötzlich verschwunden war, auch der diensthabende Matrose am Periskop war nicht mehr zu sehen. »Anscheinend will die Nummer Zwei aussteigen«, sagte Jessop.

Napier sah Tucker gerade an, seine Augen wirkten abweisend. Eine Sekunde lang konnte Tucker in dem jugendlichen Gesicht Ross' Freund David Napier sehen, der bei jenem anderen Angriff ums Leben gekommen war.

Napier sagte: »Ich weiß nicht, was ich dazu sagen soll. Wir sind ein Team. Rice ist gut. Ich habe nie mit jemand anderem gearbeitet.«

»Sie hätten zu Captain Pryce oder Jamie Ross gehen sollen, bevor wir abgefahren sind«, sagte Jessop. »Jetzt ist es ein wenig spät!«

Napier starrte ihn an. »Also, meine Schuld ist das doch nicht! Ich bin zu allem bereit. Ein Stück . . .« Sein Gesicht rötete sich etwas, und er sprach den Satz nicht zu Ende.

»Soweit ich das abschätzen kann«, meinte Jessop, »werde ich Sie hier absetzen müssen.« Er tippte mit dem Bleistift auf die Karte. »Sie werden wenigstens drei Stunden brauchen, um das Ziel zu lokalisieren, den Auftrag zu erledigen und dann zum Aufnahmepunkt zurückzukommen.«

Napier rieb sich das Kinn. »Noch einmal drei Stunden. Das ist ziemlich riskant.«

Jessops Blick ging an ihm vorbei zu den müden, angespannten Gesichtern. »Für *meine* Männer ist es ein verdammtes Risiko, für alle achtundfünfzig, jedesmal wenn wir einen dieser verrückten Einsätze fahren!«

Napier war von der plötzlichen Feindseligkeit des Captains überrascht. »Ich meinte doch nur . . .«

»Wir haben gestern einen Geleitzug von zehn Schiffen gesichtet, mit bloß einem armseligen Kanonenboot als Begleitschutz. Eine einzige Torpedosalve hätte die meisten davon erledigt – vielleicht hätte ich sogar Zeit zum Nachladen für eine zweite Salve gehabt. Das wäre doch ganz sicher nützlicher als ein auf Grund gelaufenes Wrack voll Eisenbahnschienen, oder?«

Jetzt schaltete Tucker sich ein und sagte: »Ich habe meine eigene Ausrüstung dabei, Sir. Der Chariot trägt drei Mann, ganz besonders wenn wir die meiste Zeit über Wasser fahren.«

»War das Commander Ross' Idee?« fragte Napier scharf.

Tucker grinste. »Manchmal haben auch einfache Leute eine gute Idee, Sir!«

Napier wurde erneut rot. »Entschuldigung. Die Antwort habe ich mir wohl verdient.« Er machte keine weitere Bemerkung mehr, als ob jetzt alles geklärt wäre. Dann sagte er zögernd: »Gemeinsam könnten wir . . .«

»Natürlich können wir«, sagte Tucker beiläufig und fügte dann hinzu: »Ich sag es Nick Rice, wenn Sie wollen.«

Napier schüttelte den Kopf. »Nein. Ich sage es ihm.« Er ging weg. Allem Anschein nach war er innerlich zu einer Entscheidung gekommen.

Der Captain wollte wissen: »Wie war denn sein Bruder? Jamie Ross' bester Freund, wie man mir sagt.«

»Ich habe noch nie zwei Männer gesehen, die sich so nahegestanden haben, Sir. Sie waren wie Brüder.« Er versuchte der Frage auszuweichen, von der er wußte, daß sie kommen würde. »Jamie Ross ist nie ganz darüber hinweggekommen.«

»Ja, ich verstehe«, sagte Jessop. Und dann meinte er: »Vielen Dank, daß Sie das hingebogen haben. Wenn wir zurück sind, lade ich Sie zu einem Drink ein, was immer Sie wollen. Und dann braucht das Boot eine Überholung. Ist allerhöchste Zeit!«

Der Navigator kehrte mit gebührend ausdrucksloser Miene zurück. »Alles geklärt, Sir?«

»Ja, dank unserem Diplomaten hier darf man das wohl sagen.«

Die letzte Stunde an Bord des Unterseeboots verstrich ungewöhnlich schnell; sonst wollte die Wartezeit nie zu Ende gehen. Mit ihren Gummianzügen bekleidet, saßen die drei Männer in der Unteroffiziersmesse und lauschten mit halbem Ohr auf die Geräusche, die beim Ausgleichen der Trimmtanks entstanden. Sie spürten jetzt die leichte Dünung, nachdem das Boot auf Periskoptiefe aufgestiegen war. Tucker wußte nicht, was Napier zu Rice gesagt hatte, hatte aber das Gefühl, daß die Nummer Zwei froh, wenn auch ein wenig überrascht war, daß Tucker selbst mitkommen wollte. Was Ross wohl sagen würde, wenn er davon erfuhr, fragte er sich. Er selbst hatte ihm gegenüber schon einmal durchblicken lassen, daß die Zwei-Mann-Crew des Chariot sich sicherer fühlen würde, wenn einer von den eigenen Leuten ihnen beim »Start« behilflich war. Wer das sein könnte, hatte er nicht gesagt.

Warum hatte sich Tucker entschlossen, der dritte Mann zu sein? Zwei Männer allein riskierten mit den Chariots schon genug . . . viele schon waren dabei umgekommen oder einfach lautlos verschwunden. Daran war nichts zu ändern. Warum es also komplizieren?

Napier riß ihn aus seinen Gedanken. »Wo der Frachter auf Grund gelaufen ist, gibt es ein paar kleine Inseln.« Er warf einen Blick auf die ausgeliehene Karte. »Bloß ein paar Meilen vom Rangoon River, und der war ohne Zweifel ihr Ziel. Sobald wir die äußerste Insel hinter uns haben, werden wir uns ein besseres Bild machen können.«

Rice fragte scharf: »Keine Sperren im Fluß?«

Tucker bemerkte, daß er es vermied, dabei den jungen Offizier anzusehen.

Napier faltete die Karte zusammen. »Die sagen nein. Wir werden die Ladung anbringen und sofort kehrtmachen. Da kann gar nichts schiefgehen. Wir sollten zurück sein, ehe es ganz hell geworden ist.«

»Herrgott, das will ich hoffen«, murmelte Rice. »Die Gegend wimmelt doch bestimmt von Japsen!«

Tucker sagte: »Ich habe meine Ausrüstung überprüft.«

Rice nickte. »Ich auch.« Er klopfte an seinen Anzug. »Pistole, SOS-Fähnchen, Geld, alles eben.« Er zwang sich zu einem Grinsen. »Selbst die Kopfschmerztablette!« Aber sein Gesichtsausdruck wirkte dabei nur noch gequälter.

Napier stand auf und stöhnte. »Ich will nur noch ein letztes Wort mit dem Captain reden.«

Rice atmete tief durch. »Meinen Sie, er wird es schaffen?«

»Natürlich. Sie können sich drauf verlassen. Der letzte Einsatz war sein eigentlicher Test. Diesmal wird es wie eine Übungsfahrt sein.«

Rices Gesichtsausdruck ließ erkennen, daß er nicht überzeugt war. »Ich bin froh, daß Sie mitkommen, Tommy. An Ihrer Stelle hätte ich mir das zweimal überlegt.« Er legte ihm die Hand auf den Arm. »Sie haben doch Ross nichts gesagt, oder?«

Tucker zuckte die Achseln. »Der hat schon genug um die Ohren.«

Napier erschien wieder im Eingang. »Bereit zur Abfahrt.« Er sah seine Kameraden nacheinander an. Nachher erinnerte sich Tucker ganz deutlich daran. So, als versuchte er, sich selbst Mut zu machen, statt ihnen Zuversicht zu vermitteln.

Hinaus, durch die Steuerzentrale, die jetzt vollbesetzt war, obwohl Tucker kaum etwas gehört hatte. Als hielte das ganze Boot den Atem an.

Jessop musterte sie kurz. Sein dunkler Bart schimmerte in der schwachen Beleuchtung fast rot. »Denken Sie an die Strömung, Sub. Und achten Sie auf Fischerboote – wahrscheinlich schlafen die mit ihren Netzen, aber verlassen Sie sich nicht zu sehr darauf.« Und dann sah er Tucker an und meinte leise: »Immer hübsch den Kopf einziehen.«

Nachher war es, als wäre das Ganze eine stumme Übung. Die überraschend kühle Luft nach der stickigen Enge im Schiffsrumpf, das Wasser, das klatschend über ihre Füße strömte, während sie sich anschickten, den Chariot aus seinen verschiedenen Halterungen zu lösen. Tucker hatte bereits festgestellt, daß nur zwei oder drei Mann zu ihrer Unterstützung eingeteilt waren und die Satteltanks fast unter Wasser lagen. Der Käpt'n ließ sein Boot möglichst tief im Wasser liegen, um nur ein minimales Ziel zu bieten, falls der Feind irgendwelche Ortungsgeräte besaß, die so weit reichten. Drei Stunden hin, drei Stunden zurück, dachte Tucker. Eine lange Nacht. Er sah zu, wie Napier vorne Platz nahm; sah, wie die Skalen auf dem Armaturenbrett plötzlich aufleuchteten, und hoffte, daß Napier daran denken würde, Pumpe und Luftdruck für den zusätzlichen Mann anzupassen. Er erinnerte sich noch gut daran, wie der alte Rear-Admiral Ossie Dyer darauf bestanden hatte, einen Schutzanzug anzulegen und sich mit voller Ausrüstung durch einen schottischen *Loch* zerren zu lassen, um am eigenen Leib zu erfahren, wie es war. Es hatte ihn fast umgebracht, aber die Jungs hatten ihn dafür vergöttert.

Tucker war Rice behilflich, an Bord zu klettern, dann drehte er sich um und blickte auf den Kommandoturm. Nicht viele Sterne, aber ein klarer Himmel, und daher konnte er den Käpt'n und seine Ausgucke erkennen, die zusahen, wie der Motor ansprang und ein Schwall von Blasen und Phosphoreszenz gegen die zwei sitzenden Gestalten anbrandete.

Hob er den Daumen, um ihnen Glück zu wünschen? Es konnte auch eine legere Ehrenbezeigung sein. Im nächsten Augenblick saß er auf, die Arme um Rice geschlungen, während der Chariot tief eintauchte und sich dann vom dunklen Rumpf des U-Bootes löste. Das Donnern des einströmenden Wassers, als die *Turquoise* ihre Tanks flutete und sich zum Tauchen anschickte, spürte er mehr, als daß er es hörte.

Napier drehte sich auf seinem Sitz herum und winkte. Er hatte jetzt sein Fahrzeug unter Kontrolle, und nichts, außer ihrem Einsatz, beschäftigte ihn.

Tucker drehte am Einstellknopf seines Atemgeräts und holte tief Luft. Der Chariot reagierte trotz des zusätzlichen Gewichts gut auf das Steuer. Er spürte, wie das Wasser erst seine Brust, dann seinen Hals umspülte und seine Maske bespritzte, und er fragte sich, was Rice jetzt wohl denken mochte. Wahrscheinlich nichts. Noch nicht. Wenn alles einmal in Fahrt gekommen war, würde es schon klappen.

Tucker ballte die Faust und spürte, wie Rices Bauchmuskeln sich spannten. *Sonst muß ich den beiden ein bißchen einheizen!*

Weit entfernt, über den Steuerbordbug, sahen sie eine winzige Ansammlung von Lichtern. Fischerboote, aber zu weit entfernt, um eine Gefahr darzustellen. Die Japse waren sich ihrer Sache völlig sicher. Eigentlich gar nicht überraschend, wenn man bedachte, daß ihre Armeen ganz Südostasien von Burma bis hinunter nach Java besetzt hielten. Ganz zu schweigen von den Hunderten von Pazifikinseln, wo auf große Distanz ausgetragene See- und Luftschlachten bereits einen hohen Preis an Schiffen und Menschenleben gefordert hatten, japanische wie amerikanische.

Tucker malte sich vor seinem inneren Auge den großen Sprengkopf aus, den sie beförderten. Vor dem immensen Hintergrund dieses Krieges war er vielleicht gar nicht so bedeutsam, wie der Captain der *Turquoise* so bitter bemerkt hatte. Aber ebenso wie Sizilien war es ein Anfang: der Weg zurück.

Anders konnte man das nicht sehen.

Als sie sich dem Land näherten, wurde die See unruhiger, und Tucker wußte, daß Napier jetzt alle Mühe haben würde, den Chariot auf Kurs zu halten. Ein Blick nach hinten zeigte ihm, daß die schwachen Lichter der Fischerboote verschwunden waren, so als hätte man sie alle auf ein geheimes Signal hin gelöscht. Eine halbe Stunde später tauchten sie nach und nach wieder auf, und Tucker atmete unwillkürlich erleichtert auf. Die Lichter waren von der ersten kleinen Insel verdeckt worden. Sie waren auf Kurs. Napier machte seine Sache gut, und Tucker hoffte, daß auch Rice etwas Zuversicht fassen würde, bis sie schließlich ihr Ziel erreicht hatten.

Selbst wenn alles glatt verlief, würde ihnen die Dunkelheit bei der Rückkehr kaum noch Schutz bieten.

Tucker lächelte. *Wenn du keinen Spaß verstehst, hättest du nicht zur Navy gehen sollen.* Die Antwort des Matrosen auf so ziemlich alles.

Seine Muskeln spannten sich, als etwas Dunkles, Formloses an ihnen vorbeitrieb; Napier mußte es gerade noch rechtzeitig gesehen haben, um auszuweichen. Irgendein halb gesunkenes Boot, dazu verdammt, an der unsichtbaren Küste auf und ab zu treiben, bis es schließlich seine Reise zum Meeresgrund antrat.

Es würde beinahe komisch sein, wenn man das Zielobjekt inzwischen abgeschleppt oder die dringend benötigte Ladung geborgen hätte, dachte er.

Was Napier dann wohl tun würde? Die Sprengladung trotzdem ansetzen, um wenigstens zu beweisen, daß er dazu in der Lage war?

Irgendwo über dem Land explodierte lautlos eine grüne Leuchtrakete und schwebte sanft in der Dunkelheit. Weit entfernt. Die japanische Armee vielleicht. Oder war das ein Signal für die dösenden Fischer?

Obwohl er äußerst unbequem saß, wäre Tucker bei der gleichmäßig trägen Bewegung ihres Fahrzeugs fast eingeschlafen. Er sah, wie Napier und Rice Handsignale austauschten, und wünschte, auf seine Uhr sehen zu können, um festzustellen, wie sie vorankamen. Wie ein springender Fisch brach plötzlich eine weiße Feder aus Gischt über die Schwärze zwischen See und Land. Die zweite Insel; die Strömung vor dem Ufer mußte sich an irgendwelchen verstreuten Felsen brechen, wie die, die er auf der Karte gesehen hatte. Drei Stunden? Es schien ihm, als wäre überhaupt keine Zeit vergangen, seit sie gesehen hatten, wie das U-Boot zum Tauchen ansetzte und damit den Kontakt zu ihnen abgebrochen hatte.

Er bildete sich ein, er könne sehen, wie Napier die Schultern etwas anzog, bereit, abzutauchen und damit die phosporeszierende Wellenspur, die sie hinterließen, abzuschütteln, falls ein fremdes Schiff plötzlich neben ihnen aufragen sollte. Aber da war nichts.

Napiers Arm hob sich und wurde steif, und als er den Chariot in einem flachen Bogen herumsteuerte, sah Tucker den schwarzen, reglosen Kiel eines Schiffs. *Ihres* Schiffs. Das mußte es sein. Napier machte keine Anstalten zu tauchen, sondern fuhr an dem verdunkelten Schiff entlang, bis sie den einzigen Schlot, die altmodische Brücke und die Ladebäume erkennen konnten, die man vermutlich benutzt hatte, um die Eisenbahnschienen zu verladen. Tucker brauchte nicht an die düsteren Geschichten erinnert zu werden, wonach jetzt ausgemergelte alliierte Kriegsgefangene gezwungen wurden, für die japanische Armee im Straßen- und Eisenbahnbau zu arbeiten. »Eisenbahnen des Todes« wurden sie von den halb verhungerten, brutal geschundenen Männern genannt, denen jegliche ärztliche Versorgung vorenthalten wurde. Aber anstatt Angst vor ihrem Los, falls sie gefangen wurden, stellte Tucker zu seiner Überraschung fest, daß er nur Zorn, ja Haß empfand.

Über die Schiffswand hing eine Strickleiter herunter, und Tucker sah, daß einige der Rettungsboots-Davits leer waren. Die Japse waren kein Risiko eingegangen. Vermutlich hatte die Mannschaft aus Eingeborenen bestanden, die sie lieber an Land gebracht hatten, als eine weitere Katastrophe zu riskieren. Es war die Rede von einem Bergungsschlepper gewesen. Wenn der tatsächlich inzwischen vor Ort war, dann würde er bald auftauchen, um das Schiff oder seine Ladung in eine geeignetere Position zu bringen.

Napier und Rice hielten sich an der Strickleiter fest und blickten zur Reling des Schiffes auf. Napier klappte seinen Sichtschutz auf und sagte: »Die haben Anker geworfen. Gehen wir's an.« Es hörte sich sehr ruhig, gleichmütig an, als handelte es sich tatsächlich bloß um eine Übung. Rice ließ sich ins Wasser gleiten und stieß sich dabei von der Stahlhaut des Schiffes ab.

Napier rief zu ihm hinunter: »Direkt hier, denke ich.« Er klappte seine Maske zu und drehte sich zu Tucker herum, um ihm anzuzeigen, daß er jetzt tauchen würde.

Tucker glitt ins Wasser, um ihm zu folgen. Alles lief gut. Der Zeitzünder war eingestellt, und als er Rice dabei behilflich war, die Magnete am überraschend sauberen Bilgenkiel zu befestigen, spürte er, wie der Sprengkopf sich löste und langsam neben ihnen heruntersank, bis er fest unter dem Schiffsrumpf hing. Die Explosion plus das Gewicht der Ladung würden dem Schiff das Rückgrat brechen und seinen Inhalt über den Meeresboden verstreuen.

Ihre Arbeit war getan, und Tucker drehte sich herum, klammerte sich an den Chariot, während Rice ihm auf die Schulter klopfte und aufgeregt gestikulierte.

Napier steuerte den Chariot vorsichtig wieder an die Oberfläche. Kein plötzlicher Ruck, kein Scharren hatte das Manöver beeinträchtigt, und jetzt saßen alle drei im Wasser, hatten die Gesichtsmasken aufgeklappt und sogen nun in tiefen Zügen die frische Luft in sich hinein. Dabei mußten sie gegen den Drang ankämpfen zu lachen oder in Beifall auszubrechen.

Napier blickte wieder auf das Leuchtzifferblatt seiner Armbanduhr. Es kostete ihn sichtlich Mühe, ruhig zu bleiben.

»Schneller als geplant, wer hätte das gedacht?« Er starrte zur Reling hinauf, die in der sie umgebenden Dunkelheit nur schwach zu erkennen war. Es sah so aus, als grinste er – in diesem Augenblick war er seinem toten Bruder ähnlicher denn je zuvor, dachte Tucker. Dann sagte Napier: »Ich gehe hinauf und hole mir ein Souvenir. Haltet euch bereit abzulegen, Jungs!« Dann kletterte er die Strickleiter hinauf, offensichtlich überhaupt nicht durch sein Atemgerät behindert.

»Wie ein verdammter kleiner Junge!« sagte Rice mürrisch. »Was meinen Sie, Tommy?«

Tucker stand schwankend auf und packte dann die Leiter. »Ich halte es für dumm!« Er wußte, daß Rice ihn mit offenem Mund anstarrte, aber das war ihm gleichgültig. Regel Nummer eins – niemals ein Risiko eingehen. Er dachte an Bob Jessops letzte Worte: *Und immer hübsch den Kopf einziehen.* Dann stieß er hervor: »Ich hole ihn zurück, und dann verschwinden wir hier, verdammt noch mal!«

Er kletterte schnell die Leiter hinauf, und sein ganzer Körper fühlte sich plötzlich eiskalt an, als wäre er nackt.

Das Deck des Frachters war wie das eines jeden anderen Schiffes: Geräte und Taue lagen überall herum und zeigten, mit welcher Hast die Mannschaft das Schiff verlassen hatte. Tucker ging in die Knie und zuckte zusammen, als sich ein Niet schmerzhaft in sein Bein bohrte. Er hörte, wie Napier in einem Haufen ausrangierten Geräts an einer offenen Tür am Fuß der Brücke herumwühlte. *Ein Souvenir.* Für die Messe oder um damit irgendein Mädchen zu beeindrucken. Plötzlich packte ihn die Wut, und er wollte ihm schon zurufen, er solle gefälligst aufhören, als sein Blick erneut auf die offene Tür fiel. Wo vorher nur Schwärze gewesen war, war jetzt ein winziger Lichtschein. Der Mann, wer auch immer er war, mußte an Deck gewesen sein, um eine Zigarette zu rauchen, als Napier in seinem Überschwang an Bord gekommen war. Tucker spürte, wie sein Herz einen Sprung machte, als wolle es ganz den Dienst aufgeben, dann löste er, gerade als würde ihn die

Hand eines anderen lenken, den Verschluß seines Messers und zog es vorsichtig aus der Scheide. Wie auch früher schon; wie damals, als der deutsche Froschmann sie überrascht und sich gerade angeschickt hatte, Alarm zu schlagen. Als Ross auf ihn losgegangen war, ihn mit in den Wasserstrudel gezogen und ein Ende gemacht hatte.

Napier richtete sich jetzt auf, er hielt irgend etwas in der Hand. Dann erstarrte er, als er den anderen Mann sah und begriff, was da vor sich ging. Tucker sprang mit einem Satz vor, packte den Mann und schleuderte ihn aufs Deck. Jetzt war es unwichtig, daß dabei Lärm entstand. Nichts außer dem Überleben war jetzt noch wichtig. Er spürte den zugeknöpften Uniformrock des Mannes und begriff, daß er ein Soldat war; gleichzeitig sah er, wie der Mann einen Karabiner fallen ließ, den bisher die Dunkelheit verborgen hatte.

Er hörte Napier schreien: »*O mein Gott! Herrgott, hilf mir!*«

Tucker saß rittlings auf dem Soldaten und hielt ihn zwischen den Beinen fest. Einen Arm hatte er ihm auf den Rükken gedreht, so daß er spüren konnte, wie das Schultergelenk knackte. Auf dem Karabiner war ein Bajonett aufgepflanzt. Napiers Schmerzensschreie verrieten ihm den Rest. Er sagte ruhig: »Ich komme, Sir.« Er wußte nicht, ob er lachen oder schreien sollte, so lächerlich kam ihm die förmliche Anrede in diesem Augenblick vor. Aber er wußte auch, daß er, wenn er damit einmal anfing, nicht mehr würde aufhören können. Er sah, wie die Augen des Soldaten sich zur Seite drehten, um zu sehen, wer ihn da festhielt, und da trieb er ihm das Messer in den Leib, zählte die Sekunden, ehe er es herumdrehte und wieder herauszog. Dann ging er vorsichtig zu Napier hinüber, rechnete jeden Augenblick damit, Rufe und Schreie zu hören, selbst den Stoß einer Klinge zu spüren und dann nichts mehr.

»Wo ist es, Sir?«

Napier preßte sich die Hand an die linke Schulter, wo sein

Blut wie schwarze Farbe zwischen seinen gekrümmten Fingern hervorquoll.

»Ich werde Ihnen einen Verband anlegen, Sir.« Er hörte, wie Napier einen Schrei erstickte, als er ihn hochhob und ihn sich über die Schulter legte. »Aber zuerst müssen wir zusehen, daß wir schleunigst hier verschwinden.«

Rice hatte jetzt endlich begriffen, daß etwas passiert war, und war ihm dabei behilflich, den stöhnenden Offizier auf den Chariot zu setzen. Ehe Tucker ihm die Leiter hinunter folgte, hatte er noch Zeit festzustellen, daß die Zigarette des toten Soldaten immer noch glimmend auf dem Deck lag. Er sagte: »Ich übernehme das Steuer, Sir. Nick wird Sie festhalten.«

Er fühlte Napiers Weigerung, spürte, wie der Offizier sich an ein letztes Bruchstück von Autorität klammerte, das nicht nachgeben wollte: »Nein! Ich habe hier das Kommando!«

Tucker ignorierte ihn: »Fest zupacken. Sein Anzug ist aufgeschlitzt. Wenn Wasser hineinkommt ...« Mehr brauchte er nicht zu sagen.

Er ließ sich auf dem vorderen Sitz nieder und bewegte prüfend den Knüppel. Sie waren alle dafür ausgebildet worden, für Eventualitäten wie diese. Er würde eben aufgetaucht fahren, und zum Teufel mit der Vorsicht. Tempo war jetzt das wichtigste. Er verwünschte seine Unvorsichtigkeit, daß er den Japs nicht ins Meer geworfen hatte. Jemand könnte entdekken, was geschehen war. Selbst Bob Jessop würde seine *Turquoise* nicht aufs Spiel setzen, wenn er merkte, daß sie verfolgt wurden. Er zwang sich, ein paarmal tief durchzuatmen. *Ganz besonders* Bob Jessop nicht.

»Ablegen.« Er sah auf den Kompaß und spürte, wie der Chariot sich langsam von dem Objekt löste. Er versuchte, Ordnung in seine Gedanken zu bringen, alles zu Ende zu denken. *Ich habe gerade einen Menschen getötet.* Aber in seinem Bewußtsein wollte sich kein Bild einstellen. »Los geht's!« *Was würde ich jetzt für einen Schluck Rum geben!*

Er drehte den Kopf etwas zur Seite und sah das erste der Lichter von den Fischerbooten. Vielleicht schon schwächer geworden? Er versuchte, Ruhe zu bewahren. Als sie in eine kleine Welle tauchten, hörte er Napier aufschreien und gleich darauf Rice, der ihn halblaut anherrschte: »Herrgott noch mal, Mund halten! Haben Sie für eine Nacht nicht schon genug angerichtet?«

Nicht länger Offizier und Matrose. Bloß zwei verängstigte Menschen, die sich auf ihn verließen.

Sie würden jetzt in Kürze die Inseln hinter sich gelassen haben. Und dann . . .

Die Explosion war ebenso betäubend laut, wie der Feuerschein grell war, der ihr ein paar Augenblicke vorausgegangen war. Ein paar Sekunden lang bildete Tucker sich ein, die Sprengladung sei vorzeitig explodiert, obwohl so etwas noch nie vorgekommen war. Die Dunkelheit, die der Explosion folgte, hüllte alles ein, aber Tucker hatte ein Stück Insel gesehen, das von der Explosion so erleuchtet wurde, als ob dort selbst ein Feuer ausgebrochen wäre.

Napier rief mit schwacher Stimme: »Was ist passiert? War das die Sprengladung?« Seine Stimme klang irritiert, quengelig, wie die eines kleinen Jungen.

Rice hielt ihn fest und starrte aufs Meer hinaus. »Riechen Sie es nicht? Wenn Sie im Atlantik gewesen wären, würden Sie das gleich erkennen!«

Tucker sagte mit abgestumpfter Stimme: »Das war die *Turquoise*. Sie ist hinüber.« Auch er konnte das verbrannte Öl riechen, konnte sich ausmalen, wie der zerdrückte Rumpf des U-Bootes wie ein abgerissenes Blatt auf den Meeresgrund sank. Er konnte sogar Jessops Zorn hören. *Meine Männer, alle achtundfünfzig*. Was passiert war, war ihrer Phantasie überlassen. Aber eine Tatsache stand fest: Sie waren allein.

Napier fragte: »Und was jetzt?«

Tucker zuckte die Achseln. »Wir kehren um. Viel Zeit bleibt uns nicht. Ich denke, ich werde eine Stelle finden, wo wir den Chariot versenken können.« Er dachte laut, und zum Teil verschluckte das Wasser seine Worte, als es ihm in die aufgeklappte Tauchermaske schwappte.

»Umkehren?« sagte Rice. Er wirkte verblüfft. »Die werden doch nach uns suchen.«

»Aber sonst wird das keiner tun«, erwiderte Tucker schroff, »also halten Sie den Mund und sparen Sie sich den Atem.«

Zu seiner Überraschung antwortete Rice darauf: »Tut mir leid, Tommy, Sie haben natürlich recht.«

Napier rief: »Es tut *weh*. Ich kann den Arm nicht bewegen!«

Tucker sah die kleinen Lichter und fragte sich, was die Fischer sich wohl bei der Explosion gedacht hatten. Und was war mit den Japsen? Inzwischen hatte man bestimmt schon einen Offizier geweckt, Telefone klingelten, vielleicht lief bereits ein Patrouillenboot aus, um nachzuforschen.

Napier murmelte: »Sie werden nie erfahren, was passiert ist . . .«

Tucker seufzte und sah auf den Kompaß. *Sie?* Wer wohl, fragte er sich.

»Der wird's nicht schaffen«, sagte Rice. Als von Napier keine Reaktion kam, fügte er hinzu: »Zum Teufel mit ihm!«

Rice hörte sich an, als ob er bereits jede Hoffnung aufgegeben hätte. Tucker hielt den Knüppel fester, so wie er vorher sein Messer gehalten hatte, und dann sagte er, ob laut oder zu sich, das wußte er selbst nicht: »»Also, Evie, diesmal geht's mir wirklich an den Kragen.«

Eine Möwe stieg mit klagendem Ruf aus dem Wasser auf, vielleicht weil sie sie aufgescheucht hatten oder weil sie die nahende Morgendämmerung spürte und auf Fische von den Booten hoffte. Aber für Mike Tucker klang es wie eine Katze, die ins Haus gelassen werden wollte.

Vor seinem inneren Auge konnte er deutlich sehen, wie seine Mutter das Telegramm aufriß.

Der Abend, an dem die versprochene Party stattfand, hätte nicht besser gewählt sein können: ein klarer, wolkenloser Himmel mit Vollmond, der sich schimmernd im Meer spiegelte. Es gab sogar Musik, die ein äußerst solide wirkendes Grammophon lieferte, sorgfältig behütet von einem der Bediensteten des Colonel, der es zwischen den einzelnen Schallplatten immer wieder mit der Kurbel aufzog. Seltsamerweise handelte es sich meistens um Tanzmusik, etwas aus der Vergangenheit.

Ross und Villiers reichten einem Diener ihre Mützen und blieben dann etwas verunsichert in der Eingangshalle stehen. Sie schien ihnen nach ihrem letzten Besuch völlig verändert, und die Mehrzahl der Gäste waren Marineoffiziere. Außerdem wirkten sie in ihren weißen Uniformen – den »Eiskremanzügen«, einer sanften Empfehlung von Captain Pryce, der dies offensichtlich als Befehl gemeint hatte – ein wenig verloren. Nachdem er sich in der lärmenden Menge umgesehen hatte, ahnte Ross, weshalb Pryce für diesen Anlaß so entschieden hatte. Es wurden Ordensbänder getragen, und man konnte auf den Uniformen vieler Anwesender auf einen Blick diese Zeichen der Tapferkeit sehen.

»Soweit es mich angeht, einfach ein Haufen netter Kerls«, bemerkte Villiers. »Als Helden seh ich die einfach nicht.« Sein Blick fiel auf das einsame rote Band an Ross' Uniformrock. »Augenblickliche Gesellschaft natürlich ausgenommen.«

Sie lachten, aber Ross wurde das Gefühl nicht los, daß sein Begleiter einigermaßen deprimiert war. Doch war dies weder der Ort noch die Zeit, um ihn danach zu befragen. Vielleicht hatte er von seinem Mädchen keinen Brief mehr bekommen oder vielleicht schlechte Nachrichten. Er sah sich um und fragte sich, ob Victoria anwesend sein würde oder ob sie bewußt weggeblieben war.

»Das ist also der große Mann, wie?« sagte Villiers.

Howard Costain, der berühmte Kriegsberichterstatter, war

nicht ganz die Gestalt, als die er auf seinen Fotos und in den Wochenschauen erschienen war. Er war kleiner als erwartet, mit schütter werdendem blondem Haar und ziemlich korpulent. Er trug einen leichten, gut geschnittenen Anzug, allerdings ein wenig zerknittert, womit sein Besitzer dokumentierte, daß er ein Mann der Tat war, der für die Feinheiten der Kleidung wenig Zeit hatte.

Pryce und Brigadier Davis standen bei ihm, dazu, alle anderen wie Zwerge erscheinen lassend, die eindrucksvolle Gestalt von Colonel Basil Mackenzie im Glanz eines weißen Dinnerjacketts mit einer schwarzen Schleife. Ross vermutete, daß er sich für solche Anlässe immer in Schale warf, möglicherweise sogar, wenn er in diesem mit Erinnerungen angefüllten Haus allein war. Major Guest aus dem Büro des Provost Marshall war ebenfalls anwesend und stand in diskretem Abstand, aber nicht zu übersehen, an einer hohen Topfpalme. Er hielt ein volles Glas Wein in der Hand, vermittelte aber den Eindruck, daß er sich mit einem Krug Ale wohler gefühlt hätte.

Als hätte ihm jemand ein Stichwort gegeben, drehte Howard Costain sich um und sah sie an.

Pryce runzelte die Stirn. »Und das ist Lieutenant-Commander Ross, mein dienstältester Offizier in der Abteilung.«

Ross streckte die Hand aus. Er hatte das Stirnrunzeln wohl bemerkt und wußte, daß er es dem Umstand zu verdanken hatte, daß er und Villiers sich verspätet hatten, weil ihr Fahrer zweimal vom Weg abgekommen war.

Der Händedruck war weich und feucht, wie Ross es nicht anders erwartet hatte. Aber Costains Sonnenbräune war beeindruckend, goldbraun und völlig gleichmäßig, wie mit einem Pinsel aufgetragen.

Jetzt sagte Costain abrupt: »Hab einen Artikel über *Sie* geschrieben – zwei sogar. Interessanter Mann, unbedingt.«

Ross lächelte. Costain sprach abgehackt und mit scharfer Stimme; es klang wie die Stimmen im Radio oder in der Wochenschau. *Heute bin ich einem der Helden Britanniens begegnet; er war ganz anders, als ich ihn erwartet hätte*. Er sah, wie Villiers ihn über die Schulter des Mannes hinweg beobachtete. Vielleicht zwinkerte er ihm sogar zu.

Pryce sagte: »Wir haben hier ein äußerst starkes Team. Ich wünschte, ich könnte Ihnen unsere Anlage zeigen, aber . . .«

Costain nickte und zog ein Zigarettenetui heraus. »*Top secret*, selbstverständlich. Aber der Admiral hat gesagt, er könnte es arrangieren. Vielleicht gibt das eine gute Story für die Leute zu Hause ab.« Er lachte. Auch sein Lachen war abgehackt.

Brigadier Davis hüstelte höflich. »Da sind noch ein paar andere Leute, die ich Ihnen gern vorstellen wollte, Howard.« Er nahm seinen Arm. »Ich bezweifle allerdings, ob die Sie sehr überraschen werden.«

Ein paar Leute traten beiseite, damit ein weiteres Tablett mit Getränken vorbeigetragen werden konnte, und da erblickte Ross sie.

Sie stand auf einer der gefliesten Treppenstufen und blickte gerade zu ihm herüber. Wie schon einmal zuvor, als ob sonst niemand anwesend wäre. Er hatte sie bis zu diesem Augenblick noch nie anders als in Uniform gesehen. Jetzt trug sie ein schlichtes grünes Seidenkleid mit hohem Kragen und kleinen Schlitzen im Saum, das perfekt zu ihrem Haar und ihren Augen paßte; es war mehr eine Trotzgeste als der Wunsch zu beeindrucken.

Er ging auf sie zu und nahm die Hand, die sie ihm entgegenhielt.

»Ich hatte gedacht, daß Sie vielleicht nicht kommen würden«, sagte sie.

»Mir ist es mit Ihnen genauso ergangen, Victoria. Ich muß Ihnen das jetzt sagen, selbst wenn Sie mir dafür eine runterhauen. Sie sehen bezaubernd aus. Umwerfend.«

Sie sah ihn mit einem irgendwie suchenden Blick an, entzog ihm aber ihre Hand nicht.

Ein Tablett wurde vorbeigetragen, und sie nahm ein Glas, ehe sie sagte: »Ich bin froh, daß Sie gekommen sind. Ich habe über alles mögliche nachgedacht.«

»Und werden Sie mir sagen, was das war?«

Sie rückte etwas von ihm ab, und Ross wußte, daß einige Gesichter zu ihnen herüberblickten und sie beobachteten. Er sah die dünne goldene Kette, die sie um den Hals trug und die zum größten Teil vom Kragen verdeckt wurde.

»Ich dachte, ich sollte mich ein wenig in Gala werfen. Mein Vater wollte es so.« Sie lächelte und sah kurz zu dem weißhaarigen Mann auf der anderen Seite des Saals hinüber. »›Das hält den Krieg fern‹, hat er gesagt.«

Sie blickte auf die weißuniformierten Männergestalten und fügte mit leiser Stimme hinzu: »Die geben ihr Leben so leicht hin.«

»Plagt Sie etwas? Bitte sagen Sie mir, wenn ich Ihnen helfen kann.«

Sie berührte seinen Arm. »Sie kennen mich ja kaum.« Dann wandte sie den Blick ab, beinahe scheu, wie er fand. »Aber vielen Dank. Heute habe ich den Admiral gesprochen. Er hat ein paar ›Drähte für mich gezogen‹.« Jetzt sah sie ihn wieder an. »Vielleicht ein Offizierspatent.«

»Das freut mich für Sie«, sagte er vorsichtig. »Das hätten Sie mehr als verdient. Selbst Captain Pryce hat das gesagt.«

Sie lächelte traurig. »Regen in der Wüste, ja?« Dann sprach sie eilig weiter: »Das würde bedeuten, daß ich nach England muß. Hier weg.« Sie blickte auf die breiten Schultern ihres Vaters. »Ihn verlassen. Jetzt kann ich immer bei ihm sein, wenn man mich nicht in der Einsatzzentrale braucht oder auf Wache. Das ist ein großes Privileg, und dafür bin ich dankbar. In England . . .?« Den Rest ließ sie unausgesprochen.

»Waren Sie schon einmal dort, Victoria?«

Sie nickte, und ihre Stimme kam wie aus weiter Ferne. »Mein Vater hat mich hingeschickt für ›den letzten Schliff‹, eine gute Schule – aber Sie wissen natürlich, wie es da ist.«

Er hätte sie jetzt am liebsten in die Arme genommen und sah auf ihre Hand, die immer noch auf seinem Ärmel lag. »Besser als Sie vielleicht ahnen, Victoria. Ich habe nie gewußt, daß junge Männer so barbarisch sein können!«

Sie schien überrascht. »Wegen meiner Mutter und mir hat er fast alles verloren; die Army, all die Dinge, die er geliebt hat. Er hat nie gezögert. Ich habe das erst richtig verstanden, als ich älter war. Aber jetzt weiß ich, warum meine Mutter ihn geliebt hat.«

»Und was ist mit Ihnen?«

»Ich? Ich dachte einmal, ich hätte Liebe gefunden. Aber es war bloß ein Traum. Ich war damals dumm, unwissend, wenn Sie so wollen.«

»Ich will nicht. Daß man Ihnen weh getan hat, ausgerechnet Ihnen, tut mir leid.«

Sie lächelte, aber ihr Blick ließ erkennen, daß ihr unbehaglich war. »Die Leute starren zu uns herüber. Die werden alles mögliche denken.«

»Lassen Sie sie doch.« Er zögerte, konnte sich aber nicht mehr genügend disziplinieren, um es nicht zu sagen. »Wenn ich glauben müßte, Sie nie wiederzusehen, würde ich das Gefühl haben, ich hätte jetzt etwas sehr Wertvolles verloren.«

Sie sagte: »Kommen Sie mit, sehen wir uns den Brunnen an.« Sie gingen in den Garten hinaus, und dann standen sie stumm da und lauschten dem Plätschern des Wassers. Ihre Anwesenheit war ihm schmerzlich bewußt, ihr Parfum, die Wärme, von ihr ausging. Wie an jenem Tag, als er sie zur Demonstration für Major Guest vor sich gehalten hatte.

Sie sagte: »Und dann werden Sie weggehen oder ich, falls die entscheiden, daß ich für die Offizierslaufbahn geeignet bin. Der Krieg steht zwischen uns, wie bei so vielen.«

Ross dachte an Villiers. »Er kann nicht ewig dauern.«

»Ich werde Ihr Gesicht nie vergessen«, sagte sie. »In jener Nacht, als Sie versucht haben, mich vor dem Anblick der armen Jane zu schützen. Damals wußte ich, was Sie denken.

Daß es ebensogut ich hätte sein können, die da liegt und von allen angestarrt wird.«

Eine Autotür wurde zugeknallt, und Ross hörte, wie jemand rief: »Du lieber Gott, das ist Crookshank! Das paßt doch gar nicht zu ihm, so spät zu kommen, wenn die Drinks nichts kosten!«

Ross spürte, wie sie seinen Arm packte, und blickte zu ihr herunter.

»Was ist?«

»Ich habe die Gästeliste gesehen«, sagte sie. »Commander Crookshank war nicht eingeladen. Er sollte beim Admiral sein.«

Ross hielt ihren Arm; er war stark und geschmeidig, wie das Mädchen. »Wahrscheinlich wieder mal ein Alarm«, sagte er beiläufig.

Sie starrte ihn an, und ihre Augen leuchteten im reflektierten Licht hell. »Aber Sie glauben das nicht.«

Sie gingen ins Haus zurück, und ein Lieutenant, den Ross noch nie gesehen hatte, sagte: »Captain Pryce möchte, daß Sie zu ihm kommen, Sir.«

Sie nickte, ihr Blick war verschleiert. »Sehen Sie? Sie haben es gewußt.«

Er entdeckte Villiers und sagte: »Würden Sie sich bitte Miss Mackenzies annehmen?« Villiers sah die Blicke, die zwischen den beiden hin und her gingen, und mußte unwillkürlich an Caryl denken. Wie ein Liebespaar. Menschen, die sich lieben.

Sie waren im Arbeitszimmer des Colonel, dem Museum, wie er richtig vermutet hatte. Pryce wartete, bis der Lieutenant die Tür geschlossen hatte.

»Schlechte Nachrichten, Jamie. Der Angriff ist perfekt abgelaufen – der Geheimdienst hat gerade die Bestätigung erhalten. Das Objekt wurde zerstört.«

Alle sahen ihn an: Crookshank, noch von der Fahrt verschwitzt; er hatte aus Geheimhaltungsgründen das Telefon nicht benutzen wollen; Brigadier Davis, adrett und gepflegt mit ausdruckslos ernstem Blick, wie ein General, der gerade zugesehen hatte, wie in den Stacheldrahtfeldern jenes anderen Krieges eine ganze Division Soldaten niedergemäht worden war.

Pryce fuhr fort: »Aber die *Turquoise* hat sich nicht mehr gemeldet, wir haben den Kontakt mit ihr verloren. Wir müssen daher annehmen, daß sie untergegangen ist.«

Ross hörte das gedämpfte Gelächter und die Gespräche aus dem Raum nebenan. Die andere Welt.

Pryce sagte: »Möglicherweise hat die Mannschaft des Chariot nach Beendigung ihrer Mission sich noch an Bord des U-Bootes begeben können. Wenn nicht, werden sie über Land kommen.«

Mike Tucker war tot. Ross fühlte sich kaum imstande, sich mit dem Gedanken auseinanderzusetzen.

Er sagte: »Tucker hat gefragt, ob er mit der Crew mitkommen dürfe, um sie zu unterstützen. Er hatte bezüglich dieser Crew dasselbe Gefühl wie ich.« Er blickte auf, und seine Augen waren hart wie die Nordsee. »Ich gehe jede Wette ein, daß er mitgegangen ist.«

»Sehr wahrscheinlich«, sagte Pryce. »Aber wie auch immer . . .« Er brauchte nicht weiterzureden.

Der Brigadier sagte leise: »Irgend etwas stimmt bei der ganzen Geschichte nicht. Jetzt ist es um so notwendiger, mit diesem Tsao in Singapur wieder Kontakt aufzunehmen. Irgendeine neue Waffe vielleicht? Eine Vorrichtung, von der wir nichts wissen?«

Ross rief aus: »Sie sind für nichts gestorben, wenn Sie mich fragen!«

»*Ruhig,* Jamie«, sagte Pryce kühl. »Das hätte jeden treffen können, auch Sie. Der Angriff war ein Erfolg. Das ist es am Ende, woran wir denken müssen.«

Erinnerungen kamen in ihm hoch, drängten auf ihn ein, und er konnte sich nicht dagegen schützen. Der bärtige

U-Boot-Kommandant; wie sie über die Sichtung der Vereinigten Flotte bei Trafalgar gesprochen hatten. Und Mike Tukker am allermeisten, stark, verläßlich, loyal und verständnisvoll. In jener schäbigen Straße in Battersea würden sie es am Ende in den Nachrichten hören, irgendein polierter Ansager der BBC würde es verlesen. »*Der Sekretär der Admiralität bedauert, bekanntgeben zu müssen ...*«

»Es gibt noch ein paar Dinge, die wir besprechen müssen, Jamie«, sagte Pryce. »Vielleicht wollen Sie es inzwischen unseren Leuten mitteilen.«

Ross erreichte die Tür. Er konnte das Schweigen, das sich wie ein Leichentuch über den Raum dahinter gelegt hatte, fast körperlich spüren. Bitter sagte er: »Die wissen es bereits.«

Brigadier Davis brauste gereizt auf: »Woher sollten sie es denn wissen?«

Ross sah Crookshank an, der den Kopf senkte, um ihm nicht in die Augen sehen zu müssen, und dann Pryce, der mit seltsam kontrollierter Stimme sagte: »Das ist die Navy, die Familie, wenn Sie so wollen. Natürlich wissen Sie es, verdammt noch mal, *Sir*.«

Draußen warteten alle, und er dachte an Pryces Gefühlsausbruch oder das, was einem Gefühlsausbruch sehr nahegekommen war. Als er dann sprach, herrschte absolutes Schweigen.

»Ich muß Ihnen leider sagen, daß uns soeben der Verlust des U-Bootes *Turquoise* mitgeteilt worden ist. Die meisten von Ihnen kannten die *Turquoise* und ihre Mannschaft.« Er sah ihr blaßgrünes Kleid am anderen Ende des Saals und Villiers dicht neben ihr. »Die Operation, die Sub-Lieutenant Peter Napier und sein Partner, Telegrafist Rice, durchgeführt haben, war ein voller Erfolg.« Er sah sich um, blickte in ihre Gesichter, sah Schock, Mitgefühl, stumpfes Akzeptieren des Krieges: all das war hier in diesem Saal. »Wir werden keinen von ihnen vergessen. Ich danke Ihnen.«

Er ging zwischen ihnen hindurch, spürte ihre Wärme,

merkte, daß einige ihm kameradschaftlich auf die Schulter klopften, als er an ihnen vorbeiging. Der Held. Am liebsten hätte er sich mit den Fingern die Augen ausgewischt. Der Mann, für den andere starben.

Sie hielt ihm ein Glas hin, ihre Augen dunkel vor Sorge. »Aus der Bar meines Vaters.« Sie hob das Glas an seine Lippen; später wußte er nicht einmal, was es gewesen war. »Ich habe gesehen, wie es Sie getroffen hat. Ich habe erst vor ein paar Tagen mit Maat Tucker gesprochen. Er war ein guter Mann.«

Er stellte das Glas ab und legte den Arm um sie. »*Ist* ein guter Mann, Victoria. Ich denke, er ist noch am Leben.« Er sah Villiers an. »Ich *fühle* es.«

Jemand hatte eine andere Schallplatte aufgelegt, sie kratzte schon ziemlich. *Roses of Picardy*. Seinem Vater hatte das Stück immer gefallen.

Sie schob die Hand unter seinen Arm. »Gehen wir ein bißchen spazieren.«

Villiers blickte ihnen nach, bis die duftende Dunkelheit sie verschluckt hatte. Er hatte noch nie jemanden so beneidet, obwohl er wußte, daß alles gegen sie war.

9
Der Feind

Die Explosion klang erstaunlich gedämpft, teils weil das Schiff bis zur Grenze seiner Tragfähigkeit mit Stahlschienen beladen gewesen war, teils auch wegen der Landzunge, die zwischen ihnen und dem Schiff lag. Aber sie löste eine kleine Gezeitenwelle aus, und als Tucker sich auf seine Knie erhob, konnte er sehen, wie die See sich in einem mächtigen Strudel wand, über dem die erschreckten Vögel wie Blätter in einem Orkan flatterten.

»Geschafft«, murmelte Rice. Nicht Stolz oder Befriedigung, nur die Erkenntnis, was ihnen dreien widerfahren war.

Tucker kroch neben den Offizier und war für sein Schweigen dankbar. Es war eine grausame Mühe gewesen, an Land zu waten, nachdem sie den Chariot in etwa zehn Fuß Tiefe zwischen dichtem Schilf versenkt hatten. Dann hatten sie sich ihrer Gummianzüge und Atemmasken entledigt, hatten alles versteckt, was den Feind auf sie aufmerksam machen und eine Suchaktion auslösen könnte. Napier hatten sie aus seinem Anzug schneiden müssen, und das hatte ihn so mitgenommen, daß Tucker ihn den Rest des Weges zu einer kleinen schüsselförmigen Vertiefung an der Flanke eines Hügels hatte tragen müssen, wo Büsche und eine Art Nesselgestrüpp etwas Sichtschutz boten.

Tucker konnte spüren, wie Rice ihn beobachtete, als er den Schlitz im tarnfarbenen Hemd des jungen Offiziers öffnete und den Verband entfernte, mit dem er die Blutung gestillt hatte. Es war eine tiefe Wunde; der Himmel allein wußte, was an einem solchen Ort und bei diesem Klima daraus werden würde. Napier stöhnte, schlug aber die Augen nicht auf.

»Was meinen Sie, Tommy?« fragte Rice besorgt.

Tucker legte einen neuen Verband an. Wenn sie nur mehr davon gehabt hätten. Dann sagte er ruhig: »Wenn wir Hilfe bekommen können . . .«

Rice fiel ihm fast zornig ins Wort: »*Hilfe?* Wo sollten wir die denn herkriegen?«

»Ich habe gehört, daß die Burmesen freundlich und oft sogar hilfsbereit sind.» Rice starrte immer noch aufs Meer hinaus. »Weiß der Himmel warum. Wir haben ja nicht gerade viel für sie getan!«

Rice meinte, als dächte er an etwas völlig anderes: »Erinnern Sie sich an diesen Offizier von den Chindits, der uns bei der Ausbildung zugesehen hat?«

Vor Tuckers innerem Auge baute sich das Gesicht des Offiziers auf. Verkniffen, aber doch ruhig, so gefährlich ruhig, ähnlich wie dieser Offizier von den Marines, Sinclair. Rice verfolgte den Gedanken weiter. »Sein Verein nimmt nie Gefangene, hat er gesagt. Zuviel Mühe. Hält nur auf.« Er beobachtete Tucker fast ängstlich. »Einmal war einer von ihren Leuten so schwer verwundet, daß er nicht Schritt halten konnte. Da haben sie ihn einfach zurückgelassen. Mit seinem Karabiner oder vielleicht einer Pille, wie wir welche haben.«

Tucker holte seine Landkarte aus Seidenstoff heraus und studierte sie. »Wir lassen ihn nicht zurück, Nick.«

»Ich habe nur gemeint . . .«

»Ich weiß. Vergessen Sie es. Wir werden uns untertags verstecken und uns nur nachts bewegen, bis wir uns einigermaßen eingewöhnt haben. Nordwestlich von hier muß es Fischer und Dörfer geben, frisches Wasser und Essen. Das könnte ich jetzt gebrauchen.« Er faltete die Landkarte mit großer Sorgfalt zusammen, und Rice beobachtete jede seiner Bewegungen. »Wenn uns eine Patrouille oder ein Suchtrupp erwischt, sagen wir, daß wir Überlebende der *Turquoise* sind. Vielleicht kaufen sie uns das ab. «

Napier hüstelte leicht und schlug die Augen auf. Tucker wunderte sich, daß ihm bisher nicht aufgefallen war, wie lang seine Wimpern waren. Wie die eines Mädchens. Napier leckte sich die Lippen. »Wo sind wir?«

»Jedenfalls für den Augenblick in Sicherheit. Die Ladung ist übrigens pünktlich hochgegangen.« Er wußte, daß Napier es gar nicht mitbekommen hatte. »Im Hauptquartier werden sie auch bald Bescheid wissen.«

Napier starrte mit glasigen Augen zu ihm auf. »Da war ein Soldat.« Er versuchte nach seiner verwundeten Schulter zu greifen, aber Tucker schob seine Hand weg. Wie ein Kind, dachte er. »Was ist mit ihm passiert?«

»Der wird Sie nicht mehr belästigen, Sir.«

Napier ließ den Kopf herunterfallen. »Danke. Es war alles meine Schuld.«

Tucker sah, wie Rice den Mund öffnete, und sagte schroff:

»Sie haben einen *Fehler* gemacht. Mein Dad hat immer gesagt, daß es nur *einen* Mann gegeben hat, der nie einen Fehler gemacht hat, und *den* hat man gekreuzigt!«

»Es regnet«, sagte Rice.

»Sehen Sie zu, ob Sie ein wenig Regenwasser auffangen können.« Er sah Rice nach, als dieser davonkroch, und blickte dann herunter, als Napiers Hand ihn berührte.

»In meiner Tasche. Eine Flasche.«

Tucker knöpfte ihm die Tasche auf und zog die flache silberne Flasche heraus. Sie mußte ein Vermögen gekostet haben.

Napier starrte ihn an. »Brandy. Trinken Sie.« Als Tucker einen Schluck nahm, sagte er: »Rice will mich zurücklassen. Ich habe es gerade gehört.«

Tucker wischte mit dem Ärmel über das Mundstück der Flasche. Jeden Augenblick konnte es dazu kommen, daß man sie gefangennahm, folterte und weiß der Himmel was sonst noch. Aber er hatte die Flasche abgewischt, als ob dies die verdammte Henley-Regatta wäre. »Niemand wird zurückgelassen«, sagte er. »Ich werde Sie tragen, bis wir Hilfe bekommen.«

Die Hand schloß sich fester um sein Bein, und Napier fragte: »Glauben Sie, das werden wir? Ich meine *wirklich*?«

Rice kam mit seinem kleinen zusammenklappbaren Becher in der Hand zurück. »Schlammig.«

Tucker ließ ein paar Tropfen Brandy hineinfallen. »Das desinfiziert.«

Napier stützte sich auf einen Ellbogen, und der Schweiß auf seiner Stirn ließ erkennen, wie ihn das anstrengte. »Zeigen Sie mir die Karte.« Tucker faltete sie wieder auseinander, und der Offizier blickte mit zusammengekniffenen Augen darauf. »Wir sollten entlang der Bucht gehen. Bessere Chance. Uns von Rangoon und den Straßen im Inland fernhalten.« Dann stöhnte er plötzlich. »O mein Gott!«

Tucker stützte seine Schulter. *Komm schon, Junge, laß*

deine grauen Zellen arbeiten, wie sie es dir als Offizier beigebracht haben. Durchhalten, nicht nachlassen.

Napier drehte sich herum und sah ihn an: »Sie haben meinen Bruder gekannt, nicht wahr?« Das klang ganz ruhig und normal.

»Ja, recht gut«, sagte Tucker gleichgültig. »Ich habe ihn gemocht, mehr als manchen anderen.«

Napier lächelte. »Sie sind auch kein schlechter Kerl!«

Rice zischte: »*Japse, drei!*« Er schien unfähig, sich zu bewegen. »Sie kommen den Hügel herauf!« Er blickte wild in die Runde, die Augen weit aufgerissen. »Was machen wir jetzt?«

Tucker zog seine Pistole und legte Napiers Waffe in dessen rechte Hand. »Sie wissen doch, was sie uns beigebracht haben. *Wenigstens einen von den Mistkerlen mitnehmen, wenn man schon dran glauben muß!*«

Dann begann es zu regnen, laut, heftig, alles einhüllend. Rice staunte: »Herrgott, die suchen Unterschlupf! Die mögen keinen Regen!« Seine Stimme überschlug sich vor Erleichterung.

Napier machte den Mund auf, um sich an dem warmen Regen zu laben, und sein Verband rötete sich von der Feuchtigkeit, als ob er sich die Wunde gerade erst zugezogen hätte. »Lassen Sie nicht zu, daß die mich lebend bekommen«, sagte er leise.

Tucker tätschelte ihm den Arm und schob sich die Pistole in den Hosenbund. »Versuchen Sie ein wenig zu ruhen. Wenn es aufhört zu regnen, werde ich mich mal ein wenig umsehen.«

»Sie kommen doch hoffentlich zurück, oder?« fragte Rice.

Tucker grinste. »Solange noch ein Schluck Brandy da ist!«

Arme Schweine, dachte er. Der eine macht sich vor Angst fast in die Hosen, der andere hat mehr Angst, seine Kameraden im Stich zu lassen als selbst abzukratzen. Plötzlich mußte er an Jamie Ross denken, bei der Einsatzbesprechung für die Crews der Chariots vor der Operation in Norwegen. »Fahrt hin und erledigt den Job. Ja keine Heldentaten, verstanden? Wenn man euch den Arsch wegbläst, nützt mir das gar nichts!« Er erinnerte sich noch daran, als ob es gestern gewesen wäre. Er beugte sich vor, um Napier das nasse Haar aus der Stirn zu streichen. Alle hatten gelacht, nur David Napier nicht. Er hatte Angst gehabt, aber das hatte keiner erkannt. Bis es zu spät gewesen war.

Mit der Zeit stellte sich bei ihnen der Hunger ein. Tucker fand einen Schokoladenriegel in einem wasserdichten Beutel, aber der war so zerschmolzen, daß er die Schokolade mit dem Messer vom Stanniol kratzen mußte. Daß er mit dem Messer das letztemal, als er es benutzt hatte, den Wachposten getötet hatte, kam ihm überhaupt nicht in den Sinn.

Sie hätten ebensogut auf einer Wüsteninsel oder auf dem höchsten Punkt der Erde sein können. Nichts bewegte sich, und nichts deutete auf irgendwelche Stimmen oder Fahrzeuge hin, als der Regen schließlich in der üblichen abrupten Art aufhörte.

Er sah auf seine Uhr und seinen kleinen Kompaß. Sie konnten es sich nicht leisten, jetzt in die falsche Richtung zu kriechen. Er hatte von einem Corporal gehört, der das in der Wüste getan hatte, als seine Panzerabteilung ihr Nachtlager aufgeschlagen hatte. Mit dem Reinlichkeitssinn, der besonders für die Wüstentruppe so typisch war, hatte der Mann sich ein Stück von den Panzern entfernt, um seine Notdurft zu verrichten. Er wurde nie wieder gesehen und war wahrscheinlich im Kreis herumgelaufen, bis seine Kräfte versagt hatten. Die Wüste hatte ein weiteres Opfer gefordert.

Als letztes checkte er seinen Revolver und sagte: »Die Augen offenhalten, Nick.« Er warf einen Blick auf den Sub-Lieutenant. »Er ist wieder bewußtlos. Wir lassen ihn schlafen.«

»Wenn Sie wollen, komme ich mit.«

Tucker klopfte ihm auf die Schulter. Er konnte seine Besorgnis spüren, die Angst, allein gelassen zu werden. So wie der letzte Mann in einem auf dem Meer treibenden Rettungsboot. Allein mit einer stummen Mannschaft von Leichen.

Als Tucker das Versteck verließ, sah er zum ersten Mal wieder das Meer, dort wo sie an Land gekrochen waren, von zwei Hügeln eingerahmt. Einmal sah er sich um, sah aber keine Spur, die darauf hinwies, wo seine Kameraden versteckt lagen.

Er glitt auf den feuchten Blättern aus und kam nur langsam voran. Er mußte die ganze Zeit an Napier denken. Was, wenn sie keine Hilfe für ihn fanden?

Etwas knisterte, und er fuhr herum, die Pistole bereits in Hüfthöhe. Ein Junge kauerte unter einem Baum, in etwas eingehüllt, das wie ein alter Militärregenmantel aussah. Er mochte etwa fünfzehn sein und hatte offenbar weder vor Tukker noch vor seiner Waffe Angst.

Tucker hob die linke Hand. »Freund.«

Der Junge nickte, fuhr aber fort, ihn ernst zu mustern, ohne etwas zu sagen.

Tucker probierte es noch einmal. »Du Freund?«

Der Junge grinste, und seine Zähne blitzten sehr weiß in seinen braunen Gesichtszügen. »Ja, *Freund*. Du Soldat?«

Und so ging es weiter. Als Tucker ihm seinen Namen sagte und ihn nach dem seinen befragte, ließ der Junge ein derartiges Wortungetüm auf ihn los, daß Tucker sagte: »Ich werde dich Mango nennen. Das kommt dem noch am nächsten.«

Der Junge schüttelte sich vor Lachen: »*Mango!*«

Tucker machte Eßbewegungen. »Essen? Wir sind drei.« Wenn das, was er tat, riskant war, war es jetzt ohnehin schon zu spät.

Der Junge stand auf und verbeugte sich. »Ich euch in Wasser sehen. Nicht Nippon-Soldaten sagen.«

Tucker erstarrte. »Wo sind sie?«

Der Junge zuckte die Achseln. »Jetzt gegangen. Zu meinem Dorf. Du warten bitte. Ich euch holen, wenn Nacht kommen.«

Tucker wußte, daß es unsinnig gewesen wäre, ihm zu folgen, als er zwischen den triefenden Blättern verschwand. Wahrscheinlich hatte er am Hinterkopf ein zweites Paar Ohren.

Die anderen warteten schon auf ihn. Napier schien erregt. »Mango, wie? Schon bei den Vornamen angelangt, oder ist das der Familienname?«

Rice war skeptisch. »Du hast ihm vertraut? Einfach so? Wahrscheinlich verpfeift er uns gerade an die Japse!«

Tucker massierte sich die Augen. »Er hat uns an Land kommen sehen. Da hätte er uns verpfeifen können, vielleicht sogar gegen Belohnung.« Er sah den Offizier an. »Er wird uns in sein Dorf bringen. Vielleicht kann sich dort jemand um Ihre Wunde kümmern.«

Napier sackte wieder zusammen. »Wenn nicht, müssen Sie ohne mich weiterziehen.«

Tucker stöhnte. »Jetzt fangen Sie mir nicht damit an. Wir sind hier, und wir werden hier rauskommen. Ist das klar?« Er sah sie alle beide nicken. Das einzige, was sie gemeinsam getan hatten, seit alles angefangen hatte.

Wie versprochen, kehrte der Junge zurück, als es von der See herein dunkel wurde. Um seine guten Absichten zu unterstreichen, brachte er eine Schüssel mit Reis und in Scheiben geschnittenem Fisch mit. Er schien überrascht, daß die drei nicht mit Eßstäbchen umgehen konnten.

Tucker sagte: »Entschuldigung für meine Manieren, Kumpel«, und griff mit den Fingern zu. »Im Augenblick könnte ich sogar einen Stein aufessen.«

Dann gingen sie hintereinander den Hügel hinunter, wobei Tucker den Offizier wie einen Sack über der Schulter trug. Rice bildete die Nachhut und sah sich immer wieder um, als erwarte er hinter jedem Busch einen Japaner. Sie erreichten eine Straße, die nicht viel mehr als ein vom Regen ausgewaschener Feldweg war, verließen sie aber gleich wieder und folgten einem anderen Weg zwischen den Bäumen. Sie kamen nur mühsam voran, und Tucker hatte die ganze Zeit über

Angst, Napier könnte bei jedem Stoß an seine Schulter laut aufschreien. Aber er hatte auf der Straße Reifenspuren gesehen, also galt es, sie unter allen Umständen zu meiden. Und ihr Führer war sich dessen wohl bewußt.

Einmal, als sie stehenblieben, um zu verschnaufen, hörten sie in der Ferne ein Heulen, bei dem es ihm kalt über den Rükken lief. Und dann aus einigen anderen Richtungen die Antwort darauf. Wie Hyänen. Ihr junger Führer erklärte ihnen im Flüsterton und unter Zuhilfenahme von Zeichensprache, daß die Schreie von japanischen Wachen an verschiedenen Kontrollpunkten an der Straße kamen, die einander zuriefen, ohne sich die geringste Mühe zu geben, ihren Aufenthaltsort zu verbergen. Tucker fröstelte bei dem Gedanken, wie nahe sie waren. Er lud sich Napier wieder auf und wartete, daß Mango weiterging. Der Himmel wußte, ob sie ihr Versteck je wiederfinden würden. Aber ohne Mango wären sie nicht einmal so weit gekommen.

Und dann hatten sie plötzlich das Dorf erreicht, eine Ansammlung von Hütten und herunterhängenden Fischernetzen, die bis zu einem Flußufer hinunterreichte. Tucker schnüffelte die feuchtwarme Luft. Der Fluß führte zum Meer. Das war alles, woran sie sich jetzt halten konnten.

Einige Dorfbewohner versammelten sich, und einer, offenbar der Dorfälteste, umarmte ihren Führer und sagte dann in passablem, wenn auch etwas gebrochenem Englisch: »Mein Sohn hat mir von eurer Not erzählt.« Er musterte Napier, während sie ihn auf eine Binsenmatte legten. In einer Ecke brodelte etwas in einem Topf, und der Dorfälteste sagte: »Wir werden den Arm von Ihrem Freund mit einem hiesigen Balsam behandeln. « Er beugte sich über ihn und riß den Verband auf. Dann schnüffelte er ein paar Sekunden an der offenen Wunde. »Vielleicht rechtzeitig. Arm retten.«

Napier schloß die Augen und stöhnte. »Nur das nicht!«

Tucker kniete neben ihm nieder. »Vielleicht hilft es. Probieren wir's, ja?«

Der Dorfälteste sagte: »Sei stark.« Dann in schärferem Tonfall zu Rice und Tucker: »Haltet ihn fest.«

Napier verlor die Besinnung, ehe sie damit fertig waren, die Wunde zu säubern. Jede Berührung mußte wie ein heißes Eisen gewesen sein, jede Bewegung eine Qual. Dann brachten sie den übelriechenden Topf und löffelten die dicke Mixtur auf seinen Arm, wo das Bajonett Muskeln und Fleisch durchschnitten hatte. Dann wurden Bandagen gebracht und die Wunde mit einem seltsam aussehenden Blatt zwischen Haut und Bandage wieder verbunden.

Tucker blickte in die Runde und musterte die zerfurchten ausdruckslosen Gesichter. Alles Fischer, die unbarmherzig getötet werden würden, wenn die Japaner herausfanden, was sie da machten.

Sie brachten wieder Fisch und Reis und einen frisch schmeckenden grünen Tee, der noch willkommener war. Alle aßen, selbst Napier.

Dann gingen die anderen weg, und Tucker vermutete, daß sie ihre Boote vorbereiteten, um noch vor der Morgendämmerung auszulaufen.

Der Dorfälteste wartete, bis sie fertig waren, und schien dann überrascht, als Tucker ihm einen der Goldsovereigns anbot. Aber er nahm ihn wortlos an, und Tucker fragte sich, ob so etwas schon früher einmal vorgekommen war. Dann sagte der Alte: »Morgen ihr verstecken, wieder Kraft bekommen. Dann über Flucht reden.«

»Flucht?« flüsterte Napier. »Wie?«

»Nicht fragen!« herrschte Rice ihn an. »Er soll uns einfach hier rausschaffen.«

»Mein Junge wird sich um euch kümmern.« Er erwähnte seinen Namen, aber es klang immer noch wie »Mango«.

Dann fuhr er mit derselben weichen Stimme fort: »Meine Leute mir erzählen von eurem Unterwasserschiff. Großer Knall.« Er machte eine Geste, die wohl einen Fisch andeuten sollte, der durchs Wasser schoß. »Torpedo, ja?«

»Das wissen wir nicht.« Es hatte keinen Sinn, ihn in ihre Aktion mit dem Chariot einzuweihen. Der Dorfälteste vermutete wahrscheinlich, daß ein U-Boot es irgendwie geschafft hatte, so nahe ans Land heranzukommen, und einen Torpedo auf den gestrandeten Frachter abgeschossen hatte.

Die Augen des Dorfältesten glitzerten im Fackelschein. »*Torpedo.*« Er schien fest davon überzeugt.

Napier begann langsam klarer im Kopf zu werden. Er sagte: »Wie können die Japse die *Turquoise* gesehen haben? Das ist nicht möglich.«

Der Dorfälteste schüttelte den Kopf, während er darauf wartete, daß sein Sohn Tee nachschenkte. »Du nicht verstehen. Anderes U-Boot. Ich sehen.«

Er stand auf. »Ich euch jetzt hier allein lassen. Wenn Nipponsoldaten kommen, meine Leute euch verstecken. Ich jetzt gehen und mit meinen Fischern beten.«

»Was für ein würdevoller alter Knabe.« Tucker sah sich in der Hütte um. »Ich komme mir da richtig schäbig vor.«

Rice fragte: »Könnte es sein, daß es hier irgendwo ein U-Boot gibt?«

Napier runzelte die Stirn. »Gemeldet ist keines. Die meisten japanischen U-Boote werden in den Pazifik geschickt, um gegen die Yankees zu kämpfen.«

Tucker erinnerte sich an die Einsatzbesprechung und sagte: »So habe ich es auch gehört.«

In dem Schweigen, das dem kurzen Wortwechsel folgte, griff Napier sich an die Schulter. »Komisch, aber das fühlt sich jetzt besser an. Ich möchte nur wissen, wie die . . .«

Tucker lehnte sich gegen die Wand, die Hände hinter dem Kopf. Napier dachte, der Dorfälteste befände sich im Irrtum, weil er mit solchen modernen Waffen nicht vertraut war. Tucker vergegenwärtigte sich das alterslose Gesicht des Mannes, seine Autorität und sein Mitgefühl. *Wenn du dich da mal nicht irrst, mein Sohn!* Dann sagte er: »Ich übernehme die erste Wache, einverstanden?«

Napier seufzte. »Vertrauen Sie den Eingeborenen nicht?«

Tucker grinste und lockerte seinen Revolver. »Ich habe gelernt, niemandem zu vertrauen, *Sir*!«

Er sah den Sohn des Dorfältesten, der sich vor der Feuerstelle hingelegt hatte. »Außer ihm natürlich!« Aber die anderen waren bereits eingeschlafen.

Die vier nächsten Tage schienen Tucker und seinen Gefährten endlos und unwirklich. Es war, als hätte man sie vergessen. Als hätte die Welt draußen sie abgeschrieben, während sie darauf warteten, daß etwas geschah. Die meisten Fischerboote waren aufs Meer hinausgefahren, und das Dorf schien praktisch verlassen. Ganz selten kam jemand an ihrem neuen Versteck vorbei, es war offenkundig, daß die Dorfbewohner alle davor gewarnt worden waren, mit ihnen irgendwelchen Kontakt aufzunehmen. Ein paar Frauen und Kinder waren nur wenige Schritte vor dem Versteck vorübergegangen, ohne auch nur einen Blick darauf zu werfen oder sonstige Anzeichen von Neugierde an den Tag zu legen. Als ob sie unsichtbar wären.

Das neue Versteck war ein langer Schuppen mit niedrigem Dach, in dem man sich kaum bewegen konnte. Er war mit Sparren und altem Segelzeug und Tauen angefüllt, Fragmenten von Fischernetzen und allen möglichen Bootsteilen: Fischer pflegten alles aufzuheben und dockten ihre Fahrzeuge nur äußerst ungern auf, weil sie dabei wertvolle Zeit auf dem Meer verloren.

Nur Mango besuchte sie regelmäßig, immer mit einem freundlichen Lächeln und seiner üblichen Mischung aus eigenartigen englischen Sätzen und Zeichensprache. Das Gute war, daß Napiers Zustand sich deutlich gebessert hatte. Obwohl er von seiner Wunde und dem starken Blutverlust noch sehr geschwächt war, hatte die Arznei des Dorfältesten an ihm Wunder gewirkt.

An diesem Nachmittag hockte Tucker an einem mit Brettern vernagelten Fenster, das er einen Spalt weit aufgestemmt hatte, um wenigstens ein Stück des Flusses sehen zu können. Einmal hatte er sein Messer ziehen wollen, um noch ein Brett zu lockern, und war, als er an seinen leeren Gürtel griff, daran erinnert worden, daß sich bei Napier jetzt wieder Interesse und Autorität einzustellen begannen.

Napier hatte den Vorschlag gemacht, daß sie ihre Tauchermesser und andere belastende Beweisstücke wie Werkzeug, Blutmarken, Sägeblätter und dergleichen vergraben sollten, weil ihnen der Besitz dieser Gegenstände, falls sie gefangengenommen werden sollten, nur Schwierigkeiten machen würde. Das war vernünftig, begriff Tucker, und er war froh, aus Napiers Gedankenklarheit auf seinen zurückkehrenden Überlebenswillen schließen zu können.

Der Dorfälteste hatte sie nur einmal kurz besucht und auch nur eine vage Bemerkung zum Thema Flucht gemacht. In Kürze, wenn die Fischer in einem bestimmten Gebiet sein würden, würde er Kontakt mit einem Boot aufnehmen. Das betreffende Boot wurde nicht zum Fischen benutzt, und möglicherweise würde man den Besitzer dazu veranlassen können, ihnen zu helfen – gegen Bezahlung, nicht etwa aus patriotischem Pflichtgefühl.

Napier hatte den Nagel auf den Kopf getroffen, als er gesagt hatte, daß dieser mysteriöse Schiffseigner wahrscheinlich ein Schmuggler war. Schmuggel war stets ein riskantes Geschäft, aber inmitten der japanischen Besatzung galt das in doppeltem Maße. Falls es sich arrangieren ließ, würde das Boot sie zu einem Treffpunkt bringen, wo ein anderer »Händler« sie übernehmen und an einen sicheren Ort bringen würde. Viel war damit nicht anzufangen, aber es war alles, was sie hatten.

Rice rauchte; er hatte den Jungen überredet, ihm Zigaretten und Streichhölzer zu bringen. Im Gegensatz zu den meisten Seeleuten rauchte Tucker selbst nicht, aber es tat ihm gut, Rice so entspannt zu sehen. Wenigstens würde das dafür sorgen, daß er ruhig blieb.

»Ich denke, wir sollten bald etwas hören«, meinte Napier. »Vielleicht später, wenn sie uns das Essen bringen.« Er wirkte in Anbetracht ihrer primitiven Lebensumstände sehr jung und frisch. Mango hatte Suppe gebracht und ein Rasiermesser, eine Hinterlassenschaft der britischen Garnison, die es hier einmal gegeben hatte. Und nach einigen vorsichtigen Versuchen hatten sie einander zum ersten Mal rasiert.

Tucker dachte wieder an zu Hause und fragte sich, ob die Nachricht schon bis dorthin durchgedrungen war. Eine Menge junger Gesichter war von jenen Straßen verschwunden; die Leute hatten angefangen, es als normal anzusehen. Bis es einen selber traf.

Er spürte, wie ihm die Augen zufielen, und hörte Napier sagen: »Legen Sie sich hin. Ich übernehme.«

Wenn er weiterhin Fisch und Reis aß, ohne irgendwelche Bewegung zu bekommen, würde er fett wie ein Schwein werden, dachte er. Dennoch lächelte er innerlich. Napier war wieder ganz Offizier.

Er konnte höchstens einige Minuten geschlafen haben, als er spürte, wie Rice ihn am Arm rüttelte.

Napier kniete mit dem Gesicht an einem Spalt in der Wand, ein Streifen Sonnenlicht zog einen Strich über seine Augen. Er sah sich nach ihnen um. »Ein Schuß oder Schüsse, ich bin mir nicht sicher.«

Tucker zog seine Pistole und spürte, wie sein Mund plötzlich trocken wurde. Es war alles so ruhig und still, und sie hatten angefangen, von Flucht zu reden. Nichts konnte jetzt noch schiefgehen.

Er preßte sein Gesicht an die Bretter. Der Fluß plätscherte träge dahin, ein paar Seevögel hockten auf einem umgedrehten Boot. Nichts.

»Vielleicht war es an der Straße. Eine Patrouille vielleicht.«

Napier preßte sein Gesicht noch dichter an den Spalt und zuckte zusammen. »Nein. Es war näher. Es kam aus dem Dorf.«

Rice sagte: »Ich rieche Rauch!«

Jetzt rochen sie es alle. Napier zog sich an einem der Stützbalken in die Höhe, bis er mit dem Kopf an die Decke stieß. »Wir müssen hier raus. Etwas ist passiert. Hier würden wir in der Falle sitzen.«

Tucker starrte ihn ein paar Sekunden lang an, dann stopfte er sich die Pistole in den Gürtel und sagte: »Ja, der Meinung bin ich auch. Aber Sie sind noch nicht fit für einen Marsch, jedenfalls jetzt noch nicht.«

Wieder huschte ein Sonnenstrahl über Napiers Augen. Man konnte Dankbarkeit in ihnen lesen oder vielleicht Scham, weil er so hilflos war. Aber er sagte nur: »Aber nicht mehr lange!«

»Machen Sie die verdammte Tür auf, Nick«, sagte Tucker. Dann hievte er sich Napier auf die Schultern und duckte sich durch die niedrige Öffnung, wobei ihn der grelle Widerschein der Sonne aus dem Fluß einen Augenblick lang blendete.

Rice hatte die Waffe in der Hand und schien zu zögern. »Und wenn die kommen, um nach uns zu sehen, um uns Essen zu bringen und so?«

Napier stöhnte vor Schmerz auf. »Weiter, um Himmels willen! Es könnte auch jemand anders kommen!«

Ganz langsam bewegten sie sich auf dem Trampelpfad, auf dem ihre Besucher immer zu dem alten Schuppen gekommen waren, auf das Dorf zu.

Der Geruch war jetzt ausgeprägter und beißender, und zum ersten Mal sah jetzt Tucker auch die Rauchwolke, die sich wie ein fester Körper über die am nächsten stehenden Hütten wälzte.

»Es ist die Hütte, in der sie Ihre Wunde versorgt haben«, sagte er. Er spürte, wie Napier sich auf seiner Schulter bewegte, um sehen zu können, was vor sich ging.

Rice sog die Luft wie ein Ertrinkender in sich hinein, und er wechselte seine Pistole wie einen Talisman von der einen in die andere Hand. Er keuchte: »Wenn wir Mango finden . . .«

Er verstummte, als Tucker ihn anherrschte: »Er kann uns

nicht helfen.« Es kam wie ein Schluchzen heraus. »Nicht mehr.«

Ganz vorsichtig ließ er Napier zu Boden gleiten und wartete, bis er sein Gleichgewicht gefunden hatte; dann ging er auf den ausgestreckten Körper zu, der quer über dem Weg lag, blickte auf ihn hinunter und wußte, daß er dies bis an sein Lebensende nie vergessen oder verzeihen würde.

Jemand mußte herausbekommen haben, daß der Junge unbekannten britischen Soldaten Essen und Zigaretten brachte. Die Japse hatten ihn nackt ausgezogen und ihn so lange geschlagen, bis er am ganzen Körper blutete. Entweder hatte er ihre Fragen nicht beantworten können, oder – und das schien in Anbetracht seiner schlichten Loyalität wahrscheinlicher – er hatte sich geweigert. Sie hatten ihn mit einer heißen Klinge, höchstwahrscheinlich einem Bajonett, im Gesicht, an den Schultern und den Genitalien gefoltert. Und als sie dessen müde geworden waren, hatten sie ihm durchs Herz geschossen.

Ein Funkenregen stieg aus einem nahen Dach auf, und als die Hütte in Flammen aufging, kamen zwei japanische Soldaten auf den Weg herausgerannt. Tucker bemerkte, daß sie beide lachten und ihre kleinen topfähnlichen Helme auf und ab hüpften, als sie vor den Flammen davonrannten, eher wie zwei Schuljungen, die jemandem einen Streich gespielt hatten, als wie Männer, die brutal einen wehrlosen Jungen mit einem unaussprechlichen Namen zuerst gefoltert und dann getötet hatte.

Sie erblickten Tucker und seine Kameraden gleichzeitig und griffen wie Marionetten nach ihren Karabinern.

Tucker spürte den Rückschlag der Pistole in seiner Hand, als er feuerte, ohne etwas zu hören und ohne eine Empfindung außer einem zutiefst bedrückenden Gefühl des Verlustes. Zum Nachladen war keine Zeit. Er warf die Pistole weg und zog Napiers aus dessen Gurt. »Festhalten! Wir laufen zum Fluß und suchen uns ein Boot.«

Er nahm Napier wieder auf die Schultern und blickte sich um, seine Augen brannten von dem Rauch.

»Anpacken, Nick! Zurück zum Wasser, marsch, marsch!«

Dann fing er zu rennen an, taumelte unter Napiers Gewicht. Er ächzte: »Der Mistkerl ist weggerannt! Ich hätt's doch wissen müssen.«

Er spürte etwas Klebriges an den Fingern und wußte, daß Napiers Wunde wieder aufgebrochen war.

Es war, als sähe er einem Fremden zu. Er konnte seinen eigenen rasselnden Atem hören, konnte nichts als den schmalen Weg und ganz hinten die schimmernde Wasserfläche sehen. Aber sie kam nicht näher. Er starrte auf den Boden und wischte sich mit der freien Hand den Schweiß aus den Augen. Als er wieder aufblickte, sah er sie. Sie waren aus dem Nichts aufgetaucht, als wären sie Angstgestalten seiner Phantasie. Dieselben Helme, die starr blickenden Gesichter und die auf ihn gerichteten Karabiner.

Mit einer ruhigen Stimme, die er kaum erkannte, sagte er: »Ich setze Sie jetzt ab, Sir.« Er spürte, wie Napier sich an ihn klammerte und ihm das Blut über die Brust rann, als sie nebeneinander schwankend dastanden, von denselben stummen Gestalten bedroht.

Tucker tastete nach seiner Waffe, aber sie war weg.

Jetzt konnte er nichts mehr tun. Er hörte sich dümmlich murmeln: »Tut mir leid, Sir ...« Er spürte den Schlag nicht einmal. Da war nur das Gefühl, zu stürzen, und dann nichts mehr.

10
Ein Gebet

Der Wagen mit dem schneidigen Royal Marine am Steuer nahm wieder eine Kurve; der Mann lenkte das Fahrzeug geschickt, obwohl seine ganze Aufmerksamkeit den beiden Offizieren im Fond galt.

James Ross blickte auf die purpurfarbenen Schatten an den Hügelflanken und fragte sich, ob Victoria an diesem Abend dasein würde.

Er hatte viel über sie nachgedacht, obwohl er sie seit jener Nacht im Mackenzie-Haus, als der Untergang der *Turquiose* gemeldet worden war, nicht mehr zu Gesicht bekommen hatte.

Ross hatte seine Zeit damit vergeuden müssen, Übungseinsätze der Chariots gegen ein vor Anker liegendes Ziel zu leiten, und alles nur für den berühmten Kriegsberichterstatter Howard Costain. Allem Anschein nach brauchte der Mann bloß höheren Ortes einen Wunsch zu äußern, und schon wurde ihm alles gewährt. Wenn die Admiralität Wert darauf legte, das Unternehmen streng geheim zu halten, dachte er verbittert, dann war dies jedenfalls nicht der richtige Weg.

Er spürte die Anwesenheit Villiers' auf dem Platz neben sich; offenbar war der andere es zufrieden, sich ganz seinen eigenen Gedanken hinzugeben. Er hatte nur einmal etwas gesagt, als sie die Stelle passiert hatten, wo Second Officer Jane Clarkes Leiche gefunden worden war. All das war inzwischen in Vergessenheit geraten, oder zumindest hatte es den Anschein. Villiers hatte gesagt: »Was ist das für ein Mensch, der so etwas tut?«

Eine doppelsinnige Frage vielleicht. Dachte er wieder an Sinclair und die junge Frau in England, von der er gelegentlich Briefe erhielt? Seit Sinclair jetzt ihre kleine Messe mit ihnen teilte, war das recht gefährlich.

Die Stelle rief in Ross eigene Erinnerungen wach. Wie sie sich an die Hand der Toten geklammert hatte, während der Regen auf sie niederprasselte und die Rotmützen versucht hatten, die Leiche abzudecken. Wie er sie dann festgehalten hatte und dann noch einmal in Pryces Büro für Major Guest.

Er nahm an, daß Villiers jetzt an die Besprechung dachte, die in Mackenzies Haus stattfinden sollte. Brigadier Davis würde zugegen sein; wie Pryce war er anscheinend der Ansicht, daß es auf ihrem Gelände und darum herum zu viele Augen und Ohren gab, um ihr Gespräch geheimzuhalten.

Wahrscheinlich hatte Davis die Freigabe für eine Landung auf der Insel Singapur und ein Treffen mit dem ehemaligen Villiers-Angestellten, Richard Tsao, bekommen. Wahnsinn vielleicht, aber Ross wußte, daß er diesmal nicht zulassen würde, daß Villiers allein dorthin zurückging, ganz gleich, was auch geschehen mochte.

Er versuchte sich mit dem Gedanken zu trösten, daß die Jungs von der Mantel-und-Degen-Abteilung das wahrscheinlich so regelmäßig wie ein Uhrwerk taten. Selbst Sinclair hatte gesagt, daß es in Singapur ebenso wie in Malaya und Burma eine Menge Agenten gab. Eine andere Art von Krieg; und um ihn zu führen, bedurfte es einer anderen Art von Männern.

Ross griff an seine Hemdtasche, in der immer noch ein Brief steckte, den er von seiner Stiefmutter erhalten hatte. *Evelyn.* Der Name schien ihm kühl und praktisch, so wie sie auch war. Jetzt trennte sie mehr als bloße Entfernung. Der Brief hatte sich eher wie das Schreiben eines Geschäftspartners gelesen als der Brief einer Frau, die gerade ihren Mann verloren hatte und die einem Sohn schrieb, der seinen Vater verloren hatte. Ross hatte nie herausgefunden, was die beiden in einander gesehen hatten. Obwohl sie für Big Andys florierendes Bergungsgeschäft sicherlich von großem Nutzen gewesen war. Evelyns Cousin war ein Buchhalter, der mit den Büchern der Gesellschaft Wunder vollbracht hatte; der alte

Partner und Gefährte seines Vaters war für die Welt des Kriegsgewerbes nicht geschaffen. Sie hatte noch eine weitere Person erwähnt, deren Eintritt in die Geschäftsleitung dem Unternehmen möglicherweise nützlich sein könnte.

War das alles? Oder war bereits Ehemann Nummer drei in Sicht?

Er starrte gedankenverloren zum Fenster hinaus, wo zwei kleine Jungen dem Wagen zuwinkten. In seiner Niedergeschlagenheit war er froh darüber gewesen, den Stützpunkt verlassen zu können. Ein improvisierter Chor hatte Weihnachtslieder eingeübt, Weihnachten war nicht mehr fern. Er erinnerte sich an eine bissige Bemerkung Tuckers bei einem derartigen Anlaß in Schottland: »So ist das, Kumpels – ein bißchen Gott und feierliche Stimmung und dann ein allmächtiger Kater!«

Es war unmöglich, sich ihn als vermißt, geschweige denn als tot vorzustellen. Aber als ein Tag dem anderen folgte, ohne daß irgendwelche Nachrichten kamen, mußte Ross feststellen, daß es immer schwerer wurde, auch nur den schwächsten Hoffnungsfunken am Leben zu erhalten.

Howard Costain hatte während des Übungsangriffs eines Chariot ihm gegenüber beiläufig gemeint: »Ich frage mich nur, was Sie treibt, das alles zu tun. Eine Art Todeswunsch, die Notwendigkeit zu beweisen, daß Sie mehr als andere leisten können?«

Costain hatte dabei auf einem Jagdstuhl gehockt, hatte eine dicke schwarze Zigarre geraucht, und sein teurer Anzug war gebührend zerdrückt gewesen. Glatt, unnahbar, fremd.

Ross hatte darauf scharf erwidert: »Jemand muß es tun. Das heißt, wenn wir den Krieg gewinnen wollen.«

Costain hatte ihn mit einem süffisanten Lächeln angesehen. »Und das glauben Sie wirklich?«

Ross hatte selbst darüber gestaunt, wie wütend seine Stimme geklungen hatte. »Ja, das tue ich zufälligerweise. Im

Krieg meines Vaters gab es keine Sieger. Diesmal reicht das nicht!«

»Ihr Major Sinclair scheint der Ansicht zu sein, daß wir, wenn der Feind brutal ist, ihn darin noch übertreffen müssen.«

Ross hatte an das tote Mädchen in seinen Armen gedacht: die Kälte ihrer Haut, ihren leeren Blick, und an Tuckers Worte, die wie ein Echo in der Luft gehangen hatten. *Paßt aber nicht zu Ihnen.* Jetzt paßte sie zu niemandem mehr.

Villiers sagte abrupt: »Hier sind wir wieder.« Und dann mit erleichterter Stimme, »Gott sei Dank sind wir die ersten.«

Ross legte ihm die Hand auf den Arm. »Tut mir leid, Charles. Heute bin ich ein schlechter Gesellschafter.«

Villiers ignorierte die Bemerkung und wirkte plötzlich ernst, ja geradezu angespannt. »Hör zu, Jamie. Ich weiß, was du gesagt hast. Aber du brauchst das wirklich nicht zu tun. Du kennst Singapur nicht, wie ich es kenne.«

Die beiden Männer waren sich inzwischen so nahegekommen, daß das vertraute Du sich wie selbstverständlich zwischen ihnen eingestellt hatte, ohne daß einer hätte sagen können, wer es als erster benutzt hatte. Der Krieg hatte Freunde aus ihnen gemacht, wie es sonst nur eine gemeinsam verbrachte Jugend bewirken kann.

Ross hörte vor seinem inneren Ohr die leise traurige Stimme, mit der Victoria gesagt hatte, daß es ihr Zuhause sei. Er sagte: »Aber ich lerne mit der Zeit. Ich würde mich einfach wohler fühlen, wenn wir zusammen hingingen. Weiß der Himmel warum.«

Der Fahrer von den Royal Marines ließ sich tiefer in seinen Sitz sinken, als die beiden Offiziere ausstiegen, enttäuscht darüber, keine interessanten Neuigkeiten erfahren zu haben, die er seinen Kameraden auf dem Stützpunkt mitbringen konnte. Diese verdammten Offiziere, dachte er.

Sie wurden von einem Diener durchs Haus geführt und fanden Colonel Mackenzie in einem Rohrsessel sitzend, mit einem makellos sauberen, weißen Jackett bekleidet und ein hohes Glas neben sich.

Der Diener nahm Ross' Mütze in Empfang, und der meinte: »Entschuldigen Sie meine Aufmachung, Sir.« Hemd und Shorts schienen hier irgendwie deplaziert.

Villiers fühlte seine Verlegenheit und sprang ihm mit Small talk bei. »Ist Ihre Tochter nicht hier, Sir?«

Die Augen des Colonel zogen sich zusammen, so daß sie unter den mächtigen weißen Brauen fast verschwanden. »Sie wird später kommen.« Er sah Ross an. »Hatten Sie einen guten Tag?«

Ross nahm einen perfekten Pink Gin in Empfang und wünschte sich, daß er nicht schon vor dem Verlassen der Messe einen Drink zu sich genommen hätte.

Villiers sprang mit der Antwort ein und meinte verschmitzt: »Costain, Sir.«

Mackenzie gluckste. »Oh, *der*!«

Um das Thema zu wechseln, sagte Ross: »Victoria hat mir gesagt, der Admiral würde ihre Bewerbung um ein Offizierspatent unterstützen, Sir. Ist etwas dabei herausgekommen?«

»Ich nehme an, das wird sie Ihnen selbst sagen.« Er sah zu Villiers hinüber, worauf dieser sofort aufstand und sagte: »Ich werde einen Spaziergang im Garten machen, wenn Sie erlauben, Sir. Ehe die ganze Prominenz hier auftaucht!«

Mackenzie blickte ihm nach. »Netter Junge.« Er lächelte, aber in dem Lächeln war kein Humor. »Hätte Diplomat werden sollen.« Er beugte sich in seinem Rohrsessel nach vorn. »Victoria hat es abgelehnt. Sie hat gedacht, daß man sie niemals annehmen würde, so ist sie. Aber ich habe nach allem, was sie dort draußen bei Ihnen geleistet hat, doch gedacht, daß man sie nehmen würde.« Er rutschte ein wenig verlegen auf seinem Sessel herum, und Ross vermutete, daß der Colonel und seine Tochter gewöhnlich ihre Geheimnisse mit niemandem teilten.

»Sie hat Angst, ich könnte einsam sein, und daß sie hier

ihren Freiwilligenstatus verlieren würde, falls sie nach England geht, um dort einen Kurs zu machen. Sie könnte dann praktisch überallhin versetzt werden. Obwohl ich ja glaube, daß das gut für sie wäre.« Er verstummte, als der Diener lautlos erschien, um ihm nachzuschenken. Dann sagte er: »Ich würde sie natürlich vermissen; aber schließlich machen das eine Menge Leute jeden Tag durch. Sie zum Beispiel.«

»Aber es gibt niemanden, der auf mich wartet, Sir.« Er zögerte. »Und bei dieser Arbeit . . .«

»Herrgott, wir haben damals ganz genauso gedacht, mein Junge! Die Lebenserwartung eines Subalternen in Flandern betrug in der Regel etwa zwei Wochen!« Er blickte an Ross vorbei in den Garten hinaus, der jetzt in der Dunkelheit dalag. »Und wir haben es geschafft.«

In der Einfahrt quietschten Bremsen, dann wurden Türen zugeschlagen. Plötzlich hatte man das Gefühl, daß gleich Wichtiges geschehen würde.

Der Colonel war aufgestanden; er konnte sich für einen Mann seiner Statur erstaunlich schnell bewegen. Dann sagte er: »Kann sein, daß sie es Ihnen gesagt hat. Es hat einen anderen Mann in ihrem Leben gegeben. Einen von der Navy, wie Sie. Sie war in ihn verliebt, wissen Sie. Und ich muß sagen, ich hatte gegen den Burschen nichts einzuwenden.« Er sah Ross durchdringend an. »Es war echte Liebe. Wenigstens hat sie das geglaubt.«

Ross konnte Pryces Stimme hören und noch die eines anderen Mannes, Brigadier Davis. Jetzt war keine Zeit mehr. Er fragte: »Was ist geschehen, Sir? Ich würde das gerne wissen.«

Der Colonel sah weg, an ihm vorbei. »Er ging nach England zurück, wurde befördert und heiratete ein *passendes* Mädchen aus Cheltenham. Ich hätte den Dreckskerl mit dem größten Vergnügen umgebracht!« Er nahm sein Glas, aber es war leer. »Und das könnte ich immer noch.«

Pryce und Davis traten ins Licht. Der Brigadier trug einen leichten grauen Anzug. Pryce schüttelte dem Colonel die

Hand und fragte scharf: »Wo ist Villiers? Wir haben eine Menge zu besprechen.«

Ross setzte sich wieder und stellte fest, daß sein Glas auf geheimnisvolle Weise wieder aufgefüllt worden war.

Pryce sagte: »Ehe Villiers hereinkommt.« Dann sah er Davis mit gerunzelter Stirn an und gab ihm sein Stichwort: »Sagen Sie ihm, was Sie wissen.«

»Ich habe einen Bericht bekommen«, begann Davis. »Darin steht, daß drei den Verlust des U-Bootes überlebt haben, vermutlich die Crew des Chariot und ein weiterer Mann.«

»Ich habe es gewußt«, sagte Ross. »Mike Tucker wäre ganz bestimmt bei ihnen geblieben. Ich denke, er hat versucht, es mir zu sagen, ehe er hier wegging. Für den Fall, daß etwas schiefgeht.« Er empfand weder Erleichterung noch Verzweiflung. Das war einfach eine Bestätigung, ein Instinkt, auf den er vertraut hatte.

Davis runzelte leicht die Stirn, vielleicht, weil er es nicht gewöhnt war, unterbrochen zu werden. »Es muß dort natürlich von Japsen gewimmelt haben, nach einer solchen Explosion, aber wenn die das getan haben, wofür man sie ausgebildet hat, sehe ich keinen Anlaß . . .«

»Wie sind ihre Chancen?« fragte Pryce.

Davis zuckte die Achseln und griff nach einem Glas. »Schwer zu sagen. Wir haben dort Leute im Einsatz, aber wenn man Ihre Jungs gefangennimmt, wird man sie wahrscheinlich nach Rangoon bringen. Die Japse haben dort ein großes Gefangenenlager und ein Gefängnis. Wenn das passiert, wird sich die *Kempetai*, die japanische Militärpolizei, um sie kümmern.«

»Sie foltern, meinen Sie?« fragte Ross mit rauher Stimme.

»Das ist möglich.« Er überlegte. »Mehr als nur möglich.«

Ross sah auf seine Hände herab. Eigentlich sollten sie jetzt zittern. Vor Ekel und Wut; und vor brennendem Mitgefühl für das, was geschehen war.

»Ich werde tun, was ich kann«, sagte Davis, »aber . . .« Das letzte Wort hing noch in der Luft, als Villiers zu ihnen trat. Er sah ihre Gesichter und kannte Ross inzwischen gut genug, um zu spüren, daß etwas geschehen war. Er setzte sich wortlos.

Pryce räusperte sich. »Ihre Zusage für Singapur steht noch, Villiers?«

Villiers zuckte mit keiner Wimper. »Sie brauchen mir bloß Bescheid zu sagen, Sir.«

Davis sah Ross an. »Als wir das erste Mal darüber gesprochen haben . . .«

»Meine Zusage steht ebenfalls noch, Sir«, fiel Ross ihm ins Wort.

Davis preßte die Fingerspitzen aneinander. »Nach dem, was mit unserem U-Boot passiert ist, könnte es sein, daß Mr. Tsaos Informationen sogar noch wichtiger sind. Es ist riskant, aber wir müssen das Risiko eingehen.«

»*Wir* dürfte wohl übertrieben sein, Hubert«, murmelte Pryce.

Davis tat so, als hätte er nichts gehört. »Schnelles Handeln ist jetzt das allerwichtigste. Ich werde das Material vom Geheimdienst bis morgen hier haben. Und dann . . . nun, wer weiß?«

»Können Sie mich weiterhin über unsere Leute informieren, Sir?« fragte Ross.

»Aber selbstverständlich. Man darf die Hoffnung nie aufgeben, was?« Er hatte sie offensichtlich bereits abgeschrieben.

Es wurde ein langer Abend. Trotz des ausgezeichneten Essens, dessen Höhepunkt Hummerschwanz *Surabaya* war. Ross hatte alle Mühe, den Schein zu wahren, daß ihm das Essen etwas bedeutete. Der alte Colonel pflegte ganz sicherlich eine vorzügliche Tafel und mußte seinen Koch mit großer Sorgfalt dazu ausgebildet haben, seine Lieblingsgerichte zu bereiten.

Ein- oder zweimal spürte Ross, daß der Colonel ihn beobachtete, aber selbst seine reichlich ausgeschmückten Geschichten über die indische Armee in Friedenszeiten und die Originale, die es in der Offiziersmesse gegeben hatte, schafften es nicht, die Schatten zu vertreiben, die auf seinen Gedanken lasteten. Tucker, ein echter Überlebenstyp und doch wahrscheinlich bereits Gefangener der Japse; Peter Napier, der ihm wie sein toter Bruder vertraut hatte, bis es zu spät gewesen war, ihn zu retten. Der rastlose Strom seiner Gedanken ließ ihm die Tischgespräche und die endlose Prozession verschiedener Weine nur wie eine Fortführung desselben Alptraumes erscheinen.

Dann war das Essen schließlich vorbei, aber Pryce und Davis hatten ganz offensichtlich nicht die Absicht, sich so bald von der Gastfreundschaft des Colonel loszureißen.

Ross schüttelte dem Colonel die Hand und spürte das Dröhnen in seinem Schädel, von den vielen Pink Gins und dem Wein. Wann würde er es je lernen, sich zu mäßigen?

Die Nacht draußen war kühl, bei seinem dünnen Hemd fast kalt. Er sah sich um und registrierte, daß der Wagen, mit dem sie gekommen waren, nicht mehr da war; nur der von Pryce und der auffällige Sunbeam Talbot waren zu sehen. Fast konnte er spüren, wie sie ihn in der Dunkelheit beobachteten, dann kam ihre Uniform blaß und fahl wie ein Schemen auf ihn zu.

»Ich fahre Sie.« Sie wirkte plötzlich unsicher. »Sir?«

Ross schluckte. »Wo ist Charles?«

»Er ist mit dem Dienstwagen weggefahren. Ich habe gesagt, ich würde Sie zurückbringen.«

Ross preßte die Lippen zusammen und nickte. »Ich kann mir vorstellen, was er denkt.«

Sie regte sich nicht von der Stelle. »Macht Ihnen das etwas aus?«

»Nein. Ich fühle mich sehr geehrt.« Er hielt seine Mütze in einer Hand. »Es tut mir schrecklich leid. Ich habe zuviel getrunken.«

»Das paßt eigentlich gar nicht zu Ihnen«, sagte sie mit weicher Stimme. Sie wartete, bis er eingestiegen war, ehe sie sich hinter das Steuer schob.

Leise sagte er: »Haben Sie je darüber nachgedacht, wie es wäre, wenn das Leben immer so schön sein könnte?« Sie sagte nichts, gerade als habe sie Angst, ihn zu unterbrechen. »Ein hübscher Wagen, ein reizendes Mädchen neben einem – das ist ein Traum. Das, was jeder sich wünscht, wenn nur alle es zugeben würden.«

»Sie haben sich entschieden, nicht wahr?« sagte sie mit kaum hörbarer Stimme. »Wegen des Einsatzes, meine ich?« Sie hielt das Steuer mit beiden Händen fest, zuckte aber nicht zurück, als seine rechte Hand sich auf ihre linke legte.

»Ich hatte wirklich keine Wahl. Das ist es, wofür man mich ausgebildet hat. Das, was ich bin.« Er blickte an ihr vorbei, sah ihr Profil, ihr Haar, das wie eine schwarze Schwinge über ihrer Wange lag. »Ihr Vater hat mir gesagt . . .«

Sie drehte sich zu ihm herum. »Ihnen *was* gesagt?«

Er ließ seine Hand auf der ihren liegen. »Daß Sie sich gegen ein Offizierspatent bei den Marinehelferinnen entschieden haben. Dabei würden Sie das mit links schaffen. Das wissen Sie auch.«

Er spürte, wie ihre Spannung nachließ. Einen Augenblick lang war da etwas von der Feindseligkeit gewesen, die er bei ihrer ersten Begegnung verspürt hatte.

»Ja, das weiß ich.« Ihre rechte Hand griff nach dem Zündschalter, zögerte aber. »Aber Sie werden vergessen. Ich werde für Sie beten. Und für Charles.« Sie blickte zu Boden. »Hauptsächlich für Sie.«

Seine Hand tastete nach ihrem Gesicht, er spürte ihre Tränen. »Ich habe schon Gefährlicheres getan.«

Sie sah ihn wieder an, war sich seiner Aufrichtigkeit bewußt und daß da nicht der geringste Versuch war, sie zu beeindrucken oder zu schockieren. »Ich weiß.«

»Also, wenn ich zurückkomme, werden Sie dann hier sein, Victoria?« sagte er.

Sie nickte. Und dann fragte sie: »Wann? Wie lange?« Sie schaltete die Zündung ein, als wolle sie die Antwort gar nicht hören.

»Möglicherweise sehe ich Sie gar nicht mehr, bevor ich weggehe. Irgend etwas liegt in der Luft, scheint mir.«

»Dann werde ich tapfer sein.« Sie versuchte zu lachen. »Für uns beide.«

Er sah zu, wie die Bäume im Licht der Scheinwerferkegel vorbeiglitten. Er wollte ihr etwas sagen, wußte aber nicht, wie er es anstellen sollte. Er wollte ihren Kummer mit ihr teilen. »Sie waren verliebt?« sagte er schließlich.

Ihre Hand hielt das Steuer fester, und der Fahrtwind ließ ihr Haar flattern. »Ich wußte, daß er es Ihnen sagen würde. Ich dachte, ich würde mich darüber ärgern. Aber jetzt bin ich mir gar nicht mehr so sicher.«

Er sagte: »Sie können etwas für mich tun.« Er legte die Hand auf ihre Schulter und spürte, wie ihr ganzer Körper sich verkrampfte, als ob er ihr gedroht hätte. Er zog das kleine Etui aus der Hemdtasche und legte es neben sie. »Bewahren Sie das für mich auf, Victoria. Wenn etwas schiefgeht . . .«

Sie konzentrierte sich auf die schmale Straße, und ihre Schulter fühlte sich unter seiner Hand sehr warm an.

»Wem soll ich . . .?«

»Behalten Sie es«, sagte er. »Es gibt sonst niemanden.«

Sie steuerte den Wagen von der Straße herunter, brachte ihn zum Stehen. Dann saß sie stumm da, und der Wagen vibrierte, während sie eine Kartenlampe einschaltete und das Etui aufklappte, das sie auf dem Schoß hielt. Dann flüsterte sie: »Oh, Jamie, es ist Ihr Orden.« Sie schüttelte den Kopf. »Ich werde nicht weinen!« Sie sah ihn an und wartete, während er mit beiden Händen nach ihrem Gesicht griff.

Sie wußten beide nicht, wie lange sie reglos so dasaßen. Plötzlich sagte sie: »Bitte, küß mich jetzt. Wir sind beinahe da.«

Am Tor klappte ein Wachposten mit weißem Lederzeug die

Hacken zusammen und salutierte. »Schöne Nacht heute, Sir!«

Er hörte das Mädchen lachen, als der Wagen weiterfuhr.

Für manche war sie das vielleicht.

Mike Tucker schlug ganz langsam die Augen auf und stöhnte, als sein Gesicht über den rauhen Zementboden kratzte. Es gab kein Körperteil, das von den Prügeln, die er bezogen hatte, nicht schmerzte. Er war immer noch zu benommen, um sich an die Reihenfolge der Ereignisse zu erinnern oder gegen die Welle völliger Hilflosigkeit und Verzweiflung anzukämpfen, die ihn zu überwältigen drohte.

Minute für Minute versuchte er sich daran zu erinnern, was geschehen war, aber er konnte nur die Schläge der Bambusstöcke auf seinen Rücken, seinen Kopf und seine Beine spüren – wenigstens vier Soldaten, die über ihm standen und auf ihn einschlugen, atemlos, bemüht, ihn zu zerbrechen.

Er bewegte die Hände und stellte zu seiner Überraschung fest, daß er nicht mehr gefesselt war. In dem engen Raum war genügend Licht, um die roten Blutergüsse zu erkennen, wo der Strick fest um seine Handgelenke geknotet gewesen war. Die Japse hatten ihn zu dem Laster gezerrt, und dann hatte der Laster sie hierher gebracht. *Sie* . . .

Er blickte in die Runde, hatte fast Angst, sich hochzustemmen, für den Fall, daß sie ihm Arme und Beine gebrochen hatten. Wo war Napier? Im gleichen Augenblick wurde ihm bewußt, daß durch ein kleines vergittertes Fenster ein wenig Sonne hereinfiel. Aber außer seinem eigenen gequälten Atem war kein Laut zu hören. Dann sah er Napier. Er lag auf dem Rücken, und einen Augenblick lang dachte Tucker, er sei tot. Er war völlig reglos, und seine Augen standen weit offen, unbewegt.

Vorsichtig, auf den qualvollen Stich wartend, verlagerte er sein Gewicht auf seine Knie. Dann arbeitete er sich Zoll für Zoll wie eine Krabbe über den rauhen Boden zu dem jungen

Offizier hinüber. Er betastete Napiers Brust und spürte, wie plötzlich die Tränen in ihm aufstiegen, etwas, das ihm völlig fremd war. Napiers Augen ruhten jetzt auf seinem Gesicht, weder besorgt noch verängstigt. Seine Kleidung war ebenso zerfetzt wie Tuckers eigene, nachdem die Japaner sie in brutaler Weise durchsucht hatten. Tucker griff sich an den Kopf, spürte das verkrustete Blut und die Beulen.

Napier versuchte sich die trockenen Lippen zu lecken. »Wie spät ist es?«

Tucker sah automatisch auf sein Handgelenk, aber man hatte ihm die Uhr weggenommen, so wie alles andere auch. »Früher Morgen, denke ich.«

Napier warf den Kopf hin und her. »Ich habe solchen Durst.«

Tucker strich Napier das Haar aus den Augen, ehe er sich niederkauerte und die Zelle untersuchte, denn es war eine richtige Zelle, kein improvisiertes Gefängnis. In einer Ecke standen ein Kübel und ein alter hölzerner Hocker. Sonst nichts. Sie konnten überall sein; er hatte keine Ahnung, wie lange er in dem Fahrzeug bewußtlos gewesen war und wie lang die Strecke war, die sie zurückgelegt hatten.

»Ich hoffe, Rice ist entkommen«, sagte Napier.

Tucker blickte auf ihn herab. »Ja, vielleicht ist er das.« Und bei sich dachte er: Zur Hölle mit ihm, er ist weggerannt und hat uns wie Ratten in einer Falle gelassen. *Zur Hölle mit ihm.*

Napier flüsterte: »Was werden die machen? Mit uns, meine ich?« Er sprach so ruhig, ohne auch nur eine Andeutung der Schmerzen, die seine Schulterwunde ihm bereiten mußte.

»Uns wahrscheinlich wegen der Explosion befragen.« Wen kümmert's schon, dachte er. Die Mistkerle werden uns sowieso umbringen.

»Ich wußte, daß die Sie schlugen«, sagte Napier. »Ich wollte helfen, sie daran hindern.«

Tucker grinste. »In Ihrem Zustand hätten Sie keinem helfen können.« Er griff sich an seinen zerfetzten Ärmel. »Aber trotzdem, danke.« Dann starrte er auf das kleine Fenster. »Ich wette, die haben das ganze Dorf niedergebrannt, weil die uns geholfen haben. Dieser arme Junge.«

Napier versuchte sich auf einen Ellbogen aufzustützen, fiel aber wieder zurück. »Ich – ich denke, die haben mir diese Pille weggenommen.«

Tucker streckte sich. Denen hatte es Spaß gemacht, ihn zu schlagen. Einen Schwächeren hätte es umgebracht. Dann sagte er: »Sie hätten sie sowieso nicht geschluckt.«

»Warum sagen Sie das?« fragte Napier eindringlich. »Die könnten versuchen, uns mit Gewalt zum Reden zu bringen!«

Tucker dachte darüber nach. Er erkennte, daß er es akzeptieren konnte, nun, da er wußte, daß es keinen Ausweg gab. »Was aus uns herausholen? Was wissen wir denn? Die wären doch blöd, wenn sie nicht zwei und zwei zusammenzählen würden. Ich meine, wir sind doch nicht mit dem Fallschirm abgesprungen, oder?«

Er legte den Finger an die Lippen und deutete mit einer ruckartigen Kopfbewegung auf die Tür. An dem Spalt unten war ein Schatten zu sehen, die Füße von jemandem, der draußen stand. Er flüsterte: »Wir bekommen Besuch.«

Napier sagte mit fester Stimme: »Name, Rang und Nummer. Das ist alles, was ich ihnen sagen werde.«

Tucker wollte ihn wachrütteln. Aber was würde das bringen?

Schritte, aber nicht die abgehackten Schritte von Soldaten. Langsam und schleppend, müde. Sie hielten vor der Tür an.

Jetzt geht's los. Er setzte sich langsam auf und ballte seine starken Hände zu Fäusten. *Ohne Gegenwehr kriegt ihr mich nicht, Kumpels.*

Die Tür flog auf, krachte gegen die Wand. Ein Soldat, die Mütze tief in die Stirn gezogen, einen Karabiner mit aufgepflanztem Bajonett in der Hand, den er auf Hüfthöhe in die Zelle richtete, baute sich in der Tür auf. Seine Augen huschten von Tucker zu dem auf dem Boden liegenden Offizier in der Ecke, dann klapperte er mit dem Gewehrschloß und schrie: »*Koskei!*«

Als sie sich nicht von der Stelle rührten, stach er mit dem Bajonett in die Luft und wiederholte: »*Koskei!*«

Tucker wußte nicht, was das bedeutete, wußte aber, wie man einem Befehl gehorcht. Er richtete sich taumelnd auf und stellte sich neben den hilflosen Napier. Das schien den Soldaten zu befriedigen, und er stapfte schnell in den offenbar sonnenbeschienenen Korridor hinaus, damit eine andere Gestalt an ihm vorbei eintreten konnte.

Sie starrten einander an: Er war groß und hager, und seine von der Sonne verbrannten Arme waren nicht viel mehr als mit Haut überzogene Knochen, und er trug Khakifetzen. Auf seine ausgefransten Shorts war ein von der Sonne ausgebleichtes rotes Kreuz genäht, wahrscheinlich früher einmal Teil einer Armbinde. Er hatte schütteres graues Haar und stand unsicher auf den Beinen, aber seine Augen, ebenso wie seine Stimme waren klar. »Ich soll Sie untersuchen.« Er sah Napier an. »Ich bin Captain Newton, Royal Army Medical Corps.« Er kniete nieder und lockerte, von Tucker unterstützt, Napiers mit Blut durchtränkten Verband. »Ich kann nicht viel tun. Ich habe keine Medikamente, nichts. Ich habe hier so viele Männer verloren – Malaria, Ruhr, Geschwüre.« Er sprach in kurzen, knappen Sätzen, als wäre jeder Atemzug wertvoll. »Den größten Teil des Lagers haben sie geräumt. Einige hat man nach Rangoon geschickt, andere zu einem neuen Arbeitstrupp, ich weiß nicht wohin.« Er blickte mit eng zusammengekniffenen Augen auf die Wunde und entschuldigte sich: »Die haben mir vor ein paar Wochen die Brille zerbrochen.«

Tucker leckte sich über die Lippen. Vor ein paar Wochen. Diesen Mann und andere Skelette wie ihn ließ man sterben, ermunterte sie sogar dazu. Newton sagte: »Die einzigen Leute, die zurückgeblieben sind, sind hier, weil sie nicht gehen können.« Er blickte auf, als draußen die Schritte einiger

Männer zu hören waren. »Captain Nishida hat hier das Kommando, aber er wird bald versetzt werden, wie ich gehört habe. Er spricht sehr gut Englisch, tut aber manchmal so, als würde er nichts verstehen. Aufpassen muß man auf seinen Sergeant, Ochi. Sein Englisch ist recht gut, aber er ist bösartig.« Er richtete sich sehr langsam auf. »Diese Wunde sieht *gar nicht* gut aus.« Er sah Tucker an. »Sie werden ihm selbst helfen müssen. Ich sagte Ihnen ja, ich kann nichts tun.«

Tucker fragte leise: »Gibt es gar keine Möglichkeit, von hier zu entkommen? Nach so langer Zeit haben Sie doch sicherlich . . .«

Newton zeigte ein verkniffenes Lächeln. »Ich bin jetzt seit über einem Jahr hier, denke ich. Es gibt hier kein Entkommen, nur das endgültige.« Er drehte sich halb zur Tür herum, nahm plötzlich so etwas wie Haltung an, ein Eifer, der mitleiderregend wirkte. Ein japanischer Soldat, größer und kräftiger als die meisten gebaut, stand jetzt in der offenen Tür, die er fast ausfüllte. Irgendwie spürte Tucker, daß es Ochi war. Der Brutale.

Er sah, wie Newton sich tief verbeugte, wobei er fast das Gleichgewicht verlor. Die Augen des Soldaten, die wie glitzernde schwarze Oliven aussahen, schwenkten zu Tucker herum. Er stieß ihn mit seinem Stock an.

Tucker verbeugte sich ähnlich tief, angewidert von dem, was er gesehen hatte, und dem, was er tat.

Der Soldat nickte gewichtig. »So! So! Sie erweisen Nippon-Kämpfern Respekt!« Er ließ seinen Stock durch die Luft pfeifen. »Sonst . . .«

Der Name des Japaners kam dem Doktor nur schwer über die Lippen. »Sergeant Ochi, dieser Offizier ist verwundet und kann nicht gehen.«

Auf diese Weise warnte Newton sie vor dem, was gleich geschehen würde.

Der Sergeant trat in die Zelle und blickte auf Napier herab. »Nippon-Soldaten ergeben sich nie, sie sterben eher.« Er schien einen Entschluß zu fassen. »Du.« Er stieß wieder Tucker an. »Ihn aufheben, wie Maulesel tragen. Ja?« Er lachte, und Tucker sah, daß die Wache an der Tür stocksteif dastand und die gegenüberliegende Wand anstarrte. Er fürchtete sich vor dem Sergeanten.

»Auf geht's.« Tucker beugte sich über Napier und packte seine unverletzte Schulter. Dann stöhnte er auf, als der Stock auf seinen Rücken niederfuhr.

»Still. Nicht sprechen«, bellte Ochi. »Hier seid ihr nichts!«

Napier knirschte mit den Zähnen, als Tucker ihn auf seine breiten Schultern hob. »Tut mir leid, wenn ich Ihnen eine Last bin, Mike.«

Ochi hob seinen Stock, aber Napier sagte fast scharf: »Will tapferer Nippon-Soldat verwundeten Offizier schlagen?«

Vielleicht hatte die Erwähnung des Ranges etwas bewirkt. Jedenfalls sank der Stock wieder herunter.

Bis zum Ende des Korridors war es nur ein kurzes Stück Weg, aber als sie dann vor einer weiteren bewachten Tür standen, war ihnen beiden der Schweiß ausgebrochen. Tukker sah dunkle Flecken auf dem Boden und nahm an, daß es sein eigenes Blut war, als man ihn hereingeschleppt hatte. Aber er konnte sich an nichts erinnern.

Es war eine Art Büro, oder es war einmal eins gewesen. Es gab ein paar Stühle und einen leeren Tisch, und durch ein geöffnetes Fenster konnte man auf so etwas wie einen Exerzierplatz hinausblicken, die Erde eisenhart, über die Jahre so festgestampft, daß selbst der Monsunregen ihr nichts anhaben konnte. An einer Seite lagen ein paar Rundhölzer, und davor war eine große, geschwärzte Fläche zu sehen, als ob dort einmal Feuer gebrannt hätten. Ein paar Soldaten standen herum und dahinter weitere ausgemergelte Gestalten wie der R.A.M.C.-Arzt namens Newton. *Sie können nicht gehen,* hatte er gesagt.

Sergeant Ochi brüllte: »Offizier *hinsetzen*!« Der Stock bewegte sich wieder und tippte Tuckers Arm an. »Du bist nur Unteroffizier. Du stehen!«

Tucker nickte mit dem Kopf, nachdem er es Napier so bequem wie möglich gemacht hatte. »Ja, Sergeant.« Als ihre Blicke sich begegneten, fügte er für sich hinzu, *du fettbäuchiges Schwein!*

Eine weitere Tür wurde von einem unsichtbaren Soldaten geöffnet, und ein Offizier, in dem Tucker Captain Nishida vermutete, trat ein. Nachdem er Ochis Ehrenbezeugung erwidert hatte, nahm er bedächtig auf dem Sessel gegenüber Napier Platz. Tucker fand, daß dieser Offizier der gepflegteste Mann war, den er je zu Gesicht bekommen hatte. Sehr schlank, wahrscheinlich Mitte der Zwanzig und mit einer so perfekt sitzenden Uniform bekleidet, daß der offene Hemdkragen so aussah, als ob man ihn über den Uniformrock gebügelt hätte. Er ignorierte Tucker und fragte: »Was haben Sie hier gemacht?«

Napier ließ sich gegen die Stuhllehne sinken. »Ich darf Ihnen meinen Namen, meinen Rang und meine Nummer nennen. Nach internationalem Gesetz . . .«

Nishida hob eine Hand. Er schien weder verärgert noch besonders feindselig. »Vergeuden Sie keine Zeit. Die Gesetze sind nicht von Gott gemacht und werden von Menschen gebrochen. Sie erreichen gar nichts, indem Sie sich hinter solchen . . .« er zögerte und schien nach dem richtigen Ausdruck zu suchen, »unnützen Täuschungen verstecken.«

Napier sagte: »Ich verstehe nicht.«

Sergeant Ochi rollte auf dem Tisch eine Decke aus. Napiers silberne Taschenflasche, einige Papiere, einer der Revolver und zu Tuckers Entsetzen sein eigener kleiner Ölhautbeutel mit all den übrigen Dingen.

»Sie sind Offizier. Sie müssen wissen, was Sie getan haben. Sie sind Terroristen, Saboteure, Feiglinge, stimmt das etwa nicht?« Er wartete nicht auf Antwort, sondern schob etwas über den Tisch und beobachtete Napiers Reaktion mit mildem Interesse. »Was ist das?«

Napier sagte: »Ein Kompaß.«

Tucker beugte sich vor und sah, wie die Wachen sofort ihre Karabiner hoben. Es mußte Rices Kompaß sein; er und Napier hatten die ihren vergraben. Rice mußte seinen gegen Zigaretten eingetauscht haben. Er versuchte sich an die verbrannte, verstümmelte Leiche des Jungen zu erinnern, die man wie Abfall neben dem Weg liegengelassen hatte. »Ich habe meine Pflicht getan«, sagte Napier mit fester Stimme.

Nishida tippte an sein Kinn. »Nippon-Soldaten ergeben sich nie. Warum haben Sie sich ergeben?«

Napier zuckte die Achseln und verzog sofort das Gesicht. »Ich war verwundet. Ich hatte keine Wahl.« Und dann fügte er heiser hinzu: »Ihre Männer haben diesen hilflosen Jungen ermordet.«

»Ich habe auch meine Pflichten. Es war bekannt, daß er Ihnen geholfen hat. Er hat sich geweigert, mit uns zusammenzuarbeiten.«

»Also haben Sie ihn getötet.«

»Ich frage noch einmal: Was haben Sie getan? Wie haben Sie das Schiff gesprengt?«

Napier fragte: »Kann ich bitte etwas zu trinken haben?«

»Sicherlich. Gleich. Ich weiß, daß man Sie mit einem U-Boot hierhergebracht hat. Ich weiß auch, daß das U-Boot zerstört worden ist, ja? Aber wie haben Sie das Schiff versenkt? Was für Sprengstoff, so etwas interessiert mich.«

Napier schüttelte den Kopf. »Es hat keinen Sinn.«

Nishida bellte einen Befehl, und zwei seiner Männer packten Napier an den Armen und rissen ihn zu Boden.

Tucker warf sich vor, um ihm zu helfen, aber zwei Bajonette wurden ihm gegen die Brust gedrückt. Die Gesichter der Soldaten ließen keinerlei Gnade erkennen. Sie *wollten* ihn töten.

Napier schrie: »Ich sage nichts! Sagen Sie denen, daß ich es nicht getan habe!«

Tucker nickte schwer, die Bajonettspitzen immer noch an seiner Brust. Napier war dabei, seine Kräfte zu verlieren; einer der Soldaten kniete auf seiner zerfetzten Schulter, während die anderen seine Arme und Beine festhielten. Ochi wartete, während ein Soldat Napier die Nase zudrückte, und ging dann mit offensichtlicher Konzentration daran, ihm eine Büchse voll Wasser in den Mund zu gießen.

Tucker hatte schon mit ansehen müssen, wie Menschen ertrunken waren, durch Unglück oder mit Absicht. Es machte kaum einen Unterschied, wenn man nicht die Kraft hatte, dagegen anzukämpfen.

Napier würgte, die Augen traten ihm aus den Höhlen hervor, während Ochi fortfuhr, ihm Wasser in den Mund zu gießen. Tucker sah verzweifelt zu Captain Nishida hinüber. »Sagen Sie denen, sie sollen aufhören!«

Aber Nishida hatte den kleinen Beutel aus Ölhaut geöffnet und betrachtete jetzt das kleine Foto. Er blickte auf. »Ehefrau? Soldatenfrau?«

Tucker hätte schreien wollen, ihn umbringen. Evie in ihrer Schaffnerinnenuniform, eine Soldatenfrau.

Ein Mann erschien in der Tür und murmelte etwas am Ohr seines Captains. Nishida hob die Hand. »Genug! In den Stuhl dort!«

Napier war irgendwie noch am Leben, er würgte und keuchte, Wasser strömte ihm aus dem Mund.

Nishida blickte auf die erhobenen Bajonette, worauf diese sofort zurückgezogen wurden.

Während Ochi Napier am Hals packte und ihm den Kopf hochzog, sagte Nishida zu Tucker: »Meine Männer haben einen der Taucheranzüge gefunden. Den Rest wird jemand anders entscheiden müssen.« Er sah zu Napier hinüber und hob die Stimme. »Sie sind dumm, nicht tapfer. Man wird Sie nach Rangoon bringen, und dort wird sich die *Kempetai* um Sie kümmern.«

»Uns töten, ist es das, was Sie meinen?« fragte Tucker.

»Am Ende, ja. Ich denke, Sie werden lange um den Tod beten!« Er reichte Tucker den Ölhautbeutel. »Tapfere Frau, kämpft für ihre Männer!«

Tucker trug Napier in ihre Zelle zurück, wo man ihnen zu ihrer Überraschung etwas Reis und Tee brachte.

Immer wieder von Hustenanfällen geplagt, sagte Napier: »Die hätten mich umbringen sollen.«

»Wir sind zusammen gekommen«, meinte Tucker, »und so soll es auch bleiben.« Er schob die leere Reisschüssel weg. »Ich nehme an, daß man uns noch heute verlegen wird.«

Er versuchte zu lächeln. »Das Zimmer ist für einen anderen Gast reserviert!«

Er sah, wie Napier erschöpft nickte. *Armer Teufel,* dachte er, *du bist ganz schön geschafft, wie?*

Er blickte in die Sonne hinaus, und als er dann Marschtritte hörte, spannten sich seine Muskeln. Ganz leise kletterte er auf den einzigen Hocker im Raum und hielt sich an den Fensterstangen fest. Ein Trupp Soldaten stand in zwei Reihen auf dem Platz, ein Erschießungskommando vielleicht. Dann sah er Nishida und den hünenhaften Sergeanten im Schatten eines Baumes stehen.

Tucker griff an den Ölhautbeutel in seiner Tasche. *Sie war bei ihm.* Jetzt zerrten zwei Soldaten eine fast reglose Gestalt über den festgestampften Platz. Er wußte sofort, daß es Nick Rice war. Selbst auf diese Entfernung konnte er das Blut in seinem Gesicht sehen und wie er nach den Soldaten tastete, als ob er nicht sehen könnte, als ob er nicht wüßte, was mit ihm geschah.

Napier spürte das Schweigen. »Was ist da im Gange?«

Tucker zwang sich zuzusehen, wie sie Rice zu einem der abgesägten Baumstämme zerrten und ihn darüberwarfen. Die Zuschauer in ausgefransten Khakifetzen schienen es nicht einmal wahrzunehmen. Sie waren zu keiner menschlichen Regung mehr fähig.

Erst als die Soldaten Rice auf den Rücken drehten, so daß

seine Schultern auf dem Baumstamm lagen, ließ Rice Zeichen von Erregung erkennen. Sergeant Ochi trat in die grelle Sonne und baute sich vor ihm auf.

Tucker sah zu, von Übelkeit erfaßt, aber hilflos, als ob man ihn mit Drogen vollgestopft hätte.

Das riesige Schwert erhob sich über Kopf und Schultern des Sergeanten und schien wie Glas reglos im hellen Sonnenlicht zu verharren. Dann zuckte es herab.

Die schwarzen Stellen, die Tucker vorher bemerkt hatte, stammten nicht von einem Feuer. Es war Blut.

Er kniete neben Napier nieder und ergriff, ohne etwas zu sagen, seine Hand. Eine Weile blieb er stumm, dann sagte er: »Das war Rice, Sir. Sie haben ihn gerade getötet.« Er hörte sich sehr ruhig an. »Ich kenne kein passendes Gebet . . .«

Napier starrte ihn mit fiebrig glänzenden Augen an; sah seinen Schmerz und seinen Zorn.

»Ich werde für uns beide eins sprechen.«

Das war alles, was ihnen geblieben war.

11
Ein richtiges Wunder

Die Barkasse schlug einen weiten Bogen und fuhr dann direkt auf das große U-Boot-Depotschiff zu, das mit dem Bug voran vertäut war. Die beiden mit leichtem Khakidrillich bekleideten Passagiere, deren Rang man nur an ihren Schulterklappen ablesen konnte, blickten stumm auf die Ansammlung von Truppentransportern, Tankern und Begleitschiffen. Ross wußte nicht recht, wie er seine Gefühle interpretieren sollte, unter anderem war da eine gewisse Erleichterung darüber, wieder selbst etwas zu tun, anstatt nur die Aufsicht über andere zu führen. Ihm war ein deutlicher

Wandel an seinem Kameraden während der letzten hektischen Vorbereitungen für die Mission nach Singapur aufgefallen. Villiers schien ihm eigenartig entspannt, ohne irgendwelche Anzeichen von Besorgnis oder Angst, die man eigentlich hätte erwarten sollen. Wie jemand, der sich nach langer Abwesenheit auf die Rückkehr nach Hause freut.

Sie würden in dem U-Boot *Tybalt* reisen, dem äußeren der beiden längsseits des Depotschiffs liegenden, nun einzig verbliebenen U-Boot. Es war ein Schwesterschiff der *Turquoise*, eine qualvolle Erinnerung, wenn es einer solchen noch bedurft hätte. Der Kapitän der *Tybalt* war ein enger Freund von Bob Jessop gewesen, und es war deshalb durchaus vorstellbar, daß ihre Anwesenheit an Bord wieder einmal als unnötiger Risikofaktor betrachtet wurde.

Der schneidige Brigadier Davis, der an der letzten Einsatzbesprechung teilgenommen hatte, ehe er nach Bombay und von dort weiter nach London gereist war, hatte daran keinen Zweifel gelassen. »*Natürlich* gibt es Risiken, Gentlemen. Vier Jahre Krieg haben uns das immer wieder bewiesen. Dieser Richard Tsao ist nach Aussagen unserer nachrichtendienstlichen Gewährsleute vertrauenswürdig, aber nur bis zu einem gewissen Punkt. Falls er über Informationen verfügt, die echten Wert besitzen, werden diese Risiken gerechtfertigt sein. Wenn nicht, dann sollen die Japse Mr. Tsao kriegen. Mit meinem Segen!«

Ross sah Villiers an. Am Morgen, während sie auf Captain Pryce und den Brigadier gewartet hatten, hatte er ganz plötzlich gesagt: »Ich habe wieder einen Brief bekommen.«

Er brauchte Ross nicht zu sagen, von wem. Villiers Beklemmung bei jenem letzten Dinner mit Colonel Mackenzie war ihm nicht entgangen, als das Mädchen auf ihn gewartet hatte, um ihn zu ihrer Einheit zurückzufahren. Als er sie an sich gedrückt und sie sich geküßt hatten. Etwas, das ihm jetzt mehr denn je wie ein Traum vorkam.

Aber er hatte gespürt, daß sich Villiers während der ganzen

Mahlzeit tapfer geschlagen, sich nichts hatte anmerken lassen. Und jetzt war ihm der Grund dafür klar.

»Sie möchte Schluß machen, Jamie. Sie hatte auf eine Scheidung gehofft, aber jetzt meint sie, daß das unmöglich ist. Selbst ihr Vater ist anscheinend der Ansicht, daß sie bei Sinclair bleiben sollte.« Er hatte etwas gezögert. »Sie hat Angst vor ihm.«

»Und wie ist es mit dir? Sind deine Gefühle immer noch dieselben?«

Villiers hatte genickt und dabei sehr jung und verletzbar ausgesehen. Kein Wunder, daß sie sich in ihn verliebt hatte. »Ich liebe sie. Ich kann an niemand anders denken.«

Sinclair wurde nun doch nicht nach England geschickt: Wenigstens jetzt noch nicht; und die Wahrscheinlichkeit wurde immer größer, daß Pryce auf die Idee kommen könnte, seine besonderen Fähigkeiten einzusetzen, falls der Einsatz in Singapur sich als mehr denn eine Finte erweisen sollte.

Es war auch keineswegs so, daß Sinclair bei näherem Kennenlernen sympathischer geworden wäre. Eines Abends in der Messe hatte jemand laut einen Artikel aus der Zeitung vorgelesen: Es ging um irgendeine alte Dame, die zum Thema Kriegsehen interviewt wurde. Sinclair hatte sich mit kalter Stimme eingemischt: »Was zum Teufel hat eigentlich eine glückliche Ehe damit zu tun? Diese sentimentalen Schwachköpfe – mir kommt dabei das Kotzen. Eine Ehe ist entweder standesgemäß oder nicht. Alles andere ist reiner Blödsinn.«

Ein »Neuer« in der Messe hatte mit freundlicher Miene gefragt: »Interessiert denn der Standpunkt der Frau dabei überhaupt nicht, Major?«

Sinclairs Augen hatten durch ihn hindurchgestarrt: »Wenn Sie so denken, tanzt Ihnen jede Frau auf der Nase herum! Sie sind wirklich zu bemitleiden!« Dann war er mit langen Schritten hinausgegangen. Ross war froh gewesen, daß Villiers nicht anwesend war. Das hätte nur seine schlimmsten Ängste bestätigt.

Jetzt meinte Villiers mit einer Eindringlichkeit, die in ihrer Ruhe beängstigend wirkte: »Wenn er ihr auch nur ein Haar krümmt, bringe ich ihn um.«

Ross legte ihm die Hand auf den Arm, als der mächtige Schatten des Depotschiffs jetzt die Sonne verdeckte. »Beruhige dich. Wenn du willst, können wir ja später noch einmal darüber reden.«

»Und ob wir das werden!« sagte Villiers gepreßt.

Das Kielwasser des Motorbootes schwappte gegen den Satteltank des äußeren U-Bootes, und Ross ertappte sich dabei, wie er an die *Turquoise* dachte. Wie es für Mike Tucker und die Crew des Chariots gewesen sein mochte. Vielleicht hatte Brigadier Davis recht, wenn er die Konventionen des Krieges so locker abtat. Weshalb sollten sie auch von Bedeutung sein? War es denn wirklich etwas anderes, ob man eine Stadt aus der Luft bombardierte, ohne dabei an die Leiden der unschuldigen Zivilbevölkerung zu denken, oder ob man einen Mann zu Tode folterte, um für das Überleben des eigenen Landes lebenswichtige Informationen zu gewinnen?

Aber er war nicht überzeugt. Es gab immer gewisse Maßstäbe, ganz gleich, auf welcher Seite man stand. Der Mensch mußte das letzte Wort haben. Nur die Bombe und der Torpedo waren unparteiisch, waren indifferent.

Der Krieg in den Dschungeln von Burma war eine andere Art von Krieg: Kein Wunder, daß die berühmte Vierzehnte Armee von den Soldaten, die jeden Tag gegen einen so brutalen Feind kämpften, daß sie selbst gleichermaßen hart geworden waren, verbittert die »Vergessene Armee« getauft worden war. Keine Gefangenen, kein Pardon, kein Mitleid. Ihr Krieg ähnelte mehr einem verzweifelten Kampf gegen eine schreckliche Seuche als dem Versuch, menschliche Wesen zu besiegen.

Sind wir so weit gekommen?

Sie überquerten die beiden U-Boote und eilten dann leichtfüßig das lange Fallreep hinauf, wo der Diensthabende bereits auf sie wartete. Ross bildete sich ein, all die Blicke spüren zu können, die sie beobachteten. *Wohin diesmal? Und wie groß ist diesmal die Chance, davonzukommen?*

Er dachte daran, wie nahe das Mädchen im Wagen neben ihm gesessen hatte, wie ihre Stimme plötzlich einen Knacks bekommen hatte, als sie das kleine Etui aufgeklappt und erkannt hatte, daß es sein Victoriakreuz enthielt.

Natürlich waren die Konventionen von Bedeutung. Menschenleben waren von Bedeutung; Glaube war von Bedeutung. Hoffnung und Anstand waren von Bedeutung. Davis hatte unrecht, wenn er das abstritt.

Oben an der Leiter angelangt, tauschten sie Ehrenbezeugungen aus, und Ross' Blick fiel auf den am nächsten gelegenen Truppentransporter, dessen Takelage zum Trocknen aufgehängte Khakikleidung zierte.

War jemand an Bord dieses Schiffes oder dem nächsten dahinter, der irgendwo die Mützenplakette einer Marinehelferin versteckt hatte, ein Souvenir, eine »Trophäe«, wie Guest es formuliert hatte, um ihn an seinen Mord zu erinnern? Konnte ein Mensch mit so etwas leben? Vielleicht das Flehen eines sterbenden Mädchens sogar noch genießen?

Er griff an seine Tasche und wünschte, er hätte etwas bei sich, das ihn an Victoria erinnerte. So wie Mike Tucker mit seinem Foto.

Der Diensthabende sagte: »Der Commodore der U-Boot-Flotte wird Sie jetzt empfangen, Sir.« Ross warf einen Blick zum Himmel hinauf. Er begann sich zu bewölken. Um so besser für das, was sie zu tun hatten.

Wenn Tucker jetzt dagewesen wäre, hätte er gesagt: »Jetzt geht's also schon wieder los. Immer dieselbe alte Leier!«

Er drehte sich um und schlug Villiers auf die Schulter, ohne zu bemerken, daß zwei Matrosen mit Besen in ihrer Arbeit innegehalten hatten und sie beobachteten. »So, jetzt geht's wieder los, Charles. Wir werden zurückkommen. Denk daran, wir beide haben eine ganze Menge, wofür es sich zu leben lohnt.«

Als der Tag zu Ende ging und die untergehende Sonne den Horizont in tiefes Rot tauchte, warf ein U-Boot die Leinen los und verließ, tief im Wasser liegend und dunkel wie ein Hai, den überfüllten Ankerplatz, kaum ein Kräuseln der Wellen hinterlassend, das auf sein Auslaufen aufmerksam gemacht hätte.

Auf der Küstenstraße über der Bucht parkte ein Wagen mit abgeschalteten Scheinwerfern und offenen Fenstern, so daß das Mädchen einen ungehinderten Ausblick hatte. Sie starrte auf den kleinen dunklen Splitter im Meer, bis er im Kielwasser der umherschwirrenden Motorboote und in der langsamen, gleichmäßigen Dünung des Meeres weiter draußen nicht mehr zu erkennen war.

Es war, als würde sie ein Stück von sich verlieren. Etwas, das sie gefunden hatte, verschwand soeben im Dunkel dort draußen. Es war beinahe, als könnte sie seine Stimme hören, so nahe, als stünde er neben ihr. *Das ist das, wofür man mich ausgebildet hat. Was ich bin.*

Sie kurbelte die Fenster hoch und sagte laut: »Ich werde nicht weinen.« Und dann ein wenig leiser: »Ich liebe ihn. Ich kann einfach nicht anders.«

Sie wischte sich über das Gesicht und schaltete die Zündung ein. Aber wenn jemand vorbeigekommen wäre, hätte er bemerkt, daß es ziemlich lange dauerte, bis der Wagen sich in Bewegung setzte. Dann war da, wo er gestanden hatte, nur noch Dunkelheit.

Charles Villiers leckte über den Klebestreifen des Umschlags und drückte ihn dann auf dem Tisch in der Messe mit der Faust zu. Es war wie eine Art privates Gelöbnis.

»Für den Safe des Käpt'ns, Charles?« fragte Ross.

»Nur für alle Fälle.« Er blickte zu der gekrümmten Kabinendecke auf und hörte im Hintergrund das leise Dröhnen der Maschinen. »Ich würde mir jetzt wirklich wünschen, daß wir losfahren können!«

Ross blickte erneut auf die Mappe mit geheimen Befehlen und Anweisungen. Während der vier Tage, die sie seit dem Auslaufen von Trincomalee auf See verbracht hatten, hatte er sie bestimmt hundertmal studiert und nach Fehlern oder irgendwelchen Fehlinterpretationen von Lokalinformationen gesucht. Alles war völlig anders als sonst. Früher hatten ihm alle nur denkbaren Hilfsmittel zur Verfügung gestanden. Auf diesem Einsatz jedoch, der barmherzigerweise keine Bezeichnung trug, waren sie lediglich als Passagiere eingetragen. In vieler Hinsicht waren sie das auch. Hatten sie das U-Boot einmal verlassen, würden sie wenig mehr als das Vertrauen auf Leute haben, die sie nicht kannten, und ansonsten nur die Kleider, die sie am Leibe trugen.

Es war schon eine recht seltsame Vorstellung, daß er in noch stärkerem Maße Passagier war als Villiers. *Villiers* war der Schlüssel der ganzen Operation, der einzige, der ihren Kontaktmann kannte, den Mann, der für seinen Vater und die einst so mächtige Firma gearbeitet hatte.

In der privaten Welt seiner Koje, wenn er die Vorhänge zugezogen hatte, dachte er oft an Victoria. Falls sie jemals von diesem verrückten Einsatz zurückkamen . . . er biß die Zähne zusammen. Sie *würden* zurückkommen, und dann würde sie dasein und auf ihn warten.

Die allgemeinen Informationen, die sie vom Nachrichtendienst der Navy erhalten hatten, waren bis zu einem gewissen Punkt überraschend gut. Aber es gab eine Menge *Wenn* und *Aber* und *Vielleicht*, die doch noch dazu führen konnten, daß die Operation abgeblasen wurde. Die schlimmste Eventualität war natürlich, daß sie bereits irgend jemand verraten hatte.

Der Vorhang der Messe wurde beiseite geschoben, und der Kommandant der *Tybalt* in einem zerdrückten Hemd und ebensolchen Shorts trat ein und nahm neben ihnen Platz. Lieutenant John Tarrant war kein U-Boot-Neuling und kannte die Gefahren dieser Feindgewässer wahrscheinlich ebenso, wie sein guter Freund Bob Jessop sie gekannt hatte.

Ross hatte bemerkt, daß er weder seinen Offizieren noch seinen einfachen Matrosen gegenüber viel Humor aufbrachte, etwas, das in diesem Elitezweig der Streitkräfte ziemlich selten vorkam. Dies war Tarrants erstes Kommando, und vielleicht war das der Grund dafür, daß er an alles ziemlich starr und schematisch heranging. Vielleicht war ihm auch sehr bewußt, daß wenigstens einer der »Passagiere« einen höheren Rang als er selbst hatte. Was auch immer es war, er schien nicht imstande, die Dinge ein wenig locker anzugehen.

»Sieht so aus, als würde es dabei bleiben, Sir«, sagte er. »Keine gegenteiligen Funksprüche.« Er starrte auf den im Luftzug der Ventilatoren zitternden Vorhang und vermittelte den Eindruck, als würde er im Geiste die gesamte Seekarte der Region vor sich sehen. »Ich werde morgen nacht wie vereinbart zwanzig Meilen südwestlich von der Insel Penang auftauchen. Falls die Funksignale nicht dagegensprechen, können Sie dort auf das andere Schiff umsteigen.«

Ross nickte. Die meisten U-Boot-Fahrer hätten gesagt *etwa* zwanzig Meilen, einfach, um sich nicht festzulegen. Aber nicht John Tarrant.

Villiers blickte auf und schien die vage Spannung zu spüren, die in der Luft lag. »Das Schiff ist der Schlepper *Success*, ein großer, hochseetüchtiger Dampfer. Im Leichtergeschäft sein Gewicht in Gold wert.«

Tarrant sah ihn gelassen an. »In der Tat?«

Ross ging nicht darauf ein. »Was hat so ein Schlepper in Penang verloren, Charles? Hast du eine Ahnung?«

Villiers zuckte die Achseln. »Georgetown war früher ein recht betriebsamer Hafen, bis die Japse in Malaya einfielen. Unsere Leute haben vor ihrem Abzug einige der Docks demontiert. Aber möglichweise werden dort immer noch Leichter gebraucht. Ein bekannter Schlepper, vermutlich im Dienste der Japaner, ist eine naheliegende Wahl für uns.«

Tarrants Stimme war immer noch völlig ausdruckslos, als er, zu Ross gewandt, sagte: »Die Straße von Malakka ist an jenem Punkt keine hundertfünfzig Meilen breit und hat maximal vierzig Faden Tiefe. Es *sollte* gutgehen, aber das leiseste Anzeichen einer Falle, und ich blase das Ding aus dem Wasser!« Er stand auf. »Bitte entschuldigen Sie mich jetzt, Sir. Ich muß meinen Leuten sagen, was anliegt.« Er zögerte kurz am Eingang. »Sobald Sie an Bord des Schleppers sind, kann ich *überhaupt nichts* mehr tun.«

Ross seufzte, als sich der Vorhang wieder schloß. »Ein richtiger kleiner Sonnenstrahl!«

Villiers lachte. »Ich bin froh, daß du mitgekommen bist, Jamie.«

Ross lächelte. *Jamie.* Tarrant würde ihn so lange mit *Sir* ansprechen, wie er keinen gegenteiligen Befehl erhielt.

Kapitän eines U-Boots war schon immer ein schwieriges Kommando gewesen. Manche scheiterten, weil sie ein zu großes Popularitätsbedürfnis hatten, andere, weil sie für ihre Offiziere und Mannschaften immer unnahbar blieben. Eines mußte man Tarrant lassen, ob man ihn nun mochte oder nicht: Er würde nie zerbrechen, selbst an den Toren der Hölle nicht. Er konnte sich gut vorstellen, daß Pryce genauso gewesen war, als er noch ein U-Boot befehligt hatte.

Villiers sagte plötzlich: »Wenn Richard Tsao sagt, daß wir unbemerkt nach Singapur kommen können, dann vertraue ich ihm.«

Ross warf einen Blick auf den zugeklebten Brief. Von der Übernahmestelle vor Penang nach Singapur waren es vierhundert Meilen. Sie würden ein wenig mehr als nur Vertrauen brauchen.

Rechtzeitig vor Anbruch des Tages flutete das U-Boot seine Tanks und tauchte. Die Wachmannschaft machte es sich gemütlich, und bald erfüllte das Boot der Geruch fettiger Dosenwürstchen und einer willkommenen, unerwarteten Speckration.

Die anderen Offiziere waren durchaus freundlich, aber Ross spürte, wie es sie drängte, den Einsatz – oder ihren Anteil daran – hinter sich zu bringen. Oben, in jener anderen Welt, wo Männer kämpften und starben oder einander wie Tiere im Dschungel jagten, waren die von Stunde zu Stunde auftretenden Probleme völlig anders.

Hier zeigte der Krieg sein Gesicht auf mannigfache und zuweilen heimtückische Art. Der First Lieutenant hob seinen Becher mit Tee und rief plötzlich aus: »Frohe Weihnachten, Leute!« Sie starrten einander überrascht und ungläubig an, bis der Sub-Lieutenant, das jüngste Mitglied der Offiziersmesse, den Kopf sinken ließ und leise zu schluchzen anfing.

Der First Lieutenant sah zu, wie er seinen Stuhl zurückschob, sagte aber nichts. Ross erinnerte sich daran, daß jemand ihm erzählt hatte, daß die ganze Familie des Subbie bei einem Fliegerangriff auf Portsmouth umgekommen war. Die Erwähnung des Weihnachtsfestes hatte ihm den Rest gegeben.

Der First Lieutenant sah Ross an und zuckte kaum merkbar die Achseln. Da gab es nichts, was jemand hätte sagen können. Worte nutzten jetzt nichts mehr.

»Alles bereit?« Ross packte Villiers am Arm. »Ich verlasse mich auf dich.« Im schwachen Licht der Steuerzentrale sah er das Weiß seiner Zähne in einem beruhigenden Grinsen.

»Ich hoffe, daß Sie es nicht bedauern werden, *Sir*!«

Tarrant wartete am Periskop und sagte ungeduldig: »Da ist sie schon. Steuerbordbug.« Dann schnarrte er, halb nach hinten gewandt: »Klar zum Auftauchen.«

Alles andere war bereits vorbereitet: Die Geschützmannschaft am Fuß der Leiter mit den Ausgucken, die Decksmannschaft vorn, bereit, das Hauptluk zu öffnen und das kleine Schlauchboot zu Wasser zu bringen.

»Wollen Sie mal durchsehen, Sir?« fragte Tarrant, dem das offenbar gerade erst eingefallen war.

Ross kauerte sich nieder, als das kleinere Angriffsperiskop zischend heruntergefahren kam.

Dann sah er es: Das unregelmäßige Blitzen eines Lichtes, etwas, das man, falls nötig, als eine nicht befestigte Blende über einer Fensterluke erklären konnte, die bei jedem Schlingern des Rumpfes aufflog.

»Gehen wir«, sagte er. Und dann fügte er, zu Tarrant gewandt, hinzu: »Vielen Dank fürs Mitnehmen.«

Sie verließen die Kommandozentrale und spürten die stummen Blicke der Männer, die sie zurückließen. Tarrant rief ihnen nach: »Viel Glück!« Der Rest ging im Brausen der Preßluft unter, als sich das Deck im Auftauchwinkel neigte.

Trotz der Spannung, unter der er stand, konnte Villiers darauf erwidern: »Wir verlassen uns lieber auf unser Geschick, *Sir*!« Aber es war unwahrscheinlich, daß jemand ihn hörte.

Die feuchte Luft schlug ihnen durch das offene Luk entgegen. Männer in Ölkleidung waren bereits damit beschäftigt, das Schlauchboot über den Rand der Decksverkleidung zu kippen. Wolken hingen tief am Himmel, und ein einziger, hell leuchtender Stern strahlte vom ansonsten finsteren Himmel.

Ross hörte das scharfe Klicken, als der Verschlußblock der Bordkanone aufklappte, und malte sich aus, wie der schlanke Lauf der Kanone sich langsam zu dem Schlepper herumdrehte, er sah das so klar und deutlich vor seinem inneren Auge, als ob er bereits oben wäre. Wenn der Schlepper vorhatte, sie zu rammen, würden sie mit der Kanone wenig dagegen ausrichten können. So, als versuchte man einen angreifenden Elefanten mit einem Bootshaken aufzuhalten.

Dann saßen sie in dem schlingernden Schlauchboot, von Wasser überschwappt, das nach der Hitze des Tages erstaunlich kalt war. Augenblicke später tanzten sie neben dem überhängenden Achterschiff des Schleppers, wo bereits eine Leiter herunterhing, in den Wellen. Ross griff nach der Leiter und war sich dabei des Gewichts seines Revolvers an der Hüfte bewußt.

Jemand in dem Schlauchboot griff nach oben und legte ihm

die Hand auf die Schulter. Der letzte Kontakt. Wie schon sooft. Eine Stimme rief: »Was für eine beschissene Art, Weihnachten zu feiern!«

Dann stand er auf Deck und sah zu, wie Villiers neben ihm über das Schanzkleid kletterte.

Ein schneller Blick über die wogende dunkle See. Aber sie waren allein.

Mike Tucker biß die Zähne zusammen, um den Schmerz zu unterdrücken, und versuchte an einem Stapel mit Reis gefüllter Säcke Halt zu gewinnen. Zusätzlich zu den sonstigen Prügeln, die er bei seiner Gefangennahme hatte einstecken müssen, hatte ihm der japanische Sergeant, Ochi, als man sie für die Reise nach Rangoon in den Laster gezwängt hatte, auch noch einen Schlag ins Gesicht versetzt, von dem ein Auge so angeschwollen war, daß er kaum damit sehen konnte.

Die Straße war sehr schmal und von tiefen Furchen durchzogen, gelegentlich kratzten Äste und Zweige wie Klauen an den Seiten des Lastwagens. Es war ein alter Bedford-Dreitonner, entweder von der britischen Armee aufgegeben oder erbeutet; über den ursprünglichen Tarnanstrich hatte man ein paar japanische Schriftzeichen gepinselt. Dem Klappern und Rattern nach zu schließen, war das Fahrzeug vermutlich nicht mehr gewartet worden, seit es den Besitzer gewechselt hatte. Mit ihnen hinten auf der Ladefläche waren zwei bewaffnete Soldaten, die pausenlos Zigaretten rauchten und jedesmal drohend mit ihren Karabinern herumfuchtelten, wenn ein Bauernkarren ihnen den Weg versperrte. Ein großer, von zwei Ochsen gezogener Wagen war fast in den Straßengraben gekippt, als sie ihre Karabiner einfach in die Luft abgefeuert hatten, um die Ochsen und ihren Besitzer aus dem Weg zu jagen. Die Soldaten hatten vergnügt gelacht, genau wie die beiden, die Tucker erschossen hatte, nachdem er Mangos verstümmelte Leiche gefunden hatte. Er hatte Mühe, klar zu denken: Der Schmerz war schier unerträglich, und dazu kam die zunehmende Verzweiflung, die es ihm unmöglich machte, auch nur andeutungsweise abzuschätzen, wieviel Zeit vergangen war, seit sie von dem versenkten Chariot aus an Land getaumelt waren.

Die Hände hatte man ihm brutal auf dem Rücken zusammengebunden; in seinen Armen hämmerte das Blut, als ob der Kreislauf völlig zum Stillstand gekommen wäre. Napier lag mit dem Kopf an Tuckers ausgestrecktem Bein, entweder bewußtlos oder völlig apathisch, das war schwer festzustellen.

Sie hatten sich auch gar nicht erst die Mühe gemacht, ihm die Arme zu fesseln, weil sie sahen, daß er hilflos war, oder vielleicht auch, weil ihr Kodex von ihnen verlangte, daß sie seinen Offiziersrang respektierten. Ein weiteres Stück von diesem Wahnsinn.

Hie und da konnte Tucker die Stimme des japanischen Sergeanten hören; er saß vorne beim Fahrer. Er wollte wohl dabei sein, dachte Tucker, wenn man sie für weitere Verhöre der Militärpolizei übergab.

Tucker ballte die Fäuste und unterdrückte ein Stöhnen, als dabei ein brennender Schmerz durch seine Handgelenke schoß. Auch nur ein paar Sekunden lang diesem Schwein die Hände um den Hals legen zu können, das wäre etwas gewesen! Er spürte, wie Napier den Kopf bewegte, und hörte ihn murmeln: »Durst. Wo sind wir?« Er versuchte sich zur Seite zu wälzen, um Tucker ansehen zu können. »Wo ist Rice?«

Tucker antwortete geduldig. »Er ist tot, Sir. Die haben ihn erledigt, erinnern Sie sich?«

»Ja.« Er griff sich an seine verletzte Schulter. »Wo ist dieser Japsoffizier, dieser Nishida, geblieben?«

Tucker seufzte. Napiers Gedächtnis begann sich also wieder einzustellen. Vielleicht wäre es besser, wenn das nicht geschah. »Vorausgefahren«, sagte er. »In einem eleganten Wagen, wie es sich gehört. Schien ihm richtig Spaß zu machen!«

»Er hat mir meine Flasche gestohlen«, sagte Napier leise. »Die hat mir mein Vater gegeben.« Dann verstummte er, und

Tucker dachte einen Augenblick, er sei ohnmächtig geworden. Aber schließlich fuhr er fort: »Die haben sich so gefreut, als ich ihnen sagte, daß ich bei James Ross, Davids Freund, sein würde.« Seine eigenen Worte schienen ihn wie ein Schlag zu treffen. »O Gott, was werden die denken, wenn sie hören, was passiert ist? Zuerst David und dann ich!«

Tucker beobachtete die beiden Soldaten; er konnte gerade ihre Mützen über dem Stapel aus Reissäcken erkennen. Das war natürlich ebenfalls Wahnsinn. Wie ein Freund von ihm, der sich bei irgendeiner Nutte in Chatham einen Tripper geholt hatte. Er war verheiratet gewesen und von dem, was ihm widerfahren war, so erschreckt und angewidert worden, daß er sich in einem Luftschutzunterstand in der Nähe der Kaserne erhängt hatte. Wahnsinn. Aber vielleicht hatte er keinen anderen Ausweg gesehen.

Er war überrascht, daß seine Stimme so ruhig klang, aber er mußte Napier dazu bringen, daß er ihn verstand. Daß er *verstand.* »Meine Hände sind gefesselt.« Er blickte zu den zwei Köpfen jenseits der Säcke. »Hören Sie mir zu?«

Eine lange Pause. »Ja, ich – es tut mir leid ...«

Tucker sagte: »*Hören Sie zu.* Wenn ich mich zur Seite wälze, meinen Sie dann, daß Sie die Fesseln aufbinden könnten?« Er schloß die Augen und spürte, wie das verletzte Auge sofort schmerzhaft zu pochen anfing. *Was konnte es ihnen schon nutzen?*

Zuerst dachte er, Napier sei verwirrt. »Abhauen, meinen Sie? Fliehen?« Dann klang es mehr nach plötzlicher Angst, der Gedanke, allein gelassen zu werden.

»Wir bleiben zusammen, ist das klar?« sagte Tucker. »Ob es nun etwas bringt oder nicht, wir bleiben zusammen.«

»Ich weiß nicht. Meine Mutter hat einmal gesagt ...« Napier verstummte wieder, und Tucker stöhnte auf, als eines der Räder in ein tiefes Schlagloch polterte. Es fühlte sich an, als müsse das Fahrzeug jeden Moment in Stücke gehen.

Einer der Soldaten war jetzt aufgestanden und schwankte

wie ein betrunkener Hafenarbeiter, als er versuchte, das Gleichgewicht zu halten, während er über die Heckklappe urinierte.

Wenn meine Hände frei wären ... Er starrte in die Mündung des Karabiners, den der Soldat über die Säcke gelegt hatte. Er würde nicht lange dort liegen bleiben. Die ganze Gegend würde von diesen Dreckskerlen wimmeln, falls sie entkamen. Aber sie mußten es probieren, vielleicht ein paar von ihnen töten, ehe die mit ihnen Schluß machten, so wie sie mit Nick Rice Schluß gemacht hatten. Der Soldat sagte etwas, und der andere lachte dazu; dann ließ er sich wieder zu Boden sinken, und der Karabiner verschwand außer Reichweite.

Einen Augenblick lang glaubte Tucker, er habe sich das eingebildet; seine Arme waren beinahe gefühllos. Aber dann beugte er sich zur Seite, ohne die Köpfe der Soldaten aus den Augen zu lassen, während Napiers Finger die Knoten hinter ihm fanden und an ihnen herumzufummeln begannen.

»So ist's richtig, mein Sohn.« *Der arme Junge.* Er konnte Napiers gequälte Atemzüge hören; jede Bewegung mußte für seine verletzte Schulter schiere Agonie sein, als ob der verdammte Lastwagen nicht allein schon reichen würde.

Falls Sergeant Ochi aus irgendeinem Grund auf die Idee kam, den alten Bedford anzuhalten, oder nach hinten kam, um seine Gefangenen zu inspizieren, würde ihnen das vielleicht wenigstens die Schrecken der Militärpolizei ersparen.

Napier würde es nicht schaffen. Die wenigen Kräfte, die ihm noch verblieben waren, würden bald versagen. Seine Finger zupften an den Schnüren, als gehörten sie gar nicht zu ihm; er lag noch genauso wie vorher, den Kopf an Tuckers Bein gestützt, da.

Napier murmelte jetzt etwas; es klang eher wie ein Schluchzen. »*Eins!*« Tucker verspürte trotz seiner Schmerzen so etwas wie Triumph.

»So ist's gut, Sir. Nur noch zwei Knoten.« Napiers Kopf bewegte sich, als würde er zu nicken versuchen. »Hab mich nie besonders gut drauf verstanden, auch nicht aufs Spleißen. Hab nie einen richtigen Sinn darin gesehen.«

Tucker wartete und spürte, wie sein Herzschlag sich beschleunigte. »Ja, stimmt schon, Sir. Wer hätte auch je gehört, daß ein Offizier sich mit solchem Unfug die Hände schmutzig macht?«

Napier hätte beinahe gelacht. »Sie sind mir einer. Das habe ich schon einmal gesagt.« Die Finger rutschten ihm ab, und er stieß eine halblaute Verwünschung aus. Er konnte nicht mehr.

Tucker seufzte. »Eine richtige Lachnummer bin ich.«

Napier sagte leise: »Tut mir leid, daß ich Sie enttäuscht habe. Ich schaffe es einfach –«

Den Bruchteil einer Sekunde lang dachte Tucker, sie wären auf eine Landmine aufgefahren oder frontal mit einem anderen Lastwagen kollidiert, während sein Verstand ihm gleichzeitig sagte, daß das unmöglich war.

Es war eine Explosion, nicht nah, aber auch nicht sehr weit entfernt. Und da waren auch andere Geräusche: etwas, das zerbrach oder herunterfiel, viel näher bei dem Laster, der jetzt ruckartig zum Stillstand gekommen war. Tucker hörte Lärm zwischen den Bäumen, das Kreischen aufgeschreckter Vögel.

»Was war das?« stieß Napier hervor.

»Das ist jetzt nicht wichtig. Probieren Sie's noch mal – *kommen Sie schon*, Sir.« Er spürte, wie ihm der Schweiß über Gesicht und Brust rann. Es war zu spät. Jemand war aus dem Fahrerabteil geklettert, und die beiden Soldaten beugten sich über die Heckklappe, zeigten auf etwas, schrien, waren offensichtlich von der plötzlichen Explosion erschreckt.

Tucker hob den Kopf etwas an und sah ein Stück Straße hinter dem Lkw, über der der Staub wie ein Nebelschleier hing. Vielleicht war ein Flugzeug abgestürzt. Aber da war kein Rauch und auch kein Brandgeruch. Und dann sah er den Ochsenkarren, den, den sie von der Straße gescheucht hatten. Er stand ganz still, als ob der Führer des Gespanns sich nicht entscheiden konnte, was er tun sollte.

Ochis unverkennbare Stimme erhob sich wütend, und er sah, wie der Mann neben dem Karren mit einem Stock fuchtelte, wie um zu zeigen, daß er keinen Platz hatte, um zu wenden oder zur Seite zu fahren, um dem Lastwagen Platz zum Zurückstoßen zu geben.

Napier flüsterte: »*Drei!*«

Tucker bewegte seine Hände sehr vorsichtig und bemerkte zuerst den plötzlichen Schmerz gar nicht, als ihm bewußt wurde, was Napier geschafft hatte. Der Sergeant stand genau unter der Heckklappe, und als er jetzt wieder zu schreien anfing, begann der Laster nach rückwärts zu rollen, ohne Zweifel in der Absicht, den Ochsenkarren von der Straße abzudrängen. Aber was bezweckten die Japse damit, fragte sich Tucker. Warum fuhren sie nicht weiter? Der Mann fuchtelte erneut mit seinem Stock herum, gestikulierte, schrie, bettelte vielleicht. Jetzt fiel ein staubiger Sonnenstrahl auf ihn, und Tucker hatte das Gefühl, als würde sich eine Hand um sein Herz krampfen.

Er flüsterte Napier zu: »Ich kann's einfach nicht glauben. Das ist der Alte, Sir – der Dorfhäuptling. Mangos Vater.« Es gab keinen Sinn. Er sah, wie Ochi sich umdrehte, um seine Männer anzufunkeln, das Gesicht vor Wut verzerrt. Tucker erinnerte sich an den skelettartigen Doktor: Der hatte ihn als einen Wilden bezeichnet.

Er flüsterte eindringlich: »Hierbleiben, den Kopf runter! Jetzt oder nie!« Er griff nach den Säcken und wußte, daß Napier eine Hand nach ihm ausstreckte. Um ihm Glück zu wünschen oder um ihn aufzuhalten? Aber das war jetzt ohne Belang. Bloß seine Hände und Beine. Wenn die ihm jetzt den Dienst versagten . . .

Mit einer mächtigen Kraftanstrengung stemmte er sich über die Säcke und hatte plötzlich einen Karabiner in der Hand, ohne richtig zu wissen, wie er dorthin gelangt war. Jetzt war keine Zeit, festzustellen, wie er funktionierte, oder auch nur, ob er geladen war. Der Karabiner blitzte wie eine

Keule in der Sonne, zerschmetterte das Gesicht eines der Soldaten zu blutigem Brei und warf ihn vom Laster. Der Motor dröhnte und knirschte, so daß niemand den kurzen Aufschrei hörte, als ihn das Hinterrad überrollte. Der andere Soldat, der, den er entwaffnet hatte, war über die Heckklappe gehechtet und schrie um Hilfe.

Tucker lud durch und hörte das Klicken einer Patrone. Wenn es an der Waffe einen Sicherungshebel gab, dann hatte das jetzt nichts mehr zu sagen. Er wäre fast gestürzt, als er sich auf die Straße fallen ließ. Ochi stand neben dem zerquetschten Körper bei den Rädern des Laster, in einer Hand eine Pistole, während er mit der anderen so langsam, daß es Tucker wie Zeitlupe vorkam, das mächtige Schwert herauszog, das an seinem Gürtel hing. Das letzte, was Nick Rice auf Erden gesehen hatte.

Der alte Bedford war zum Stehen gekommen, und in der plötzlichen Stille hatte Tucker das Gefühl, völlig taub geworden zu sein. Ochi brauchte bloß den Abzug zu betätigen, und doch regte er sich nicht.

Tucker sah eine Bewegung zwischen den Bäumen, dann noch eine. Und jetzt auch das Blitzen von Waffen. Das mußten weitere Japse sein, und er konnte nicht einmal zu Napier zurück, ihm helfen, ihn darauf vorbereiten . . .

Die Männer, die auf die Straße traten, waren schmutzig, ihre Tarnanzüge zerfetzt und fleckig, als ob sie lange Zeit in Gräben und Sümpfen gelebt hätten.

Tucker hob den Karabiner leicht an, hielt ihn jetzt in Hüfthöhe, den Lauf auf den immer noch reglosen Sergeanten Ochi gerichtet.

Eine der abgerissenen Gestalten, eine *Sten*-MPi locker in der Armbeuge, schnarrte: »Ganz *ruhig* jetzt! Einfach runter mit dem Ding, ja?«

Tucker hätte fast einen Freudenschrei ausgestoßen. Die gleichmäßige gepflegte Stimme von einer solchen Vogelscheuche zu hören: Es hätte einer seiner eigenen Offiziere sein können. Die Maschinenpistole gab einen kleinen Ruck, und weitere Männer schwärmten über die Straße aus.

Die Stimme fuhr ruhig fort: »Wir haben's ein wenig eilig, alter Junge. Ich bin Percy Townsend, Gurkha Rifles.« Mit der freien Hand deutete er auf den Straßenrand, während die *Sten* unbewegt blieb. »Dieser alte Taugenichts da ist Teddy, unser berühmter Feuerwerker von den *Royal Engineers*. Sie haben ja gerade gehört, was er vollbracht hat, wie?«

Tucker sagte nichts, hatte Mühe, das alles zu verarbeiten. *Chindits.*

»Wir haben die Brücke dort hinten hochgejagt. Ich fürchte, ein Auto mit Japsen ist mit in die Luft geflogen.« Er und der Feuerwerker grinsten wie Verschwörer. »Also, wenn Sie näher dran gewesen wären . . .«, er zuckte die Achseln. »Aber das brauchen wir ja jetzt nicht breitzutreten.«

Jemand rief: »Auf dem Laster ist Reis, Sir!«

»Sehr gut. Wir nehmen mit, soviel wir tragen können.« Und dann sagte er, zu Tucker gewandt: »Sie müssen einer von den Navy-Boys sein, von denen wir gehört haben.«

Teddy, der Feuerwerker, hielt ihm eine Schachtel Zigaretten hin. »Ich dachte, ihr wart drei?«

Tucker blickte zu Boden. Der hatte jetzt erst aufgehört, sich zu bewegen. »Die haben einen geköpft. Mein Offizier ist auf dem Laster. Er ist schwer verletzt.«

Er sah, wie zwischen den beiden Männern Blicke hin und her gingen, und rief aus: »*Ich werde ihn nicht zurücklassen!* Nicht nach allem, was er mitgemacht hat.«

Sie musterten sein verschwollenes Gesicht und die aufgescheuerten Handgelenke, dann sagte der Gurkha-Offizier: »Sie sehen selbst auch ein wenig mitgenommen aus.«

Tucker spürte, daß jemand neben ihn getreten war, und drehte sich um, als ihm der alte Mann die Arme um die Schultern legte.

»Die töten meinen Sohn! Er war dein Freund!«

Zum ersten Mal merkte Tucker, daß noch weitere Burmesen aufgetaucht waren, einige mit Lee-Enfield-Karabinern, andere nur mit Messern und primitiven Speeren bewaffnet. Sie waren jetzt alle Opfer. Er sagte: »Das mit deinem Jungen hat mir schrecklich leid getan. Ich war stolz, daß er mein Freund war.«

Was würde jetzt mit diesem Mann und seinen Kameraden geschehen? Als was sollte man sie einstufen? Guerillas? Terroristen? Patrioten?

Townsend sah seinen Gurkhas zu, während sie Ochi und die zwei anderen Japaner entwaffneten. Sie mochten schmutzig und verkommen wirken, aber darunter erkannte Tucker die zähen, disziplinierten kleinen Soldaten. Er meinte, an ihren Offizier gewandt: »Sie können sich glücklich schätzen, Sir, solche Männer zu haben.«

Townsend lächelte. »Zeit, weiterzuziehen, *chop, chop*!«

Befehle wurden erteilt, und Tucker fragte: »Wo geht es hin, Sir?«

»An einen sicheren Ort. Es wird ein wenig anstrengend werden, fürchte ich. Aber anschließend wird man uns abholen.«

Tucker fragte nicht, wer *man* war. Wahrscheinlich hätte dieser schmutzige Offizier mit der gepflegten Sprache es ihm ohnehin nicht gesagt.

»Keine Sorge«, sagte Townsend. »Wir holen Sie hier raus.« Er mußte die Verzweiflung in Tuckers Gesicht erkannt haben. »Und Ihren Reisebegleiter auch.«

Als Tucker wieder auf die Ladefläche kletterte, von der zwei Gurkhas bereits Säcke mit Reis abluden, wandte Townsend sich dem Feuerwerker namens Teddy zu und sagte: »Für die muß das wie ein richtiges Wunder erscheinen. Arme Teufel, tapfer wie die Tiger. Aber die haben keine Ahnung, was hier eigentlich gespielt wird, oder?«

Beide lachten, und der Rauch ihrer Zigaretten kräuselte sich nach oben. Ebenso wie ihr Gelächter wirkte er unwirklich.

Tucker kroch zu Napier hinüber und hob seine Schultern vorsichtig an. Napier starrte die Gurkhas an, von denen einer ihn angrinste, als ob das alles völlig normal wäre. »Wo – wo gehen wir hin? Was zum Teufel geht hier vor?«

Tucker war froh, daß Napier sein Gesicht nicht sehen konnte. »Ich glaube, die holen uns hier raus, Sir.«

Napier ließ sich von der Ladefläche heben, während die Soldaten ihre Arbeit kurz einstellten, um dabei zuzusehen. Er sagte: »Wenn die nicht gekommen wären . . .«

Tucker blickte einmal zu den Japanern hinüber, aber die waren bereits gefesselt und wurden jetzt von den Leuten des alten Häuptlings durch den Dschungel weggeschleppt. Er empfand kein Mitleid; nur Ekel und Haß.

Sollen sie vor dem Ende um den Tod beten. Das war alles, was ihm im Augenblick einfiel. Er legte sich Napier über die Schultern. Kein Laut der Klage kam von ihm. Kein Murmeln des Schmerzes. Alles, was er sagte, war. »Zusammen.«

Für Tucker war das der einzige Lohn, den er brauchte.

12
Daumen hoch, und du bist tot

Nachdem sie sich wie blind an Bord des Schleppdampfers *Success* getastet hatten, kam ihnen die bescheidene Beleuchtung in der kleinen Kajüte des Kapitäns geradezu grell vor. Abgesehen von einer helfend hingestreckten Hand, wenn sie in Gefahr waren, über eine Winde oder aufgeschossene Taue zu stolpern, hätten sie ebensogut unsichtbar sein können. Niemand sprach ein Wort, und in der Dunkelheit war es unmöglich, einen Gesichtsausdruck zu erkennen oder sonstwie abzuschätzen, inwieweit sie willkommen waren. Villiers nahm vorsichtig auf einer etwas abgewetzten Bank Platz und blickte auf ein Durcheinander aus Tellern und Bechern mit verschiedenen Karten dazwischen sowie einem langen, altmodischen Teleskop. Er sagte: »Ich kenne diesen Schlepper schon, seit ich ein kleiner Junge war. In England gebaut. Doppelt so stark wie jedes andere Schiff, das damals gebaut wurde.«

Ross beobachtete ihn. *Da war es wieder.* Villiers war auf der Suche nach etwas, versuchte die Ereignisse zu identifizieren, die sein Leben verändert hatten. Er fragte: »Wie ist Richard Tsao denn? Und wo hält er sich wohl gerade auf?«

»Ich glaube, er war oben im Ruderhaus beim Käpt'n«, meinte Villiers mit gerunzelter Stirn. »*Wie er ist?* Ein ganz gewöhnlicher Mensch. Ich glaube, ein ziemlich harter Arbeiter.« Er lächelte versonnen. »Das mußte man sein, das war wichtiger als alles andere.« Ross erinnerte sich daran, was Victoria ihm von der mächtigen Familie Villiers erzählt hatte.

»Er muß jetzt wohl Mitte oder Ende der Dreißig sein«, fuhr Villiers fort. »Der Mann geht ein gewaltiges Risiko ein. Es muß ihm also sehr wichtig sein, uns zu helfen.«

Ross nickte. *Da ist er nicht der einzige.* »Unsere Informationen deuten darauf hin, daß die Japaner und ihre deutschen Verbündeten einander nicht sonderlich vertrauen. Je früher wir dem auf den Grund gehen, um so besser.« Er lehnte sich an einen Einbauschrank und lauschte dem machtvollen Takt der Maschine, spürte das leichte Schwanken des Rumpfes, der in der Art eines Schlachtschiffs gebaut war. Wenn sie Glück hatten, würden sie in zwei Tagen Singapur erreichen. Und von da an würde alles von Richard Tsao abhängen.

Die Kabinentür ging auf, und Ross musterte interessiert den Mann, der hereinkam. Ende der Dreißig mochte er sein, aber er sah älter aus. Sein sorgfältig gepflegtes schwarzes Haar hatte graue Tupfen, als ob Frost darauf läge. Und obwohl er leger gekleidet war und eine schon ein wenig abgetragene Matrosenjacke trug, spürte man an ihm doch die Autorität und jenes Selbstvertrauen, das Ross auch schon an anderen Menschen erkannt hatte, die ihr Leben aufs Spiel setzten, ohne viele Fragen zu stellen.

Villiers sprang auf und streckte ihm die Hand hin. »Richard Tsao! Ich kann's kaum glauben, so lange ist das her!«

Tsao schüttelte ihm die Hand, und seine dunklen Augen musterten den jugendlichen Lieutenant, als würden sie etwas suchen. Dann sagte er: »Schien mir irgendwie richtig, daß wir uns so treffen.« Die Andeutung eines Lächelns huschte über sein Gesicht. »*Success* klingt da passend!« Er wandte sich Ross zu. Wieder der prüfende Blick, ruhig und ohne Hast.

»Lieutenant-Commander James Ross. Ich habe über Sie gelesen.« Er nickte. »Freut mich sehr, daß Sie sich entschlossen haben, mitzukommen.« Er holte ein Päckchen Zigaretten heraus und bot ihnen automatisch an. Um sich Zeit zu verschaffen. Um zu entscheiden, wieviel er preisgeben durfte. Richard Tsao war nicht so, wie Ross ihn erwartet hatte. Selbst als er mit Villiers gesprochen hatte, dem Sohn seines allmächtigen ehemaligen Arbeitgebers, war da nicht der geringste Versuch gewesen, sich bei ihm einzuschmeicheln, so wie Menschen es meistens tun, die um Gefälligkeiten bitten oder um eine Belohnung für das, was sie tun. Das genaue Gegenteil war der Fall. Villiers gegenüber wirkte er selbst eher wie ein potentieller Arbeitgeber und nicht wie ein Mann, der die Invasion der Japaner überlebt hatte, indem er sich ihrer Aufsicht unterstellt hatte.

»Morgen erreichen wir Kalang«, sagte Tsao. »Es könnte sein, daß die Küstenpatrouille an Bord kommt. Das ist nicht ungewöhnlich.« Er nickte kurz. »Dieses Schiff verfügt über einen sicheren Ort, wo man Sie verstecken kann. Ursprünglich hat man das Versteck gebaut, um Flüchtlinge aus Singapur und dem Westen Malayas herauszuschmuggeln, als viele glaubten, daß der japanische Sieg nur von kurzer Dauer sein würde. Aber das sollte nicht sein.« Er sagte das ohne jede Bitterkeit, ohne irgendwelche Emotionen. Die hatte er unter seinen neuen Herren zu verbergen gelernt, dachte Ross. »Am Tag darauf, wenn alles gut geht, werden wir die Meerenge von Singapur erreichen und dort in Keppel Harbour anlegen und Treibstoff aufnehmen.« Er stach mit seiner Zigarette in die Luft und sah zu, wie der Rauch in einen Ventilator hineingezogen wurde. »Kohle kann lästig sein, aber das hat auch den Vorteil, daß wir ungestört sein werden.«

Villiers starrte ins Leere. »Keppel Harbour? Das ist aber doch recht riskant, oder?«

»Das ganze Leben ist riskant, mein Freund. Jeder meiner Männer an Bord setzt sein Leben aufs Spiel, und zwar Stunde um Stunde. Deshalb haben ja auch die Japaner keine Angst, daß wir versuchen könnten, zu fliehen. Unsere Familien sind ihre Geiseln. Sie sind völlig skrupellos – Grausamkeit ist für sie so etwas wie ein Ritual. Sie schonen weder Männer noch Frauen, noch Kinder.« Er drückte die Zigarette aus und nahm sich die nächste. »Aber Sie werden in Sicherheit sein. Möglicherweise werden Sie so etwas wie eine Fahrkarte in die Zukunft für uns – das ist nicht bloß ein Traum, daran glauben wir inbrünstig. Vielleicht wird es Jahre dauern, wer kann das schon sagen? Aber wir werden siegen.« Er sah Villiers durchdringend an. »Die Briten werden hier und auf der Halbinsel immer willkommen sein. Pflanzer, Kaufleute, Ingenieure – es wird viel zu tun geben.« Er schüttelte ruckartig den Kopf, als hätte ihm jemand widersprochen. »Aber nicht als Kolonialgouverneure und Herrscher. Ein Joch gegen ein anderes auszutauschen wäre eine Form des Wahnsinns!«

»Wir sind in Ihrer Hand«, sagte Ross in ruhigem Ton. »Unser Ziel ist dasselbe wie Ihres. Sagen Sie mir nur . . .«

Wieder huschte ein Lächeln über Tsaos Gesicht. »Ich werde etwas viel Besseres tun. Ich werde Ihnen etwas *zeigen.*«

Villiers fragte: »Mein Heim, das Haus – was ist daraus geworden?«

Tsao musterte ihn ausdruckslos, wie um seine Stärke auszuloten. »Es ist abgebrannt. Der größte Teil Ihres Besitzes ist geplündert worden, das wissen Sie ja. Wenn ich über Ihren früheren Besuch informiert gewesen wäre, hätte ich ihn verhindert. Das war unvernünftig, ohne Rücksicht auf jene, die darunter hätten leiden müssen, wenn man sie dabei ertappt hätte, daß sie Ihnen helfen.«

Ross beobachtete die beiden Männer, während sie sich unterhielten. Das war kein unterwürfiger kleiner Angestellter. *Ich hätte ihn verhindert.* Das sprach Bände.

»Ich – ich weiß«, sagte Villiers. »Aber ich wollte es mit eigenen Augen sehen.«

Tsao schien zufriedengestellt. »Ich habe einen Teil des Besitzes an mich gebracht. Deshalb, und auch weil ich mit den Japanern zusammenarbeite, habe ich mich unbeliebt gemacht.«

»Dafür mache ich Ihnen keinen Vorwurf. Ich habe gehört, was einigen Angestellten meines Vaters angetan worden ist.«

Tsao blickte zu der fleckigen Kajütendecke auf. »Der Kapitän des Schleppers hatte eine Schwester. Die haben sie weggeholt und zur Prostitution für ihre widerwärtige Armee gezwungen! Das kann er nicht vergessen. Und Sie dürfen das auch nicht vergessen!«

Villiers fragte abrupt: »Darf ich an Deck gehen?«

»Natürlich«, lächelte Tsao. »Sie sind hier Gast, kein Gefangener. Aber versuchen Sie nicht, mit meinen Leuten zu reden. Die werden nichts sagen. Sicherheit ist eine Kette. Jedes einzelne Glied muß sicher sein.«

Er sah zu, wie Villiers an der Tür stehenblieb und abwartete, als das Deck sich senkte, weil die *Success* gerade in ein tiefes Wellental hineinpflügte. Einen Augenblick lang roch es nach Rauch aus dem Schornstein, dann war er nicht mehr zu sehen.

Tsao sagte: »Mir wäre wohler gewesen, wenn Sie allein gekommen wären, Commander Ross. Der Lieutenant«, wieder das kurze, verkniffene Lächeln, »Mr. Charles, wie wir ihn nennen mußten, ist immer noch nicht mit dem, was geschehen ist, fertig geworden. Das ist wie eine tiefe Wunde. Vielleicht wird er es nie bewältigen.«

»Ich mag ihn sehr.« Ross lächelte. Das hatte wie Trotz geklungen.

»Im Krieg ist es manchmal sicherer, Freundschaften auf Distanz zu halten.« Tsao beugte sich vor und tippte ihm aufs Knie. »Ich bewundere Sie dafür. Solche Offenheit findet man selten.« Wieder das Lächeln. »In Kriegszeiten!« Er stand auf. »Ich werde Sie jetzt allein lassen. Man wird Ihnen bald zu essen bringen.«

»Machen Sie sich wegen Villiers keine Sorgen«, sagte Ross. »Er wird Sie nicht enttäuschen.«

Tsao blieb an der Tür stehen; man konnte ihm ansehen, daß er mit den Gedanken schon ganz woanders war. »Wenn wir angehalten werden, wird man Sie sofort in das Versteck bringen. Aber die haben dieses Schiff schon oft durchsucht, ehe wir ein Vertrauensverhältnis aufgebaut hatten, und wenn es keinen Informanten gibt ...« Er zuckte die Achseln. »Wir werden es ja bald erfahren.«

»Was ist mit Charles' Schwester passiert?« sagte Ross. »Er hat nie über sie gesprochen.«

Einen winzigen Augenblick lang ließ Tsao echte Überraschung erkennen. Aber als er dann sprach, hatte er seine Stimme wieder völlig im Griff. »Sie war ein sehr hübsches Mädchen. Als die Soldaten ins Haus gerannt kamen, haben sie Mr. Villiers getötet, weil er versucht hatte, sie aufzuhalten. Dann haben die Soldaten sich das Mädchen vorgenommen und sie vergewaltigt.« Er legte das Päckchen Zigaretten weg, und Ross sah, daß seine Finger zitterten. »Ihre Mutter haben sie gezwungen zuzusehen.« Er ballte die Finger zur Faust und fügte kalt hinzu: »Dann haben sie auch sie erschossen.« Er blickte gerade in Ross' graue Augen. »Was mit dem Mädchen geschah, wollten Sie gerade fragen? Ich weiß es nicht, ich habe nie wieder von ihr gehört.«

»Danke«, sagte Ross.

Tsao hatte die Hand bereits an der Tür, um sie zu schließen. »Ich habe etwas über Sie gelernt, Commander. Sie verfügen über eine Eigenschaft, die noch seltener ist als Mut, und zwar Mitgefühl.« Er machte eine kurze Pause. »Ich verstehe jetzt, weshalb Sie führen und andere Ihnen folgen.«

Die Tür schloß sich lautlos.

Ross dachte lange darüber nach und fand, daß er froh war, daß man ihm erlaubt hatte, Villiers auf seiner gefährlichen Mission zu begleiten.

Und zu seiner Überraschung stellte er fest, daß er keine Angst hatte.

Richard Tsao zog den Riegel an der Stahltür zurück und trat zur Seite, um die beiden Offiziere aus ihrem Versteck zu lassen. Über und über mit Kohlenstaub bedeckt, ihre Khakihemden und -hosen wie eine schmutzige zweite Haut an ihnen klebend, taumelten sie in die grelle Sonne hinaus.

»Die Gefahr ist vorbei«, sagte er.

Ross rieb sich die Augen und spürte den Kohlenstaub unter den Fingern. Obwohl sie unter der Brücke des Schleppers standen, brannte die Sonne doch glühendheiß auf sie herab. »Danke«, brachte er schließlich hervor. »Ich fing schon an, mich zu fragen . . .«

Er sah seinen Kameraden an. Villiers blondes Haar war ebenso schmutzig wie sein Gesicht, aber er grinste trotzdem. »Wenn man sich auf diesem Boot versteckt, ist man wirklich versteckt!«

Tsao musterte ihn mit seinem undurchdringlichen Blick. »Ich bedauere die Verzögerung. Es war ungewöhnlich.« Er sah Ross an. »Diesmal hatten sie einen Offizier mit dabei, jung und eifrig. Er wollte alles sehen. Gewöhnlich ist es eine Formalität – die kennen die *Success* wie eines von ihren Schiffen.« Er blickte zu dem hohen Schornstein und der Rauchfahne auf, die an der Flagge mit der aufgehenden Sonne an der Gaffel vorbeiwehte. »Und das ist sie natürlich auch.«

Er ließ keinerlei Anzeichen von Furcht erkennen, auch nicht mehr als zu dem Zeitpunkt, als sie das Streifenboot gesichtet hatten, das mit einem mächtigen Schnurrbart aus weißer Gischt vor dem Bug auf sie zugeschossen war. Er hatte sie lediglich nach unten in das »Versteck« beordert, eine kleine

Kammer, die man an einen der Kohlenbunker angeschweißt hatte. Die Kammer befand sich unmittelbar über dem Kesselraum und war ihnen wie ein versiegelter Backofen vorgekommen; manchmal war es fast unerträglich gewesen, zumal sie ja auch nicht wußten, was oben vor sich ging.

Tsao sagte: »Sie werden sich bald waschen können. Morgen erreichen wir Keppel Harbour. Dann werden wir weitersehen.«

Ross blickte gerade rechtzeitig auf, um zu sehen, wie der Kapitän des Schleppers von der Windschutzscheibe der Brücke zurücktrat. Wie mußte er sich gefühlt haben, als die Japaner an Bord gekommen waren? Was mußte in seinem Kopf vorgehen, wenn er sie auf den Straßen seiner eigenen Stadt sah, wo sie tun und lassen konnten, was sie wollten, während seine eigene Schwester zur Prostitution gezwungen wurde?

Und wieviel mochte es brauchen, um einen aus seiner Crew dazu zu bringen, sie zu verraten? Er starrte auf die geballte Faust des Kapitäns, die auf dem Handlauf lag, alles, was von ihm jetzt noch zu sehen war, nachdem er sich zurückgezogen hatte. Die Faust öffnete sich leicht und vollzog nach kurzem Zögern so etwas wie einen militärischen Gruß, als ob sie sich ganz von selbst dazu entschlossen hätte. Ross sah Tsao an und fragte sich, ob er diese erste kleine Geste des Willkommens – oder Vertrauens – bemerkt hatte. Aber wenn es so war, dann ließen seine dunklen Augen jedenfalls nichts davon erkennen.

In der Kajüte holte Tsao eine Flasche Sake heraus, ein Geschenk, wie er erklärte, von einer früheren Begegnung mit einem japanischen Patrouillenboot. Ross hatte noch nie zuvor Sake gekostet und fand den Geschmack unangenehm, aber er spülte immerhin die Spannung des Wartens und des Schwitzens in der Stahlkammer über dem Kesselraum hinweg, wo sie besorgt auf jedes noch so kleine Geräusch gelauscht hatten.

»Sie müssen sich von jetzt an unter Deck aufhalten, wo

man Sie nicht sehen kann«, sagte Tsao. »Der Schiffsverkehr ist hier ziemlich dicht, und es gibt viele neugierige Augen.« Während er sich die nächste Zigarette anzündete, fuhr er mit der gleichen ausdruckslosen Stimme fort, als wäre das, was ihnen bevorstand, etwas Alltägliches:

»Wir werden längsseits gehen und Kohle aufnehmen. Das nimmt ziemlich viel Zeit in Anspruch, weil unsere Bunker fast leer sind und bloß noch Staub enthalten. Das wird uns Zeit geben, an Land zu gehen.« Er sah Villiers Überraschung und fügte hinzu: »Ich besitze eine Genehmigung, einen Firmenwagen zu benutzen.« Er lächelte fast; es schien ihn zu amüsieren. »Der japanische Soldat hat großen Respekt vor Genehmigungen, die von seinen Vorgesetzten unterschrieben sind.«

»Und dann?« Ross hoffte, daß seine Stimme ebenso distanziert und kühl klang wie die Tsaos.

»Ich habe ein paar Papiere, die Sie sich ansehen sollen, und Bilder zum Mitnehmen, wenn Sie uns verlassen.«

Uns verlassen. Ein alter Schlepper unter japanischer Flagge, mit Patrouillenbooten und dem Risiko, jederzeit durchsucht zu werden: das ließ die Aussicht, hier wegzukommen, ja allein schon zu überleben, wie den Traum eines Narren erscheinen.

Am Abend, als ein tiefgoldener Sonnenuntergang die Sichtverhältnisse zu ihren Gunsten veränderte, wuschen sie sich auf Deck mit Kübeln voll dampfenden Wassers aus dem Maschinenraum und einem Stück grober Seife, die so schwarz wie Kohle war und Ross an das Zeug erinnerte, mit dem sein Vater sich den Rost und die Schmiere von den Händen gewaschen hatte, wenn er einen ganzen Tag lang an irgendwelchen Wracks gearbeitet hatte. Was wohl Villiers Mädchen sagen würde, wenn sie ihn jetzt so nackt dastehen sähe, während sein Vorgesetzter ihm den Rücken schrubbte? Er dachte an Victoria Mackenzie. Was würde sie wohl denken?

Sie kippten die Eimer über die Bordwand, und Villiers hob die Hand und zeigte: »Da, eine Dschunke.«

Vom letzten Gold des Sonnenuntergangs angestrahlt und

wie eine riesige Fledermaus am Horizont schwebend, wirkte das fremdartige Schiff so zeitlos wie der Ort selbst, an dem sie sich befanden. Wie Richard Tsao: Ganz gleich, wie lange es dauerte oder welch schrecklicher Preis dafür zu entrichten war. Er und seinesgleichen konnten warten und am Ende den Triumph davontragen.

Später, nach einer weiteren Mahlzeit, die aus Reis und Fisch und einer zweiten Flasche Sake bestand, lüftete Tsao den Vorhang vor dem, was ihnen bevorstand, ein Stückchen weiter.

»Die Deutschen sind jetzt seit Monaten hier. Aber sie halten sich hauptsächlich in Penang auf, wo sie über bessere technische Voraussetzungen verfügen. Die Zusammenarbeit zwischen ihnen und den Japanern taugt nicht viel – wahrscheinlich, weil die Japaner ihnen ihre Einmischung mehr verübeln, als sie ihre Tätigkeit schätzen. Und was die Deutschen angeht, so paßt es ihnen nicht, daß man sie hier alles andere denn als Herrenrasse behandelt. Ihnen sind ihre Verbündeten nicht effizient genug, gehen zu verschwenderisch mit den Ressourcen um und sind ihnen darüber hinaus zu siegessicher.« Er blickte auf seine Uhr. »Sie dürfen an Land nicht einmal ihre Uniformen tragen, und das ärgert sie wahrscheinlich mehr als alles andere.«

»Und was wollen die Deutschen da eigentlich erreichen?« erkundigte sich Villiers.

Tsao stand auf. »Ich habe Ihnen ja gesagt, daß ich es Ihnen zeigen werde.« Er deutete auf einen Stapel ordentlich zusammengelegter Khakikleidung. »Das sind verschiedene Größen. Etwas davon sollte Ihnen passen.«

Villiers beugte sich über den Stapel. »Was sind das für Kleidungsstücke?«

»Dieselben, wie die Deutschen sie tragen, wenn sie in der Stadt sind.«

»Wenn wir das anziehen und man uns damit gefangennimmt . . .«, meinte Ross.

»Dann würde man Sie als Spione behandeln. Das würde Ihren Tod bedeuten. Aber das haben Sie ja schließlich gewußt, ehe Sie zu mir kamen, oder?«

»Ja«, nickte Villiers und fügte dann ausdruckslos hinzu: »Das haben wir gewußt.«

»Ich muß Sie jetzt allein lassen«, sagte Tsao. »Sie sollten sich ein wenig ausruhen. Ich glaube nicht, daß man Sie noch einmal stören wird.«

Als sie allein waren, sagte Villiers: »Was meinst du, was die im Schilde führen?«

»Die Herrenrasse?« Aus Tsaos Mund hatte es fast komisch geklungen. »Die Japse haben den größten Teil von Südostasien erobert, und die Amerikaner fangen jetzt gerade erst damit an, ihnen im Pazifik standzuhalten. Ich hätte angenommen, daß Rat oder militärische Ausbildung das letzte ist, was die Japse brauchen. Das ist ein völlig anderer Krieg, hier gelten völlig andere Regeln.«

Villiers sagte mehr im Selbstgespräch: »Ich glaube nicht, daß ich es ertragen könnte, wenn man mich foltert.« Er blickte nicht auf. »Nicht sehr tapfer, so etwas zuzugeben.«

Ross griff nach der Sakeflasche. So übel das Zeug auch schmeckte, es schien zu helfen. Fast konnte er Mike Tucker spöttisch sagen hören: *Sie hätten sich eben nicht freiwillig melden dürfen ...* und dann dachte er an das, was Tsao gesagt hatte: *Sie führen, und andere folgen Ihnen.* Plötzlich war es für ihn sehr wichtig, daß Villiers den Schwung nicht verlor, der ihn so weit gebracht hatte. »Denk an dein Mädchen, Caryl, so heißt sie doch, nicht wahr?« Er beobachtete Villiers, sah, wie er aufblickte, sah die Wirkung, die ihr Name bei ihm auslöste. »Sie wird auf dich warten. Sie will dich bloß schützen, weißt du. Für sie ist es wichtig, daß du an dich selbst denkst und dich nicht verrätst, wenn Sinclair in der Nähe ist, auch nicht einen Augenblick lang.« Es war, als würde er jemand anders reden hören. Was zum Teufel wußte er denn überhaupt darüber? »Als ich ein Junge war, dachte ich, daß nur tapfere Männer Schlachten gewinnen; daß etwas Ruhmreiches daran war, wenn sie im Kampf ums Leben kamen.« Er sah auf seine Hände herab und erinnerte sich daran, wie ihr Körper sich angefühlt hatte, als er sie in Pryces Büro festgehalten hatte, und an jene letzte Nacht im Wagen, als sie ihn geküßt hatte. »Jetzt wissen wir, was die Wahrheit ist: Krieg ist etwas Häßliches, Brutales, und der Tod in der Schlacht ist meist alles andere als ruhmvoll. Da brauchst du bloß einen alten Haudegen zu fragen!«

»Warum tun wir es dann?« fragte Villiers.

»Weil es wichtig ist. Für die, die sich auf uns verlassen, die auf uns vertrauen müssen, ob sie uns nun mögen oder nicht ausstehen können. Und für Mädchen wie Caryl ...«

Villiers streckte die Hand über den Tisch und legte sie ihm auf den Arm. »Und Victoria.«

Am nächsten Morgen, nachdem sie schnell gefrühstückt hatten, schlüpften sie in ihre geborgten Kleider, während Tsao alle ihre persönlichen Habseligkeiten einsammelte: Ausweise, Erkennungsmarken, eben alles, was sie verraten könnte. Selbst ihre Pistolen nahm er ihnen weg und verwahrte sie in einem wasserdichten Beutel. Nur die Selbstmordpillen ließ er sie behalten, ohne dazu einen Kommentar abzugeben. Er wußte, daß sie die Folgen eines Scheiterns kannten. Nicht nur für sie, sondern für alle anderen, die man mit ihnen in Verbindung bringen konnte.

Es war ein seltsames, geradezu unheimliches Gefühl, zuzusehen, wie immer wieder eine Mastspitze oder etwas Rauch aus einem Schornstein kurz über dem Vorderdeck des Schleppers erschien, als sie in den Hafen einfuhren. Es machte einen geradezu wahnsinnig, nicht sehen zu können, was um einen herum vorging, obwohl es um sie herum von Schiffen geradezu wimmelte, solchen, die im Hafen vertäut lagen, und anderen, die ein- und ausfuhren, als ob nichts, nicht einmal das Leid oder die Verwüstung des Krieges, daran je etwas ändern würde. Ross war sich seiner eigenen Erregung wohl bewußt, die so gar nicht zu ihrer augenblicklichen Lage paßte: Es war das schiere Gefühl der Erwartung, das einen beim Betreten eines fremden Landes erfüllt, weniger die Angst über ihr verstohlenes Eindringen auf das Territorium eines unbarmherzigen Feindes.

Die Dampfpfeife der *Success* ertönte, und Ross hörte, wie ein anderes Schiff darauf antwortete.

Wenn ich es nur sehen könnte. Als er zu Villiers hinüberblickte, sah er, daß dieser den Kopf in den Nacken gelegt hatte, so als würde auch er lauschen und versuchen, sich ein Bild von all dem zu machen, was er früher einmal gekannt und geliebt hatte und was jetzt für immer dahin war.

Tsao kam klappernd die Leiter von der Brücke herunter. »Man hat uns Erlaubnis gegeben, am Treibstoffpier längsseits zu gehen. Mein Büroleiter wartet, aber er wird nicht an Bord kommen.« Er sah die beiden an. »Seine Anwesenheit bedeutet, daß wir unseren Liegeplatz ohne Gefahr aufsuchen können. Morgen fahren wir wieder nordwärts, nach Penang. Dort werde ich Ihnen zeigen ...« Er unterbrach sich, als jemand ihm etwas aus dem Ruderhaus zurief, und kletterte leichtfüßig die Leiter hinauf, war aber nur eine Minute weg. Er kam dabei nicht einmal außer Atem.

Aber er war verändert, auf eine Art und Weise, die Ross nicht definieren konnte. Erregt? Unwahrscheinlich, und doch ...

Tsao ergriff sie beide am Arm. »Jetzt brauchen Sie gar nicht mehr so lange zu warten, wie ich dachte.« Seine Finger waren wie Stahl. »In die Kabine. Von dort werden Sie sie sehen.«

Fast wäre Ross in seinem Eifer, an die einzige Luke der Kabine zu kommen, gestürzt. Während Villiers sich an ihn preßte, spähte er durch das salzverkrustete Glas und wußte nicht, was er eigentlich zu sehen erwartete.

Er versuchte erneut, die Veränderungen in Tsaos Verhalten zu definieren. *Triumph,* ja das war es, Triumph. Den selbst er nicht verbergen konnte.

Eine mächtige Barriere aus rostigem Stahl verschluckte fast alles Licht, als der Schlepper dwars an einem vertäut daliegenden Frachter vorbeizog. Seine Wasserlinie hatte so viel Seegras angesetzt, daß es den Anschein hatte, als hätte das Schiff sich seit Monaten nicht von der Stelle bewegt. Dann begrüßte sie die Sonne hinter dem hervorstehenden Bug und den Ankern des Frachters, und er hörte, wie Villiers der Atem stockte, als auch er das andere Schiff sah, grell und unverkennbar im Sonnenlicht.

Ross war ein U-Boot-Mann, aber es hätte seinen geschulten Blick nicht gebraucht, um den haifischartigen, nach hinten geneigten Bug mit dem zackigen Netzschneider über dem Steven zu erkennen. Und hinter dem Kommandoturm die scharlachrote Flagge mit dem Hakenkreuz, die schlaff in der warmen Sonne hing. So als hätte es nur auf sie gewartet.

Victoria blieb an einem der wenigen Fenster in dem kleinen Gebäude stehen, in dem das Hauptquartier untergebracht war, und blickte hinaus aufs Meer und die reglos stehenden Bäume und den Schleier aus Hitze und Staub. Es war ungewöhnlich heiß; obwohl sie die Hitze eigentlich gewöhnt war, fand sie sie hier drückend, wie in einem Backofen. Zweiunddreißig Grad. Es war Samstag, und abgesehen von den diensthabenden Offizieren und dem Bereitschaftspersonal war das Gebäude verlassen. Die anderen waren vermutlich schwimmen gegangen oder unternahmen einen Ausflug in die Stadt, um dort Abwechslung zu suchen. Die Bluse klebte ihr am Körper, und sie zog sie mit den Fingerspitzen weg. Schwimmen gehen. Später vielleicht ... Aber sie wußte, daß sie es nicht tun würde. Sie war einfach nicht imstande, sich zu konzentrieren.

Sie blickte auf die harte, blaue Linie des Horizonts hinaus und dachte an den Abend zurück, an dem er mit dem Lieutenant, der einmal in Singapur gelebt hatte, mit dem U-Boot weggefahren war. Es war, als ob sie verschwunden wären, als hätte es sie nie gegeben. Aber sie konnte nicht vergessen, und je mehr Wochen sich dahingeschleppt hatten, um so klarer, lebhafter waren die Erinnerungen geworden: Sie waren alles, was ihr vielleicht bleiben würde. Mit Ausnahme des Ordens, den er ihr gegeben hatte, damit sie ihn für ihn aufbewahrte. Jede Nacht vor dem Schlafengehen hatte sie einen Blick darauf geworfen, ihn an ihre nackte Brust gedrückt, wie um ihn damit zurückzuholen, um das einzige Bindeglied festzuhalten, das sie besaß.

Sie wandte sich vom Fenster ab und hörte, wie irgendwo gehämmert wurde. Die Ventilatoren waren wieder ausgefallen, kein Wunder, daß es so heiß und drückend war. Der Matrose an der Tür blickte von seiner Zeitschrift auf und legte dann den Ellbogen darüber. Aber nicht so schnell, daß sie nicht die vollbusige Nackte auf dem Umschlag gesehen hätte.

»Der Captain erwartet Sie.« Er grinste. »Jemand ist bei ihm.«

Sie klopfte und stieß die Tür auf. Sie wußte, daß der Matrose ihr nachsah und ihre Beine bewunderte, aber es störte sie nicht. Wahrscheinlich war er schon so lange hier, daß er vergessen hatte, ob es zu Hause noch jemanden gab, der ihm etwas bedeutete.

Captain Pryce stand mit verschränkten Armen an seinem Schreibtisch. Commander John Crookshank vom Nachrichtendienst hatte es sich in einem der tiefen Sessel bequem gemacht. Sie blickte auf den Schreibtisch. Kein Funkspruch, kein Umschlag mit der Aufschrift *Top Secret*. Also nichts, dachte sie enttäuscht.

»Bin froh, daß Sie an Bord waren«, sagte Pryce. »Ich dachte, Sie sollten Ihren neuen Boß kennenlernen, sozusagen.« Er klang irgendwie verstört, was für ihn höchst ungewöhnlich war. Erst jetzt merkte sie, daß eine W.R.N.S.-Offizierin neben Crookshank saß, adrett und sauber in ihrer weißen Uniform, die Augen im Schatten der zugezogenen Jalousien. Pryce sagte: »Second Officer Blandford. Celia Blandford.«

Victoria wartete; man konnte sie im Schatten kaum erkennen. Schlank, gepflegte Haut, dunkelbraunes Haar. Wenigstens war sie nicht blond, wie Jane Clarke es gewesen war. Victoria strich sich das Haar aus der Stirn, ohne sich überhaupt bewußt zu werden, daß sie sich bewegt hatte. Sie hatte Jane immer um ihr Haar und ihren englischen Teint beneidet, aber sie vermißte sie jetzt nicht mehr. Es war so, wie wenn man einen Freund verliert: Menschen kamen und gingen; das geschah in diesen Tagen nur allzu oft. Trotzdem war sie seltsam verstimmt, daß eine Fremde Janes Platz einnehmen, den Stuhl im Bereitschaftsraum benutzen sollte, der seit jener schrecklichen Nacht leer geblieben war.

Second Officer Blandford sagte: »Wir werden einander ja recht gut kennenlernen, denke ich.« Sie lächelte kurz. »Wie ich höre, haben Sie die Chance auf ein Offizierspatent abgelehnt?«

»Ja, so habe ich mich entschieden«, antwortete Victoria.

»Ich finde, das war ein Fehler«, sagte Pryce, »aber das habe ich damals auch gesagt. Die Pflicht muß immer an erster Stelle stehen. Auch wenn es einem nicht ganz paßt.«

Wie üblich blieb Crookshank entschieden unparteiisch. »Nun ja, meine Liebe, alles hat natürlich zwei Seiten, oder nicht?«

»Wie dem auch sei«, fuhr Blandford fort, als ob es überhaupt keine Unterbrechung gegeben hätte, »es wird nicht zu viele Veränderungen geben, wenigstens nicht, soweit es mich betrifft. Pünktlichkeit, Gewandtheit, Effizienz – daran war ich immer gewöhnt.«

Victoria bemerkte, wie sich ihre Lippen bei jedem Satz zu einem Lächeln verzogen, das aber wieder verschwand, ehe der Satz zu Ende gesprochen war. Eine nervöse Angewohnheit, oder etwas, das sie bewußt tat, um ihre echten Gefühle zu verbergen? Celia Blandford war wohl ebenso alt wie sie, höchstens ein Jahr älter, und doch hatte sie etwas Steifes, Förmliches an sich, das Victoria an eine Lehrerin erinnerte, die sie auf dem exklusiven Internat in England gekannt hatte, das ihr Vater als »nur recht und angemessen« für seine Tochter betrachtet hatte. Liebe, Trotz, Stolz, das alles gehörte mit dazu. Wie konnte sie ihn verlassen? Wie hätte sie hier weggehen können, ohne darauf zu warten, daß sie Jamie wiedersah?

Crookshank sagte bedächtig: »Es gibt frohe Neuigkeiten, die Sie erfahren sollten. Sub-Lieutenant Napier und Maat Tucker sind zurück.«

»Ich hatte vor, ihr das zu sagen, sobald es freigegeben war«, sagte Second Officer Blandford mit einem Unterton des Tadels in der Stimme.

»Das freut mich aber«, sagte Victoria. »Was ist mit . . .?«

Pryce fiel ihr ins Wort. »Rice hat es nicht geschafft. Sie haben hervorragende Arbeit geleistet, ehe die Japse sie erwischt haben. Die Chindits haben sie rausgeholt – verdammt gute Leistung, wenn man es sich überlegt. Ich werde Napier sehen und Tucker natürlich auch, sobald der Nachrichtendienst mit ihnen fertig ist. Ich habe Napier bereits für eine vorgezogene Beförderung und eine passende Auszeichnung vorgeschlagen.«

Crookshank fuhr in ernstem Ton fort: »Aber noch keine Nachrichten von Commander Ross. Wir sollten jedoch bald etwas hören.« Weiter wollte er sich nicht festlegen.

Sie hörte sich sagen: »Maat Tucker weiß nichts von Commander Ross, Sir.«

Second Officer Blandford warf ihr einen eigenartigen Blick zu. »Sollte er das?«

»Sie stehen sich sehr nahe.« Sie war bedrückt und machte sich deshalb Vorwürfe. Als sie die Ungeduld von Second Officer Blandford sah, fügte sie hinzu: »Ma'am.«

»Fühlen Sie sich nicht wohl, meine Liebe?« fragte Crookshank. Er sah zu Pryce hinüber. »Wie wär's mit einem Stuhl?«

»Die Hitze«, antwortete sie. »Ist schon in Ordnung, Sir.«

»Ja, hier ist es recht stickig, muß ich sagen«, meinte Blandford. »Ziemliche Umstellung gegenüber England.« Das Lächeln kam und verschwand ebenso schnell wieder. »Ich hätte gedacht, daß Sie das gewöhnt wären, äh, Mackenzie?«

Das konnte so oder so gemeint sein. Aber Victoria war das inzwischen egal. »Ich komme schon zurecht.«

Pryce sah die beiden Frauen in einer Mischung aus Enttäuschung und Befriedigung an. Es würde nicht funktionieren. Es war ein Fehler gewesen, Blandford herzuschicken, ohne ihn vorher zu konsultieren. Das hier waren nicht die Royal Naval Barracks oder irgendein Bereitschaftsdienst in einem Luftschutzkeller tief unter der Erde, wo der Krieg mit kleinen Fähnchen und Kreuzen an Wandtafeln geführt wurde.

Die Offizierin drehte sich herum und sah ihn an: »Was ist mit diesem Mann passiert, diesem Rice, Sir?«

Crookshank spreizte die fleischigen Hände. »Es steht alles in dem Bericht. Wir hatten Glück, daß wir nicht die ganze Mannschaft verloren haben. Wir wissen immer noch nicht, was mit der *Turquoise* geschehen ist, aber es hat natürlich eine Menge Gerüchte gegeben.«

»Rice ist von den Japsen getötet worden«, sagte Pryce knapp. »Enthauptet.«

Victoria sah, wie die Hände ihrer neuen Vorgesetzten sich zu Fäusten ballten, sah die plötzliche Spannung in ihr. Pryce hatte das bewußt herbeigeführt, um ihretwillen, weil er glaubte, daß sie selbst nichts mehr würde erschüttern können. Nicht nach Jane Clarke. Auch darin irrte er.

»Darf ich zu Mike Tucker gehen, Sir?« fragte sie.

»Ich wüßte nicht, warum Sie das nicht dürfen sollten. Der Nachrichtendienst wird ihn wahrscheinlich in Kürze freigeben.«

Crookshank beugte sich in seinem Sessel vor. »Commander Ross' Einsatz ist kein Gesprächsthema. Bitte vergessen Sie das nicht.«

Pryce warf ihm einen kurzen Blick zu, aus dem man seine unverhohlene Abneigung erkennen konnte. Wenn er laut gesagt hätte: *Seien Sie doch kein so verdammter Narr; das weiß doch ohnehin jeder,* hätte er es nicht deutlicher machen können.

»Das weiß ich, Sir.« *Ich liebe ihn, verstehen Sie das nicht?* Es war beinahe, als ob sie sie angeschrien hätte. »Die spüren es doch. Sie wissen doch, wie das nach einem Einsatz ist.« Die Worte schienen sich über sie lustig zu machen. Sie hatte genug Zeit gehabt, ihr seltsames Verhalten zu beobachten, nachdem Jamie weggegangen war. Zu Weihnachten war das ganze Gelände wie ein Tollhaus gewesen, alles hatte gefeiert und dem Alkohol zugesprochen, und am schlimmsten war es in der Offiziersmesse gewesen. Die jungen Subbies und Lieutenants hatten ihre üblichen Späße getrieben und Sofas als Kanonen und den Messetisch als das Hindernis benutzt, das sie überwinden mußten. Der dabei angerichtete Schaden und die Messerechnung waren horrend gewesen.

Und dann, es schien nur einen oder zwei Tage später gewesen zu sein, war bekanntgegeben worden, daß der deutsche Schlachtkreuzer *Scharnhorst* versenkt worden war. Die Kanonen von Admiral Frasers *Duke of York* hatten ihn im eisigen Meer vor dem Nordkap besiegt. Das letzte der großen deutschen Kriegsschiffe, das alle anderen überlebt, alle Gegner besiegt hatte, so als ob ein Zauber es geschützt hätte.

Aber sich darüber freuen? Sie hatte voll Staunen zugesehen, wie dieselben jungen Offiziere ihre Gläser gehoben hatten, als Salut nicht etwa für einen besiegten Feind, sondern für ein tapferes Schiff und seine ebenso mutige Besatzung. Sie würde sie nie verstehen.

Also war sie doch anders. Sie war Teil dieser Armee, gehörte aber doch nicht dazu. Angenommen, sie hätte die Chance wahrgenommen und wäre nach England gereist? Sie hätte dort niemanden gekannt, am wenigsten die Verwandten ihres Vaters. Die hätten sie nie akzeptiert, hätten ihr immer die Schuld an Colonel Mackenzies Schande gegeben und dafür, daß er den Dienst hatte quittieren müssen. Ja, sie hätte vielleicht jemand anderes kennengelernt. Aber das war es nicht, was sie wollte. Sie *wußte*, was sie wollte. Für sie stand fest, daß sie sich diesmal nicht geirrt hatte.

»Ich werde so bald wie möglich mit ihnen sprechen«, sagte Pryce gerade. »Weitere Einzelheiten in Erfahrung bringen.«

Als sie an der Tür stand, hörte sie, wie er noch hinzufügte: »Sie sollten ein paar Tage Urlaub nehmen, ehe wieder Alarm gegeben wird.«

Sie sah ihm gerade in die Augen. *Verstehen Sie denn auch nicht?* »Wir sind unterbesetzt, Sir.«

Er blickte ihr nach, wie sie hinausging, sah ihr schwarzes Haar glänzen, als sie an einem Fenster vorbeischritt. Wie auf Kommando fingen plötzlich alle Ventilatoren an, sich zu drehen. Bis zum nächsten Mal.

Pryce schloß die Tür. »Nun?«

Second Officer Blandford nahm von Crookshank eine Zigarette an und klopfte sie auf dem Tisch zurecht. »Macht einen guten Eindruck. Ich kann verstehen, daß Sie sie gewählt haben. Vielleicht ein bißchen undiszipliniert. Aber wir werden sehen.«

»Ihre Vorgängerin . . .«

»Jane Clarke? Ein bißchen lax, wie?«

Crookshank seufzte. »Ein lebhaftes Mädchen. Stand mitten im Leben.«

Pryce ignorierte ihn. »Alle haben sie gemocht.«

»Beliebt zu sein ist nicht alles, Sir«, sagte sie kühl.

Pryce lächelte zum ersten Mal. »Sehr richtig. Ich fand das immer ein wenig nachteilig!«

Aber er dachte immer noch an Victoria Mackenzie. Er hatte die Schatten unter ihren Augen bemerkt und ihre Gefühle erahnt, wenn sie gelegentlich von Ross gesprochen hatte.

Abrupt sagte er: »So und jetzt wollen wir uns diese geheimen Funksprüche noch einmal vornehmen. Wir tappen völlig im dunkeln. Wenn wir nicht bald etwas hören, müssen wir die Operation verschieben. Noch eine unerklärliche Versenkung können wir uns nicht leisten.«

Crookshank holte seine Lesebrille heraus; gewöhnlich versuchte er das in Gegenwart von Frauen zu vermeiden. »Dem Admiral würde das nicht gefallen.«

Pryce warf ihm einen bedauernden Blick zu. »Genauer gesagt, mir auch nicht!«

Es war ein kleines Hospital, das von der Navy ganz übernommen worden war. In erster Linie wurden dort Überlebende von Geleitzügen versorgt, die nach Zusammenstößen mit dem Feind in Ceylon abgesetzt wurden. Wenn ein von England ausgehender Geleitzug Verluste erlitt, mußte er den Rest seiner Fahrt nach besten Kräften zu Ende bringen, auch wenn Männer Brandwunden, Treibölvergiftung und jede Art von Schock erlitten hatten. Denjenigen, die noch einmal davongekommen waren, mußte Ceylon wie ein Stück vom Paradies erscheinen.

Ein Sanitäter führte das Mädchen über einen glattgewienerten Korridor. Ein paar Verwundete saßen in den Gärten herum oder gingen auf und ab, einige von ihnen pfiffen ihr nach.

»Ihr Captain hat angerufen und Sie angekündigt«, sagte der Sanitäter.

Um zu sagen, daß ich vertrauenswürdig bin, dachte sie.

»Ich hole Maat Tucker, wenn Sie bitte hier Platz nehmen wollen. Sein Zustand ist in Anbetracht der Umstände ziemlich gut.«

Sie wartete an der halbgeöffneten Tür. Es war ein kühler weißer Raum, barmherzig von langen grünen Vorhängen vor der Sonne geschützt. In dem Raum standen nur vier Betten, und jedes war besetzt; die Männer in den Betten lagen ganz still, ob sie schliefen oder unter Einfluß von Medikamenten standen, war schwer festzustellen.

Sie hörte Schritte und sah Tucker auf sich zukommen. Er trug einen Morgenrock und sah, abgesehen von dem Verband um den Kopf, völlig unverändert aus. Er blieb wie erstarrt stehen und sah sie an. »Ich – ich dachte –«, dann lächelte er. »Mein Gott, Mädchen, freue ich mich, Sie zu sehen!«

Er hielt sie fest, als sie die Arme um ihn legte und das Gesicht an seine Schulter drückte.

Aus der Nähe war die Anspannung in seinen freundlichen Zügen nicht zu übersehen, und die Schwellungen und Narben ließen den Feind plötzlich in aller Kraßheit real erscheinen, nicht bloß als unbestimmte Drohung weit jenseits jenes dunklen Horizonts.

»Ich habe von Jamie Ross gehört«, sagte er mit weicher Stimme. »Der wird es ganz bestimmt schaffen.«

Sie drückte ihn an sich. »Er hat gewußt, daß Sie am Leben sind, Mike. Fragen Sie mich nicht, wie. Er wußte es einfach.«

»Nun ja«, sagte er, »wir kennen uns schon eine Ewigkeit.«

Sie blickte zu ihm auf, versuchte zu begreifen, was er durchgemacht hatte, und hatte doch Angst, es sich auszumalen. »Captain Pryce will Sub-Lieutenant Napier eine Auszeichnung verschaffen, eine Beförderung auch.«

Er drehte den Kopf halb herum, als ob er etwas gehört hätte. »Er steht immer noch unter Medikamenteneinfluß. Hat wirklich viel mitgemacht, der arme Teufel.« Es versetzte ihr einen Schock, die Tränen in seinen Augen zu sehen. »Keinen Piepser hat er von sich gegeben und die ganze Zeit beweisen wollen, daß er genauso gut wie sein Bruder ist!« Er trat einen Schritt zurück und fuhr sich mit dem Ärmel über das Gesicht. »Tut mir leid.« Er nahm ihre beiden Hände. »Wenn Jamie zurückkommt, lassen Sie ihn bloß nicht los. Ihr beide gehört zusammen.«

Und dann sagte er mit leiser Stimme: »Jetzt gehe ich besser wieder hinein und setze mich zu ihm.«

Sie sah seine Verzweiflung, als ob er etwas sehr Wertvolles verloren hätte. »Was ist denn? Bitte sagen Sie es mir.«

Er sah sie an, aber sie wußte, daß er sie in Wirklichkeit nicht sah. Er schien mit seinen Gedanken weit weg zu sein.

»Ein langer Weg«, sagte er. »Und dann ein U-Boot, ein holländisches, das uns hierhergebracht hat.«

Aus dem Zimmer war ein leises Geräusch zu hören, und er begann sich von ihr zu entfernen. »Sie haben ihm heute den Arm abgenommen. Da wird ihm ein Orden verdammt viel nützen.«

Der Sanitäter kehrte zurück, ging an ihnen vorbei und in das Zimmer, ohne die beiden anzusehen. Aus weiter Entfernung hörte sie eine Glocke, spürte, wie Tucker sie losließ. »Ich werde auf Sie warten«, sagte sie. »So lange Sie wollen.«

Sein Gesicht war wieder ganz ruhig. »Ja. Das wäre schön. Ich möchte bloß da sein, wenn . . .« Seine Augen wurden hart, als ein weißbemantelter Doktor und ein weiterer Sanitäter über den Korridor eilten. »Das zumindest bin ich ihm schuldig.«

Sie fand eine Steinbank neben einem Brunnen und lehnte sich dagegen, spürte den rauhen Stein durch ihre Bluse. Am liebsten hätte sie geweint, um ihn getrauert, aber sie wußte, daß sie das auch nicht konnte. Sie konnte sich jetzt kaum an Peter Napier erinnern; sein Gesicht war nur ein junges Gesicht unter so vielen, so wie die, die über den Messetisch gesprungen waren und dabei krakeelt hatten, oder jene anderen, die ihre Gläser auf einen tapferen Feind gehoben hatten, der ihnen nur dem Ruf nach bekannt war. Jungen, aus denen Männer geworden waren; und andere wie Mike Tucker, die die ganze Maschinerie zusammenhielten. Gesichter des Krieges. Wie die Gesichter auf den alten Fotografien ihres Vaters. *Daumen hoch, und du bist tot.*

Es war dunkel, und sie saß immer noch neben dem Brunnen, als Tucker sie schließlich aufspürte.

Er trug eine geliehene Uniform. »Laden Sie mich auf einen Drink ein, Maat Mackenzie?« sagte er. »Ich hab kein Geld, muß erst zum Zahlmeister.«

Sie gingen zusammen zum Wagen hinaus. »Willkommen zurück«, sagte sie leise.

Er drückte ihren Arm. »Jamie ist ein Glückspilz.« Und dann fragte er, vielleicht um Zeit zu gewinnen: »Haben Sie 'nen Glimmstengel übrig?«

Sie schüttelte den Kopf. »Ich wußte gar nicht, daß Sie rauchen.«

»Tu ich auch nicht. Mir ist bloß gerade danach.« Er starrte an ihr vorbei und sah das schwache Flimmern des Ozeans. *Er wartet auf uns*, dachte er.

»Ich besorge uns jetzt diesen Drink«, sagte sie. Aber sie zögerte immer noch. »Wie war es mit Peter? Konnten Sie mit ihm sprechen?«

Tucker zwang sich dazu, es noch einmal zu durchleben. Sie war ebenso Teil davon wie sie alle. »Ich glaube, er hat es verstanden«, sagte er leise. »Aber er hat bloß dagelegen und mich angesehen. Und dann hat er gesagt: ›*Das nächste Mal haben Sie nicht so schwer an mir zu tragen.*‹ Und dann ist er, Gott sei Dank, wieder eingeschlafen.«

Sie stiegen in den Wagen, und Victoria ließ den Motor an. Draußen war das Meer; man war nie sehr weit davon entfernt; wie in der Nacht, in der sie zugesehen hatte, wie das U-Boot mit den dunklen Wellen eins wurde.

»Kommen Sie mit, und lernen Sie meinen Vater kennen. Ich kann die Abteilung von dort aus anrufen.«

Tucker sah zu, wie die Torflügel sich öffneten, um sie durchzulassen. Ein netter Wagen, ein hübsches Mädchen in einer zerknitterten Bluse, mit denselben Rangabzeichen wie er. Was wohl Evie davon gehalten hätte?

Dann sagte er: »Er wird sich Vorwürfe machen. Wegen Peters Bruder, der in Norwegen gefallen ist.«

Er brauchte nicht zu sagen, daß er sich um Ross Sorgen machte.

»Dann liegt es wohl bei uns, nicht wahr?« antwortete sie mit fester Stimme.

Tucker sah zum offenen Fenster hinaus und lachte. Er hätte nie gedacht, daß er je wieder lachen würde.

13
Der Funkspruch

Charles Villiers starrte durch die mit Schmutz und Salz verkrustete Luke und beobachtete die zahlreichen Hafenboote, die sich zwischen den vor Anker liegenden Schiffen tummelten.

»Meinst *du* denn, daß es sich machen läßt?« fragte er und drehte sich dabei zu seinem Kameraden um, der in einem frischen Khakihemd und ebensolchen Hosen wie ein Fremder aussah. »Ich meine, am hellichten Tag?«

Ross tippte an die kleine Kokarde, die an seiner linken Hemdtasche befestigt war. Richard Tsao hatte sie bereits darüber informiert, daß jeder Deutsche in Singapur dieses Erkennungszeichen tragen mußte, wenn er sich ohne Aufsicht außerhalb der ihnen zugewiesenen Dockanlagen aufhielt. Es war immer noch schwer vorstellbar: Dieselben Deutschen, die ganz Europa und Skandinavien, mit Ausnahme Schwedens, unter ihre Macht gebracht hatten, mußten sich hier den Japanern gegenüber unterwürfig zeigen und sogar auf den Gebrauch ihrer Uniformen und Orden verzichten.

»Wir gehen also quer über den Quai und steigen in den Lieferwagen«, sagte Ross. »Hast du ihn gesehen?«

Er sah Villiers ungläubige Miene. »Ja. Es ist einer unserer alten Firmenwagen. Man kann das Firmenzeichen noch halb verdeckt unter der neuen Lackierung erkennen.« Er ballte die Fäuste. »Herrgott, die haben uns wirklich alles weggenommen!«

Ross lauschte auf das Poltern und Scharren auf Deck, das

ihm verriet, daß die Mannschaft des Schleppers Vorbereitungen zum Kohlebunkern traf.

»Du kennst Tsao recht gut«, meinte er. »Was wird er denn wohl für all die Informationen haben wollen, die er angeblich besitzt?«

»Die hat er mit Sicherheit«, erklärte Villiers bestimmt. »Er würde nicht sein Leben und das aller anderen riskieren, nur um uns auszutricksen.« Er schien zu überlegen. »Ich hielt ihn immer für einen ruhigen, unauffälligen Burschen. Die Stellung, die er früher in der Firma innehatte, war eigentlich gar nicht so wichtig – offenbar hatte er mehr auf dem Kasten, als damals irgendeiner von uns ahnte.« Dann ging er auf die Frage ein, die Ross ihm gestellt hatte. »Vielleicht Geld. Gold. Möglicherweise eine feste Zusage, ihn und seine Familie hier rauszuholen, vielleicht nach Australien. Dort wäre er sicher, jedenfalls für den Augenblick.«

Die Tür ging auf, und Richard Tsao trat über das Süll. Er hatte ein frisches Hemd angezogen und wirkte bemerkenswert entspannt. »Wir warten auf das Signal«, verkündete er. »Dann gehen wir. Es kommt öfter vor, daß die *Success* den einen oder anderen Passagier zwischen hier und Penang befördert.« Er reichte ihnen zwei abgegriffene Pässe mit dem eingeprägten Naziadler und fügte hinzu: »Es werden Wachen am Quai stehen, aber die wollen mit den Deutschen möglichst wenig zu tun haben.«

Er zögerte, legte den Kopf etwas zur Seite und lauschte auf die Hafengeräusche. »Also, Gentlemen, Sie haben das U-Boot gesehen. Waren Sie beeindruckt?« Er lächelte. »Ihr Gesichtsausdruck hat mir gezeigt, daß Ihnen nicht bewußt war, daß es hier deutsche U-Boote gibt.«

»Ein gut gehütetes Geheimnis«, nickte Ross.

Tsaos Lächeln war bereits wieder verschwunden. »Die Japaner haben sich große Mühe gegeben, um diese Geheimhaltung sicherzustellen. Viele von unseren Leuten sind getötet worden oder einfach spurlos verschwunden.« Jemand stampfte über ihnen mehrmals auf das Deck auf, und Tsao sagte ruhig: »Also, dann wollen wir jetzt gehen und uns ein wenig umsehen, ja?«

Sie kletterten eine Leiter hinauf und überquerten das Deck des Schleppers, das sich bereits mit Kohlenstaub zu überziehen begann. Weder die Crew noch die Dockarbeiter würdigten sie auch nur eines Blickes. Vielleicht waren sie ihnen wirklich gleichgültig, dachte Ross. Sie arbeiteten und wurden dafür bezahlt; in einer Stadt, die unter dem brutalen Joch einer Besatzungsmacht stöhnte, war das mehr, als die meisten Leute für sich erhoffen konnten.

Tsao hatte sich eine neue Zigarette angezündet und gab jetzt seine abgewetzte Aktentasche einem Angestellten, einem kleinen Mann mit Brille, der jedesmal die Augen senkte, wenn Villiers oder Ross ihn ansahen.

Für Ross war es das seltsamste Gefühl seines Lebens, als er sich jetzt zwischen den aufgestapelten Kisten und der Menschenmenge über den staubigen Quai bewegte, während ihm die Sonne auf die Schultern brannte. Als wäre er nackt oder völlig unsichtbar. Er sah zu Villiers hinüber: Zwischen den vielen chinesischen und malayischen Gesichtern wirkte er noch verletzbarer, verloren an einem Ort, den er nicht mehr wiedererkannte. Oder war er ihm nur zu vertraut, selbst jetzt noch?

Der Lieferwagen stand mit ein paar anderen zerbeulten Fahrzeugen mit offener Tür da, damit etwas Luft hereinkommen konnte. Eine ganz normale Maßnahme, nichts, was irgendwie Argwohn erwecken konnte. Ross sah sich um. Allem Anschein nach interessierte sich niemand für sie.

»Wir werden morgen wieder ablegen«, sagte Tsao schnell. Und fügte dann hinzu: »Sehen Sie sich nicht um. An den Toren sind Soldaten. Steigen Sie in den Lieferwagen.« Er beobachtete seinen Angestellten und vermutete wahrscheinlich, daß der kleine Mann von panischer Angst erfüllt war. »Ich werde fahren. Sie gehen zu Fuß zum Büro.« Als der Kleine sich eilig in Bewegung setzte, rief er ihm nach: »*Langsam!* Ich verlasse mich auf Sie!« Dann sagte er wieder ruhiger: »Er ist in vieler Hinsicht nützlich, aber ...« Er ließ den Motor an und ergriff das Lenkrad. »Denken Sie an das, was ich Ihnen sagte. *Diese Leute* sind der Feind.«

Der Lieferwagen polterte über ein altes Gleis und rollte dann auf das Tor zu.

Ross kauerte auf einer niedrigen Holzbank und spähte Tsao über die Schulter. Er konnte die Spannung, unter der Villiers stand, beinahe körperlich fühlen, obwohl er, als Ross zu ihm hinübersah, überraschend ruhig wirkte. Dann vergaß er ihn und alles andere und beobachtete die Soldaten. Es waren drei, einer lümmelte an einer Anschlagtafel, und er wünschte sich, er hätte noch seinen Revolver oder wenigstens sein Tauchermesser bei sich. Es war, als schritte man offenen Auges in eine Falle. Er konnte den Schweiß unter seinem Gürtel spüren, aber es war kalter Schweiß, so kalt wie das ermordete Mädchen.

Tsao atmete scharf aus, als einer der Soldaten ihnen in den Weg trat und die Hand hob. Er flüsterte: »*Denken Sie dran!*«

Ross sah, wie der Soldat durch das offene Fenster spähte; seine dunklen Augen huschten von dem Passierschein an der Windschutzscheibe zu dem Paß, den Tsao ihm hinhielt.

Dann richtete sich sein Blick auf Ross. Es schien Minuten zu dauern, bis er etwas sagte.

Tsao drehte sich leicht zur Seite. »Die Pässe.«

Ross nahm Villiers Paß und hielt ihn mit dem seinen nach vorn. Es war unmöglich, zu erraten, was der Soldat jetzt dachte. Dann nickte der Soldat seinen Kameraden zu und gab die Pässe wortlos zurück.

Ross wartete, zählte die Sekunden und rechnete damit, daß man ihnen jeden Augenblick befehlen würde, den Wagen zu verlassen. Was würde Tsao dann tun? Unwissenheit vorschützen oder einfach weiterfahren, ohne sich umzusehen? Aber es war unwahrscheinlich, daß er sehr weit kommen würde.

Der Lieferwagen rollte weiter, und als Ross sich umsah,

konnte er erkennen, daß die drei Soldaten einen Mann aufgehalten hatten, der einen großen Sack aus dem Hafen schleppte. Er wandte sich ab und spürte, wie sein Magen revoltierte, als einer der Soldaten dem Mann einen Schlag mit dem Gewehrkolben versetzte; er machte sich nicht einmal die Mühe, dabei den Trageriemen von der Schulter zu nehmen. Die anderen Soldaten lachten, als er auf den Mann eintrat, der auf der Straße lag und sich schützend die Hände über das Gesicht hielt. Niemand blieb stehen, um zu protestieren oder dem Opfer behilflich zu sein. Als wäre der Mann unsichtbar. So wie sie, als sie den Schlepper verlassen hatten.

»Ich habe es Ihnen ja gesagt«, erklärte Tsao. »Die Japaner und die Deutschen lieben einander nicht sehr. Das kann Ihnen aber nur recht sein.«

Villiers fragte mit belegter Stimme: »Was hat denn dieser Mann getan, den sie geschlagen haben?«

Tsao lenkte den Wagen um eine auf der Straße liegende Gestalt herum. Krank, betrunken oder tot, das schien niemanden zu interessieren. »Wahrscheinlich nichts. Das ist eben ihre Art. So ist das hier, seit die Briten kapituliert haben.«

Ross runzelte die Stirn. Da war es wieder – eine Spitze, aber ohne erkennbare Bosheit oder Bitterkeit. War Tsao wirklich ein Freund? Sie mußten ihm jedenfalls vertrauen, soviel stand fest.

Er sah, wie sich Villiers' Finger an die Sitzbank krallten und weiß wurden, als er sich nach vorn beugte, um auf die vorüberziehenden Läden und Häuser zu blicken. Wie es aussah, waren die meisten Schäden nach der Invasion überhaupt nicht behoben worden; viele Gebäude waren nur noch Schutthaufen, wo Mörser- und Granatfeuer das Unvermeidliche beschleunigt hatten.

Sie bogen von der Hauptstraße ab, und Tsao sagte: »Wir fahren jetzt landeinwärts.« Er deutete auf die Straße, die sie verlassen hatten. »Wenn Sie dieser Straße folgen, kommen Sie irgendwann nach Changi, dort stecken Tausende von

Ihren Landsleuten in Gefangenenlagern. Es ist ein Ort der Düsternis.«

Ross mußte unwillkürlich an Tucker und seine Kameraden denken und fragte sich, ob sie sich auch an einem solch schrecklichen Ort befanden oder vielleicht gar nicht mehr am Leben waren.

Dann mußte er an das Mackenzie-Anwesen denken und den alten Colonel, der ihm sein Herz geöffnet hatte. Was würde er wohl empfinden, wenn er jetzt seine geliebte Insel sehen könnte? Wo er sich entgegen allen Regeln und ungeschriebenen Gesetze einer geschlossenen Gesellschaft verliebt hatte und seitdem dafür den Preis hatte entrichten müssen, ganz gleich, wie auch immer er von seinem »alten Land« sprach. Und Victoria? Es würde ihr das Herz brechen.

Er hörte Tsao sagen: »Sie wissen, wo wir hinfahren, Lieutenant?«

Ross sah, wie Villiers nickte. Seine Finger krallten sich immer noch in die Bank, als wolle er sie nie wieder loslassen.

»Sie müssen stark sein«, sagte Tsao. »Das, was geschehen ist, kann niemand mehr ändern. Sie sind nicht allein.«

Villiers lehnte sich zurück und sagte leise zu Ross: »Mein Zuhause ist nur noch ein paar Minuten von hier entfernt. Der Ort, wo meine Eltern gestorben sind«, er versuchte gar nicht erst seine Bitterkeit zu verbergen, »während ich in meiner neuen Uniform herumstolzierte und nach jemandem Ausschau hielt, der mich grüßen mußte!«

»Seien Sie doch nicht so verdammt hart zu sich. Das ist der Krieg. Das passiert einfach.«

Es klang beinahe brutal, und er wußte, daß Villiers darunter litt. Aber er fuhr unbarmherzig fort: »Mein bester Freund ist meinetwegen gestorben. Wegen eines Angriffs, ein Angriff, der so wichtig war, daß ich nichts anderes mehr sehen konnte. Und ihn hatte der Mut verlassen.« Seine eigene Stimme, seine Worte schockierten ihn. Als ob er David eben erst verraten hätte. Richard Tsao hatte es besser ausgedrückt als irgendein anderer. *Andere folgen ihnen.* Er griff nach Villiers Arm und spürte die angespannten Muskeln darunter. »Deshalb sollten Sie versuchen, in der Hoffnung Trost zu finden, daß etwas, das wir tun, vielleicht mithelfen könnte, all diesem schrecklichen Leiden ein Ende zu machen.«

Villiers blieb eine Weile stumm, bis er schließlich sagte: »Sorry, Jamie. Ich hoffe immer noch . . .« Er fuhr sich durch sein blondes Haar. »Nun, ich kann einfach nicht anders. Das ist alles.«

Sie mußten noch an zwei Kontrollpunkten anhalten. Ross wunderte sich selbst darüber, daß er das hinnehmen konnte, ohne mit der Wimper zu zucken. Als einer der japanischen Soldaten ihn leger gegrüßt hatte, hatte er den Gruß mit einem kurzen Kopfnicken und »*Heil Hitler*« erwidert. Selbst der unergründliche Tsao hatte dazu billigend genickt. »Das ist besser!«

Sie erreichten eine von Unkraut überwucherte Zufahrt, und Tsao hielt den Lieferwagen an. »Von hier aus gehen wir zu Fuß.« Erst jetzt merkte Ross, daß die heruntergekommene Straße früher einmal eine beeindruckende Zufahrt gewesen sein mußte. Die Ansammlung rauchgeschwärzter Ruinen, die inzwischen fast völlig von Schlingpflanzen bedeckt war, mußte einmal Villiers' Zuhause gewesen sein. Die Worte Tsaos – *ein Ort der Düsternis* – gingen ihm durch den Kopf. Er konnte es riechen, konnte die Kälte und die Krankheit spüren wie die ersten Symptome eines Fiebers.

Schließlich erreichten sie einen schmalen, von Unkraut frei gehaltenen Fußweg, an dessen Ende etwas abseits von den verkohlten Gebäuden ein Bungalow stand. Ross wollte Villiers danach fragen, sagte aber nichts, als er den Schmerz in seinem Gesicht sah. Vermutlich hatte hier einmal ein Angestellter gelebt, vielleicht der Verwalter, den Richard Tsao ersetzt hatte.

Der Bungalow war behaglich und gut möbliert, mit Bildern und Kunstgegenständen, die durchaus auch in das Haus des Colonels gepaßt hätten.

Villiers ließ sich in einen Ledersessel fallen, als hätte ihm jemand die Beine unter dem Leib weggeschlagen.

»Ich habe meine Familie auf Besuch zu Freunden geschickt«, sagte Tsao. Seine dunklen Augen blitzten zwischen den beiden Männern hin und her. »Man wird uns nicht stören. Ich werde dafür sorgen, daß uns zu essen gebracht wird.«

Ross hatte hinter dem Bungalow einige reglose Gestalten gesehen. Tsaos Status schien Minute für Minute zu wachsen.

Villiers rieb über die Armlehnen seines Sessels. »Der hat einmal meinem Vater gehört«, murmelte er und schüttelte dann den Kopf. »Nein, machen Sie sich keine Sorgen, mir geht es gut. Ich habe gewußt, worauf ich mich einlasse.«

»Das will ich auch hoffen!« sagte Ross mit scharfer Stimme.

Tsao kehrte zurück und warf sein Jackett über einen Stuhl. »Ich habe alles arrangiert.«

Ross fragte sich, ob er sie nur deshalb allein gelassen hatte, damit sie etwaige Meinungsverschiedenheiten austragen konnten, die er möglicherweise in dem Lieferwagen oder vielleicht auch schon früher an Bord der *Success* gespürt hatte.

»Wir haben nicht viel Zeit«, meinte Tsao schroff. »Hier läuft alles nach japanischen Uhren!« Er holte seine Zigaretten heraus. »Ich würde gern ein paar Minuten unter vier Augen mit Ihnen sprechen, Commander Ross.« Ohne ihn dabei anzusehen, sagte er zu Villiers: »Wenn Sie solange im Garten spazierengehen wollen, wird mein Diener dafür sorgen, daß Ihnen nichts passiert und man Sie nicht belästigt.«

Villiers stand auf, und Ross sagte: »Es macht dir doch nichts aus?«

»Nein, es macht mir nichts aus«, entgegnete Villiers dumpf. Und dann fügte er hinzu: »Ich habe dich ja schließlich in diese Sache hineingezogen, erinnerst du dich?«

Tsao schien überhaupt nicht wahrzunehmen, daß Villiers den Raum verlassen hatte. Er blickte auf den Rauch seiner Zigarette, der fast unbewegt in der feuchten Luft hing, und sagte: »Was Sie im Hafen gesehen haben, hat Sie beeindruckt, Commander Ross, nicht wahr?«

Ross nickte. »Sind Sie bereit, mir mehr zu sagen? Über Operation *Monsun* zum Beispiel?«

Tsao blies den Rauch zur Seite. »Die Deutschen sind vor einem Jahr gekommen. Zuerst dachten wir, das sei mehr eine symbolische Geste, um dem Kaiser zu beweisen, daß sie auf seiner Seite stehen. Herr Hitler hat dem Kaiser sogar ein U-Boot geschenkt und eine Mannschaft abgestellt, um eine japanische Crew einzuweisen.« Er lächelte. »Sie haben nicht das richtige Gesicht für einen Geheimagenten, Commander. Ihr Ausdruck läßt mich erkennen, daß man Ihnen von alldem nichts gesagt hat, daß Sie *keine Ahnung davon hatten.*«

Ross lächelte. »Ich will Ihnen nichts vormachen.«

Tsao fuhr fort: »Dann wurden die Deutschen ehrgeiziger. Sie schickten ihre eigenen Unterseeboote, nicht etwa um den Japanern den Rücken freizuhalten, damit die im Pazifik gegen die Amerikaner kämpfen konnten, wie wir zuerst annahmen, sondern um als Blockadebrecher zu operieren, um wichtiges Material zu befördern, das in Deutschland entweder knapp oder vielleicht auch überhaupt nicht zu bekommen ist. Diese deutsche Gruppe hatte den Namen *Monsun*, es war nicht etwa eine spezielle Operation. Es ist bekannt, daß einige Unterseeboote von britischen und amerikanischen Flugzeugen versenkt wurden, ehe sie Singapur erreichten. Aber niemand, nicht einmal Ihr Geheimdienst, wußte, was sie eigentlich vorhatten. Seit damals hat die Gruppe an Umfang zugenommen, und die Japaner haben, wenn auch widerwillig, ihre Stützpunkte ausgebaut. Hier in Singapur und in Tandjok Priok bei Batavia stehen ihnen Docks zur Verfügung. Aber das deutsche Hauptquartier für *Monsun* ist in Georgetown auf Penang. Dort haben die Japaner das Dock ebenfalls wiederaufgebaut – die Briten hatten es bei ihrem Rückzug demontiert. Sie benutzen es als Liegeplatz und für kleinere Reparaturen und Umbauten, die in diesem Klima erforderlich sind.« Die eigentliche Bombe hatte er sich für den Schluß aufgehoben: »Die Deutschen haben sogar zwei *Arado*-Wasserflugzeuge in Penang stationiert, nur um überwachen zu können, wer kommt und geht.« Er zuckte die Achseln. »Aber sie fühlen sich sicher, unverletzbar. Außer Reichweite von Bombenflugzeugen und von ihren Feinden durch Inseln getrennt, die sie beherrschen, und dazu noch durch die ganze Weite des Indischen Ozeans.«

Ross wartete ab. »Sie sprechen ein ausgezeichnetes Englisch, wenn ich das mal sagen darf.«

Tsao lächelte breit, vielleicht zum ersten Mal. »Wenn man für den Vater von *Mister* Charles arbeitete, dann wurde das als Selbstverständlichkeit betrachtet, glauben Sie mir!« Dann wurde er wieder geschäftsmäßig. »Ich kann Ihnen alle Informationen geben, die Sie für einen Angriff auf den deutschen Stützpunkt oder ihr Depotschiff brauchen, das jetzt jeden Tag aus Japan eintreffen sollte. Das wäre ein Triumph für Sie und könnte die Kluft zwischen den beiden Ländern noch vertiefen.«

»Und Sie sind sicher, daß wir das schaffen würden?«

»Unter unserer Hilfe und Anleitung ganz bestimmt. Ohne die würden Sie nichts erreichen, und Ihre künftigen Operationen gegen die Japaner von See aus wären dauernd bedroht.«

»Und welche Gegenleistung erwarten Sie?«

Tsao warf die leere Zigarettenschachtel weg. »Ich habe eine Liste aufgestellt. Hauptsächlich enthält sie Waffen und Explosivstoffe und natürlich Funkgeräte, falls wir in der letzten Schlacht mitwirken sollen.«

Eigenartigerweise hatte Villiers erwartet, daß er Geld verlangen würde, Gold, wie er gemeint hatte, und eine sorgfältig geplante Flucht aus der beständigen Gefahr, in der er hier schwebte.

Tsao sah ihn ruhig an. »Ich sehe, Sie sind überrascht, Commander. Schon wieder? Das stimmt doch?«

Ross stand auf. »Ich werde jetzt Lieutenant Villiers holen.«

Er sah sich im Zimmer um. »Dann erwarte ich Ihre Anweisungen.« Er blieb an der Tür stehen. »Überrascht? Ja, das stimmt.« Er hielt ihm die Hand hin. »Aber angenehm überrascht.«

Er ging in den Garten hinaus, wo die herumliegenden Ziegelsteine und verkohlten Balken zum Teil von pastellfarbenen Orchideen verdeckt waren, Unmengen, vielleicht wild gewachsen, vielleicht früher einmal als Hauspflanzen kultiviert. Er fand Villiers in der heißen Sonne, in seiner Nähe einen von Tsaos Bediensteten – vielleicht war »Wache« eine passendere Bezeichnung –, der im Schatten herumlungerte.

Ross sagte mit ruhiger Stimme: »Ich bin fertig. Ich glaube, es hat sich gelohnt, falls es mir gelingt, unseren Leuten klarzumachen, was hier gebraucht wird.«

Villiers starrte ihn an, seine Augen waren ganz klar. Später dachte Ross, daß er noch nie so gut ausgesehen hatte.

Er sagte: »Wir sind jetzt zusammen, Jamie. Meine Familie ist hier. Ich weiß es.« Er stand auf, als Ross seinen Arm nahm. »Sie haben jetzt Frieden.«

Captain Ralph Pryce stieß die Tür der Einsatzzentrale auf und legte seine Mütze mit den goldenen Eichenblättern bedächtig auf einen leeren Tisch. Draußen war es dunkel, pechschwarze Nacht, und die Luft war heiß und schwer, als ob sich ein Sturm zusammenbraute, obwohl die Leute vom Wetterdienst das in Abrede stellten. Der Raum wirkte friedlich, beinahe verlassen, nur das Geräusch der Ventilatoren war zu hören und das hartnäckige Pochen von Insekten, die, vom Licht angezogen, gegen die verschlossenen Fenster stießen.

Second Officer Celia Blandford schickte sich an aufzustehen, aber Pryce hinderte sie beinahe schroff daran: »Hier steht niemand für höhere Dienstränge auf, außer vielleicht für den Admiral – aber ich glaube, der ist erst einmal hier gewesen.«

Sie unterdrückte ein Gähnen und sah auf die Uhr. »Keine besonderen Vorkommnisse, Sir.«

Pryce gab einen Grunzlaut von sich und blätterte in dem

Aktendeckel mit den Funksprüchen. Er hätte sich die Mühe sparen können. Ein Schiff, das dieses wollte, ein Kommandant, der jenes brauchte, ein paar ungenaue Instruktionen hinsichtlich der Sicherheitsmaßnahmen am Stützpunkt. Er sagte: »Noch keine Nachrichten.« Sie reagierte darauf nicht, und er fragte: »Fangen Sie an, sich hier zurechtzufinden?«

Sie zuckte die Achseln, und er stellte fest, daß ihre Bluse unter den Armen dunkle Schweißflecken aufwies. Schon ein himmelweiter Unterschied gegenüber England, dachte er.

»Maat Mackenzie noch da?«

Sie blickte zum Deckenventilator auf. »Ich habe sie nach Tee geschickt.« Fast hätte sie gelächelt. »Ich glaube, das hat sie mir übelgenommen.«

»Sie hat hier den Laden in Schuß gehalten, seit Ihre Vorgängerin . . .« Er zögerte und fragte sich dann, warum er sich in ihrer Gegenwart unbehaglich fühlte, wo es doch eigentlich andersherum hätte sein sollen.

»Ermordet wurde? Also, Sir, ich muß das hier auf meine Art machen. Ich bin nicht der Typ, der allen gleich das Du anbietet, nicht so früh jedenfalls.«

Pryce ging in dem Raum herum, sah sich Diagramme und Listen an, Landkarten und Notizen, die so ausgebleicht waren, daß man sie kaum mehr lesen konnte. Dann meinte er: »Ich war gerade draußen auf dem Lazarettschiff. Es wird in etwa einer Stunde auslaufen. Viel kann man ja bei solchen Anlässen nicht sagen. Seinen Leuten habe ich natürlich geschrieben.«

Sie nickte. »Sub-Lieutenant Napier. Wie nimmt er es denn auf?«

Pryce überlegte. Das junge Gesicht, eingefallen, von Schmerzen und den Medikamenten gezeichnet. Ein Schatten des Offiziers, den Ross hatte schützen wollen. Eigentlich hätte er sich inzwischen daran gewöhnt haben sollen. Er hatte genug Männer sterben sehen . . . Er sah die ernst blickende Marinehelferin an. Frauen auch. »Seine Karriere ist damit beendet.« Es war so, wie wenn man ein Schott zuschlägt. Aber gab es denn eine andere Möglichkeit? Er dachte an Maat Tukker; er war ebenfalls an Bord des weißgestrichenen Lazarettschiffs gewesen. Pryce hatte nicht gefragt, wie er das gedeichselt hatte. Auch ein seltsamer Vogel. Er könnte jetzt auf dem Weg nach Hause sein, um dort einen langen, wohlverdienten Urlaub zu verbringen. Er hatte eine kurze, aber brutale Gefangenschaft überlebt, und nach allem, was Pryce aus den geheimen Berichten hatte entnehmen können, hatte er den jungen Napier praktisch den ganzen Weg zurück in die Sicherheit mit dem Chindit-Sabotagetrupp auf seinen Schultern getragen. Aber nein, er hatte entschieden abgelehnt. *Ich will hierbleiben, Sir, ich gehöre hierher. Meine Familie wird jetzt bereits wissen, daß ich am Leben bin. Das war meine Hauptsorge.*

Pryce dachte an das, was Tucker ihm über das Verschwinden der *Turquoise* gesagt hatte und was ihm von irgendeinem burmesischen Dorfältesten erzählt worden war. Von einem anderen Unterseeboot versenkt. Das kam ihm höchst unwahrscheinlich vor, und er fragte sich, was man wohl in der Admiralität davon halten würde. Er hatte Tuckers Erklärung abgeschickt, wie das von ihm erwartet wurde, aber mit Bedacht darauf verzichtet, seine persönliche Meinung hinzuzufügen. Aber irgend jemand hätte dann schon etwas entdecken müssen. Er blickte auf eine Wandkarte und dachte dabei an Ross und Villiers. Der Kommandant der *Tybalt* hatte in einem Funkspruch mitgeteilt, daß er den ersten Teil der Mission abgeschlossen habe. Seitdem waren keine Nachrichten mehr gekommen.

Die Tür ging auf. Maat Victoria Mackenzie kam mit einem Teetablett herein und sah Pryce: »Ich bitte um Entschuldigung, Sir, ich dachte, Sie wären auf dem Lazarettschiff.«

Pryce sah sie an. »Ich bin jetzt nicht in der Stimmung für Tee. Vielen Dank.« Er stellte fest, daß sie nur eine Tasse gebracht hatte, für ihre Vorgesetzte. Das sagte eine ganze Menge.

»Wie geht es Sub-Lieutenant Napier, Sir?«

»So wie es den Umständen nach zu erwarten war«, erwiderte er. Und dann, um etwas zu sagen: »Leider keinerlei Nachrichten aus Singapur.« Er zog seinen Schlüssel heraus. »Bringen Sie mir meine Spezialakte, ja?« Er blickte ihr nach und versuchte, sich nicht vorzustellen, wie es sein könnte.

Second Officer Blandford sagte: »Ich kann mit ihr sprechen, wenn Sie das möchten, Sir. Ich könnte sogar veranlassen, daß sie versetzt wird.«

Pryce sah sie an und war plötzlich des Wartens müde, hatte genug von Leuten, die einfach nicht verstehen konnten oder wollten. »Nein, das können Sie nicht. Es wäre mir nämlich nicht recht.«

Zu seiner Überraschung lächelte sie, als ob sie es wäre, die an ihm eine Schwäche entdeckt hatte, und nicht etwa umgekehrt.

Victoria kam zurück, legte das dicke Bündel auf den Tisch und reichte ihm dann den Schlüssel. Sie warf nur einen kurzen Blick auf den Tee. Er stand noch unberührt da.

»Holen Sie mir die Funksprüche vom Flaggoffizier, Unterseeboote. Vielleicht findet sich unter all dem Papierkram etwas.« Und dann fügte er beiläufig hinzu: »Die *Tybalt* wird in der Wartezone bleiben, bis die Zeit für die Aufnahme der Jungs aus Singapur gekommen ist.« Er sah Dankbarkeit in ihren Augen aufblitzen, mit der er gar nicht gerechnet hatte. »Ich danke Ihnen, Sir«, sagte sie.

Er nahm seine schöne Uniformmütze und sah sie an. *Der jüngste Admiral seit Nelson.* Er lächelte schwach. *Aber nicht unter diesen Umständen.* »Ich bin jetzt noch eine Stunde in meinem Büro.«

Victoria setzte sich und sah sich die Funksprüche an. Pryce wußte genau, was in ihr vorging. Er war allen immer einen Sprung voraus, das sagte jeder. Sie dachte an Mike Tuckers von Blutergüssen entstelltes Gesicht und fand darin Kraft, daß er es abgelehnt hatte, Urlaub zu nehmen, und immer noch ein Grinsen zustande brachte, wenn dringend eines gebraucht wurde.

Er hatte verstanden, als sie es ihm zu erklären versuchte. Er hatte die Hand auf ihren bloßen Arm gelegt und gesagt: »Dann werden wir zusammen warten.« Das Lächeln war ebenso schnell wieder verschwunden, und er hatte gemurmelt: »*Zusammen.* Das hat der arme Teufel zu mir gesagt. Und wozu?«

Ein Schatten fiel über den Tisch, und sie blickte zu ihrer neuen Vorgesetzten auf, spürte die Spannung, die zwischen ihnen lag und die ihr inzwischen vertraut geworden war. Jane Clarke war manchmal auch schwierig gewesen, hatte immer wieder von ihr verlangt, daß sie sie deckte, während sie hinter ihrer neuesten Flamme herrannte. Aber sie hatte keine Allüren gehabt, hatte nie die Vorgesetzte herausgekehrt.

Blandford sagte: »Dieser Staffelkommandant James Ross bedeutet Ihnen wohl sehr viel? Das muß ein ganzer Mann sein. Ein Held.«

Victoria wartete. Vielleicht war es nur ein schlechter Anfang gewesen, und die andere versuchte jetzt, das Klima zu verbessern. Und dazu brauchte es zwei. »Ich liebe ihn«, antwortete sie. »Ich hätte nie gedacht, daß so etwas passieren könnte. Ich saß hier auf diesem Stuhl, als er das erste Mal hereinkam. Ich war ziemlich unfreundlich zu ihm ... trotzdem muß ich es wohl gleich gespürt haben ...«

Blandford lächelte, aber nur ganz kurz. »Dieser Krieg ist für vieles verantwortlich. Man muß immer vor so etwas auf der Hut sein – es ist so leicht, sich gehenzulassen, alles wegzuwerfen. Glauben Sie wirklich, daß Sie wissen, was Sie tun, was ihn betrifft?«

Victoria spürte, wie ihr das Blut ins Gesicht schoß, und ärgerte sich über sich selbst. »Ich liebe ihn. Sie müssen doch wissen, was ich meine?« Sie sah die dunkle Wolke, die über Blandfords Gesicht zog, und wußte, daß die Kluft zwischen ihnen immer noch so tief war wie eh und je. Sie wandte sich ab. »*Ma'am?*«

»Ich gehe zum S.D.O.«, sagte Blandford schroff. »Bin gleich wieder da.« Sie blickte auf die Tür zu Pryces Büro. »Wenn Captain Pryce etwas braucht, sagen Sie mir Bescheid.«

Sie ging hinaus und knallte die Tür hinter sich zu. Victoria stand auf und ging langsam zu dem anderen Schreibtisch hinüber. Was wäre gewesen, wenn sie das angebotene Offizierspatent angenommen hätte? Sie nahm die weiße Mütze ihrer Vorgesetzten in die Hand und starrte sie an. *Glauben Sie wirklich, daß Sie wissen, was Sie tun, was ihn betrifft?* Es war, als wäre Janes Geist zurückgekommen, um sie zu verhöhnen. Vielleicht hatte es im Leben Blandfords einmal jemanden gegeben, der sie verletzt, sie im Stich gelasen hatte ... Sie hängte die Mütze wieder auf den Stuhl und ging zu ihrem Tisch zurück. Eine weitere Nacht voller Angst lag vor ihr. Und selbst wenn sie dann erschöpft einschlief, waren da immer noch die Träume. Ross, wie er den ehrwürdigen Orden wieder an sich nahm und sagte: »Nein, ich will ihn jemand anders geben.«

Sie vergrub das Gesicht in den Händen. »O Gott, ich liebe ihn doch so! Laß nicht zu, daß ihm etwas passiert.«

Die Tür flog auf, und sie zuckte überrascht zusammen. Aber es war Major Trevor Sinclair. Seine gebräunte Haut hob sich sehr dunkel gegen seine frische Khakiuniform ab. Seine Augen wirkten ein wenig glasig. »Oh, Sie sind das! Ein wenig spät für ein so hübsches Mädchen, um noch Wache zu schieben!«

Sie ballte die Fäuste unter dem Tisch. Gewöhnlich war er eiskalt und korrekt. Ein wenig wie Pryce, das hatte sie wenigstens geglaubt. Aber nicht jetzt. Sein sonst immer sorgfältig gekämmtes Haar war wirr, und er verschluckte beim Reden einige Silben.

»Also?« herrschte er sie an. Anscheinend hatte er vergessen, was er zuvor gesagt hatte, und schrie jetzt: »Wo ist der Chef? Er will mich wegen irgend etwas sprechen. *Muß* mich sprechen, besser gesagt. *Was?*«

Wenn nur jemand hereinkommen würde, irgend jemand. »Captain Pryce ist in seinem Büro, Sir«, sagte sie. »Kann ich etwas für Sie tun?« Sie erkannte sofort, daß Sie damit in eine Falle ging, und fügte schnell hinzu: »Soll ich ihn holen?«

Er trat vor ihren Schreibtisch und stützte sich mit beiden Händen darauf, so daß sein Gesicht nur ein paar Zoll von dem ihren entfernt war. »O ja, mein kleiner Schatz, du kannst eine ganze Menge für mich tun.« Er streckte die Hand aus und berührte sie an der Schulter. Seine Hand brannte heiß durch den dünnen Stoff ihrer Bluse. Sie konnte den Gin in seinem Atem spüren, so wie sie die plötzliche Gefahr spüren konnte. Die Angst.

»Sie sind doch nicht etwa schüchtern, wie?« Die Finger packten ihre Schultern, griffen fester zu, bis sie sich am liebsten losgerissen hätte. Und doch wußte sie, daß es genau das war, was er wollte, was er erwartete.

»Bitte nicht, Sir.«

Er lächelte, und seine Hand begann sich wieder zu bewegen. »Du weißt ganz genau, daß du es so magst. Wem würden die wohl glauben? Komm schon, spiel bei mir nicht die Spröde.«

Irgend etwas klapperte am Fenster, und er drehte sich halb herum. Er hielt ihren Arm fest gepackt, so daß sie spüren konnte, wie ihr Puls gegen sein Handgelenk schlug. Sie sah, wie sein Ausdruck sich veränderte, sah, wie die Wildheit von ungläubigem Staunen, ja von Schock verdrängt wurde, so daß sie einen Augenblick lang glaubte, er sei im Begriff, den Verstand zu verlieren.

Er starrte die Mütze von Second Officer Blandford an. Das Rangabzeichen, das in der Deckenbeleuchtung blitzte.

»*Was? – Was?*« Er schien um Luft zu ringen. »Soll das ein verdammter Witz sein?« Aber in seinem Zorn lag jetzt keine Drohung mehr, und sie zwang sich, völlig reglos zu sitzen, bis er ihren Arm losließ und er sich aufrichtete, als hätte er gerade eine unsichtbare Last abgesetzt.

Sie hörte sich mit kühler Stimme sagen: »Second Officer

Blandford, Sir. Das wußten Sie nicht? Sie ist vor kurzem hierher versetzt worden, als meine Vorgesetzte.« Es war, als würde sie die Stimme einer Fremden hören, eine ruhige, leise Stimme, das einzige, womit sie sich gegen seinen plötzlichen Schrecken, sein Verstehen verteidigen konnte. Fast konnte sie die Rotmütze hören, Guest, wie er die Szene schilderte, wie er von der fehlenden Plakette an Jane Clarkes Mütze sprach. *Ein Souvenir, eine Trophäe.*

Die Tür öffnete sich, und Second Officer Blandford sah herein. »Ich dachte, ich hätte Stimmen gehört.«

Victoria griff sich an den Arm. Sicherlich hatte seine Hand Druckstellen hinterlassen. Sonst hätte sie das Ganze ins Reich der Phantasie verbannt, ausgelöst von zuviel Anspannung. Sie hatte ihn nicht einmal hinausgehen sehen. »Major Sinclair, Ma'am«, erklärte sie ruhig. »Er hat Captain Pryce gesucht.« *War das alles?* Konnte sie es einfach dabei belassen?

Wieder huschte ein Lächeln über die Lippen. »Sie hätten mich rufen sollen. Ich habe ihn bis jetzt noch nicht kennengelernt. Er ist auch ein Held, nicht wahr?«

Aber der Spott glitt an ihr ab.

Sie hatten gesagt, es sei unmöglich. Seine Worte hallten noch in ihrem Ohr – wie lange war es jetzt her? Minuten, allerhöchstens Minuten. *Wem würden die wohl glauben?*

Sie dachte an Ross, wie er versucht hatte, sie vor der nackten Leiche der jungen Frau und den gierigen Blicken der MPs abzuschirmen, während der Regen auf sie herunterprasselte.

Er hat mich angefaßt. Sie berührte ihren Arm, ekelte sich, wollte das Mal tilgen, das er hinterlassen hatte. *Der Griff eines Mörders.*

Blandford sagte: »Also, wenn Sie sonst nichts hinzuzufügen haben . . .« Sie schnappte nach einem Telefonhörer, ehe der Apparat ein zweites Mal geklingelt hatte.

Dann sagte sie: »Captain Pryce will Sie sprechen.« Victoria regte sich nicht von der Stelle, und Blandford fügte fast unfreundlich hinzu: »Jetzt, sofort, heißt das!«

Victoria konnte sich nachher nicht mehr erinnern, wie sie durch den Korridor gegangen und ob sie dabei jemandem begegnet war. Plötzlich stand sie in Pryces Büro, die Fingerknöchel gegen die Hüften gepreßt wie bei einer Parade. Ihre Selbstkontrolle war jetzt alles, was sie hatte; sie wußte nur, daß sie nicht weich werden durfte.

Sinclair war da, saß ganz entspannt in einem Rattansessel und hielt ein Glas in der Hand. Er lächelte ihr zu, beinahe gleichgültig, so wie er vielleicht irgendeinen Fremden in seiner Messe grüßen würde. Jetzt wurde ihr bewußt, daß auch Commander Crookshank anwesend war. Er hielt ebenfalls ein Glas in der Hand; sein Gesicht war gerötet, als wäre er all die Meilen von der Hauptbasis gerannt. Sie schüttelte den Kopf, wobei sie spürte, wie ihr das Haar feucht an der Haut klebte. Das war albern. Die Basis war viel zu weit entfernt.

Pryce musterte sie, als wäre er unsicher, wie jenes andere Mal in diesem selben Büro, als James Ross sie festgehalten und so getan hatte, als würde er sie erstechen, damit Guest sich ein Bild machen konnte. Er runzelte die Stirn, als Crookshank mit seinem Glas winkte. »Sie haben des Guten zuviel getan, meine Liebe. Ich denke, wir können die Vorschriften einmal vergessen. Sie sollten einen Schluck mit uns trinken.«

Sie versuchte den Kopf zu schütteln, aber das tat zu weh. »Was gibt es, Sir?« Vielleicht hatte Sinclair irgendeine Anschuldigung gegen sie vorgebracht, aber dann war sie sicher, daß er das nicht hatte. Er war nicht einmal mehr derselbe Mann.

Pryce sagte kühl: »Sie kennen ja Commander Crookshanks Mißtrauen gegenüber dem Fernschreiber oder selbst gegenüber dem letzten Triumph der Technik, dem Telefon?« Aber selbst er konnte es nicht länger hinausziehen. Er sagte: »Funkspruch von der *Tybalt: Operation beendet. Beide Passagiere sicher aufgenommen. Kehren umgehend zum Stützpunkt zurück.*«

Sie wußte, daß sie umkippte, ebenso wie sie wußte, daß

Pryce schon damit gerechnet hatte. Er stützte sie, trug sie halb zu einem Stuhl, und jemand hielt ihr ein Glas Wasser an die Lippen.

Sie wollte etwas sagen, wollte den Funkspruch noch einmal hören. Er war in Sicherheit. Er kam zurück. Aber nichts kam über ihre Lippen.

Undeutlich hörte sie Major Sinclair sagen: »Ich begleite Sie zu ihrem Quartier, wenn Sie wollen.«

Nein. Nein. Aber wieder kam nichts heraus.

Dann war da eine andere Stimme. Die Frau mit dem schnellen, nervösen Lächeln. »Das wird nicht notwendig sein, Major Sinclair. Ich werde mich um Maat Mackenzie kümmern.«

Victoria streckte die Hand nach ihr aus, ergriff die ihre. »Danke.« Fast hätte sie Jane zu ihr gesagt, ihre Hand war kalt, so wie die Janes in jener Nacht. *Oder ist es meine?*

Dann fiel sie in Ohnmacht.

14
Gut gemacht!

James Ross hielt sich die Hand vor den Mund, um ein Gähnen zu unterdrücken, und kämpfte gegen den Wunsch an, auf die Uhr zu sehen. Seine Lieblingspfeife lag neben ihm, mit Tabak gefüllt, aber noch nicht angezündet. Jedesmal wenn er daran gedacht hatte, sie anzuzünden, hatten entweder Captain Pryce oder Commander Crookshank wieder eine Frage auf ihn abgefeuert. Die ganze Situation war unwirklich und irgendwie bedrückend, und die ihn umgebende Dunkelheit und die grellen Lichter des Bereitschaftsraums ließen in ihm das Gefühl aufkommen, er stehe vor Gericht.

Als er von dem U-Boot-Depotschiff an Land gekommen war, hatte er gehofft, daß sie ihn unter irgendeinem Vorwand erwarten würde. Aber da stand nur Pryces Wagen mit dem üblichen Fahrer von den Royal Marines, der ihn in halsbrecherischem Tempo zur Berichterstattung abgeholt hatte.

Es waren noch zwei weitere Offiziere seines Ranges anwesend, aber sie waren ihm nicht vorgestellt worden, oder falls doch, dann war ihm das entgangen.

Nach der Verabredung mit dem Unterseeboot *Tybalt* waren sie beide überrascht gewesen, wie mühelos es dem Schlepper *Success* gelungen war, den Kontakt herzustellen und sie beide in Sicherheit zu bringen. Eigentlich hatte keiner von beiden so richtig damit gerechnet, überhaupt mit dem Leben davonzukommen. Dennoch wäre die Sache in letzter Minute beinahe noch schiefgegangen. Das Unterseeboot hatte gerade auftauchen wollen, damit der Captain einen Funkspruch absetzen und melden konnte, daß die Operation beendet sei, als sie von zwei japanischen Patrouillenbooten angegriffen wurden. Ob das nun reiner Zufall war oder ob es vielleicht einen vagen Hinweis auf ihre Anwesenheit im Operationsgebiet gegeben hatte, würden sie nie erfahren; jedenfalls war es verdammt knapp gewesen. Ross hatte auf Unterseebooten gedient, und die Spannung und die Angst vor einem entschlossenen Angriff von einem Überwasserschiff aus hatte sich im Laufe der Zeit nicht gemindert. Eine Salve Wasserbomben war so nahe bei ihnen detoniert, daß sie das Klicken der Zündmechanismen hören konnten, ehe die Welt rings um sie herum explodierte. Lampen waren zersprungen und Farbsplitter wie Schnee auf sie heruntergeregnet. Es hatte einen mächtigen Knall gegeben, als ob der Rumpf in einem riesigen Schraubstock zerdrückt würde; dann hatten sie gehört, wie das Motorengeräusch leiser wurde, sich entfernte und schließlich ganz verstummte. Der Mann am Unterwasserhorchgerät hatte »Alles klar« gemeldet, und daraufhin hatte der junge Kommandant selbst jede einzelne Abteilung angerufen, um sich zu vergewissern, daß alle seine Männer sicher und unversehrt waren. Abgesehen von etwas Nasenbluten und einem gebrochenen Finger waren sie glimpflich davongekommen.

Tarrant war wahrscheinlich ein Offizier, den man nie richtig kennen würde, aber obwohl dies sein erstes Kommando war, hatte er das Boot wie ein echter Veteran geführt. Er mußte in seiner Laufbahn unter ein paar guten Kapitänen gedient gehabt haben. Ross hatte ihm die Hand geschüttelt, als sie sich von ihm verabschiedeten, um an Bord des Depotschiffs zu gehen. Der Kommandoturm war stark eingedrückt, wie eine Konservendose, und ein Teil der Deckverkleidung war völlig abgerissen worden. Es war also wirklich verdammt knapp gewesen.

Vielleicht wäre es zu einer anderen Zeit überhaupt nicht passiert. Es war allgemein bekannt, daß viele U-Boote bei der Rückkehr vom Patrouilleneinsatz verlorengingen und nicht auf dem Höhepunkt irgendeines Angriffs. Das Motto hieß: Nie in der Wachsamkeit nachlassen, niemals etwas als gegeben ansehen.

Tarrant hatte gelächelt. »Wenigstens gibt das jetzt eine gründliche Überholung. Das nächstemal müssen Sie sich ein anderes Taxi nehmen, Sir.« Er hatte sich den Schaden nachdenklich betrachtet und sich dabei wahrscheinlich an einen typischen Spruch der U-Boot-Leute erinnert: *der teuerste Sarg der Welt.*

Eine Hand streckte sich nach einem neuen Stenoblock aus, und Ross sah, wie die Marinehelferin ihn ein paar Sekunden lang musterte. Der neue Second Officer, dachte er, der Ersatz. Irgendwie fühlte er sich in ihrer Gegenwart unbehaglich, und es kam ihm nicht richtig vor, so offen über das zu sprechen, was er und Charles Villiers miteinander getan und gesehen hatten. Es war noch eine weitere Frau zugegen, eine Protokollführerin aus Crookshanks Abteilung; ein kleines, dunkelhaariges Mädchen mit Sommersprossen, deren Bleistift jetzt über ihren Block huschte und jede Bemerkung, jede Frage und jede Antwort festhielt.

Wenn Victoria hier wäre . . . Er rieb sich die Augen und ärgerte sich darüber, daß er so müde war. Als er an Land gegangen war, hatte er das Gefühl gehabt, Bäume ausreißen zu können.

Dann hatte Pryce ihm von Napier erzählt und natürlich von Mike Tucker. Peter Napier war offenbar mit dem Lazarettschiff abgereist. *Ich muß ihm schreiben.* Und noch während er es dachte, wußte er, daß er es doch nicht tun würde. Falls und wenn sie sich von Angesicht zu Angesicht gegenüberstanden, wäre es schon eine andere Sache. Er dachte an Tucker und das Gefühl der Wärme, das er verspürt hatte, als Pryce ihm von seiner Rolle bei dem Einsatz berichtet hatte. Als Rice geköpft worden war. Es war immer noch schwer zu verdauen.

Crookshank spielte mit seiner Brille, und Ross sah zu Pryce hinüber und stellte fest, daß der irritiert war.

»Und Sie glauben wirklich, daß dieser Richard Tsao sauber ist?«

Jetzt brauste Pryce auf. »Herrgott noch mal, John, Commander Ross steht hier nicht unter Eid, und das hier ist auch kein verdammtes Kriegsgericht!«

Die kleine Marinehelferin senkte den Kopf, damit man ihr Lächeln nicht sehen konnte. Second Officer Blandford funkelte sie an.

»Ja, das glaube ich, Sir. Er geht ein großes Risiko ein, aber er weiß das, und seine Leute wissen es auch. Die U-Boote sind da, und sie fahren seit Monaten ein und aus.« Er sah, wie Pryce die kleine Kokarde anstarrte, die immer noch an seiner Hemdtasche steckte; er hatte noch nicht einmal Zeit gehabt, sich umzuziehen. »Die Gruppe, die sich *Monsun* nennt, beabsichtigt, kriegswichtige Materialien durch unsere Blockade zu schleusen. Nicht in großen Mengen natürlich, aber irgendwie wird es sich zusammenläppern.«

Crookshank rieb sich das Kinn. »Im großen Krieg hatten die Jerries ein großes Fracht-U-Boot, die *Deutschland.* Sie war als Blockadebrecher auf der Nordatlantikroute eingesetzt, aber natürlich war sie dafür gebaut und nicht für den Kampf.«

»Ich verstehe, Sir«, sagte Ross. »Bei diesen U-Booten handelt es sich um den Typ IX D, für Fernstrecken. Sie nehmen so viel Ladung wie möglich auf, Rohgummi, Wolfram, Zink, Kugellager, können aber trotzdem auch für die Jagd eingesetzt werden. Wie ich mit Lieutenant Villiers' Hilfe in meinem Bericht vermerkt habe, verfügen die Deutschen auch über zwei *Arado*-Wasserflugzeuge. Ihr Hauptquartier befindet sich in Penang und steht unter dem Kommando von Fregattenkapitän Dommes.« Er erinnerte sich an einen von Richard Tsaos seltenen Anfällen von Erheiterung, als er ihnen erklärt hatte, daß der oberste japanische Befehlshaber ein Vizeadmiral Uozomi sei, wobei der gewaltige Rangunterschied eine weitere Kluft zwischen den ungleichen Verbündeten darstellte.

»Diese Liste, die Tsao da aufgestellt hat«, sagte Pryce. »Er will Waffen, Funkgeräte?«

Ross versuchte seine Gedanken zu konzentrieren, die bereits um Bilder einer dampfenden Badewanne und eines kühlen Drinks zu kreisen begannen. Villiers lag unterdessen wahrscheinlich schon im Bett und träumte von seinem unerreichbaren Mädchen in England, oder er erinnerte sich an jenen kurzen Augenblick des Friedens in dem verwüsteten Garten, wo er als kleiner Junge einmal gespielt hatte.

»Er will kämpfen, Sir.«

Pryce gab ein Grunzen von sich. »Ich weiß nicht, was Whitehall davon halten wird.« Dann war er wieder ganz der alte, hatte alle Zweifel von sich geschoben. »Aber das ist deren Problem. Sobald ich die Freigabe vom D.N.I. habe, kann der Admiral ja beim Kommando Südostasien die Trommel rühren. Gleich an oberster Stelle.«

Crookshank warf ihm einen besorgten Blick zu. »Lord Mountbatten?«

Pryce zeigte ein dünnes Lächeln. »Selbstverständlich. Er bekommt gewöhnlich das, was er will.«

»Das neue Depotschiff wird jetzt jeden Tag eintreffen, Sir«, sagte Ross. »Ein japanisches Handelsschiff, aber entsprechend umgebaut mit den entsprechenden Werkstatteinrichtungen für die Wartung von U-Booten. Das war allem Anschein nach ein weiterer Stolperstein zwischen den Deutschen und den Japsen.«

»Kann ich mir denken«, meinte Pryce scharf. »Ich würde mein altes U-Boot auch nicht ein paar verdammten Kulis in die Hand geben wollen.«

Er ging an das Fenster, dessen Läden geschlossen waren, und kam wieder an den Konferenztisch zurück. »Ich glaube, das ist genau das, was wir wollen.« Fast hätte er Ross die Hand auf die Schulter gelegt, überlegte es sich dann aber anders. Vielleicht schien ihm diese Geste zu intim. »Sie haben Ihre Sache verdammt gut gemacht, Jamie. Ich werde dafür sorgen, daß das alles in meinen Bericht kommt.«

Ross wandte sich ab. Es war wie mit dem armen Peter Napier und seiner Beförderung; und ein Orden auch, hatte Pryce gesagt. Mike Tucker würde sich ihm gegenüber ganz bestimmt nicht zurückhalten. Er würde ihm sagen, was sich wirklich zugetragen hatte.

Als könne er seine Gedanken lesen, sagte Crookshank: »Ihr Maat Tucker besteht darauf, daß es ein U-Boot war, von dem die *Turquoise* erledigt wurde.«

Pryce starrte auf die Karten an der Wand. »Es wird mir eine Freude sein, mich mit Brigadier Davis zu unterhalten. Der und seine Geheimagenten!«

Crookshank sagte: »Aber manche seiner Informationen ...« Er kam nicht weiter. Pryce blätterte wütend in seinen Akten, um irgend etwas zu beweisen oder zu widerlegen.

Ross drehte sich herum, als Officer Blandford ihn zum erstenmal ansprach. »Das muß schrecklich riskant gewesen sein.«

Ross lächelte. »Gar nicht so schlimm, sobald wir einmal angefangen hatten.« Er sah den Zweifel in ihren Augen. »Das einzige Mal, als ich mir wirklich Sorgen machte, war, als die

Tybalt angegriffen wurde. Ich denke, ich bin es inzwischen gewöhnt, allein zu sein und aus eigener Verantwortung zu handeln.«

Sie lächelte. »Wenn Sie meinen.«

Pryce sah sie an und runzelte die Stirn. »Übrigens, Jamie, ich möchte, daß Sie sich eine Weile etwas im Hintergrund halten. Der Admiral hat diesen verdammten Kriegsberichterstatter Howard Costain zurückgeholt.« Dieselbe Irritation, als paßte es ihm nicht, daß jemand anderer das Sagen hatte, selbst wenn es der Admiral war.

Ross griff nach seiner Pfeife, stellte aber plötzlich fest, daß ihm gar nicht mehr nach Rauchen zumute war. »Ganz wie Sie wünschen, Sir.«

Pryce blätterte wieder in seinen Papieren. »Und dieser Tsao hat Erkennungssignale, Schiffsmarkierungen und all das versprochen?«

Ross sah Tsaos gefaßte Züge vor sich, die Härte des Mannes und das Wissen, das er mit sich herumtrug. Während sie, ringsum vom Feind umgeben, in Penang gelegen und die U-Boote an ihren Liegeplätzen beobachtet hatten, war Tsao mit dem kühlen Selbstvertrauen eines professionellen Agenten gekommen und gegangen, nicht wie der kleine Angestellte, den Villiers einmal gekannt hatte. Und doch konnte es zu jeder Stunde geschehen, bei Tag oder bei Nacht, daß die Tür aufflog und man ihn wegschleppte und den scheußlichen Folterungen der *Kempetai* aussetzte oder ihn gar zwang, dabei zuzusehen, wie seine Familie und seine Freunde vor seinen Augen hingemetzelt wurden.

Ross sagte: »Wenn nötig, würde ich ihm jederzeit wieder mein Leben anvertrauen. Er ist ein Mann, der an den Sieg glaubt, nicht nur gegen die Japaner, sondern gegen jeden, der versucht, sein Land und seine Leute unter ein fremdes Joch zu zwingen.«

»Selbst gegen uns, Commander Ross?« fragte Blandford mit sanfter Stimme. »Oder gegen die Holländer in Java und

Sumatra und so weiter? Sollen sie sich nicht das zurücknehmen dürfen, was rechtmäßig ihnen gehört hat?«

Machte sie sich über ihn lustig? Vielleicht wirkte seine einfache Erklärung hier, wo keine Gefahr herrschte, banal.

Pryce fiel ihr unsanft ins Wort. »Das geht uns nichts an. Unsere Aufgabe ist es, die Japaner dort zu treffen, wo es weh tut, und uns nicht zuviel Gedanken über den Preis zu machen!«

Einen Augenblick lang hatte es den Anschein, als ob er und Pryce ganz allein wären. Ross hörte tief in seinem Inneren die unausgesprochene Frage, so wie er sie all die anderen Male gehört hatte: *Haben wir das je getan, Sir?*

Und irgendwo ganz im Hintergrund der junge Peter Napier, dem es so wichtig war, ein guter Soldat zu sein. *Ein Kinderspiel.*

Es war bereits dunkel, als Ross schließlich das Gebäude verließ. Nach den endlosen Fragen, den Erklärungen, die die Marinehelferin für ihr stenographisches Protokoll benötigt hatte, war er so müde, daß ihm die Dunkelheit noch schwärzer vorkam.

Zwei Matrosen schlenderten vorbei, nur ihre weißen Mützen waren zu erkennen. Ross konnte das schwere Aroma von Rum riechen und nahm an, daß sie vielleicht mit einer verbotenen Flasche gehorteter Rationen gefeiert hatten. Es schien eine Ewigkeit her zu sein, daß er hiergewesen war, eher Monate als Wochen. Er kam sich vor wie ein Fremder. Charles Villiers hatte das auch so empfunden.

Und dann sah er sie. Sie stand völlig reglos neben einem der khakifarbenen, auf dem Gelände abgestellten Fahrzeuge. Es hätte auch eine der anderen Marinehelferinnen sein können, aber er wußte sofort, daß es Victoria war.

Sie kam auf ihn zu und schüttelte den Kopf, als könnte sie es nicht glauben, daß er tatsächlich vor ihr stand, ehe sie ihn umarmte.

Er drückte sie an sich und flüsterte: »Ich muß schrecklich

aussehen. Ich habe mich seit Tagen nicht mehr umziehen können!«

Allem Anschein nach hörte sie es gar nicht. »Ich wußte, daß du kommen würdest. Man hat mich weggeschickt, um Dokumente aus Colombo zu holen.« Sie versuchte zu lächeln, um ihre Anspannung und die Ängste, die sie ausgestanden hatte, zu verbergen. »Ich – ich glaube, Captain Pryce hat das absichtlich getan, damit er dich ganz für sich hat!«

Erst dann schien ihr klarzuwerden, was er gesagt hatte, und sie strich ihm mit beiden Händen über die Schultern. »Das ist mir egal. Du bist wieder da, du bist außer Gefahr.« Sie lehnte sich an ihn. »Du *bist* doch außer Gefahr?«

Er zog sie näher zu sich heran und dachte an die vielen Male, als er sich diese Szene ausgemalt hatte. Jetzt, da sie Wirklichkeit war, war es völlig anders. Unglaublich. »Ja, so gut wie neu.« Er strich ihr über das Haar und dann ganz sachte über ihr Gesicht, spürte ihre Wärme und sah, daß ihre Augen, obwohl es dunkel war, ganz genauso waren, wie er sie in seinen Gedanken vor sich gesehen hatte.

»War es schlimm?«

Er blickte zu den Wolken auf, die sich hinter ihr am Himmel aufgetürmt hatten, und dem einsamen Stern, der zwischen ihnen dahinzutreiben schien. »Ich glaube, es war den Einsatz wert.« Er dachte an die Gesichter, die ihn wie gebannt gemustert hatten, und daran, wie zufrieden Pryce über Tsaos Informationen und Listen gewesen war. »Aber ich habe die ganze Zeit an dich gedacht und wie es gewesen sein muß, als du als Kind dort weggegangen bist.«

Sie drückte ihr Gesicht an seine Brust und ignorierte seine Proteste. »Ich habe darauf gewartet. Du bist ein Mann. Du riechst nach Schiffen, nach jener anderen Welt, die du mir beschrieben hast.«

Sie verließen die Militäranlage und folgten dem Weg zum Meer hinunter. Sie sagte leise, so leise, daß das Rascheln der Blätter über ihnen beinahe ihre Worte übertönte. »Ich habe für dich gebetet. Ich hatte solche Angst, daß dir etwas passieren könnte, daß du vielleicht nicht zurückkommen würdest.« Dann ein kurzes Zögern: »*Zu mir.*«

Irgendwo knallten Türen, lautes Gelächter hallte zu ihnen herüber. Vielleicht war Mike Tucker einer der Feiernden. Um darüber hinwegzukommen.

Er blieb stehen und sah sie an. »Colombo? Du bist nach Colombo gefahren und wieder zurück?«

Sie blickte zu ihm auf, und die warme Brise, die vom Meer hereinwehte, spielte mit ihrem schwarzen Haar. Er konnte spüren, wie sie ihn studierte und wie sie sich erinnerte. Sie schüttelte den Kopf. »Das war schon in Ordnung. Ich hatte einen Marine als Fahrer. Das war ganz ungefährlich.« Sie wartete darauf, daß er sie wieder in die Arme nahm. »Du vergißt nie etwas, nicht wahr, Jamie?«

Das war das erste Mal, daß sie seinen Namen aussprach, seit sie sich auf dem Gelände begegnet waren.

»Ich vergesse nie«, sagte er. »Du bist für mich etwas ungemein Wertvolles.«

Sie zuckte zusammen, und einen Augenblick dachte er, es sei ihr nicht recht, daß er seine Empfindungen aussprach.

Aber dann antwortete sie mit weicher Stimme: »Ich habe jeden Abend für dich gebetet.« Ihre Zähne blitzten in einem schnellen Lächeln auf. »Zu mehreren Göttern, aber dasselbe Gebet!« Sie berührte seine Hüfte, und er spürte, wie sie fröstelte. »Du trägst eine Waffe?«

Er wollte sie nicht loslassen. »Befehl.« Mehr sagte er dazu nicht. Das alles schien so unsagbar weit entfernt, und die Vorstellung bereitete ihm Mühe, daß in diesem Augenblick Männer alles riskierten und viele den Preis dafür bezahlten. In der Vergangenheit war es leichter gewesen, das irgendwie zu tarnen. *Schlecht gelaufen,* oder irgend jemand *hat ins Gras gebissen.* Das war nicht bloß die Härte junger Männer im Krieg, sondern ein notwendiger Panzer, eine erzwungene Abgebrühtheit, die es den Überlebenden ermöglichte, weiterzumachen. Nach dem, was sein Vater ihm berichtet hatte, war es schon immer so gewesen. Aber er sagte nur: »Man hat mir gesagt, ich soll ein paar Tage untertauchen. Drei Tage hat Pryce gesagt. Anscheinend ist der berühmte Kriegsberichterstatter wieder hier.«

Sie hielt seine Arme mit beiden Händen fest. Durch das ausgeliehene Hemd mit der schwarz-gelben Kokarde fühlten sie sich heiß, fast fiebernd, an. »Ich weiß. Er hat eine Unmenge Fragen gestellt. Die Leute von der Sicherheitsabteilung mögen das gar nicht.«

Er lächelte. »Unvorsichtige Reden. Aber in seinem Fall wird das wohl eher wieder so etwas sein wie: ›*Endlich ist es möglich, die Geschichte dieses gemeinen und gefährlichen Krieges zu erzählen. Ein Sprecher erklärte . . .*‹ et cetera.«

Sie sah weg. »Mein Vater möchte, daß du solange bei uns wohnst. Du kannst den Stützpunkt ja jeden Tag anrufen, selbst die Operationszentrale.«

Er fühlte die Zweifel in ihrer Stimme. »Ich habe übrigens deine Vorgesetzte kennengelernt, Second Officer Blandford . . .«

Sie zuckte die Achseln. Aber selbst diese kleine Bewegung ließ in ihm den Wunsch aufkommen, alles mit ihr zu teilen, seine Zweifel, seine Ängste . . .

»Sie wird schon noch lernen«, sagte sie. »Vielleicht.«

Ein Wagen fuhr sehr laut an, und irgendwo im Gebüsch kreischten ein paar Vögel. Sie hielt inne und sah ihn an. »Du könntest Lieutenant Villiers mitbringen. Meinem Vater wäre das recht.«

»Ich weiß nicht.« Er zögerte, ärgerte sich, daß er so schüchtern war. »Die Leute könnten das falsch auffassen, obwohl ich dir jetzt schon sagen kann, daß ich mir jeden vorknöpfen würde, der etwa versucht, dir Schwierigkeiten zu machen!«

Plötzlich wirkte sie entspannt und gelockert, so, als ob sie nicht gewußt hätte, wie er reagieren würde. »Drei Tage? Captain Pryce wollte, daß ich ein paar Tage Urlaub mache. Aber ich mußte doch hier sein, falls du mich brauchst.« Sie fuhr sich an die Augen. »All die vielen Meilen Ozean zwischen uns, aber du warst nie weit weg; nicht von mir, Jamie.«

Also akzeptierte es Pryce, selbst wenn er nicht einverstanden war. Er versuchte sich Pryce als jungen, verliebten U-Boot-Kommandanten vorzustellen, aber das Bild wollte nicht recht Gestalt annehmen.

»Ich werde mit Charles Villiers sprechen. Ich bin sicher, er wird entzückt sein.«

»Für ihn war es schwer, nehme ich an«, meinte sie bedächtig. »Sein Singapur gibt es nicht mehr.« Sie blickte zu Boden. »Vielleicht meines auch nicht.«

Er drückte sie wieder an sich. Warm, geschmeidig und voll Vertrauen. »Ich würde dir nie weh tun, Victoria.«

»Ich weiß, daß das deine Gedanken waren. Mein Name, meine Ehre, die Gefühle meines Vaters – du sorgst dich um jeden, nur nicht um dich selbst!«

Ein Scheinwerferpaar blitzte auf, verlosch wieder, und sie sagte: »Ich muß jetzt gehen, Commander Crookshank will wegfahren. Ich arbeite jetzt auch für ihn.«

»Ich warte!« protestierte er. »Bitte, gestatte mir das.«

Sie löste sich von ihm und sagte: »Morgen. Jetzt mußt du dich schlafen legen, vielleicht etwas trinken.« Sie versuchte zu lachen. »Aber nicht mit Second Officer Blandford; die könnte versuchen, dich mir abspenstig zu machen.«

Wieder wurden Türen zugeknallt, und sie legte ihm die Hände auf die Schultern und küßte ihn auf den Mund. »So, *ich muß jetzt gehen.*«

»Victoria!« Er sah sie zögern, während sie den Pfad entlanggingen, doch sie sagte nichts. »Ich liebe dich, Victoria. Ich habe das noch nie zu jemandem gesagt.« Er wiederholte es. Es war, als würde er jemand anderen sprechen hören. »Ich liebe dich!«

Und dann rief sie plötzlich: »Ich weiß!«

Er wartete, und sein Herz schlug dröhnend, während er den

Stimmen auf dem Militärgelände lauschte, Crookshanks belegtem Whiskylachen und Pryces abgehackter kühler Stimme. Er fuhr sich mit den Fingern durchs Haar. *Ich liebe dich.*

Plötzlich mußte er an all die jungen Gesichter denken, die der Krieg dahingerafft hatte, die *ins Gras gebissen* hatten. Vielleicht konnten sie diesen einen großartigen Augenblick in seinem Leben mit ihm teilen.

Ross stieg aus dem schweren Dienstwagen und sah sich in der hellen Sonne um. Die eindrucksvolle Fassade des Mackenzie-Hauses, die scharlachroten Blumen und die raschelnden Palmen, auf die der nächtliche Regen heruntergegangen war – ein perfektes Willkommen.

Er zeichnete den Zettel ab, den Pryces Fahrer ihm hinhielt, alles sehr amtlich, um zu beweisen, daß der Mann ihn und Villiers sicher und ohne Zwischenfall abgeliefert hatte. Nach allem, was sie gemeinsam erlebt hatten, schien das beinahe absurd. Selbst der Fahrer hatte sich so auf seine Pflichten konzentriert, daß er kein Wort geredet hatte, und allem Anschein nach hatte er auch nicht zugehört, was seine Passagiere hinten im Wagen miteinander redeten.

Das war in diesem Verein immer dasselbe, dachte Ross. Nach außen hin locker und nicht besonders förmlich, bis sich die nächste Krise abzeichnete. Dann klappte die ganze Abteilung zu. Wie eine große Muschel.

Der Wagen fuhr weg, und Villiers sagte: »Es gab Zeiten ...«

Ross lächelte. »Ich weiß. Mir geht es genauso.« Er sah sich um. »Was ist das für ein Geruch? Weihrauch?«

Villiers starrte ihn an, als ob er nicht richtig gehört hätte. Dann schnippte er mit den Fingern, und ein Ausdruck der Ergriffenheit legte sich über sein Gesicht, das plötzlich sehr jung wirkte.

»Aber natürlich! Das chinesische Neujahr! Wie konnte ich das vergessen?«

Ross griff nach seiner kleinen Reisetasche und blickte durch das Blätterdach der Bäume zur Sonne auf. »Neujahr? Ich wette, zu unserem Neujahr hat es in England geschneit!«

Seltsam, daß es ihm so schwerfiel, seine Anwesenheit hier zu akzeptieren, wo er doch die Ankunft in ihrem kleinen Hauptquartier fast als Selbstverständlichkeit empfunden hatte. Das Gefühl hatte sich im Laufe der Nacht eingestellt. Er hatte sich hin und her gewälzt und vielleicht sogar laut aufgeschrien, als sein unruhiger Schlaf schließlich zum Alptraum wurde. Er war Mike Tucker begegnet, kurz bevor der Wagen ihn abgeholt hatte. Sie hatten einander gemustert, beide unsicher, so als würden sie im Gesicht des anderen nach etwas suchen. Sie hatten nur wenige Worte gewechselt; das würde vielleicht später kommen. In der Marineakademie in Dartmouth oder in Gegenwart des Flaggoffiziers wäre das ein Ding der Unmöglichkeit gewesen, aber sie hatten sich umarmt, wobei jeder den Schmerz des anderen und zugleich eine Art gequälte Erleichterung verspürt hatte.

»Sie hätten in die Heimat zurückgehen können«, hatte Ross gesagt. »Das wissen Sie doch, Sie Gauner!«

Und Tucker hatte gegrinst, sein träges Grinsen, das ihm so vertraut geworden war. »Sie würden doch ohne mich nie zurecht kommen. Wir sind doch ein Verein und gehören zusammen.« Der Rest würde später herauskommen. Sobald sie darüber reden konnten.

Villiers sagte: »Für mich war ein Brief angekommen. Caryl hat sich juristisch beraten lassen, wegen einer Scheidung.« Er schnitt eine Grimasse. »Ihr Vater ist ihr da freilich überhaupt keine Hilfe. Für den muß die Heirat ein inneres Festessen gewesen sein. Er ist Filialleiter einer Bank – für den scheint Major Sinclair die Sonne aus dem A . . .« Er hielt inne und wurde rot.

Ross drehte sich um. Da stand sie auf der Treppe, umrahmt von dem Dunkel, das im Inneren des Hauses herrschte. Sie trug ein weißes Kleid, das ihre Arme frei ließ, und hatte eine rote Blume im Haar stecken.

Villiers nahm ihre Hand. »*Kung Hai Fat Choy!*« Er beugte sich vor, um ihr einen Handkuß zu geben.

Sie lächelte. »Und Ihnen auch ein gutes neues Jahr, Lieutenant Villiers!« Aber dabei sah sie Ross an, und ihr Blick wirkte bedrückt, vielleicht sogar traurig, so als ob Villiers' Glückwünsche schmerzliche Erinnerungen in ihr geweckt hätten.

Dann kam sie langsam die Treppe herunter und sagte: »Herzlich willkommen.« Sie drehte den Kopf etwas zur Seite, damit er sie auf die Wange küssen konnte. »Du siehst jetzt viel besser aus.«

Er grinste. »Tatsächlich? Ich muß ein schrecklicher Anblick gewesen sein!«

Sie hakte sich bei den beiden Offizieren ein, und sie gingen gemeinsam ins Haus. Der Weihrauchduft war dort noch ausgeprägter, und neben einer der vielen Statuetten des Colonels lagen rote und goldene Orchideenblüten.

Ross sah zu Villiers hinüber und sah den Schatten in seinem Gesicht. Wieder eine Erinnerung an das, was er in Singapur gesehen, was er verloren hatte?

Ein schmächtiger Diener tauchte auf und verbeugte sich. »Er wird Sie auf Ihr Zimmer bringen«, sagte Victoria zu Villiers. »Wir sehen uns dann wieder, wenn Sie soweit sind.«

Als sie dann allein mit Ross bei den beiden Säulen stand, sagte sie: »Mein Vater spielt Schach mit seinem alten Freund, dem hiesigen Arzt. Ich werde dich im Garten herumführen, diesmal bei Tageslicht.«

Er spürte ihren Arm unter seinen Fingern, glatt und gebräunt. Es war seltsam, daß ihre Anwesenheit ihn so verlegen machte. Wenn sie Uniform getragen hätte, wäre es vielleicht anders gewesen. Dann wäre sie Teil ihrer Welt gewesen, der seinen und Villiers'.

»Du starrst mich an«, sagte sie.

»Überrascht dich das?«

»Es freut mich.« Sie drückte seinen Arm. »Ich kann es immer noch nicht glauben, daß du hier bist, bei mir, gesund und wohlbehalten.«

Er blieb stehen und drückte sie sanft an sich. »Ich werde nicht zulassen, daß du noch einmal leiden mußt.« Er sah auf ihren Mund, sah den Pulsschlag an ihrem Hals. »Aber ich muß auch bestimmt wissen, daß du das verstehst.«

Sie sah ihn suchend an. »Daß ich verstehe? Was gibt es da zu verstehen?«

Er packte ihre Arme und sagte: »Ich liebe dich, Mädchen. Und zwar seit ich dich zum ersten Mal zu Gesicht bekommen habe. Aber das gibt mir nicht das Recht, die Freiheit . . .«

Sie zog ihn herum und nahm neben ihm Gleichschritt auf.

»Du meinst, ich würde etwas tun, was ich später bereue? Wie jenes andere Mal, von dem dir mein Vater erzählt hat?« Sie schüttelte den Kopf, und das schwarze Haar fiel ihr ins Gesicht, verdeckte ihre Augen. »Ich war auch mit schuld daran. Ich wollte Liebe. Ich dachte, ich hätte sie gefunden.«

»Es war mir wichtig, daß du das weißt.«

Sie blickte zu ihm auf, und ihre Augen leuchteten im Widerschein der Sonne. »Ja, Jamie. Jetzt weiß ich es.« Sie musterte ihn ein paar Sekunden lang. »Man erwartet von uns, daß wir nicht über solche Dinge reden.« Sie schüttelte seinen Arm. »Nein, schau mich nicht so an. Aber wir wissen beide, daß eine große Operation bevorsteht, etwas sehr Gefährliches, etwas, das dich wieder von mir reißen wird.«

»Ja. Höchstwahrscheinlich.« Dies war jetzt nicht die Zeit für Lügen oder Dementis, nicht die Zeit, Dinge zu verheimlichen. »Ich glaube nicht, daß die Goldfasane der Chance widerstehen können.«

Sie lächelte. »*Die Goldfasane.* Du bist so respektlos, Jamie! Was würde wohl Captain Pryce dazu sagen?« Aber in ihren Augen stand bereits wieder die Sorge.

Er küßte sie sehr vorsichtig. »Oder *davon,* Victoria?« Er spürte, wie sie sich zurückhielt, aus Angst vielleicht; Angst um ihn, um sich selbst, das war unmöglich festzustellen.

Dann sagte sie leise: »Drei Tage. Was würdest du gern mit diesen drei Tagen anfangen?«

Er dachte an das Telefon. Pryce würde sie doch wohl diese drei Tage in Ruhe lassen?

»Wir können Spaziergänge machen und reden«, sagte sie, »oder schwimmen oder einfach in der Sonne sitzen.« Überrascht betrachtete sie seine Hand, die auf ihrem Arm lag.

»Du bist so schön gebräunt«, sagte er. »Second Officer Blandford wird dich darum beneiden.«

Und sie korrigierte ihn ebenso ernsthaft: »Darum wird sie mich *auch* beneiden.« Dann deutete sie auf den hinteren Teil des Anwesens, wo ein einfaches, weißgetünchtes Gebäude zu erkennen war, das wie ein Blockhaus aussah. »Da drin ist der Wasserspeicher. Er hat ein flaches Dach. Dort oben kann mich niemand sehen, da ist man ganz für sich!« Sie lächelte, konnte ihn dabei aber nicht ansehen. »Ich habe mich immer gefragt, weshalb ich mir eigentlich die Mühe gemacht habe.« Sie drückte ganz fest seinen Arm. »Jetzt weiß ich es.«

Sie blieben am Swimmingpool stehen, und sie sagte: »Hast du von Wasser inzwischen genug, Jamie?«

Es war, als würde sie jedesmal eine Pause machen, wenn sie seinen Namen aussprach. Entweder konnte oder wollte sie ihre Reserve nicht ganz aufgeben.

Sie sah ihm zu, wie er neben dem Schwimmbecken niederkniete und die Hand in das klare Wasser hielt. Kühl und nach der Hitze und dem Staub so überaus einladend. Und auch ihretwegen, weil sie zusammen waren. Etwas, das früher einmal selbstverständlich gewesen war, was die Menschen aber beinahe vergessen hatten.

Sie berührte ihren Arm, so wie sie das getan hatte, als Major Sinclair sie losgelassen hatte. Falls dort etwas zurückgeblieben war, konnte man es jedenfalls nicht erkennen. Sie sah die Freude in Ross' Gesicht, als er zu ihr aufblickte; jede Spannung war aus seinem Gesicht gewichen, als ob es sie nie gegeben hätte.

Wie könnte ich es ihm sagen? Es würde nichts beweisen und sein Leben vielleicht in noch größere Gefahr bringen, wenn Pryces »Alarm« Realität werden sollte. Sie konnte Sinclairs lallende Stimme hören. *Wem würden die wohl glauben?* Captain Pryce hatte Sinclair gebeten, seine Rückkehr nach England aufzuschieben, damit man ihm seinen neuen Orden verleihen konnte, seinen Klunker, wie Mike Tucker gesagt hätte. Wenn er auch nur vermutete, daß sie ihre Vorgesetzten informiert hatte, würde er Jamie dafür die Schuld geben. Indirekt oder sonstwie, es würde auf dasselbe hinauslaufen. Sinclairs Feindschaft würde ein schreckliches Risiko bedeuten, zusätzlich zu jenen anderen Gefahren, von denen erwartet wurde, daß er sie ohne Widerspruch auf sich nahm.

Sie spürte, wie ihre Augen brannten, wie sie am ganzen Körper vor Wut zitterte. Dann erinnerte sie sich daran, wie sie in Ohnmacht gefallen war, als sie gehört hatte, daß Jamie sicher und unversehrt an dem vereinbarten Treffpunkt aufgenommen worden war. Und wem konnte sie es eigentlich sagen? Was für Beweise hatte sie? *Wem würden die wohl glauben?*

Er war jetzt neben ihr, dabei hatte sie überhaupt nicht bemerkt, daß er sich bewegt hatte. »Was ist denn los? Ist es meinetwegen?«

Sie schüttelte den Kopf und hätte am liebsten geweint. »Nein, Jamie. Es hat nichts mit uns beiden zu tun . . . und ein Traum ist es auch nicht.« Sie hob den Kopf und sah ihn ruhig an. »Ich liebe dich, Jamie. Ich möchte dich nicht verlieren. Jetzt nicht mehr.«

Colonel Mackenzie erhob sich von dem Tisch, auf dem das Schachbrett stand, und trat an ein Fenster. »Möchtest du einen Gin, George?«

Sein Freund, der Arzt, auch ein altes Streitroß, nickte und betrachtete dabei die Schachfiguren auf dem Brett. Er fragte: »Was tun sie jetzt?«

Mackenzie schob die Finger zwischen die Lamellen der Jalousie und spähte auf das reglose Paar neben dem Swimmingpool hinab. Es hatte keinen Sinn, sentimental zu werden oder irgendwie den Versuch zu machen, sie zu schützen: Wenn dieser verdammte Krieg nicht gewesen wäre, wäre er mehr als zufrieden gewesen. Jamie Ross war ein erstklassiger Offizier. Ein tapferer junger Mann, der immer wieder seinen Mut unter Beweis gestellt hatte. Manchmal war das Glück einem gewogen. Und dann gab es die alte Soldatenweisheit, daß man ohnehin nichts tun konnte, wenn die Kugel für einen bestimmt war. *Aber was würde aus ihr werden, wenn das passierte und ich nicht mehr da bin?* Ohne sich umzudrehen, wußte er, daß das Porträt ihrer Mutter, Jeslene, ihn beobachtete. Ebenso wie er ganz genau wußte, was sie jetzt dazu gesagt hätte. Er nahm die Hand von der Jalousie und griff nach einer Flasche Gin. Auf dem Etikett stand *Duty Free H.M. Ships Only*. Charles Villiers war ein aufmerksamer Bursche.

»Was sie *tun*, George?« erwiderte er. Er fuhr sich mit dem Fingerknöchel über den weißen Schnurrbart. »Sie sind am Leben. Das ist mir genug.« Dann sah er das Porträt an und wurde sich plötzlich bewußt, daß das sein voller Ernst war.

Der Anruf kam am zweiten der ihnen versprochenen drei Tage. Erstaunlicherweise war es Pryce selbst, der offenbar keinerlei Sicherheitsbedenken hinsichtlich der Telefonleitung hatte.

Sie hatte Ross' Gesicht gemustert, als er ins Zimmer zurückgekommen war. »Ich muß morgen gehen«, hatte er gesagt. »Die schicken mir einen Wagen. Du kannst aber ruhig hierbleiben.«

Der alte Colonel hatte die beiden angesehen, hatte es gefühlt und ihre Gefühle geteilt, als ob das Leben, das er hatte aufgeben müssen, immer noch ein Teil von ihm wäre.

Und Ross hatte mit leiser Stimme hinzugefügt: »Ich werde zurückkommen – wenn ich darf, Sir.« Aber seine Augen ruhten auf ihr, ihrem Mund, ihrem Atmen, der Art, wie sie ihre

Hände zusammenkrampfte, verzweifelt und zugleich auch mutig.

Die brummige Zustimmung des Colonels hörte er gar nicht. Es war, als ob alles in ihm zerbrochen wäre, als ob er in den Abgrund gestürzt wäre, wo alle Hoffnung endgültig erlischt, so wie das Licht in den Tiefen der See.

Zu Villiers hatte er gesagt: »Und du auch, leider.« Aber seine Augen ließen die ihren nicht los. Pryce hatte fest und entschlossen gewirkt, ohne jede Emotion, ganz so, wie es bei ihm zu erwarten war.

Ross hatte plötzlich an die Highmead School denken müssen, jene Institution, auf die sein Vater ihn unbedingt hatte schicken wollen, obwohl er so knapp bei Kasse gewesen war. Nur damit sein Sohn dieselbe Schule besuchen konnte wie der Mann, der einmal sein junger Kommandant gewesen war: Pryces Vater, dem nach Zeebrugge das Victoriakreuz verliehen worden war. Der Orden, der rechtmäßig ihm gebührt hätte. Manchmal fragte sich Ross, ob Pryce wußte oder auch nur ahnte, wie das damals wirklich gewesen war. Aber noch öfter hatte er an die morgendliche Versammlung in der Halle denken müssen und an die Ehrenrolle der Schule. Sein eigener Name war jetzt darauf vermerkt, auch wenn er wußte, daß er nie dorthin zurückkehren würde, um ihn dort zu sehen. Unter der langen Liste mit Namen aus dem Großen Krieg waren zwei Zeilen zu lesen gewesen, die von Kipling stammten:

Was steht noch, wenn die Freiheit fällt?
Wer stirbt, wenn England lebt?

Der Wagen war am frühen Morgen gekommen, um sie abzuholen, und er hatte gesehen, wie sie ihm nachblickte, das Gesicht im Schatten hinter einem Fenster. Sie hatte die Hand ausgestreckt, wie um nach der seinen zu greifen, und sie dann an ihre Brust gedrückt. Als ob es tatsächlich seine Hand gewesen wäre.

Der Wagen war aus der Ausfahrt gerollt und hatte Kurs auf die Küste genommen. Einmal sah Ross sich um, aber das Anwesen war, wie ein Traum, seinen Blicken entschwunden.

Captain Ralph Pryce wirkte ungewöhnlich erschöpft, als ob er den größten Teil der Nacht durchgearbeitet hätte. Er bedeutete Ross mit einer Handbewegung, Platz zu nehmen, und meinte dann knapp: »Tut mir leid, Sie so bald zurückzuholen, aber diese Geschichte kann nicht warten.«

Ross war überrascht, daß er überhaupt nichts empfand. Keine Nervosität, keine Angst, nur eine Art Leere. So erwartete er das Unvermeidliche, nicht zum ersten Mal.

Auf dem Gelände standen eine Menge Fahrzeuge, und selbst von Pryces Büro aus konnte er das Stimmengewirr aus dem Bereitschaftsraum ein Stück weiter hinten am Korridor hören. Er versuchte, nicht an sie zu denken, wie sie am Fenster gestanden, nicht an den Mut, den sie an den Tag gelegt hatte.

Es hatte ihn verwundert, daß Pryce die Besprechung hier abhielt: Die Stützpunkt-Einsatzzentrale hatte viel mehr Platz und war auch besser ausgestattet und darauf eingerichtet, den Bedürfnissen einer ganzen Flotte gerecht zu werden und nicht nur einem winzigen Teil davon. Er hatte sogar den Wagen des Stabschefs gesehen, und da über *ihm* nur noch der Admiral selbst stand, mußte es wirklich wichtig sein. Und dann hatte Ross plötzlich begriffen, weshalb Pryce sich dafür entschieden hatte, die hohen Tiere hierher einzuladen. Hier hatte er alles unter Kontrolle. Schließlich war das *seine* Show.

Pryce sagte: »Ehe wir uns in die Höhle des Löwen begeben, möchte ich, daß wir uns ganz klar verstehen. Wenn Sie einverstanden sind, werden *Sie* der entscheidende Mann sein.« Er blätterte in ein paar Papieren, ohne sie anzusehen. »Zuerst dachte ich, daß das ein ungewöhnliches Zusammentreffen von Umständen sei – und wenn Sie nicht mit diesem Tsao zusammengekommen wären und diese unschätzbaren Informationen von ihm bekommen hätten, wäre uns das Ganze vielleicht durch die Lappen gegangen.« Er beugte sich vor, und Ross konnte im Licht der Schreibtischlampe seine Müdigkeit sehen, seine geröteten Augen, etwas, das gar nicht zu dem Mann paßte. »Letzte Woche«, fuhr Pryce fort, »hat eine *Sunderland* der Royal Air Force allem Anschein nach vor Lissabon ein aufgetaucht fahrendes U-Boot entdeckt. Die *Sunderland* hat es mit Wasserbomben angegriffen und vernichtet. Nichts Ungewöhnliches, einfach ›gut gemacht‹, wie die Jungs von der fliegenden Abteilung sagen würden, aber sie haben Aufnahmen vom Ende des Angriffs gemacht. Und dann hat irgendein schlauer Kopf in der Luftaufklärung etwas Interessantes daran entdeckt. Die Abwehr hatte alle Abteilungen per Rundschreiben verständigt, aber es brauchte diesen einen Mann, um es zu bemerken. Und das ist es.« Er zog eine Hochglanzvergrößerung des Originalfotos heraus und legte sie bedächtig in den Lichtkegel.

Es war ein vertrauter Anblick: ein Unterseeboot, das die Kamera im Augenblick des Tauchens eingefangen hatte, die riesigen Wasserfontänen, wo die Wasserbomben rings um den haifischähnlichen Rumpf detoniert waren. Irgendein unbekannter Witzbold hatte in eine Ecke der Aufnahme gekritzelt: *Perfekter Schuß!* Für andere mochte es das wohl sein. Ross sah zu Pryce hinüber, erhaschte einen Blick aus seinen kalten Augen und wußte, wie der es sah. Ein U-Boot im Todeskampf, Männer wie sie, die, zur Unkenntlichkeit zerdrückt mit auf den Meeresboden gerissen wurden – niemand würde je den wahren Schrecken eines solchen Todes ganz begreifen. *Perfekter Schuß.* Als U-Boot-Leute sahen sie beide die Szene in einem ganz anderen Licht.

»Sehen Sie genauer hin«, fordert Pryce ihn auf.

Ross studierte das sterbende U-Boot, den eingefrorenen Augenblick. Fast konnte er Tsaos ruhige Stimme hören, wie er die Boote in der Gruppe *Monsun* beschrieb. Als Teil des Erkennungssystems, auf das sich die Deutschen und die Japaner geeinigt hatten, sollten die U-Boote vor und hinter dem Turm zwei breite weiße Streifen tragen und dazu, auf den Kommandoturm aufgemalt, die deutsche Fahne. Es lief ihm kalt über den Rücken bei dem Gedanken, daß er selbst das im Hafen Penang gesehen hatte, wo er wie ein Amateurspion durch eine winzige Jalousie in der Kapitänskajüte des Schleppers hinausgespäht hatte. Auf dem Foto war es nicht möglich, die aufgemalte Fahne zu erkennen, aber die weißen Streifen traten ganz deutlich, geradezu grell, hervor, obwohl die See über die Verkleidung gebrodelt war. Da waren auch ein paar Metallbehälter unmittelbar achtern vom Kommandoturm: zusätzlicher Laderaum für unverderbliche Güter auf der Rückreise. Ross blickte auf und sah das fiebrige Leuchten in Pryces Augen.

»Wir bekommen die korrekten Erkennungssignale, falls Tsao sein Versprechen hält«, sagte Pryce. »Der Rest liegt dann bei uns.«

Wieder sah Ross sich die Fotografie an. »Wir würden ein U-Boot einsetzen, Sir?«

»Wir *haben* ein U-Boot, Jamie. Ich habe grünes Licht, und der Technische Offizier der Flotte hat die Sache jetzt in der Hand.« Dann fügte er in seiner gewohnten Ungeduld hinzu: »Die *Tybalt* ist ziemlich mitgenommen. Der Feind wird keine Ahnung haben, daß ein weiteres seiner Boote versenkt worden ist. Es konnte keine Funksprüche mehr absetzen. Alles war in Sekunden vorbei.« Sein Ausdruck verlor plötzlich etwas von seiner gewohnten Strenge. »Die armen Schweine.«

Möglicherweise hatte er Ross' Schweigen als Zweifel ausgelegt und fuhr deshalb in scharfem Ton fort: »Das ist eine Chance, wie man sie nur einmal im Leben bekommt. Wir haben keine Zeit zu verlieren. Wir brauchen lediglich den Standort des neuen U-Boot-Depotschiffes – die Abwehr meint, es läge in Penang. Ich bin da anderer Ansicht. Zu viele Eier in einem Korb. Es mag ja sein, daß die Deutschen manchmal schwer zu verstehen sind, aber ihre U-Boot-Leute sind immer noch die besten. Sobald man das eingesehen hat, ist man schon fast am Ziel.«

Irgendwo in der Ferne hörten sie eine Klingel anschlagen, und eine tiefe Stimme rief zur Ordnung. Die Bühne war bereit für den Auftritt.

»Sie wollen, daß ich den Angriff befehlige, Sir?« sagte Ross leise.

Pryce fuhr herum und griff nach dem Telefon, ehe es ein zweites Mal summen konnte. »Ja? Ich habe doch gesagt, daß ich nicht gestört werden möchte!« Eine Pause, und Ross sah, wie Pryces Augen zu der Fotografie zurückkehrten. »Er muß eben warten.« Er knallte den Hörer auf die Gabel. »Dieses verdammte Weibsstück, ich werde der noch erklären, was *ich* für wichtig halte.« Er brauchte ein paar Sekunden, um sich zu beruhigen. »So eine Chance bekommen wir bestimmt nie wieder, und falls doch, sind wir dann wahrscheinlich ganz woanders.« Er trat an ein Fenster und starrte auf die Palmen hinaus, ohne sie zu sehen. »Schicksal würden manche das nennen. Mein Vater und Ihrer im Großen Krieg mit einem schrottreifen U-Boot voll Sprengstoff. Wer sagt denn, daß die Geschichte sich nicht wiederholt?« Er klopfte auf seine Taschen. »Also? Ich kann Ihnen nicht befehlen, daß Sie es tun.«

Ross hob seine Mütze auf und drehte sie in den Händen. »Das brauchen Sie nicht. Ich werde um Freiwilligenmeldungen bitten, wenn der Zeitpunkt näher rückt.« Jetzt bemerkte er, daß Pryce nicht mit zur Tür gegangen war. »Was gibt's denn, Sir?«

Pryce zuckte die Achseln. »Ich habe nur einen Wunsch.« Er sah ihn an, vielleicht suchte er nach etwas. »Ich wünschte mit ganzem Herzen, daß ich mitkommen könnte.«

Sie gingen in den Korridor hinaus, und Ross bemerkte, daß der Bote und ein paar Matrosen sie beobachteten. Sie wußten Bescheid. Bald würden alle von dem geplanten Angriff wissen, und das Geheimnis würde sicher sein. Er mußte an Mike Tucker denken. *Wir sind doch ein Verein und gehören zusammen.*

Jetzt merkte er, daß ein einzelner Offizier dastand und wartete, wie um sie anzusprechen. In seiner messerscharf gebügelten weißen Drillichuniform war er kaum als der reservierte Tarrant zu erkennen, der sein U-Boot während des letzten Angriffs mit so bemerkenswertem Geschick gesteuert hatte.

Pryce blieb stehen und meinte knapp: »Es gibt dem nichts hinzuzufügen, Lieutenant Tarrant. Sie werden zu gegebener Zeit wieder ein Kommando erhalten, und ich wäre Ihnen wirklich zu Dank verpflichtet, wenn Sie die ganze Angelegenheit für sich behalten würden.«

Tarrant drehte sich zu Ross herum. »Die nehmen mir mein Boot weg, Sir! Die schmeißen das einfach weg für wieder so eine verrückte Operation!«

Dazu gab es nichts zu sagen. Ross wußte, was Tarrant im Augenblick durchmachte, und konnte ihn durchaus verstehen. Ihm selbst wäre es nicht anders ergangen.

Pryce war von solchen Zweifeln frei. Mit einem Auge auf dem breiter werdenden Spalt zwischen Tür und Angel der Einsatzzentrale sagte er kühl: »Ein U-Boot ist eine Waffe, Lieutenant Tarrant, die zu ihrem besten Nutzen und je nach den gegebenen Umständen eingesetzt werden muß. Das ist alles.«

Ross zögerte, aber der andere sah mit ausdruckslosen Augen durch ihn hindurch. Es gab tatsächlich nichts zu sagen.

Er hatte das Gefühl, als würde der lange Raum plötzlich um ihn schrumpfen: die knallroten oder gebräunten Gesichter, die blitzsauberen Uniformen oder die zerdrückten weißen oder khakifarbenen Hemden schienen alle ineinander zu verschwimmen. Offiziere aller möglichen Waffengattungen, die hierher gekommen waren, um an dem Sondereinsatz teilzunehmen, ihre Beweggründe so verschieden wie sie selbst.

Der Stabschef saß mit seinem schwarzen Spazierstock da. Vor diesem wichtigen Kommando hatte er einen leichten Kreuzer im Mittelmeer befehligt, der am Ende von Sturzkampfflugzeugen versenkt worden war, als er einen Konvoi nach Malta begleitet hatte. Er hatte keinen Hehl daraus gemacht, daß er ein anderes Seekommando bei weitem einer Stellung bei den Goldfasanen vorgezogen hätte. Plötzlich klangen Ross die Worte im Ohr: *Du bist zu respektlos, Jamie.*

Pryce stand da und schilderte in seiner gewohnt präzisen Art die Situation, ohne dabei zuviel preiszugeben. Richard Tsao erwähnte er nicht einmal namentlich, und Ross fragte sich, was die anderen wohl denken würden, wenn sie seine ungewohnte Offenbarung gehört hätten, die Pryce wahrscheinlich, wenn er jetzt daran zurückdachte, als Schwäche betrachtete. *Ich wünschte, ich könnte mitkommen.* Ross hatte viele Männer kennengelernt, die so etwas auch gesagt hatten, wohlwissend, daß sie niemals in die Verlegenheit kommen würden, sich einem solchen Risiko aussetzen zu müssen. Er sah, wie Second Officer Blandford ihn nachdenklich betrachtete und dabei mit dem Bleistift gegen ihre Zähne klopfte. Victoria hätte hier sein sollen, und doch war er im tiefsten Herzen dankbar, daß sie nicht dabei war.

Pryce sagte gerade: »Das ist wahrscheinlich die kühnste und wagemutigste Operation, die wir bis jetzt durchgeführt haben. Manche könnten sogar sagen, sie sei unmöglich. Aber es hat auch Leute gegeben, die erklärt haben, die *Bismarck* könne nicht versenkt werden. Und andere haben behauptet, niemand wäre je in der Lage, in die Fjorde Norwegens einzudringen und die *Tirpitz,* das mächtigste Schlachtschiff der Welt, zu versenken. Aber trotzdem ist es geschehen, Gentlemen, und es wird immer Männer geben, die solch unmögliche Missionen übernehmen.«

Ross sah Commander Crookshank. Er schwitzte in dem überfüllten Saal; sein Gesicht wirkte ruhig und von keinerlei Zweifeln geplagt. Andere von wesentlich höherem Rang würden die wahre Verantwortung tragen.

Pryce sagte. »Es sind nur noch Wochen, nicht etwa Monate, wir wollen also keine Zeit vergeuden.« Dabei sah er Ross direkt in die Augen.

Keine Zeit vergeuden. Es klang wie ein Grabspruch.

15
Keine Zeit

Seiner Majestät Unterseeboot *Tybalt* lag längsseits des Depotschiffs, sein Achterdeck und der Kommandoturm wimmelten von Mechanikern in Overalls. Ein großer Teil der Arbeitsfläche war mit Planen abgedeckt, eine übliche Vorsichtsmaßregel in Trincomalee, wo mitten im hellsten Sonnenschein plötzlich sintflutartige Regengüsse einsetzen konnten. Für den unbefangenen Beobachter war an dem Bild, das die *Tybalt* bot, nichts Besonderes. Einfach ein Unterseeboot, das überholt wurde.

Nur ganz unten, fern der Stromkabel und des grellen Lichtscheins der Schneidbrenner konnte man erkennen, daß dort mehr im Gange war.

Lieutenant Charles Villiers betrat die Steuerzentrale und blickte auf die Techniker des Stützpunkts, die »Klempner«, wie ihr Spitzname lautete, die einen roh mit Bleistiftstrichen hingeworfenen Plan studierten und sich Notizen machten, die sie an ihr Expertenteam weitergeben würden.

Villiers hatte den Unterschied gespürt. Es war, als sei das Unterseeboot plötzlich ohne Warnung verlassen worden, als wären Offiziere und Mannschaften wie auf einer modernen Version der *Marie Céleste* plötzlich verschwunden. Offengelassene Spinde, aber mit ein paar Überresten, die jeden, der sich dafür interessierte, an die Männer erinnerte, die dort als ein Team gelebt, gearbeitet und dem Tod ins Auge gesehen hatten. Ein paar Pin-up-Bilder in grellen Farben, eine halbgestopfte Socke, vergessen in der Hast, das Boot befehlsgemäß schnell zu verlassen. Nur in der Steuerzentrale war die ordnende Hand zu spüren: der Kartentisch, die aufeinandergestapelten, abgegriffenen Handbücher in Reichweite. Tidentafeln, Erkennungshandbücher, ein paar häufig benutzte Karten und dann natürlich die Bibel eines jeden Navigationsoffiziers, *Der nautische Almanach*. Aber wie still und ausgestorben doch alles war. Das einzige Motorengeräusch klang gedämpft vom Depotschiff herüber; selbst die »Klempner« sprachen mit leiser Stimme, wie Menschen in der Kirche. Villiers verzog das Gesicht. Oder bei einer Beerdigung.

Weniger als eine Woche und sie hatten kaum innegehalten, um Atem zu schöpfen. Zwei große Behälter waren unmittelbar hinter dem Kommandoturm angebracht worden. Jeder würde, für unberufene Blicke nicht erkennbar, einen Chariot enthalten, einen Zwei-Mann-Torpedo, wie manche sie noch immer bezeichneten. Sie hatten sogar am hinteren Ende der Brücke, wo sich normalerweise die Flugabwehrgeschütze befanden, so etwas wie eine Tribüne errichtet. Das Gebilde war anschließend eingedrückt worden, damit es dem beschädigten Kommandoturm glich. Es hieß häufig, daß ein Ausguck nur das sah, was er zu sehen erwartete. Wie oft waren nicht schon im Meer treibende Holzstücke, etwa Besenstiele, für feindliche Periskope gehalten worden? Und umgekehrt, wenn es bereits zu spät gewesen war.

Als er vom Vorschiff in die Steuerzentrale gegangen war, hatte sich Villiers vielleicht zum erstenmal klargemacht, was das alles wirklich bedeutete. Die vielen Kisten mit Sprengstoff, das dreifache Zündsystem für den Fall, daß ein Zünder versagte. Die *Tybalt* war im Laufe einer Woche zu so etwas wie einer schwimmenden Bombe geworden.

Er hörte Ross' ruhige Stimme, und als er sich umdrehte, sah er, wie er den zwei Technischen Offizieren auf die Schulter klopfte. Kamen ihm denn nie Zweifel? Wie konnte er nur die entfernteste Chance des Überlebens, geschweige denn des Erfolges bei dieser Aktion sehen?

Villiers hatte oft genug auf U-Booten gearbeitet, und in seiner Personalakte in den Archiven von *Special Operations* wurde er als Experte für Sprengstoffe geführt, aber die Vorlesungen und Experimente auf der H.M.S. *Vernon*, der Minen- und Torpedoschule der Navy, waren hiermit überhaupt nicht zu vergleichen.

Jetzt kam Ross auf ihn zu. Er trug einen Overall, der früher einmal weiß gewesen war, jetzt aber mit Staufferfett verschmiert und mit Ölflecken übersät war. Er mußte im ganzen Boot herumgekrochen sein, dachte Villiers und fragte sich, ob Ross wohl die Geister gespürt hatte, die ihn beobachteten.

»Die haben ihre Sache gut gemacht, Charles«, sagte Ross. »Jetzt brauchen nur noch die Bunker aufgefüllt und die Kanonen montiert zu werden . . .« Er zögerte und blickte durch den engen Gang, an den Reihen ovaler, wasserdichter Schotts entlang, die jetzt von den Torpedorohren bis zu den Maschinenräumen offenstanden. Villiers konnte beinahe spüren, wie er in Gedanken immer wieder alles überprüfte. Aber Ross war auch ein echter U-Boot-Mann, und Villiers hatte einmal gehört, wie er erzählt hatte, daß er sogar schon auf einem der ursprünglichen *Thunderbolt*-Boote gedient hatte. Einem wie diesem hier, der *Tybalt*. Gute, verläßliche Boote: Höchstgeschwindigkeit aufgetaucht zweiundzwanzig Knoten und elf auf Tauchfahrt. Mit zehn Einundzwanzig-Zoll-Torpedorohren bewaffnet. Villiers hatte gleich festgestellt, daß sie keine zusätzlichen Torpedos geladen hatten. Offenbar rechnete man nicht damit, daß Zeit zum Nachladen sein würde. Ein erschreckender Gedanke.

Ross hatte gleich gesehen, was für Gefühle ihn bewegten: Villiers hatte ein viel zu offenes Gesicht, um etwas verbergen zu können. Er spürte, wie der Rumpf bebte, als über ihm ein schwerer Gegenstand bewegt wurde. Es war, als würde das Boot Widerstand leisten, als versuchte es, seinen eigenen Willen ins Spiel zu bringen. Er erinnerte sich, was Pryce zu dem niedergeschlagenen Captain gesagt hatte: *Ein U-Boot ist eine Waffe, die zu ihrem besten Nutzen eingesetzt werden muß.* Manch einer mochte dem zustimmen. Ross blickte wieder auf die verlassenen Stationen, wo die Männer unter allen möglichen Bedingungen auf engstem Raum zusammengelebt hatten, so wie er auch einmal. Hoffend und träumend und gegen die Furcht ankämpfend, die bei jeder Patrouillenfahrt mit an Bord war.

Während er hier stand, war vermutlich der größte Teil der Besatzung der *Tybalt* unterwegs, wahrscheinlich zu einem anderen Kriegsschauplatz. Einige würden wieder auf U-Booten eingesetzt werden, andere vielleicht das Glück haben, nach Hause geschickt zu werden. *Nach Hause ...*

Er legte die Hand auf das heruntergelassene Angriffsperiskop und spürte die Schmiere an den Fingern. Nicht bloß eine Waffe. Mike Tucker würde sagen, daß es eine Art zu leben war.

Füße scharrten auf einer Leiter, und zwei hochgewachsene Gestalten in Khaki duckten sich unter ungewohnten Hindernissen. Dann begrüßte sie Major Trevor Sinclair mit einem breiten Grinsen. »Dachte mir schon, daß Sie hier sind. Das hier ist mein Stellvertreter, Captain Pleydell, Royal Marines.«

Ross schüttelte dem Mann die Hand und fragte sich, wie es wohl sein mochte, mit Sinclair zusammenzuarbeiten. Pleydell sah sehr jung aus, und sein mächtiger Schnurrbart ließ ihn noch jünger erscheinen, so wie einige der R.A.F.-Piloten, die Ross gesehen hatte, die *Jungs von der fliegenden Abteilung,* wie Pryce sie genannt hatte. Sie würden einen Landetrupp Marines an Bord haben und ein paar gut ausgebildete Gurkhas, die sich nicht das geringste dabei dachten, hinter den feindlichen Linien arbeiten zu müssen. Er mußte unwillkürlich wieder an Peter Napier denken und was der über Sinclair gesagt hatte.

»Wir sprechen es noch einmal mit den Unteroffizieren durch, Bobby.«

Pleydell, »Bobby«, nickte und runzelte dabei die Stirn. »Ein bißchen heikel, denke ich, Major.«

»Wenn Sie's nicht schaffen, sagen Sie's, dann hole ich mir irgendeinen anderen Burschen, der es schafft!«

Villiers schaltete sich ein. »Ich weiß, was er meint, Sir ...«

Sinclair sah ihn an. »Na prima, Lieutenant Villiers. Aber wenn ich Ihren Rat brauche, dann werde ich mich schon melden.« Wieder sein breites Grinsen. »Oder vielleicht auch nur gähnen, wie?«

»Wir werden *alle* darüber sprechen, wenn es soweit ist«, erklärte Ross. Er sah zuerst Sinclair und dann Villiers an und spürte die Spannung zwischen den beiden, besonders was Villiers betraf. Er würde das im Auge behalten müssen. Und wenn nötig einschreiten.

Sinclair hielt eine Liste in der Hand und überflog sie. »Kommen Sie, wir wollen sehen, wo die unsere Jungs hinstecken. Die brauchen Platz, um ihre Waffen zu zerlegen und ihre Ausrüstung auszubreiten.« Er war wieder ganz ruhig, als ob überhaupt kein Wort gefallen wäre.

Ross sah Villiers an. Konnte es sein, daß Sinclair über ihn und seine Frau Bescheid wußte? Es war unwahrscheinlich, aber nicht unmöglich. Ein leichtes Lächeln huschte über seine Lippen. *Herrgott, jetzt bin ich schon fast genauso schlimm wie er.*

Sie standen unter dem Kommandoturm und blickten in die Einstiegsluke mit den beiden offenstehenden Deckeln hinauf, dem oberen und dem unteren. Irgendwie schien es nicht richtig, daß man da nicht ein ovales Stück blauen Himmel sehen konnte. Nur Segeltuch und eine Bohrmaschine, die an einem Kabel baumelte.

Sie kletterten die Leiter zur Brücke hinauf. Wie oft war hier Tauchalarm gegeben worden, war das Deck in die Schräge gegangen, das Wasser in die Ballasttanks gerauscht.

Sie traten hinaus in den hellen Sonnenschein, und Villiers sagte ruhig: »Werden Sie nachher wieder zur U-Boot-Waffe kommen, Sir?«

Das sagte sich so leicht. *Nachher*. Die Operation, der ganze verdammte Krieg – was genau meinte er mit *nachher*?

Er sah, wie ihn ein Bootsmannsmaat mit auf Hochglanz poliertem Gürtel und ebensolchen Gamaschen besorgt von dem Katamaran aus musterte. Der Commodore der U-Boote hielt nichts von öligen Pullovern und abgewetztem grauen Flanell auf seinem Depotschiff.

»Was gibt's?«

Der Seemann salutierte. »Captain Pryce ist an Bord, Sir. Beim Commodore.« Er war plump bemüht, Villiers nicht mit einzubeziehen. »Wenn Sie soweit sind, Sir.«

Ross stülpte sich seine Mütze auf das zerzauste Haar. Der Commodore würde sich wohl oder übel mit seinem Overall abfinden müssen. Dann meinte er: »Ich habe das äußerst seltsame Gefühl, daß der Ballon mächtig hoch steigen wird, Charles.« Er versuchte, seiner Stimme Leichtigkeit zu verleihen. »Soll ich dich mit an Land nehmen?«

Villiers zögerte kurz. »Ich bleibe hier, wenn's recht ist, Sir. Ich muß einen Brief schreiben.« Er wirkte verloren, fast hilflos. »Ich möchte, daß sie weiß . . .«

»Ich verstehe«, nickte Ross.

Villiers sah ihn an und hatte plötzlich das Gefühl, einen ganz anderen Menschen vor sich zu sehen als den, der ihm mit der Zeit ein derart verläßlicher Freund geworden war. Dann sagte er: »Sie bedeuten mir wirklich sehr viel.«

Ross blickte auf die schimmernde Wasserfläche hinab. Was Villiers gesagt hatte, galt für sie beide.

Colonel Basil Mackenzie lehnte sich in seinem Rohrsessel zurück und sah ein wenig amüsiert zu, wie Ross Wasser in seinen Pink Gin goß. »Ihr Burschen von der Navy. Ich kann gar nicht begreifen, wie man solches Zeug trinken kann. Da verfaulen einem ja die Gedärme!«

Ross blickte über die Veranda auf die üppigen Gärten mit ihrer Blumenpracht und den sorgfältig gefegten gewundenen Pfaden dazwischen. Wie friedlich das alles war.

»Sie kommt gleich«, sagte Mackenzie. »Sie war gerade

schwimmen. Ich glaube, sie hat Sie nicht so früh erwartet.« Er lächelte. »Freut mich, daß Sie sich losmachen konnten.«

Die Information hatte sich bestätigt. Das umgebaute Depotschiff war eingetroffen. In Kürze würde es an seinen neuen Ankerplatz verlegt werden, nicht weit von der Stelle entfernt, wo die Chariots die U-Boot-Jäger vernichtet hatten. Peter Napiers erster Einsatz und beinahe sein letzter.

Pryce hatte keine Zweifel an seiner Entschlossenheit gelassen: »Wir setzen jetzt die Japse richtig unter Druck – an manchen Punkten ziehen sie sich sogar zurück. Wir haben eine ganz neue Armee draußen an der Front: zäh, hart und entschlossen. Wenn wir das hier also schaffen, wird das den Japsen einen wahren Stich in den Rücken versetzen und den Deutschen ebenfalls.« Er hatte einen Blick auf seine allgegenwärtige Aktenmappe geworfen. »Operation *Trident*. Das wird einige Leute aufhorchen und Notiz nehmen lassen!«

Aber das war doch ganz sicherlich nicht alles, worauf es ankam, dachte Ross.

Mackenzie hatte ihn still beobachtet. »Ihnen geht's wohl ziemlich dreckig, wie?«

Ross lächelte. »Entschuldigung, Sir. Merkt man das?«

Mackenzie wischte sich ein unsichtbares Stäubchen von seiner makellosen weißen Jacke. »So etwas vergißt man nicht so leicht. Ich jedenfalls habe es nie vergessen.« Er sah ihm gerade in die Augen. »Etwas liegt in der Luft, stimmt's?« Er hob abwehrend die Hand. »Ich erwarte nicht, daß Sie es mir sagen.« Er seufzte. »Das brauchen Sie nicht.«

»Ich möchte Ihnen gerne etwas sagen, wenn ich darf, Sir.«

Die buschigen Augenbrauen schoben sich in die Höhe und kamen gleich wieder herunter. »Was Sie empfinden? Daß Sie um Victoria Angst haben, um das einzige lebende Wesen, das mir etwas bedeutet?«

»Ja, so was Ähnliches.« Er hatte immer gedacht, daß es nicht richtig sei, eine zu enge Bindung einzugehen, daß der Krieg das nicht zuließ; er hatte zu viele zerbrochene Herzen erlebt, um zuzulassen, daß so etwas auch ihm passierte. Bis jetzt.

»Ich liebe sie«, sagte er ganz leise. »Ich will sie fragen, ob sie meine Frau werden will.« Der Colonel sagte nichts, sondern starrte nur in seinen Garten mit Augen, die in weite Ferne zu blicken schienen. »Es ist nur ... wenn etwas schiefgeht ...«

»Wenn Sie so denken, wird etwas schiefgehen«, sagte Makkenzie. »Das habe ich zu oft miterlebt.« Er sah sich ungeduldig nach seinem Diener um und deutete auf ihre leeren Gläser. »Für jemanden, der so jung ist, sind Sie ein eigenartiger Bursche, ein wenig altmodisch. Man hat mir gesagt, daß Sie mehr an andere als an sich selbst denken.« Er hielt kurz inne. »Das gefällt mir. So etwas ist heutzutage ziemlich selten. Heute gibt es bloß noch Großmäuler und Kleinscheißer, wie mein alter Offiziersbursche es ausgedrückt hätte!« Plötzlich wurde er ganz ernst. »Ich weiß, daß Sie sie lieben. Ich habe das gleich beim ersten Mal gesehen, als Sie zusammen hier waren. Ich muß zugeben, ich war verdammt eifersüchtig bei dem Gedanken, sie zu verlieren. Früher oder später.« Er beugte sich vor und packte sein Handgelenk. »Ihr paßt zueinander. Sie sollten nicht dagegen ankämpfen, sondern zugreifen, solange es noch geht!« Er ließ ihn los und fügte hinzu: »Jetzt kommt sie.«

Sie trug einen weißen Bademantel und war damit beschäftigt, sich das Haar zu frottieren, als sie die beiden Männer beieinander sitzen sah. Ihr Blick wanderte von Ross zu ihrem Vater, während sie dastand, einen nackten Fuß auf der untersten Treppenstufe wie jenes andere Mal.

Dann sagte sie: »Ich wußte es.« Sie nickte, wie um es zu bestätigen. »Ich muß morgen zurück. Ich habe Bereitschaftsdienst, hieß es.«

Sie kam auf Ross zu, das Handtuch fiel achtlos auf den Boden. »Ich habe darum gebetet. Aber tief im Innern habe ich gewußt, daß es so kommen würde.« Sie lehnte sich an ihn, und er legte die Arme um sie und spürte ihr Haar feucht an seinem Gesicht. Ihm kam das so natürlich vor, als ob es nie anders gewesen wäre. Dann blickte sie auf. »Wann?«

Er sah in ihre Augen, sah, wie sie den Kopf hielt. Sie versuchte zu lächeln. »Du kannst es mir ruhig sagen. Morgen werde ich es ohnehin erfahren.«

Er drehte sie zum Garten herum. »Vierundzwanzig Stunden. Nachher . . .«

Sie versuchte Zeit zu gewinnen, um sich über ihre Gefühle klarzuwerden. »Worüber habt ihr beiden geredet?« Aber als sie sich umsahen, war der Colonel diskret verschwunden.

Ross hielt sie ein paar Sekunden an sich gedrückt, spürte ihre Nähe, ihren Atem, die Qual, die sie innerlich verzehrte.

»Ich habe deinem Vater gesagt, daß ich dich heiraten möchte, wenn du mich haben willst.« Sie sah ihn an, und ihre Augen ließen sein Gesicht nicht los, als er hinzufügte: »Wenn das vorüber ist, können wir reden.« Er schüttelte sie leicht. »Reden und reden. Dann kann ich dir sagen, worauf du dich vielleicht einläßt . . .«

Ihre Antwort war nur ein Flüstern. »Wenn das vorbei ist, Jamie? Das ist mehr als eine Frage der Zeit. Wie können wir da noch warten?«

Er strich ihr das Haar aus der Stirn. »Willst du?«

Sie wandte sich ab. »Hast du ein Taschentuch?«

Er gab ihr eines und sah ihr zu, wie sie sich die Augen damit abtupfte.

Dann sagte sie leichthin: »Ist schon gut, Jamie. Ich werde es nicht verderben. Vierundzwanzig Stunden? Es könnte ja sein, daß es wieder abgeblasen wird, was auch immer es ist. Das wäre nicht das erste Mal. Mußt du also?« Sie sah ihn mit flehenden Augen an. »Das kommt doch vor, oder nicht?« Dann schlang sie die Arme um seinen Hals und rief aus: »Aber das glaubst du nicht. Du bist dir sicher, nicht wahr?«

Er berührte ihr Haar und ihren Hals und spürte das dünne Goldkettchen, das sie immer trug. »Es steht zuviel auf dem Spiel, Victoria.« So viele Leben, so viele Namen; nein, die würden den Einsatz nicht abblasen, es sei denn, der Feind war ihnen einen Schritt voraus. Er drückte sie noch fester an sich. *Habe ich Angst? Wie der arme David. Würde ich es wissen, wenn ich Angst hätte?*

Er dachte an Villiers und Sinclair und den jungen Captain von den Royal Marines mit dem lächerlichen Schnurrbart. Und all die anderen. Mike Tucker würde auch dabeisein. Er wußte, was Angst war. Mike hatte sich in gewisser Weise verändert: Er machte jetzt weniger Witze, und man spürte an ihm eine ruhige Reife, die Ross überrascht hatte. Nachdem er einmal in Gefangenschaft gewesen war, mußte er gemerkt haben, wie schmal der Grat zwischen Hoffnung und Verzweiflung war. Er war noch einmal davongekommen, aber was war es, was ihn wirklich verändert hatte?

»Ich liebe dich so sehr, Victoria«, sagte er leise. Aber ihm war, als hätte er es laut hinausgeschrien. »Ich will dir nicht mehr weh tun. Du verdienst so viel mehr, als ich dir bieten kann.« Er strich mit dem Finger sanft über ihren Mund und ihren Hals. »Aber niemand könnte dich mehr lieben.«

Sie schob die Hand unter seinen Arm. »Dann wäre das ja geklärt. Jetzt liegt es bei uns.« Sie blieben an einer der Säulen stehen. »Dann küß mich jetzt, aber richtig.« Sie lächelte zu ihm auf, und an ihren dunklen Wimpern hingen unbeachtet ein paar winzige Tränen. »Hör einfach nicht auf, mich zu lieben!«

Er küßte sie. Das Lächeln war immer noch auf ihren Lippen, und er konnte das Salz ihrer Tränen schmecken.

Second Officer Celia Blandford sah sich im Bereitschaftsraum um und zupfte die Bluse von ihrer schweißnassen Schulter. Zwei Matrosen hatten an den Telefonen Dienst, und einer blickte auf und sah ihr zu, senkte aber den Blick sogleich wieder, als er merkte, daß sie das irritierte.

In Gedanken verglich sie ihren jetzigen Wirkungskreis mit der Bereitschaft, in der sie vorher Dienst getan hatte: dem regen Treiben, dem geregelten Kommen und Gehen von Boten, ranghohen Offizieren und anderen Marinehelferinnen. Sie sah auf die von der Feuchtigkeit gewellten Anschläge und verblichenen Karten an den Wänden. Heruntergekommen, eher wie ein schäbiger Club als das Sprungbrett für *Special Operations*.

Sie erinnerte sich an Pryces präzise Anweisungen, wie mit Funksprüchen und Berichten der Nachrichtendienste umzugehen war. Er zumindest war ein echter Profi, wohingegen einige der anderen ...

Dann war da Lieutenant-Commander Ross. Was war das wirklich für ein Mann? Eigentlich hätte das Victoriakreuz ja alles sagen sollen, aber das war auch nur eine Äußerlichkeit. Und dann diese Halbchinesin, diese Victoria Mackenzie. Sie hatte ihr gestanden, daß sie in James Ross verliebt war, war dabei freilich ziemlich schüchtern gewesen: Jane Clarke gegenüber wäre sie vielleicht offener gewesen. Liebe – was konnte sie denn schon von Liebe wissen? Freilich, sie hatte einen einflußreichen Vater; eines Tages würde sie sehr reich sein ...

Es war alles so unfair. Aber ein Offizierspatent? Ein Lächeln huschte über ihre Lippen. Bei den Marinehelferinnen brauchte man gute Offiziere, aber es gab Maßstäbe, Grenzen. Vielleicht sollte sie sie einmal beiseite nehmen und mit ihr reden.

Sie blickte auf und runzelte die Stirn, als die Tür sich einen Spalt öffnete und ein Arm in Khakiuniform sichtbar wurde. Einen Augenblick lang dachte sie, es sei dieser schneidige Major Sinclair, der sich in Burma und Malaya einen solchen Namen gemacht und dessen draufgängerische Art auf sie Eindruck gemacht hatte. Aber er war es nicht. Und außerdem war Sinclair ja verheiratet. Wenigstens hatte sie das gehört.

»Ja? Wollen Sie hier jemanden sprechen?« Das kam schärfer heraus, als sie es beabsichtigt hatte. Sie versuchte es ein wenig abzumildern. »Ich bin Second Officer Blandford.«

Der Offizier trat ein. Er trug eine gut gebügelte Khakiuniform, die irgendwie gar nicht zu den hageren, gebräunten Zügen und den stahlgrauen Augen darüber passen wollte.

»Ich weiß, wer Sie sind«, sagte er ruhig. »Ich will Captain Pryce sprechen.«

Sie lächelte, spürte wieder festen Boden unter den Füßen. *Ich will.* »Captain Pryce ist augenblicklich nicht hier.« Sie registrierte die Krone auf seiner Schulter und das Abzeichen der Militärpolizei an seinem Ärmel. »Es tut mir leid, äh, Major . . .?«

»Guest. George Guest. Ich muß ihn unbedingt sprechen.«

Er ging durch den Raum, und die Augen der beiden Matrosen folgten ihm wie Scheinwerfer.

»Ich kann Sie anrufen, Major Guest, wenn es wirklich so dringend ist. Wir waren hier ziemlich beschäftigt . . .«

Die stählernen Augen erfaßten sie. »Alarm, stimmt's?« Er sah, wie ihre Wangen sich röteten, und lächelte. »Ich habe so etwas schon mehrmals miterlebt. Ich habe das gleich beim Hereinfahren gespürt.« Dann erinnerte er sich, was sie gesagt hatte. »Ja, klingeln Sie mal durch. Ich hätte früher kommen sollen, aber so etwas braucht Zeit und Ausdauer.«

»Darf ich ihm sagen, worum es geht?«

Er beobachtete ihre Hände, ihre schnellen nervösen Bewegungen. »Es geht um Ihre Vorgängerin. Jane Clarke.«

»Ich – ich verstehe.« Die kühle Art, wie er ihren Namen ausgesprochen hatte. Und ihre Rangstufe hatte er völlig weggelassen; das klang, als wäre sie eine Verdächtige. Aber sie war tot.

Guest ging zur Tür. »Wo ist Maat Mackenzie?«

»Sie hat frei, Sir«, antwortete sie. »Ich habe eine Telefonnummer, wo man sie erreichen kann.«

Guest nickte. *Darauf kannst du Gift nehmen.* »Ich will sie nicht stören.« Er schloß die Tür lautlos hinter sich.

Sein Sergeant erwartete ihn draußen; seine rote Mütze leuchtete in der Außenbeleuchtung wie Blut.

»Alles klar, Sir?«

Guest lächelte. »Wir müssen weiter.« Er verglich die tote Marinehelferin mit der, die er gerade kennengelernt hatte. Wie hatte man sie nur auf einen solchen Stützpunkt schicken können, fragte er sich. Umgeben von all den jungen Tunichtguten, von denen die meisten wahrscheinlich noch nie im Leben mit einer Frau zusammengewesen waren. Aber die da, diese Blandford, würde eine Meile weit laufen, wenn ein Mann ihr auch nur zuzwinkerte. *Falls ich das auch nur einigermaßen beurteilen kann.*

Wie sein Sergeant war auch er früher Streifenpolizist gewesen, lange bevor er bis auf weiteres zur Militärpolizei gegangen war. Er lauschte den Pianoklängen und dem Gesang aus der Unteroffiziersmesse und ging dann auf die Offiziersmesse zu. Kein Vergleich mit dem Eastend von London, mit dem Aal in Aspik und den Samstagabendschlägereien im alten *Salmon and Ball-Pub*. Daß er nach alldem dorthin zurückkehren würde, war unvorstellbar.

Dann riß er sich aus seinen Träumen und war plötzlich wieder ganz der alte. »Es reicht vielleicht nicht ganz aus für eine Anklage. Aber ein Untersuchungsausschuß – na ja, das wäre ja auch schon etwas.«

Beide grinsten. *Einmal ein Bulle ...*

Das Lazarett kam ihm still, ja geradezu verlassen vor, ganz anders, als er es in Erinnerung hatte. Petty Officer Mike Tukker hob seinen Arm und sah sich den kleinen roten Punkt an, wo man ihn mit der Nadel gestochen hatte. Eigentlich war es beinahe komisch, wenn man es sich einmal richtig überlegte. Als er mit dem im Delirium phantasierenden Sub-Lieutenant Napier hier im selben Lazarett gewesen war, hatte irgendein Wichtigtuer in seinem Soldbuch entdeckt, daß eine seiner Impfungen überfällig war. Er ballte die Faust. Weh tun sollte es eigentlich nicht; das tat es bei ihm fast nie. Und die Marineakten mußten natürlich immer auf dem letzten Stand sein, selbst wenn die Chance bestand, daß einem in nächster Zeit der Arsch weggeblasen wurde. Er nahm seine Mütze, die beste, die er hatte, und fragte sich, weshalb er sich eigentlich die Mühe gemacht hatte. Dann blickte er auf die verschlossene Tür, hinter der er an Napiers Bett gewartet hatte, als das Mädchen hereingekommen war. Wieder zog ein Lächeln über sein Gesicht. *Jamies Mädchen.* Das hoffte er jedenfalls.

Er musterte sein Spiegelbild in einer Fensterscheibe und schob seine Mütze zurecht, bis sie verwegen schief auf seinem Kopf saß. Seine Familie würde wissen, daß er gesund war. Daß bereits der nächste Einsatz begonnen hatte, würden sie nie erfahren. Er hatte sogar ein paar Briefe bekommen, von denen einige so alt waren, daß darin immer noch von dem bevorstehenden Weihnachtsfest die Rede war. Madge hatte das Kind zur Welt gebracht, hatte seine Mutter geschrieben. Aus ihren schrägen Schriftzügen hatte er ihre Verstimmung erkennen können. Das Kind war mehr schwarz als weiß, wie es schien. Jetzt konnte er darüber lächeln, aber seine alten Herrschaften mußte das ganz schön auf die Palme gebracht haben. Madge und ihre verdammten Yankees, das hatte man jetzt von diesem verdammten Pacht-Leih-Vertrag.

»Oh, hallo! Was machen Sie denn schon wieder hier?«

Er drehte sich um und hielt sich die Hand über die Augen, um sie vor der grellen Sonne zu schützen, die den ganzen Korridor erfüllte. Die Schwester war klein, adrett in ihrer Tropenuniform und obendrein noch hübsch, mit einem netten Lächeln auf den Lippen.

Er sagte: »Oh, ich hole mir nur einen kleinen Piekser.«

Sie schüttelte den Kopf. »An mich erinnern Sie sich wohl gar nicht?«

Es war, wie wenn man im Buch eine Seite zurückblättert. »Schwester Julyan«, sagte er mit leiser Stimme. »Sie dürfte ich wohl kaum vergessen.« Er sah ihre Überraschung, merkte, daß sie unsicher wurde. »Sie haben dem jungen Mr.

Napier so geholfen, ehe ihm der Arm abgenommen wurde. Aber Sie sind ja wahrscheinlich so etwas gewöhnt.«

Sie schien zu überlegen. »Eigentlich nicht.« Sie zögerte. »So ein netter junger Bursche. Einmal, nachts, als er richtig reden konnte, hat er mir eine Menge über Sie erzählt und wie Sie ihm das Leben gerettet und ihn meilenweit getragen haben.« Sie sah, wie sein Gesicht sich umwölkte. »Manchmal war er so von Medikamenten benebelt, daß er gar nicht wußte, was er redete. Dann hat er immer von jemandem gesprochen, der Mango heißt.« Sie lächelte. »Sie waren in dem Stuhl neben seinem Bett eingeschlafen.«

»Mango war ein Junge, der in anderer Leute Krieg hineingeriet. Er wurde getötet.«

»*Sie* gewöhnen sich wohl auch nicht daran«, meinte sie.

Er sagte: »Sie haben mir von Ihrem Bruder erzählt.«

»Hab ich das?« Sie blickte auf ihr Handgelenk; sie trug dort einen Verband, aber den hatte Tucker bis jetzt gar nicht bemerkt. »Da hat so ein armer Teufel versucht, sich umzubringen«, erklärte sie. »Irgendein Idiot hat eine Schere herumliegen lassen, so daß er an sie ran konnte. Ich habe ihn daran gehindert, aber dann ist er auf mich losgegangen.« Sie versuchte zu lächeln. »Der kannte meinen berühmten rechten Haken nicht!«

Plötzlich gingen sie beide nebeneinander auf den Ausgang zu. »Habe ich Ihnen wirklich von Jack erzählt?« fragte sie.

»Ja. Er war Heckschütze auf einer Lancaster. Und über Deutschland hat es ihn erwischt.«

Sie nickte.

»Und Sie kommen aus Hendon, North London. Sehr vornehm.«

Wieder lächelte sie, und ihre Zähne blitzten weiß in ihrem gebräunten Gesicht. »Aber nicht das Viertel, in dem wir wohnen.«

An der Einfahrt stand ein Mannschaftswagen von der Navy mit dem Abzeichen der *Special Operations* auf der Tür.

»Ich laß mich von denen mitnehmen«, sagte er. »Ich muß noch packen.« Sie sagte nichts, blieb aber stehen und musterte ihn, als ob sie auf etwas warten würde.

»Ich habe mir gedacht . . .« Er blickte auf sie herab: Sie war klein und hatte eine hübsche Stupsnase. »Ist vielleicht ein wenig aufdringlich – ich bin nicht mal sicher, ob ich jemals wieder hierher komme. Aber hätten Sie Lust, auf einen Drink mitzukommen oder zum Essen oder so? Vielleicht könnten wir uns im Militärkino auch einen Film ansehen?«

»Ich dachte schon, Sie würden nie fragen.« Sie musterte sein Gesicht, erinnerte sich an seine schrecklichen Prellungen und Schürfwunden. Und an die Narben auf seinem Rücken. Es mußte schrecklich weh getan haben, aber er hatte nicht gejammert, wie das manche Männer taten, wenn die Genesung einsetzte. Vorher waren sie immer wie kleine verlorene Jungs, die sich ihrer Wunden und Verletzungen schämten und denen es peinlich war, wenn man sie wusch und abtupfte und ihnen den letzten Rest an Menschenwürde raubte. Mike Tucker war nicht so gewesen. Sich auszumalen, wie er den armen Napier Meile um Meile geschleppt hatte, war ihr gar nicht schwergefallen. Einmal hatte Napier nach ihrer Hand gegriffen und leise, fast im Gesprächston gesagt: »Er hätte mich zurücklassen können, wissen Sie. Oder mich töten. Das ist dort nichts Ungewöhnliches.«

Nichts Ungewöhnliches. Sie blickte auf die Reihe verschlossener Türen hinter ihm. *Wir haben ja nicht die geringste Ahnung. Wir kriegen hier nur, was übrigbleibt.*

Tucker sah sie an, als ob sie sich schon irgendwo früher einmal begegnet wären.

»Ich würde wirklich gern wissen, wie Sie mit Vornamen heißen, Schwester Julyan. Sie kennen ja meinen auch!«

Sie wünschte, sie wären irgendwo anders. »Ich heiße Eve«, erwiderte sie. »Und jetzt bitte keine dumme Bemerkung!«

Er nahm ihre Hände, achtete aber sorgsam darauf, den Verband nicht zu berühren.

»Eve.« Er sah sie einige Sekunden lang an. »*Eve*. Ja, das paßt. Eve.« Er beugte sich über sie und küßte sie auf die Wange, dann drehte er sich weg, ehe sie etwas sagen konnte.

In dem Augenblick kam ein Krankenpfleger mit einem großen Krug Limonade vorbei.

»Aber Schwester Julyan! Was habe ich denn da gerade gesehen?«

Sie lächelte. Der Mann konnte ja schließlich nichts dafür, daß er so war. Seine Kollegen nannten ihn Flossie, und ihm schien das Spaß zu machen.

Und dann sagte er plötzlich: »Das war Mike Tucker, der hat gerade eine Impfung gekriegt. Ich kann da keinen Sinn drin sehen, wenn das stimmt, was ich gehört habe. An Ihrer Stelle würde ich ihn mir aus dem Kopf schlagen.«

Aber sie starrte dem Mannschaftswagen nach, der gerade auf das Tor zufuhr. Seine Konturen waren bereits verschwommen, wie auf einem Gemälde, das man im Regen stehengelassen hat. Über einer der Türen fing plötzlich eine Lampe an zu blinken, und sie rückte sich automatisch ihre Mütze zurecht, ehe sie auf die Tür zueilte.

Sie griff sich an die Wange, wo er sie geküßt hatte, und erinnerte sich an sein Gesicht, als sie ihm ihren Namen gesagt hatte. *Das paßt*. Was hatte er damit gemeint? Sie packte die Türklinke so heftig, daß es weh tat. Sie würde es vielleicht nie erfahren.

James Ross lag auf dem Bett und sah zu, wie das Mondlicht durch das Moskitonetz fiel und bizarre Muster auf die gegenüberliegende Wand zauberte. Das Haus war angefüllt mit ächzenden, knarrenden Geräuschen, aber er nahm an, daß alle anderen schliefen. Er konnte die strahlend hellen Sterne durchs Fenster sehen und malte sich aus, wie draußen eine warme Brise mit den Palmwedeln spielte. Es hatte doch nicht geregnet, obwohl er gehört hatte, wie der Colonel seinem alten Freund, dem Doktor, das beim Abendessen prophezeit hatte. Beim Essen hatte er sich irgendwie unbehaglich gefühlt, obwohl alle sehr freundlich gewesen waren und der Arzt ihm echtes Interesse entgegengebracht hatte. War das so geplant gewesen, oder hatte es sich einfach so ergeben?

Sie hatte ihm gegenübergesessen, und jedesmal, wenn sich ihre Blicke begegnet waren, hatte er ihre Empfindungen wie einen körperlichen Schmerz gespürt. Sie hatte ein einfaches Seidenkleid getragen, das ihren Hals frei ließ. Er hatte gesehen, wie ihr Goldkettchen sich selbst dann bewegte, wenn sie ihre Züge unter Kontrolle hatte.

Morgen. Oder war es heute? Sie würde in Uniform sein. Das würde ihn am schwersten ankommen. Er hatte gedacht, er würde sich vielleicht in den Vorbereitungen verlieren können, den vielen »Wenn« und »Vielleicht« von Pryces Operation *Trident*. Aber es gab nichts mehr zu tun. Er hatte nichts vergessen, hatte sogar vor seinem inneren Auge alle ihre Gesichter gesehen, als er das Ganze noch einmal durchgegangen war. *Die Freiwilligen.* Wenn sie alle Freiwilligen angenommen hätten, hätten sie vier U-Boote und noch mehr Chariots gebraucht. Er war zutiefst gerührt gewesen, daß Männer, die er als Freunde kennengelernt hatte, ihr Leben mit solcher Leichtigkeit anboten. Ziel und Ort waren festgesetzt. Selbst wenn sich in letzter Minute etwas änderte oder vielleicht im entscheidenden Augenblick die lebensnotwendigen Erkennungssignale von Tsaos Leuten ausblieben, so wußte er, so wie er andere bedeutsame Dinge in seinem Leben gewußt hatte, daß die Operation dennoch nicht abgeblasen werden würde. Wenn er versuchte, vorauszudenken, über die Strategie hinaus, die im Einsatzraum so klar erschienen war, traf es ihn wirklich wie ein Schock. Über den eigentlichen Vorgang hinaus war da nichts gewesen. Als ob man ein letztes Kapitel einfach aus einem Buch herausreißt.

Er dachte wieder an die Gesichter. Der kanadische Lieutenant Bill Walker würde die Leitung der Chariots haben; Major Trevor Sinclair sollte den Landungstrupp leiten, sobald das

Ziel erreicht war. Alles hing davon ab, den Feind zu überraschen. Wenn ihnen das nicht gelang, waren sie alle tot und begraben.

Er blickte auf das Glas auf dem Nachttisch mit dem speziellen Malt Whisky des Colonels. »Danach können Sie gut schlafen, mein Junge!« Aber auch das hatte er in einer Art Trauer gesagt. Ross hatte eine Menge Männer gekannt, die sich vor einem Einsatz halbblöd getrunken hatten. Aber das half nur eine Weile.

Victoria hatte er auf der Veranda einen Gutenachtkuß gegeben. So wie man sich auf einem Bahnhof verabschiedet; das war nichts Neues. Keine Worte, wenn sie so dringend gebraucht wurden. Und dann so viele, wenn es zu spät war und der Zug aus dem Bahnhof rollte.

Charles Villiers würde auch daran denken, würde sich erinnern ... das Hotel am St. James's Square, das seiner Familie gehörte. Ja, er würde in diesem Augenblick an sein Mädchen denken; und jedesmal, wenn er auf Sinclair stieß, würde ihn das an etwas erinnern, was nie sein konnte.

Wenn nur ... Er starrte zur Decke. Wenn nur was? Der Krieg würde zwischen sie treten; aber wenn der Krieg nicht gewesen wäre, wären sie sich nie begegnet. Hätte er sie dann nie gesehen? Nie ihr Lachen gehört? Er wälzte sich zur Seite und griff nach dem Glas.

Einen Augenblick lang glaubte er zu träumen, sich das nur einzubilden. Zu phantasieren. Sie stand in der Tür hinter dem durchsichtigen Vorhang, ganz in Weiß, wie eingerahmt vor dem dunklen Korridor, die nackten Füße auf dem Teppich. Dann schloß sie die Tür und drehte mit einer entschlossenen Bewegung den Schlüssel um. »Ich bin gekommen.«

Er schwang sich wie im Traum aus dem Bett, schob das Netz beiseite und drückte sie an sich. Er konnte ihr Herz an seiner Brust schlagen hören, spürte ihre Brüste, die sich an ihn preßten, als ob sie kaum atmen könnte.

»Ich mußte«, sagte sie. »Ich spüre keine Zweifel, keine

Scham. Ich konnte es nicht ertragen, dazuliegen und mich nach dir zu sehnen, wo ich doch weiß, was uns bevorsteht.«

Er küßte ihr Haar, sah ihre Augen im Mondlicht leuchten, als sich ihr Mund ihm entgegenhob. Sie zitterte, aber ihr Körper war warm, ja heiß, und er wußte, was es sie gekostet hatte, was es sie *jetzt* kostete, während sie sich mit einer Intimität küßten, die für sie beide neu war.

Sie blickte an sich herab, als er an den Bändern ihres Morgenrocks zog, und ließ es zu, daß er zu Boden glitt. Eine Weile noch hielt er sie mit ausgestreckten Armen, wußte, daß dies so hatte kommen müssen, daß es selbst dann zu spät gewesen wäre, wenn sie jetzt noch protestiert hätte.

Er legte sie vorsichtig aufs Bett und sah, wie der Mond ihren gebräunten Körper in ein weiches Licht hüllte und ihre Haut im kühlen Schein wie Bronze glänzen ließ. Er saß neben ihr, küßte sie, erforschte ihren Hals, ihre hochgereckten Brüste, spürte, wie ihre Erregung wuchs wie die seine, als er über ihre Brustwarzen und ihren glatten Bauch strich. Er erinnerte sich nicht einmal, wie er aus seiner Unterhose schlüpfte, um nackt neben ihr zu liegen; er wußte nur, daß sie ihn genauso wollte, wie er sie brauchte. Das war nicht nur eine flüchtige Begegnung, das war echte Leidenschaft, wirklich und überwältigend.

Sie küßte ihn wieder, ihr Mund suchte den seinen, ihre Zungen begegneten sich wie die Versuchung selbst.

Sie krümmte ihren Rücken, und dann keuchte sie, als seine Hand tiefer griff. Jetzt war keine Zeit mehr, vielleicht war nie genug Zeit.

Sie sah ihn an, als er sich über ihr aufstemmte, und ihre Augen leuchteten wie Flammen im Mondlicht.

Sie stöhnte: »Ich kann nicht warten! Nicht länger! Nimm mich, Jamie! Nimm mich!«

Es war, wie es nie zuvor gewesen war, und er hörte sie nur ein einziges Mal aufschreien, als er sie fand und in sie eindrang.

Dann, und erst dann, murmelte sie: »Ich konnte nicht warten. Es mußte sein.«

Ihr Kopf fiel gegen seine Schulter, aber als er Anstalten machte, sich zurückzuziehen, hielt sie ihn fest. »Nein. Bleib, Jamie. Ich will dich in mir spüren.«

Am Ende schliefen sie, und der Mond zog über ihnen seine Bahn und ließ sie in Frieden.

16
Nach Seemannsart

Captain Ralph Pryce stützte sich mit beiden Ellbogen auf die Reling des Depotschiffes, nahm sie aber gleich wieder hoch, als er durch seine Drillichärmel die Hitze spürte. Die Sonne stand hoch am Himmel, selbst die Sonnensegel boten kaum Linderung.

»Es ist alles in den Geheimdienstunterlagen«, sagte er. »Ich habe es selbst geprüft.« Er sah Ross von der Seite an. »Ich brauche ja wohl nicht ausdrücklich zu sagen, daß Sie sie vernichten müssen.«

»Nein, Sir.« Ross betrachtete das längsseits liegende U-Boot mit professionellem Interesse und sah zu, wie weißgekleidete Seeleute mit Säcken, Kisten und allen möglichen Vorräten für die nächste Patrouillenfahrt auf Deck hin und her rannten. Das Boot war größer und schwerer als die anderen U-Boote und trug die alte Vorkriegsmarkierung mit dem Buchstaben K, was es als Teil der Königlich Niederländischen Ostindienflotte auswies. Ross hatte sich oft Gedanken darüber gemacht, wie es wohl für solche Männer sein mußte. Freie Holländer, freie Norweger und all die anderen. Immer noch im Kampf gegen den gemeinsamen Feind, in dem schrecklichen Wissen, daß ihre eigenen Länder überrannt und besetzt waren. Wie würden wir das empfinden, dachte er.

Würden wir immer noch mit solcher Entschlossenheit und unter so hohem Risiko kämpfen können, wenn London und Edinburgh von deutschen Uniformen wimmelten? Wenn man eine Lebensmittelkarte, eine Briefmarke, eine Zeitung nur dann bekam, wenn der Feind es erlaubte?

K-21 war das holländische U-Boot, das Mike Tucker und Peter Napier in Sicherheit gebracht hatte. Wenn die *Tybalt* Trincomalee verließ, würde der Holländer hinterherfahren. Der Kommandant der K-21 kannte diese Gewässer gut; in Friedenszeiten war er vermutlich hier draußen stationiert gewesen, in einem der Häfen, die Richard Tsao erwähnt hatte und die sich jetzt in japanischer Hand befanden.

»Unsere Leute in Singapur haben die Erkennungssignale von Richard Tsao bekommen«, sagte Pryce. »Es könnte sein, daß man sie geändert hat – wir können da nie ganz sicher sein . . .«

»Nein, und das gilt für alles, Sir.« Er wandte sich um und sah Pryce an, überrascht von der Unsicherheit, die sein Vorgesetzter hier plötzlich an den Tag legte. Die beiden Männer richteten sich auf und gingen über das breite Deck des Depotschiffs; es kam ihnen fast wie ein Exerzierplatz vor. Ein paar Matrosen hielten in ihrer Arbeit inne und blickten auf. So wie die Männer auf dem Werftgelände der Royal Navy in Trincomalee, wohin ein Fahrer sie gebracht hatte und wo sie dann in das Beiboot des Depotschiffs umgestiegen waren.

Gesichter, die sie musterten, aber was sahen sie? Tapfere Männer oder Narren, Helden oder Verrückte? Ross hatte sogar gehofft, daß Victoria es irgendwie schaffen würde, sie zu chauffieren, und wußte doch, daß das unmöglich war. Es war schlimm genug gewesen, als er die Villa ihres Vaters verlassen hatte: Victoria wieder in Uniform, lächelnd und ihm die Wange zum Kuß hinhaltend. Spürte ihr Vater, daß sich zwischen ihnen etwas verändert hatte? Aber wenn, dann ließ er sich jedenfalls nichts anmerken. Würde sie ihm sagen, daß sie ein Paar geworden waren, daß sie ohne zu zögern und ohne Bedauern gegeben und genommen hatten? Wenn er es nicht schon wußte, so hatte er es vermutlich erraten.

Aber er hatte nur gesagt: »Kommen Sie wohlbehalten zurück, Jamie.« Er hatte den Arm um die Schulter des Mädchens gelegt, und Ross hatte zum erstenmal so etwas wie Schwäche oder Besorgnis bei ihr gesehen.

Das lag erst wenige Stunden zurück und war doch wie ein ganzes Leben.

Sie erreichten die gegenüberliegende Reling und blickten auf die teilweise getarnte *Tybalt* hinunter. Ein paar Gestalten bewegten sich auf ihrem Vorderdeck; die Chariots hatte man inzwischen sorgfältig in ihren Spezialverschlägen verstaut, die man aus der Luft für Decksladung halten sollte. Die Chariot-Crews hatten keine Zeit gehabt, das Starten ihrer Fahrzeuge aus den Behältern zu üben, aber *in der Nacht wird dann schon alles richtig laufen,* wie sie in jenen endlos weit zurückliegenden Tagen in Schottland bei ihrer Ausbildung immer gesagt hatten.

Aber die *Tybalt* hatte sich auch noch in anderer Weise verändert. Über ihrem Heck hing blauer Dieselqualm, und das kehlige Grollen ihrer Maschinen ließ erkennen, daß sie im Begriff war, wieder zum Leben zu erwachen.

Zwei von der ursprünglichen Mannschaft der *Tybalt* hatten sich freiwillig für Operation *Trident* gemeldet. »Darauf bestanden« wäre eine bessere Formulierung gewesen, und Pryce hatte die beiden ohne zu zögern akzeptiert. Der eine war der First Lieutenant des Schiffes und der andere, ebenso wertvoll, der Chief, ein höherer Technischer Offizier. Letzterer hatte seine Entscheidung mürrisch mit der Bemerkung begründet: »Ich kann das alte Mädchen ja schließlich nicht einem Rudel Amateuren überlassen!« Pryce hatte ihm gedankt und dabei unerwähnt gelassen, daß Frau und Sohn des Chiefs vor kurzem bei einem Bombenangriff ums Leben gekommen waren.

»Jetzt müssen wir bloß noch die Marines und die Gurkhas an Bord schaffen, dann wäre alles erledigt«, sagte Pryce. »Sie können planmäßig auslaufen.«

Ross starrte in die schimmernden Wellen und hob dann den Blick zu der Reihe friedlich vor Anker liegenden Truppentransporter. Es war wie bei jenem anderen Mal: Auslaufen im Schutz der Dunkelheit. Wie ein Meuchelmörder. Er sah auf die Uhr. Was würde sie jetzt tun? Vermutlich war sie im Bereitschaftsraum mit ihren Funksprüchen und Codes beschäftigt. Unentbehrlich für Pryce und die Männer von Operation *Trident*. Aber für die Admiralität nur eine Nummer, wie so viele andere auch. Er lächelte. *Wie ich.*

Pryce registrierte das Lächeln befriedigt. Operation *Trident*, ein dreizackiger Angriff, war ganz allein von ihm entwickelt worden. Wenn etwas schiefging, würde es keine Gnade geben. Dafür würden andere sorgen.

»Übrigens, Jamie –« Er zögerte; es fiel ihm immer noch schwer, derart vertrauliche Dinge mit anderen zu besprechen. »Dieser Kriegsberichterstatter fährt in dem holländischen Boot. Er ist mir ziemlich auf die Nerven gegangen, meiner Ansicht nach ist der Mann ein Sicherheitsrisiko. Aber der Admiral mag ihn, und nur das zählt.«

Ross dachte, er habe nicht richtig gehört. »Aber es kann doch durchaus sein, daß das holländische Boot in Kampfhandlungen verwickelt wird, Sir.«

Pryce starrte ausdruckslos ins Licht und sagte kühl: »Gute Erfahrung für ihn. Einzigartig, wenn es stimmt, was ich gehört habe.«

Dann drehte er sich zu Ross herum. »Ich werde dann gehen, Jamie. In meinem HQ kann ich Ihnen mehr nützen, als wenn ich hier draußen sentimental werde.« Er warf einen letzten Blick auf das längsseits liegende Boot. »Eigenartig, finden Sie nicht auch? Wie unsere Väter ... die gleiche Herausforderung.«

Ross ignorierte die Bemerkung und spürte plötzlich die

Ungeduld in sich aufkommen. Er wollte gehen. »Wenn etwas passiert, Sir . . .«

»Ich weiß«, nickte Pryce. »Wird alles erledigt. So wie wir damals sagten, in jenen ersten unmöglichen Tagen. ›Sie können mein Ei kriegen, wenn ich es nicht schaffe.‹« Dann wurde sein Tonfall ernst. »Aber Sie schaffen es schon.« Er sah kurz in Ross' ruhige graue Augen und fand dort keine Bestätigung für seinen Argwohn. Er hatte nie begriffen, weshalb man zuließ, daß Frauen unmittelbar neben Offizieren und Mannschaften Dienst taten, und dabei erwartete, daß alles normal blieb. Schlimm genug für die Zivilisten. Er verdrängte den Gedanken aus seinem Bewußtsein. »Viel Glück.« Dann hob er ganz überraschend die Hand zum Salut.

Ross sah ihm nach, wie er über die Leiter zu dem in den Wellen schwankenden Motorboot hinunterkletterte. Es hätte eine Szene aus Friedenszeiten sein können, dachte er und fragte sich dann, was Pryce wohl tun würde, wenn alles vorbei war.

Der First Lieutenant der *Tybalt*, ein Berufsoffizier namens Tom Murray, wartete in der Zentrale auf ihn. Er hatte die Augen überall und beobachtete das Kommen und Gehen von Seeleuten und Marines, von denen die meisten für ihn völlig Fremde waren.

»Alles klar, Nummer Eins?«

Murray lächelte. Der unbefangene Gebrauch seines Titels hatte viel dazu beigetragen, das Eis zu brechen.

»Alles verstaut, Sir. Die Marines haben ihre Boote beim vorderen Luk zusammengelegt und einsatzbereit. Lieber die als ich.«

Ross sah sich um, sah die vielen Skalen der Anzeigegeräte mit ihren vibrierenden Nadeln, die Periskope, die gut geölt in ihren Schächten hingen. Jemand hatte sich sogar die Zeit genommen, die Typentafel des Herstellers *Camell-Laird, 1939* über dem Tisch des Navigationsoffiziers zu polieren. Das Boot war ebensoalt wie der Krieg. Die bauten gute Unterseeboote, aber nicht damit man sie so einsetzte, ohne Rückfahrkarte.

»Sie wird sie nicht im Stich lassen«, sagte Murray mit leiser Stimme. »Sie ist ein gutes Mädchen.«

»Haben Sie sich deshalb freiwillig gemeldet?« Dann zuckte er die Achseln. »Ich habe kein Recht, so zu fragen. Entschuldigen Sie.«

Murray schüttelte den Kopf. »Sie haben jedes Recht dazu, Sir. Sie mehr als sonst einer. Ich habe mir bloß gedacht, daß Sie jemanden haben sollten, der ihre Marotten kennt.«

Beide lachten, und das löste die Spannung. Mike Tucker, der für die Dauer des Einsatzes zum Bootsführer ernannt worden war, blieb an einem Schott stehen und spürte die Veränderung in Ross sofort. *Sie war sein Mädchen.* Was auch immer jetzt geschah, daran konnte nichts mehr etwas ändern.

Ross drehte sich um und sah ihn fragend an: »Sie machen ja einen recht selbstzufriedenen Eindruck, Mike.«

Mike dachte an das Mädchen in Schwesternuniform. Es würde nichts Unrechtes daran sein und auch nichts Illoyales. Jetzt nicht mehr. Ihr Name war Eve. *Ich muß wie ein richtiger Trottel ausgesehen haben.* »Ich erzähle es Ihnen irgendwann einmal, Sir.« Jetzt grinste er wieder. »Sie werden es nicht glauben!«

Der First Lieutenant sah die beiden an. Tarrant, den vorherigen Kommandanten, hatte er nie richtig kennengelernt. Aber bei dem hier hatte er das Gefühl, ihn schon sein ganzes Leben lang zu kennen.

»Ich werde eine Stunde vor dem Ablegen zu allen sprechen«, sagte Ross.

»Zu den Offizieren, Sir?«

Ross lächelte. »Zu allen. Vorausgesetzt, daß es keine Pannen gibt, haben wir nicht einmal vier Tage, um alle Falten auszubügeln. Und das bedeutet, daß ich zu allen spreche, richtig?«

Murray grinste. »Verstanden, laut und deutlich, Sir!«

Bei Sonnenuntergang löste die *Tybalt* ohne besonderes Zeremoniell ihre Vertäuung und zog die Flagge ein.

Ross stand mit den Ausgucken auf der schmalen Brücke und hörte zu, wie Tucker seine Befehle durch das Sprachrohr wiederholte. Er spürte den geschmeidigen Hub und Schub des überhängenden Vorderstevens in den Wellen und drehte sich um, als von der dunklen Landmasse das Scheinwerferpaar eines Autos kurz herüberblitzte.

Er ballte die Hände in den Taschen seiner Jacke und versuchte nicht daran zu denken, daß es das letzte Mal sein könnte. Der letzte Abschied.

Er hörte, wie das Hauptperiskop sich in seinem Schacht bewegte – eine Art Lockerungsübung nach der langen Liegezeit im Hafen.

Er dachte daran, wie sie in seinen Armen gelegen hatte, erinnerte sich der Hast und Zärtlichkeit ihrer Umarmungen.

Ross wußte, daß er nicht allein war. Jetzt nicht mehr. Ganz gleich, was kam und wie es endete, sie war bei ihm.

»First Lieutenant erbittet Erlaubnis, Sie abzulösen, Sir.«

»Erlaubnis erteilt.« Er hörte die Füße des Mannes auf der Leiter, spürte, wie die Luft an ihm vorbei in die Tiefe gesaugt wurde, um die knurrenden Dieselmotoren zu füttern.

Er warf einen letzten Blick zum Land hinüber, aber da war nichts.

Als Kopf und Schultern des Lieutenants durch das Luk kamen, herrschte in seinen Gedanken wieder Ordnung.

Ich konnte nicht warten! Es mußte sein! Er glaubte fast, ihre Stimme zu hören.

Er trat schnell auf die Leiter und überließ Murray den Turm, damit auch der im stillen Abschied nehmen konnte.

Captain Ralph Pryce stand mit verschränkten Armen da und sah zu, wie die Wachen am Haupttor einen zivilen Lieferwagen überprüften, ehe sie ihn passieren ließen. Hinter ihm wirkte sein improvisiertes Hauptquartier geschäftig, lebendig. Er hörte das Klappern einer Schreibmaschine und wenigstens zwei Telefone, die gleichzeitig benutzt wurden. *Der er-*

ste Tag. Er blickte auf die große Landkarte an der Wand und malte sich das U-Boot aus, das jetzt wahrscheinlich zum erstenmal tauchte, nachdem es in voller Fahrt die Abgeschiedenheit der offenen See gesucht hatte. Auf Ostkurs, in die Sonne hinein.

Er drehte sich zu der Marinehelferin um, die mit übereinandergeschlagenen Beinen dasaß und die Liste mit Anweisungen durchging, die er ihr gerade gegeben hatte.

»Ich möchte, daß unsere Einsatzzentrale von jetzt an in ständiger Bereitschaft ist. Ich habe mit dem Stützpunkt vereinbart, daß dort alle eingehenden Funksprüche überwacht werden, die auch nur im entferntesten mit dem, was wir tun, in Verbindung stehen könnten. Man kann gar nicht vorsichtig genug sein.« Er runzelte die Stirn, als einer der Deckenventilatoren warnend quietschte. Das würde wieder ein glutheißer Tag werden. Wenn die Ventilatoren den Geist aufgaben ...

Second Officer Blandford sagte, ohne aufzublicken: »Ich habe schon mit dem O.O.D. gesprochen, Sir. Es wird so schnell wie möglich jemand herüberkommen, um die Ventilatoren zu überprüfen.«

»Hmmm.« Er musterte sie. So adrett, so selbstsicher. Und doch ... Er ging zu seinem Schreibtisch und hob eine Tasse frischen Kaffee an den Mund. Nach Operation *Trident,* was dann? Vielleicht würden die hier dicht machen und die Abteilung woandershin verlegen. Australien vielleicht. Nach hier und London würde das ein ziemlicher Rückschritt sein.

»Sonst noch etwas, Sir?« fragte sie.

»Nein. Commander Crookshank wird im Lauf des Vormittags vorbeikommen.« Wahrscheinlich voller Angst und Sorge, die Verantwortung könnte letztlich an ihm hängenbleiben. Dann schnarrte er: »Herein!«

Die Tür ging auf, und er sah Victoria Mackenzie in ihrer Uniform mit den Rangabzeichen eines Maats, gelassen, als ob nichts sich verändert hätte.

Sie sagte: »Major Guest möchte Sie sprechen, Sir.«

»Ausgeschlossen!« sagte Pryce. »Herrgott, glaubt der Mann eigentlich, daß wir hier sonst nichts zu tun haben?«

Second Officer Blandford richtete sich auf. »Er hat vorher schon versucht, Sie zu erreichen.« Und dann fügte sie leise hinzu: »Das hatte ich Ihnen aber gesagt, Sir.«

»Hatten Sie das? O ja – ich war ziemlich beschäftigt.« Er warf sich in die Brust. »Und das bin ich immer noch!«

Victoria Mackenzie blickte an ihm vorbei auf die große Landkarte. Es war immer Teil ihres Jobs gewesen, aber nicht so persönlich wie jetzt, es war ihr nicht so nahegegangen. *Er* war irgendwo dort draußen. Was empfand er? Wie würde es sein?

Sie hörte sich sagen: »Major Guest war beim Stabschef, Sir.«

Pryce setzte sich. »Ein gerissener Bursche!« Er sah auf die Uhr an der Wand. Nur ein Funkspruch, dann nichts mehr. Das holländische U-Boot würde bei Sonnenuntergang ablegen und aus dem Hafen auslaufen. Jetzt war es kein Plan mehr. Jetzt hatte es begonnen.

»Also schön«, sagte er, »lassen Sie ihn reinkommen. Ich werde mir irgendeinen Vorwand einfallen lassen und sehen, daß ich ihn loswerde.«

Als die Tür sich schloß, sagte er: »Die Mackenzie ist ein klasse Mädchen. Sie sollte sich wirklich um das Offizierspatent bemühen.«

»Wirklich, Sir?«

Pryce lächelte nicht. Das war eine wunde Stelle. Eine Schwäche. Immer gut, so etwas zu wissen.

Major Guest kam, gefolgt von einem hochaufgeschossenen Sergeant, herein.

»Tut mir leid, so reinzuplatzen«, sagte Guest. »Ich habe schon versucht, Sie zu erreichen.« Er sah zum Fenster hinaus, wo gerade wieder ein Fahrzeug zur Kontrolle angehalten wurde. »Aber ich sehe schon, daß Sie heute nicht viel Zeit haben.«

Pryce warf einen fragenden Blick auf den Sergeanten. Guest sagte: »In diesem Job brauche ich Sergeant Penrose für den Fall, daß ich etwas vergesse.« Er lächelte, aber es war ein Lächeln ohne jegliche Wärme. »Früher war hier draußen alles so einfach. Der zuständige Captain saß in Colombo und hatte immer Zeit, wenn der Provost Marshal Hilfe oder Informationen brauchte.« Er spreizte die Hände: »Jetzt sitzt da ein Admiral, und es gibt mehr Schiffe, als irgendeiner zählen kann, und mitten drin ist Ihre Abteilung *Special Operations*.«

»Ja, das ist der Krieg«, sagte Pryce schroff. »Wirklich verdammt lästig. Also, was wollen Sie von mir?«

Unaufgefordert nahm Guest gegenüber Second Officer Blandford Platz. »Meine Jungs haben sich unter anderem mit illegaler Benzinabgabe befaßt, auch mit der unzulässigen Benutzung von Dienstfahrzeugen. Hauptsächlich Sache der Army, aber da mischen alle möglichen Leute mit.«

»Ich glaube kaum, daß das für mich von Interesse ist.«

Ein Telefon schrillte. Second Officer Blandford deckte die Sprechmuschel mit der Hand ab.

»Commander Crookshank ist an Bord, Sir.« Sie sah das kühle Lächeln um den Mund des Majors zucken, offensichtlich amüsierte ihn der Gebrauch von Marineausdrücken, selbst so weit vom Meer entfernt. Aber sie war daran gewöhnt, und zugleich irritierte sie die Arroganz des Mannes. Mißbrauch von Benzin, also wirklich!

»Gehen Sie und kümmern Sie sich um ihn, ja, Victoria?« sagte Pryce. »Geben Sie ihm eine Tasse Tee oder so etwas.« Und er fügte vielsagend hinzu: »Es sollte nicht lange dauern.«

Guest räusperte sich. »Wir haben zwei Männer verhaftet und werden in Kürze Anklage erheben. Im Laufe der Ermittlungen haben sich allerdings Hinweise ergeben, daß einer der Männer regelmäßig Dienstfahrzeuge benutzt hat. Ohne Zweifel werden in Kürze weitere Verhaftungen folgen.«

»Und was hat das mit mir zu tun?« fragte Pryce desinteressiert. »Ich würde meinen, daß das alles auf einen Mangel an

Disziplin und Kontrolle hindeutet. Jeder Soldat, und das gilt natürlich auch für die Dienstgrade, ist nur so gut, wie seine Offiziere das vorgeben, richtig?«

»Bis zu einem gewissen Punkt schon, Sir.« Guest starrte auf die Beine der Marinehelferin, als diese sie wieder übereinanderschlug. »Einer der Verhafteten hat zu seiner Verteidigung vorgebracht, er habe Befehl bekommen, den Wagen ohne entsprechende Genehmigung zu benutzen. Um damit einen Offizier privat irgendwohin zu befördern, was für sich betrachtet auch schon ein Vergehen ist.«

»Dessen bin ich mir bewußt, Major.« Pryce sah demonstrativ auf die Uhr. »Betrifft es diese Abteilung?«

Guest ließ sich Zeit. »In der Nacht, in der Second Officer Jane Clarke ermordet wurde, hat der Verhaftete den Offizier auf derselben Straße abgesetzt und sollte ihn dort wieder abholen, nachdem er für jemanden in einem Laden eine Besorgung gemacht hatte. Wir sind ziemlich sicher, daß es sich bei dem Offizier um Major Trevor Sinclair von den Royal Marines handelt, der dieser Abteilung zugeteilt ist.«

Pryce starrte ihn an. »Aber ich dachte, *Sie* hätten jede Einzelheit überprüft? Ich dachte, Sie wüßten, wo jeder einzelne war? Ich meine mich zu erinnern, daß Sie es recht eilig hatten, die Sicherheitsvorkehrungen *hier* zu kritisieren, wo doch die ganze Zeit ...«

Guest zuckte die Achseln. »Wir haben uns getäuscht. Aber das war damals. Wir mußten Tausende von Befragungen durchführen, Passierscheine überprüfen, alles.«

»Wollen Sie andeuten, daß Major Sinclair verdächtigt wird?«

»Wir müssen allen Verdachtsmomenten nachgehen, Sir. Ich war beim Stabschef.« Er zögerte. »Sie verstehen doch, daß ich keine andere Wahl hatte, als ich Sie nicht erreichen konnte.«

»Und der hat den Schwarzen Peter weitergegeben, oder?«

Guest wich seinem zornigen Blick nicht aus und sagte: »Ich

habe Vollmacht, Major Sinclair zu befragen, Sir. Es gibt da einige Fragen, die beantwortet werden müssen. Auf die Weise können wir vielleicht verhindern, daß das S.I.B. sich einschaltet oder, was noch schlimmer wäre, Detectives aus London. Das würde sehr viel Zeit in Anspruch nehmen. Auf diese Weise . . .«

Pryce stand auf. »Major Sinclair ist augenblicklich nicht erreichbar. Ich bin nicht befugt, weiter darüber zu sprechen. Aber die Art unserer Tätigkeit hier sollte ja eigentlich für sich selbst sprechen.«

Guest erhob sich ebenfalls. »Ja, so ist es. Vielen Dank für Ihre Unterstützung, Sir.« Er nickte seinem Sergeanten zu. »Dann eben ein andermal. Ich möchte so bald wie möglich informiert werden, wenn er zurückkommt.«

Pryce rieb sich das Kinn. »Major Sinclair ist ein äußerst tapferer Offizier und hat sich seine Auszeichnungen mehr als verdient. Wenn seine augenblickliche – äh – Verpflichtung nicht wäre, dann wäre er jetzt nach England unterwegs, um vom König persönlich eine noch höhere Auszeichnung in Empfang zu nehmen.«

Guest musterte ihn mit einem eigenartigen Ausdruck. »Bei Ihrer Arbeit, Sir, wo Männer immer wieder und ohne Fragen zu stellen ihr Leben riskieren, muß der Unterschied sehr fein ausgeprägt sein.«

»Der Unterschied?«

»Zwischen einem Helden und einem ausgebildeten Killer, Sir.«

Die Tür schloß sich, und in der Stille konnte man ihre Stiefel draußen auf dem Korridor dröhnen hören.

Nach einer Weile sagte Pryce: »Haben Sie eine Zigarette, äh, Celia?«

Sie holte ein Päckchen aus ihrer Schultertasche, ließ ihn dabei aber nicht aus den Augen. »Ich dachte, Sie rauchen nicht, Sir.«

Er nahm eine Zigarette heraus und wartete, daß sie ihm

Feuer gab. Dann hustete er und sagte: »Ich hatte damit aufgehört. Jetzt fange ich wieder an.«

»Dann stimmt es also, Sir? Ich meine, könnten die sich täuschen?«

»›*Bei unserer Arbeit*‹ – was zum Teufel weiß der denn davon?« Er sah zu, wie der Rauch von seiner Zigarette in den Ventilator stieg. »Nichts kann etwas daran ändern, daß Operation *Trident* angelaufen ist, und Major Sinclair spielt dabei eine wesentliche Rolle. Seine Erfahrung und sein Mut sind ungewöhnlich, selbst bei den *Special Operations*. Sein Engagement ist über jeden Zweifel erhaben.«

Sie nickte, und ihre Gedanken arbeiteten dabei fieberhaft. Also war Captain Pryce bewußt einer Begegnung mit Guest aus dem Weg gegangen, bis die Operation in Gang gekommen war. Hatte er Sinclair schon die ganze Zeit über verdächtigt, oder war es ihm einfach gleichgültig, solange nur die Operation ein Erfolg war?

Sie sagte: »Ich hatte den Eindruck, daß Petty Officer Mackenzie einmal recht verstört war, als Major Sinclair hier war. Ich war gerade nicht im Zimmer. Sie war mit ihm allein. Sie kam mir sehr nervös und verängstigt vor.«

»Das höre ich jetzt zum erstenmal.«

Sie lächelte. Er reichte den schwarzen Peter weiter. »Möchten Sie, daß ich es ihr sage, Sir? Sie ins Bild setze?«

»*Nein.*« Das kam zu schroff heraus. »Was würde es denn bringen? Ich bin darauf angewiesen, daß jeder hier in Höchstform ist.« Er fuhr herum, als Commander Crookshank mit einem besorgten Lächeln ins Büro trat. Victoria war bei ihm.

Blandford musterte ihre Untergebene, sah ihre Kopfhaltung, ob es nun Stolz oder Trotz war, jedenfalls brauchte man es ihr nicht zu sagen. Man konnte es in ihren feinen braunen Augen lesen.

Und in dem Augenblick wußte sie, daß Victoria stärker war als sie alle zusammen

»Alle Mann angetreten, Sir.«

Ross sah sich in der Kommandozentrale um. Sämtliche Offiziere, die Crews der beiden Chariots eingeschlossen, und der Chief und sämtliche im Augenblick nicht im Einsatz befindlichen Unteroffiziere drängten sich in das Nervenzentrum der *Tybalt*. Andere standen dicht gedrängt draußen auf dem Gang; einer war sogar auf die unterste Sprosse der Turmleiter geklettert, um besser sehen zu können. Ross konnte ihre Augen spüren, die Kraft dahinter, spürte, wie sie alle sein Gesicht nach Anzeichen von Zweifel oder Zuversicht absuchten, dem Maß für Leben und Tod.

Dreieinhalb Tage waren verstrichen, seit sie das Mutterschiff verlassen hatten, Tage, angefüllt mit allen möglichen Vorbereitungen, Tage mit endlosen Einsatzbesprechungen, damit niemand die Instruktionen vergaß, wenn es zu spät war, Fragen zu stellen. Major Trevor Sinclair war ein Bollwerk der Stärke gewesen. Ross wußte eigentlich nicht, weshalb ihn das so überraschte, bei dem Ruf, in dem der Mann stand. Es war, als brauchte er die Herausforderung wie die Luft zum Atmen. Er schien nie die Nerven zu verlieren, und einige Male hatte Ross gesehen, wie er mit seiner Handvoll Gurkhas Witze riß. Alle Spannungen, die möglicherweise zwischen ihm und seinem so jugendlich wirkenden Captain Pleydell bestanden, waren vergessen, oder zumindest sah es so aus. Ross hatte gesehen, wie Sinclair dabeigesessen hatte, als Pleydell die Unteroffiziere instruierte, die innerhalb von Minuten nach Erreichen einer geeigneten Position die Faltboote zu Wasser bringen sollten. Wachsam, aufmerksam auf jede Frage hörend, wirkte er wie ein völlig anderer Mann.

»Wir werden in etwa zwanzig Minuten auftauchen«, sagte Ross. Jemand ließ in der Kombüse einen Topf fallen, und Ross fügte hinzu: »Aus diesem Grund habe ich Sie so verdammt früh zum Frühstück geweckt!«

Einige lachten oder stießen ihren Nachbarn an. Gewöhnliche, alltägliche Dinge. Er blickte auf die gebogene Stahldecke über sich und lauschte dem gedämpften Summen der Elektromotoren. Eine »Waffe« hatte Pryce die *Tybalt* genannt. Aber für diese Männer war sie ein Zuhause, obwohl alle, mit Ausnahme von zweien, auf dem Boot völlig Fremde waren und in vielen Fällen sich auch gegenseitig nicht kannten. Seemannsart. Die Art der Navy. Ross hatte Männer auf dem Kiel ihres umgekippten sinkenden Schiffes balancieren sehen, anstatt sich schwimmend in Sicherheit zu bringen, ehe sie mit in die Tiefe gezogen wurden. Nur wenige, die nicht in der Marine dienten, konnten das wirklich verstehen. Und noch weniger es erklären.

Er sah, wie Mike Tucker ihn beobachtete; seine Kiefer waren immer noch mit den Resten seines Frühstücks beschäftigt. Er mußte an Peter Napier denken. Er hätte hier sein sollen ... wie oft war das nicht schon gesagt worden! Und wie oft würde es noch ausgesprochen werden.

»Im Augenblick passieren wir die Meerenge zwischen den Inseln Andaman und Nicobar. Wenn wir auftauchen, werden wir sehen, wie genau die Navigation gewesen ist!« Wieder grinsten welche, aber hinter jedem Grinsen verbarg sich zunehmende Spannung und der glühende Wunsch, es hinter sich zu bringen.

»Nach meinen Instruktionen sollten wir darauf vorbereitet sein, angegriffen zu werden, höchstwahrscheinlich von Flugzeugen.« Er brauchte ihnen nicht zu sagen, daß sich bei einer solchen ersten Begegnung herausstellen würde, ob Tsaos Informationen etwas taugten oder nicht. Jeder Mann würde es wissen und auf das Schlimmste vorbereitet sein. »Der Feind wird annehmen, daß wir Kurs auf Penang nehmen. Das wäre unser Ziel gewesen, falls wir das verschwundene U-Boot wären. Aber wir werden den Kurs ändern und geradewegs zur Halbinsel fahren. Zu unserem Zielpunkt.« Er sah sich um, musterte ihre Gesichter; selbst der Rudergast schien zuzuhören, obwohl er ihm den Rücken zuwandte und seine Instrumente nicht aus den Augen ließ. »Es handelt sich um ein Ziel erster Ordnung: das Depotschiff und, wie wir hoffen, einige U-Boote dabei. Was unsere Chariot-Crews aus den Kolonien angeht . . .« Er wartete, bis das Gelächter und der Beifall verstummt waren, und sah, wie der Kanadier, Bill Walker, ihm zuzwinkerte. Der andere Chariot-Pilot war Lieutenant Dick Challice, ein Neuseeländer aus Wellington. »Ihr Ziel ist das andere Schiff, ein Versorgungstanker.« Er hielt inne. Jetzt wurde es ernst. »Es wird nicht einfach sein. Wenn es das wäre, wären wir nicht hier. Ich kann Sie nicht nur einmal davor warnen, irgendwelche Heldentaten zu versuchen. Für mich haben Sie alle Ihren Mut mehr als einmal unter Beweis gestellt – alles andere wäre eine Beleidigung.« Plötzlich dachte er an ihr liebliches Gesicht vor dem seinen, in der Nacht, im Mondlicht. Ihre Mutter mußte ihr sehr ähnlich gewesen sein. Kein Wunder, daß der alte Colonel sein Herz verloren und denen, die ihn verdammt hatten, den Rücken gewandt hatte.

Er sah, wie der First Lieutenant sich über die Karte beugte und mit Zirkel und Lineal hantierte. Ein Unterseeboot konnte fast für sich selbst denken, aber trotzdem brauchte es noch ein menschliches Gehirn, das die Entscheidungen traf.

»Gehen Sie jetzt auf Ihre Stationen«, sagte er. »Geschützmannschaften in Bereitschaft.« Er drehte sich um und hörte, wie die Versammlung sich auflöste. Sie wußten, was zu tun war. Ihnen Glück zu wünschen wäre sinnlos gewesen; selbst über Sicherheitsfaktoren nachzudenken war Zeitvergeudung.

Er sah den First Lieutenant an. »Alles bereit?«

Murray nickte. »Schade, daß der verdammte Kriegsberichterstatter nicht mit uns gekommen ist. Der hätte einiges zu sehen bekommen, was er lange nicht vergessen wird!«

Mike Tucker, der darauf wartete, das Steuer zu übernehmen, sagte: »Wahrscheinlich scheißt er sich ohnehin in die Hosen, wenn er mitkriegt, daß der Holländer nicht bloß zum Spaß mitgekommen ist!«

Ross sah auf den Sekundenzeiger der Uhr: Er schien sich mühsam über das Zifferblatt zu schleppen. Was, wenn Richard Tsao verraten worden war und im Augenblick unter den Händen japanischer Folterknechte seinen letzten Atemzug tat?

Das Zielobjekt war in verhältnismäßig seichtem Gewässer verankert, womit sichergestellt war, daß jedes Unterseeboot auftauchen mußte, das es darauf abgesehen hatte. Die Deutschen verstanden sich zu gut auf ihr Handwerk, um so etwas zu übersehen. Vielleicht hatte Tsao recht, und die Japaner waren tatsächlich zu selbstsicher und verließen sich zu sehr auf die Macht der Angst, die sie wie eine zusätzliche Waffe einsetzten.

Seltsam, daß erst jemand wie Richard Tsao kommen mußte, um diese Schwäche bloßzulegen.

Er beugte sich über die Karte und schob sich die Lampe zurecht, um besser sehen zu können. Ein- oder zweitausend Faden unter dem Kiel hier draußen im offenen Gewässer. Senkrecht nach unten. Völlige Dunkelheit. Geschöpfe, die dem Menschen noch unbekannt und selbst für die modernsten Erfassungsgeräte unerreichbar waren.

Jetzt spürte er die Anspannung auch. Er richtete sich auf und ging zu den Periskopen.

»Hat ja wenig Sinn, hier rumzulungern, Nummer Eins. Bringen Sie uns auf Periskoptiefe, und machen Sie einen Eintrag ins Logbuch.« Er lächelte schief. Wer würde es je lesen?

Er lauschte der Stimme des First Lieutenant. Sie war ruhig und sicher, so wie es während des Wasserbombenangriffs gewesen war, als das Boot hin und her geworfen worden war und das Metall unter dem Wasserdruck geächzt und gestöhnt hatte. Wahrscheinlich erinnerte er sich in diesem Augenblick daran.

Ross sah die Skalen der Anzeigegeräte und die zitternden Nadeln, spürte, wie das Deck sich langsam unter seinen Schuhen aufrichtete. Neunzig Fuß, achtzig, siebzig . . . er wischte sich mit dem Handgelenk über die Augen. Es war feucht. Vierzig Fuß, dreißig . . . dann kamen sie zur Ruhe, hingen bewegungslos im freien Raum über dem Abgrund.

Ross ging beinahe in die Knie und klappte die Griffe des Periskops herunter, als es zischend aus seinem Schacht nach unten glitt.

Aus der Dunkelheit wurde ein nebliges Grau; der Schaum, von dem man immer dachte, man konnte ihn fühlen; dann kam das Periskop zum Stillstand. Ross bewegte sich vorsichtig um den Schacht herum, stellte die Okulare auf volle Vergrößerung, drehte das Periskop tastend um hundertachtzig Grad und dann über den anderen Bug noch einmal. Dunkles Wasser, nur die Andeutung eines grauen Lichts dahinter. Es gab nur diesen einen Kontrast, sonst nichts: Von Sicht konnte noch keine Rede sein. Jemand reichte ihm einen Feldstecher, den er sich um den Hals hängte und mit seinem offenen Hemd bedeckte. Oben würde es vielleicht kalt sein; aber das war immer noch besser, als sich schläfrig zu fühlen.

Ihre Blicke begegneten sich. »Unteren Deckel öffnen. Auftauchen, Nummer Eins. So schnell Sie es einrichten können.«

Er schob sich an den wartenden Geschützbedienungen vorbei, den schlangenartigen Munitionsgurten für die beiden Brownings, vorbei an den Ausgucken mit ihren dunklen Gläsern. Jemand tippte ihn an den Arm, und eine Stimme murmelte kaum hörbar: »Ich werde stinksauer, wenn der Krieg schon vorbei ist, und keiner hat uns Bescheid gesagt, Sir!«

Ross war dankbar für den Schatten und den Schutz, den er ihm bot. So konnten sie sein Gesicht nicht sehen. *Hilf mir.*

»*Auftauchen!*« Und dann lief es ab wie ein Uhrwerk. Hände, die sich an den Leitersprossen in die Höhe zogen, Schultern, Arme und Beine, alle zusammengedrängt in dem engen Druckrohr, krachend flog das obere Luk auf, und Wasser spritzte auf sie herab, als die *Tybalt* an die Oberfläche taumelte. Dann verstummte das Trappen der Füße, und der metallische Klang, mit dem der Verschlußblock der Vier-Zoll-Kanone aufflog, blieb unbemerkt. Es war kalt, verglichen mit der öligen Wärme, die sie gerade hinter sich gelassen hatten. Die Brücke war immer noch mit Wasser bedeckt, das sie mit in die Höhe gerissen hatten, und die Sprachrohrabdeckung mit Salz verkrustet.

»Morgendämmerung, Sir!«

Ross hielt den Atem an und sah zu. Ein roter Streifen wie Blut am Horizont, die lebendige Trennungslinie zwischen See und Himmel. Gleich würde volles Tageslicht herrschen. Was dann?

Er hörte Murrays Stimme durch das Sprachrohr: »Kurs Eins Eins Null.« Jemand sagte etwas im Hintergrund, wahrscheinlich Mike Tucker. Dort unten statt hier oben bei mir, dachte Ross.

»Kein Echo, Sir.«

»Sehr gut, Nummer Eins.«

Murrays Stimme klang so nahe, als ob er den Mund ganz dicht am Sprachrohr hätte. Ross antwortete: »Wir sind ganz allein. Die See ist ziemlich ruhig.« Er hörte, wie sich das Periskop bewegte, und wußte, daß Murray sich selbst ein Bild machte.

Ross hob seinen Feldstecher. »Jedenfalls keine Schiffe.« Er dachte laut. »Also Flugzeuge. Vom Land. Aus der Sonne.« Er sah, wie einer der Ausgucker nickte. »Also bereit sein.« Jeder U-Boot-Kommandant, der die unglaubliche Fahrt von Frankreich um das Kap der Guten Hoffnung und durch den Indischen Ozean überlebt hatte, wußte, daß äußerste Vorsicht geboten war. Jedes Schiff und jedes Flugzeug war ein potentieller Feind, bis das Gegenteil bewiesen war. Für die britischen Unterseeboote in der Nordsee oder im Mittelmeer war es genau dasselbe. So manches Boot war von einem übereifrigen Piloten, der nur den Feind gesehen hatte, vernichtet worden.

»Flagge setzen.« Er blickte sich um und sah die deutsche Kriegsflagge schlaff von dem kleinen Mast auf der zerbeulten »Tribüne« flattern.

Der Matrose, der sie aufgezogen hatte, sagte: »Vergessen Sie Ihren Deckel nicht, Sir!«

Es war Ross' eigene Mütze mit einem weißen Überzug und

einem primitiv nachgemachten deutschen Abzeichen. Alle deutschen U-Boot-Kommandanten waren an diesen weißen Mützen zu erkennen. Wenn jemand nahe genug herankam, um zu erkennen, daß das Abzeichen nachgemacht war, würde es ohnehin zu spät sein.

Als es dann kam, war es weder Schock noch Überraschung, lediglich das Gefühl von etwas Unvermeidbarem.

»Flugzeug, Sir! Peilung Rot Vier-Fünf!« Erregt, aber ohne Angst. »Ganz tief, Sir. Sichtwinkel etwa Zwei-Null!«

Ross beugte sich über das Mundstück des Sprachrohrs und sah seinen eigenen Atem wie Nebel.

»Signal für ›Auf Gefechtstation‹, Nummer Eins. Wir haben Gesellschaft bekommen!«

Er wandte sich von dem Schrillen der Alarmsirene ab und beobachtete das kleine, sich langsam bewegende Flugzeug. Wie ein Fleck am wilden Morgenhimmel.

Dann sah er, wie die graue Mündung der Vier-Zoll-Kanone sich drehte, den Eindringling suchte und die nächste Granate darauf wartete, ins Rohr geschoben zu werden.

Er versuchte sich an das Gedicht unter der Ehrenrolle der Schule zu erinnern, aber es hatte sich wie alles andere verflüchtigt. Es galt nur das Jetzt.

17
Klar zum Angriff

Lieutenant Charles Villiers kletterte durch das Luk und zwängte sich zwischen Ross und einen der Ausgucke. Die rote Morgendämmerung ließ sein Gesicht gerötet erscheinen und die Linien der Anspannung um seinen Mund noch deutlicher hervortreten.

Ross setzte den Feldstecher nicht ab. »Du hast mir einmal gesagt, daß du etwas von Flugzeugerkennung verstehst.« Erst jetzt sah er ihn an. »Ich glaube, dieser kleine Mistkerl da kann sich an uns nicht satt sehen. Aber ich bin nicht sicher.«

Villiers holte seinen Feldstecher unter dem Hemd hervor und stützte beide Arme auf die nasse Reling. Ross konnte ihn sich gut während der Ausbildung vorstellen, ernst und aufmerksam. Das Leben hatte ihm seitdem nichts geschenkt.

»Das ist schon ein Japs«, erklärte Villiers schließlich. »Ein Wasserflugzeug. Auf diese Entfernung . . .« Er zögerte, als würde er eine Wandkarte studieren, die er sich ins Gedächtnis rief. »Wahrscheinlich ein *Aichi*-Aufklärungsflugzeug. Einige davon tragen ein paar Bomben, aber das ist hier draußen unwahrscheinlich. Mit einem Paar Zwanzig-Millimeter-Kanonen bewaffnet, dazu noch Maschinengewehre.« Dann verblüffte er Ross mit einem Grinsen. »Aber nicht sehr schnell – etwas über dreihundert kmh Spitzengeschwindigkeit.«

Ross tippte ihn an den Arm. »Ganz genau. Sag den Geschützmannschaften Bescheid.« Er löste den Blick mit einigem Widerstreben von dem sich langsam nähernden Flugzeug und versuchte sich das Unterseeboot so vorzustellen, wie der japanische Pilot es jetzt sehen würde. Die Beschädigungen, die echten ebenso wie die vorgetäuschten, würden sichtbar sein, und ohne hinzusehen, wußte er, daß eine lange silberne Schlange auslaufenden Dieseltreibstoffs – einer der Tricks der Ingenieure des Stützpunkts – das Bild abrunden würde. Noch überzeugender würde es aussehen, wenn der größte Teil der Mannschaft an Deck war: In sicheren Gewässern war es üblich, der Mannschaft soviel Bewegungsfreiheit wie möglich einzuräumen, ganz besonders, wenn sie gerade eine lange, gefährliche Fahrt hinter sich hatten. Aber was, wenn der Feind sich nicht täuschen ließ? Oder noch schlimmer, wenn er bereits über die Operation *Trident* Bescheid wußte? Sie würden möglicherweise ohnehin sterben, aber zu tauchen, während sie angegriffen wurden, und so viele Männer ertrinken zu lassen oder im Wasser Maschinengewehrfeuer auszusetzen, das kam nicht in Frage.

Er hörte, wie Villiers die Signallampe auf der Brücke einschaltete.

Der Steuerbordausguck murmelte: »Der Dreckskerl fängt an, mutig zu werden, Sir!«

Das Flugzeug flog jetzt wesentlich tiefer. Wenn es heller gewesen wäre, hätten sie sein Spiegelbild über dem leicht bewegten Wasser wie das einer riesigen Hornisse sehen können. Tiefer und tiefer, und jetzt flog es eine Kurve, wie um achtern ihren Kurs zu kreuzen. Der Pilot mußte doch ganz sicher die Ölflecken auf dem Wasser sehen?

Die Maschinengewehrmannschaften waren feuerbereit, die Visiere eingestellt, die Munitionsgurte hingen von der »Tribüne« herab, weitere lagen bereit.

Der Pilot hatte jetzt offenbar seine Entscheidung getroffen. Das Wasserflugzeug veränderte erneut den Kurs und flog auf die Sonne zu, deren greller Schein die Kennzeichen und das Plexiglas der Kanzel beleuchtete. Villiers rief aus: »Das Signal!« Sie starrten auf das blinkende Licht aus dem Cockpit. Villiers sagte: »H . . .R.« Er setzte eine Bestätigung ab und fügte dann hinzu: »Jetzt geht's los.« Die Signallampe klickte in seiner Hand. *R . . .K.*

Alarmrufe ertönten von der Vier-Zoll-Kanone, als das Wasserflugzeug plötzlich Feuer spuckte.

Villiers hielt sich beide Hände an den Mund. »Ruhig Blut, Jungs!« Er wußte, daß zwei Mann von der Geschützbesatzung sich umgedreht hatten und zu ihm heraufblickten, völlig ungeschützt auf dem offenen Deck.

Die Granaten explodierten mit grellen Blitzen, die selbst die Sonne nicht auslöschen konnte. Zehn kleine Leuchtgranaten. Ross rieb sich den Mund. Genau wie von Tsao vorhergesagt. Das Wasserflugzeug flog bereits davon, sein Auftrag war erfüllt: Jetzt oblag es anderen, Ranghöheren, die notwendigen Entscheidungen zu treffen. Wie das bei anderen Streitkräften, in anderen Ländern auch nicht viel anders ist.

Ross beugte sich über das Sprachrohr: »Signale ausgetauscht, Nummer Eins. Die Eingeborenen sind freundlich.« Er glaubte, von irgendwem einen ironischen Beifallsruf zu hören. »Wir setzen die Fahrt aufgetaucht fort, bis es Zeit für den Kurswechsel ist.«

Er packte die glockenförmige Ausbuchtung am Mundstück des Sprachrohrs und spürte, daß er innerlich immer noch wie eine Drahtfeder gespannt war, denn es galt, noch eine Entscheidung zu treffen. Ihre Befehle waren nicht widerrufen worden, die Pläne nicht geändert. Er wußte, daß Villiers ihn beobachtete, daß er irgendwie helfen wollte. Er konnte sie alle in dem schäbigen Bau sehen, den sie als Hauptquartier benutzten, sah die Palmen, den Ozean wie eine dunkle Barriere dahinter. Wenn der Funkspruch dort einging ... er zögerte immer noch. Die Wahrscheinlichkeit war groß, daß Victoria diejenige sein würde, die ihn dechiffrieren würde. Er zweifelte, ob Pryce irgend jemand anderem vertraute.

Er sah Villiers an und lächelte. »Wie du ganz richtig sagst, Charles. Es geht los!« Er beugte sich wieder über das Sprachrohr. Was er sagte, galt dem First Lieutenant, aber ebenso auch Mike Tucker und all den anderen, die sich auf ihn verlassen mußten. Und nicht zuletzt auch ihr.

»Setzen Sie den Funkspruch ab, Nummer Eins.« Dann packte er mit beiden Händen den warmen Stahl und lehnte sich zurück, um seine Muskeln zu lockern. Als er sich wieder nach dem Flugzeug umsah, war es verschwunden. Die deutsche Flagge und die weißen Streifen am Rumpf hatten den Piloten wahrscheinlich ebenso überzeugt wie jeder einfache Erkennungscode.

Wenn ein deutsches Flugzeug aufstieg, um nachzuforschen, würde es wahrscheinlich nicht so leicht sein. Aber Richard Tsao hatte gesagt, daß es nur zwei deutsche Wasserflugzeuge gab, und die waren in Penang stationiert, weitere zweihundert Meilen jenseits ihres Zielgebiets.

Sie würden tauchen müssen und für das letzte Stück der Strecke das Risiko der reduzierten Geschwindigkeit eingehen müssen. Wenn sie einem neugierigen Kriegsschiff oder einem zufällig in dieser Gegend operierenden Patrouillenboot begegneten, würde das alles zunichte machen. Er blickte auf seine Uhr, dann sah er, wie fest seine Hände das Brückengeländer umkrampften, und er lockerte seinen Griff, einen weißen Finger nach dem anderen. Etwas, das er sich vor so vielen Jahren beigebracht hatte, jedesmal, wenn die wahre Erkenntnis zu ihm durchgedrungen war. Vierundzwanzig Stunden, und alles das würde vorbei sein. Vierundzwanzig Stunden zu leben oder zu sterben.

Er dachte an Bob Jessop, den Kommandanten des U-Bootes *Turquoise*, dachte an seine Verbitterung über das, was er für eine Vergeudung von Menschenleben ansah, wenn man es mit einer normalen Patrouillenfahrt vergleicht. Jessop mußte unrecht haben. Das, was sie taten, *mußte* etwas zu bedeuten haben.

Ein sterbender Mann hatte doch sicherlich ein Recht darauf, zu wissen, daß sein Tod *etwas bewirkt hatte*?

»Geh hinunter, Charles«, sagte er. »Geh noch mal alles mit den Jungs durch. Nummer Eins kann mich ablösen, wenn er soweit ist.«

Villiers hielt auf der Leiter inne und sah ihn an; sein Blick wirkte beunruhigt. Hier oben, mitten auf dem Meer und unter dem aufklarenden Himmel, wirkte alles so entfernt: Selbst der sie umkreisende Japs am Himmel war ihm irgendwie unwirklich vorgekommen. Er kletterte den Rest der Leiter hinunter und sah, wie ein Matrose Becher mit Tee verteilte.

Ross hatte allein sein wollen. Allein und doch auf seltsame Weise im Frieden mit sich und der Welt.

Maat Mike Tucker schlenderte aus der Offiziersmesse des U-Boots, wo er mitgeholfen hatte, die beiden Chariot-Crews vorzubereiten, und ertappte sich bei dem Wunsch, daß alles irgendwie schneller gehen möge. Es schien ihm nicht richtig, daß er nicht bei den anderen saß, während ihnen die Taucheranzüge angezogen und die Ausrüstung umgeschnallt wurde. So, als gehöre er nicht dazu.

Im vorderen Teil des Rumpfes war es genauso: Dort mühten sich die Marines und die kleine Gurkha-Abteilung auf dem beengten Raum ab, ihre Boote darauf vorzubereiten, daß man sie durch das vordere Torpedoluk nach oben hievte. Er beneidete sie nicht: Mit all den Waffen und der schweren Ausrüstung würden sie völlig außer Atem sein, wenn sie schließlich an Land gepaddelt waren. Sie waren gut ausgebildet und erfahren, aber konnte man sich an so etwas gewöhnen? Er schüttelte den Kopf. Sie mußten verrückt sein!

Er sah sich in der Kommandozentrale um, die jetzt mit Ausnahme des First Lieutenant und einer kleinen Gruppe Wachhabender beinahe verlassen wirkte. Die *Tybalt* fing bereits an, so auszusehen, als ob man sie aufgegeben hätte; der Rest war einfach ein Vorwand gewesen, um sie vor dem zu bewahren, was ihnen bevorstand. Tucker hatte gesehen, wie Lieutenant Villiers, auf Händen und Knien kriechend, die verschiedenen Drähte und die Zeitzünder überprüft hatte und dann zuallerletzt den Sprengsatz, der das ganze Boot auf einen Knopfdruck hin zur Hölle jagen würde . . .

Hier auf dem Kartentisch lagen die letzten Notizen und Pläne. Es gab sogar ein Foto ihres Hauptziels, des Depotschiffs. Früher hatte es einmal *Java Maru* geheißen und war ein Passagier- und Frachtschiff der *Osaka Mercantile Steamship Company* gewesen. Mit seinen achttausend Tonnen und nur wenige Jahre vor Pearl Harbor gebaut, war das Schiff eine gute Wahl. Tucker hatte zugesehen, wie die beiden Chariot-Offiziere mit Ross noch einmal die letzten Einzelheiten durchgegangen waren. Deren Ziel war der Treibstofftanker, und obwohl über diesen keine weiteren Einzelheiten bekannt waren, sollte der Angriff genau nach Schema ablaufen, wie eine Übung. Das sagten sie immer.

Die *Tybalt* hatte wegen einiger Flugzeugsichtungen früher als geplant tauchen müssen. Jetzt, wo ihre Anwesenheit bekannt und offensichtlich auch gemeldet worden war, hatte es keinen Sinn, das Risiko einzugehen, daß man sie aus größerer Nähe inspizierte.

»Alles klar, Mike?«

Tucker drehte sich um und sah, daß Ross, eine kalte Pfeife im Mund, ihn beobachtete. »So-so, Sir. Ich fange wohl an, ein wenig nervös zu werden.« Am Nachmittag hatte er ihm von der Krankenschwester erzählt, von Eve, obwohl er davon eigentlich nichts hatte sagen wollen, bis er sicherer war. Aber so war Jamie Ross eben, man konnte gut mit ihm reden, und er hatte immer Zeit für einen.

Ross schien echte Freude, ja beinahe Erleichterung empfunden zu haben. »Die würde ich gerne kennenlernen.«

Das hatte er auch so gemeint, und das war ein Zug an ihm, der Mike Tucker immer besonders beeindruckt hatte. Nicht wie das bei vielen regulären Offizieren der Fall war: Die sagten etwas, aber dabei blieb es dann auch. Kein Wunder, daß diese Typen bei den normalen Streitkräften hängenblieben. In diesem Verein hier hätten sie keine fünf Minuten überdauert.

Tucker sah sich um. »Meinen Sie, wir schnappen sie mit runtergelassenen Hosen?«

Ross lächelte, aber seine Augen schienen dabei in weite Ferne zu blicken. Die Bemerkung hatte ihn an Peter Napier erinnerte. *Das reinste Kinderspiel.* Und David auch.

»Da gibt es jede Menge Wenn und Aber, Mike. Sie wissen ja, wie es ist. *Wenn* Major Sinclair es schafft, seinen Trupp an Land zu bringen, ohne angegriffen zu werden; *wenn* Lieutenants Walker und Challice ihre Sprengköpfe an der Unterseite des Tankers anbringen können und das schaffen, ohne Alarm auszulösen, und *wenn* all die anderen Ablenkungsmanöver klappen . . .« Er zuckte die Achseln. »*Dann*, glaube ich, haben wir eine faire Chance.« Er sah Sinclair an dem heruntergelassenen Periskop. Eine Kampfmaschine, dachte Ross. Etwas, das selbst die fleckige Drillichkleidung nicht verdecken konnte. Munition, Handgranaten, Pistole und Feldstecher. Als er sich etwas zur Seite drehte, um auf die Uhr zu sehen, sah Ross den Kommandodolch und die Wasserflasche.

»Oben immer noch alles ruhig?« fragte Sinclair. Er redete weiter, ohne auf eine Antwort zu warten. »Ich möchte meine Boote fertig zusammengebaut auf Deck haben, sobald wir auftauchen. Hat ja keinen Sinn, rumzutrödeln. Wenn wir voneinander getrennt werden, wissen meine Jungs, wo wir uns treffen. Nicht weit weg von unserem letzten kleinen Ausflug, äh?« Er lächelte. »Das erleichtert einiges.«

Ross fragte: »Sie kennen diese ganze Gegend gut, Major?«

»Ja, ziemlich.« Er grinste. »Sie kennen ja das Motto der Marines: *Zu Lande und zu Wasser*. Das gilt auch für diese Kohorte, wie Pryce, dieser alberne Esel, es nennen würde!« Das schien ihn ungeheuer zu amüsieren. Dann hob er sein Handgelenk, und Ross sah den schwarzen Kompaß, den er wie eine Uhr um das Handgelenk trug, nur größer und wahrscheinlich auch scharfkantiger als jede Uhr. Es war, als würde eine eisige Hand sein Rückgrat berühren. Plötzlich stand er wieder neben der Straße und drehte die Leiche des Mädchens herum. Sah den tiefen Kratzer unter ihrer Brust . . .

Sinclair schob die Augenbrauen hoch. »So etwas noch nie gesehen? Ich kann Ihnen nur sagen, in dem verdammten Dschungel ist das viel besser als ein Blindenstock!«

Er sah, daß einer seiner Männer auf ihn wartete, und herrschte ihn an: »Keine Sorge. Falls der Plan schiefgeht, hol ich euch raus. Wirklich erstaunlich, was man mit ein paar Goldsovereigns oder einem Revolver erreichen kann, wenn es drauf ankommt!«

Als er wegging, meinte Tucker: »Bei allem Respekt, Sir, ich mag diesen Offizier wirklich nicht.«

»Das habe ich nicht gehört«, sagte Ross knapp. *Was ist denn mit mir los?* Sinclair war in der Mordnacht nicht an jenem Straßenstück gewesen. Pryce hatte sich da vergewissert und die Leute des Provost Marshal auch. Wenn es auch nur den Schatten eines Zweifels gegeben hätte, hätte man Sinclair nicht in diesen Einsatz geschickt. Aber Tuckers Bemerkung hallte immer noch in seinen Ohren.

Jetzt sagte Tucker: »Er ist doch verheiratet, oder nicht, Sir?« Er sah ihn nicken. »Dann tut sie mir wirklich leid, wer auch immer sie ist.«

Ross dachte an das, was Charles Villiers ihm gesagt hatte, und an das, was er für sich behalten hatte. Aber er konnte und durfte nicht darüber sprechen. Es war zu spät, selbst wenn jemand in bezug auf Sinclair vielleicht einen Fehler gemacht hatte. Er starrte zur Decke und zu den Drähten, die man mit Klebeband an die verschiedenen Sprengladungen geklebt hatte, damit niemand darüber stolpert. *Eine schwimmende Bombe.*

Tucker sah seinen Gesichtsausdruck und sagte: »Habe ich Ihnen von meiner kleinen Schwester erzählt, Sir? Irgendein Yankee hat ihr ein Kind gemacht.«

Ross lächelte. Das Friedensangebot. Keiner verstand sich besser darauf.

Er malte sich den alten Colonel aus, wie er allein oder mit seinem Freund, dem Doktor, auf seiner Veranda saß und Victoria nicht mehr jedesmal, wenn sie dienstfrei hatte, zu ihm kam. Nach dem morgigen Tag würde für sie alle nichts mehr so sein wie zuvor.

Die *Tybalt* tauchte langsam auf, und das Wasser strömte noch gurgelnd von der Brücke und vom Kommandoturm, als bereits die ersten Gestalten aus dem Inneren des Schiffes herauskamen. Die See war sehr ruhig, mit einer schwachen Dünung, wie jemand, der leise und regelmäßig atmet.

Ross zwängte sich auf den Vorderteil der Brücke und klappte das Hauptsprachrohr auf. Der Mond schien sehr hell und überzog den feuchten Rumpf und das Meer selbst mit silbernem Schein. Er kam sich nackt vor, obwohl der Mann am Unterwasserhorchgerät gemeldet hatte, daß ihre Umgebung frei von jeglichen Schiffsbewegungen sei. Er blickte zum sternenbedeckten Firmament auf. Dieses Gefühl der Nacktheit war lediglich eine unangenehme Illusion; das wußte er aus Erfahrung. Falls irgendein Flugzeug sich genau diesen Augenblick auswählte, um sie zu überfliegen, würde es nichts sehen. Die *Tybalt* würde wie jedes andere aufgetauchte Unterseeboot bloß ein kleiner schwarzer Stock sein, verloren im Mondlicht auf der weiten Fläche des Meeres.

Er stellte sich im Geiste die Karte vor. Das nächste Land lag weniger als sechs Meilen vor dem dunklen Keil des Bugs. Mit etwa siebenundzwanzig Faden unter dem Kiel war noch genügend Platz zum Manövrieren. Er sah auf die Uhr, deren Leuchtzifferblatt in dem Gletscherlicht ganz klar zu erkennen war. Wie in jener Nacht, als sie zu ihm gekommen war und das Mondlicht ihren Körper wie eine lebende Statue hatte erscheinen lassen. »Vorderes Luk öffnen«, sagte er. Wenigstens brauchte das Luk nicht mehr offen zu sein, was im Ernstfall gefährlich werden konnte, wenn schließlich die Chariots aus ihren schützenden Verschlägen hinter dem Kommandoturm zu Wasser gelassen wurden. Dunkle Gestalten bewegten sich an der Kanone, und er hörte, wie irgendwelches Tauwerk über die Decksverkleidung gezerrt wurde. Diesmal ein weniger kriegsmäßiger Einsatz der Kanone: Man hatte einen Flaschenzug an ihrem Rohr befestigt, das dadurch wie ein Ladebaum eingesetzt wurde, um Sinclairs Faltboote, in denen die Männer bereits dicht an dicht saßen, zu Wasser zu lassen. Die See war ruhig, und damit bestand keine Gefahr, daß sie von den wulstigen Satteltanks des Unterseeboots zum Kentern gebracht wurden. Die mit Waffen und Handgranaten bepackten Marines und Gurkhas würden sonst wie Steine versinken.

Er sprach direkt ins Sprachrohr: »Die ersten Boote sind an Deck, Nummer Eins. Schließen Sie das Luk, wenn ich es sage.«

Er sah zu, wie die dunklen Silhouetten aus dem Luk kletterten, und dann wurde neben der Kanone zuerst eines und dann ein zweites Boot ausgelegt. Eine Gestalt stand reglos inmitten der ganzen Vorbereitungen. Ross wußte, daß es Sinclair war.

Unerreichbar und furchtlos. Kein Wunder, daß seine Männer ihn respektierten. Oder war es vielleicht nicht Respekt, sondern Angst?

Es klatschte ein paarmal, dann sorgten die Paddel für Abstand zwischen den Booten und dem schwankenden Rumpf der *Tybalt*. Was würden die Leute zu Hause denken, wenn sie jetzt sehen könnten, wie ihre Söhne und Brüder sich hier darauf vorbereiteten, alles zu riskieren, und das ohne den geringsten Widerspruch oder Protest?

Ein Ausguck sagte: »Alles weg, Sir.« Er flüsterte.

»Luk schließen.« Wieder blickte Ross zum Himmel auf. Es war gerade, als wären sie die einzigen Lebewesen weit und breit.

»Chariot-Kommmando in Stellung!«

Der First Lieutenant würde nun zeigen, was er konnte. Er mußte das Boot gerade so weit heruntertrimmen, daß die Männer die Chariots zu Wasser bringen konnten, aber nicht so weit, daß sie dabei über Bord gespült wurden.

Ross sah sich nach den Booten um, aber trotz des hellen Mondscheins waren sie nicht mehr auszumachen. Er dachte an Sinclairs schweren Kompaß am Handgelenk ... den kalten, nackten Körper im Regen ... Villiers' Dankbarkeit, nachdem ihm völlig unerwartet Sinclairs hübsche Frau über den Weg gelaufen war ... Wußte er Bescheid? Ahnte er etwas?

Er schob die Gedanken ärgerlich beiseite. »Klar zum Aussetzen!«

Er sah den Schaum des ersten Propellers, sah, wie jemand zum Turm herüberwinkte, so wie er selbst das oft getan hatte. Er hob grüßend den Arm, während das Zwei-Mann-U-Boot sich rückwärts entfernte, um einen Zusammenstoß zu vermeiden.

Unten am Steuer würde Mike Tucker ähnlich empfinden. Die lähmende Erregung, die Angst noch einmal durchleben.

»Zweiter Chariot abgesetzt, Sir.« Der Matrose seufzte. »Man soll sich nie freiwillig melden!«

Ross suchte die sie umgebende Nacht nach Bewegungen ab. Die Lichter von Fischerbooten vielleicht, aber sonst war da nichts.

Er rieb sich die Augen, um die Müdigkeit zu bannen. Vieles hing jetzt davon ab, wie wachsam die Männer auf dem feindlichen Depotschiff waren. Aber vorausgesetzt, daß sie nicht aus irgendeiner unbekannten Quelle etwas über diese Operation erfahren hatten, sollte es gelingen, sie anfangs völlig zu überraschen.

Er dachte an ihr Hauptziel, die *Java Maru*. In glücklicheren Zeiten war sie im Liniendienst zwischen Japan, Hongkong und Singapur eingesetzt gewesen und hatte auch andere fernöstliche Häfen angelaufen. In jenen zwanglosen Zeiten wären strenge Sicherheitsvorkehrungen jedem als ein Witz erschienen, so daß es einem so wohlbekannten Besucher ein leichtes gewesen wäre, alle Kriegsschiffe und Verteidigungsanlagen, Regimenter und Vorbereitungen auf mögliche Feindseligkeiten – falls es solche überhaupt gab – zu registrieren. Kein Wunder, daß Männer wie Richard Tsao fest entschlossen waren, dafür zu sorgen, daß so etwas nie wieder vorkam, und daß sie bereit waren, für das zu kämpfen, woran sie glaubten: ihre Unabhängigkeit.

Männer kletterten am Turm hoch, gingen an ihm vorbei und verschwanden nach unten, um sich auf die nächsten Stunden des Wartens vorzubereiten.

Jetzt gab es kein Zurück mehr. Die Chariots hatten ihre Reise begonnen, winzige Unterseeboote in einem endlosen Ozean. Und irgendwo paddelten Sinclairs Männer an Land, wahrscheinlich zu beschäftigt, um an die Risiken zu denken, die sie erwarteten.

»Brücke räumen.« Die Ausgucke waren binnen Sekunden verschwunden, froh, sich wieder dem Rest der geschrumpften Mannschaft anschließen zu können.

Er konnte sich die Gesichter in der Kommandozentrale vorstellen, die nur darauf warteten, das letzte Bindeglied zu zertrennen. Ein schneller Blick auf die Sterne und das silberne Mondlicht vor dem Bug.

»Tauchen, Nummer Eins. Periskoptiefe.«

Dann schloß er den Deckel des Sprachrohrs. *Klar zum Angriff.*

18
Gemeinsam

James Ross blickte auf die Wanduhr in der Kommandozentrale und dann auf die wenigen Männer, die bis zum letztmöglichen Augenblick hierbleiben würden. Wie leer ihm das Boot doch vorgekommen war, als er, vom vorderen Ende und den leeren Torpedorohren angefangen, bis ganz nach achtern gegangen war, wo Arthur Pound, der eigentliche Chief der *Tybalt,* vor seinen Maschinen und Elektromotoren Wache gehalten hatte, als ob dies eine normale Patrouillenfahrt wäre. Eine mit Rückfahrkarte.

Ein paar der Männer hatten gegrinst, aber die meisten trugen nur eine grimmige Entschlossenheit zur Schau, die fast körperlich zu spüren war.

»Sobald es hell ist, werden die anfangen, nach uns zu suchen, wenn wir nicht irgendwo in der Nähe von Penang auftauchen«, sagte Ross. »Dann sollte es aber bereits zu spät sein. Wir werden geradewegs hineinfahren. Ich möchte ein paar Mann auf Deck und das vordere Luk offen, damit alles echt aussieht. Ich kann ohnehin nicht tauchen, dort ist es viel zu seicht. Wir könnten auf Grund laufen, ehe wir das Ziel erreichen.« Er blickte in die Runde, musterte ihre entschlossenen Gesichter. »*Auf geradem Wege hinein.* Wir werden die Bugtüren öffnen und das Boot langsam versenken – den Rest wird das Hauptluk besorgen. Dann gehen wir von Bord und setzen die Zündschnüre in Brand.« Er sah Villiers nicken, der im Geiste seine Rolle dabei durchging. Pryce hatte einen Drei-Punkte-Angriff geplant. Die beiden Chariots am äußersten Ende des Ankerplatzes, Sinclairs Landungstrupp und dann der abschließende Donnerschlag, die *Tybalt* selbst. Sie alle wußten, was zu tun war: Nur die Überlebenden würden wissen, ob es funktioniert hatte. Im Krieg war das immer der schlimmste Teil, wie er seinen Vater sooft hatte sagen hören. Junge Männer, die tapfer und ohne zu zögern starben, aber nie erfuhren, ob ihr Opfer sich gelohnt hatte.

Er blickte zum Kommandoturm. »Ich gehe jetzt rauf.« Er sah die Dankbarkeit in Mike Tuckers Gesicht, als er hinzufügte: »Sie kommen mit. Ich glaube, wir können es Nummer Eins und seinem Team überlassen, uns ins Ziel zu bringen.«

Er zog sich die Leiter hinauf und empfand die Sprossen als sehr kalt unter seinen Fingern. *Oder bin ich das?* Er hörte, wie Tucker leise vor sich hinsummte, während er dicht hinter ihm her kletterte, gerade als ob ihm Ross einen riesigen Gefallen getan hätte. *Der alte Verein ...*

Um Mitternacht waren sie das letzte Mal aufgetaucht; wie Rauch dahintreibende Wolkenschleier hatten die Sterne zum Teil verdeckt. Es würde wieder ein heißer Tag werden. Kurz nach dem Auftauchen hatten sie die beiden winzigen Inseln Goh Raja Yai und Goh Raja Noi passiert und ihre Position noch einmal exakt überprüft, ehe sie fast genau auf Nordkurs gegangen waren. Ross hatte zugesehen, wie sich der Tochterkompaß drehte, und die Karte war eine gnadenlose Mahnung, daß sie auf dem richtigen Kurs waren und die Malaiische Halbinsel quer vor ihrem Bug lag – um sie zu umarmen oder zu erdrücken ...

Die beiden winzigen Inseln, die Spitzen eines mächtigen Unterseegebirges, waren eine große Hilfe gewesen. Im Laufe der Jahrhunderte mochten sie so manchem Schiff den Kiel aufgerissen haben.

»Dem Vernehmen nach haben die Deutschen zwei *Arado*-Wasserflugzeuge in Penang. Ich nehme an, daß man uns eines davon entgegenschicken wird.« Er wunderte sich, daß er Witze darüber machen konnte. »Vorausgesetzt, ihre Freunde, die Japse, haben sich die Mühe gemacht, ihnen Bescheid zu sagen!«

Tucker sagte. »Und wenn wir nicht wieder rauskommen . . .«

»Dann gehen wir eben über Land. Ich denke nicht daran, vor irgendwem das Handtuch zu werfen.«

Tuckers Stimme klang zufrieden. »Das gilt auch für mich. Ich bin wirklich nicht scharf drauf, noch einmal die Gastfreundschaft der Japse zu genießen!«

Sie spürten, wie die Brücke unter ihren Füßen erzitterte, als der Chief die Elektromotoren abschaltete und die PS-starken Diesel ins Spiel brachte. Genau rechtzeitig. Woran mochte er jetzt denken? Wie seine Familie umgekommen war? Ross verdrängte die Gedanken aus seinem Bewußtsein. Für Mitleid war jetzt kein Platz. Eigentlich nie.

»Eines noch, Mike.« Er blickte zu der deutschen Flagge auf, die schwach in der feuchten Luft flatterte. »Wenn wir Gelegenheit bekommen und die Zeit reicht . . .«

Tuckers Grinsen leuchtete weiß vor dem Hintergrund der dunklen See. »Ich habe mir schon gedacht, daß Sie daran denken würden. Ich habe die Weiße Flagge der *Tybalt* dabei.«

Ross' Züge spannten sich, als ein Ausguck sagte: »Ich glaube, an Steuerbord wird es ein wenig heller, Sir.«

»Ja, richtig. Rufen Sie die Geschützbedienung.« Die Decksmannschaft. Diese Männer würden in Sekunden niedergemäht werden, falls es mit der Überraschung nicht klappte. Es gehörte wirklich Mumm dazu, ungeschützt auf dem Deck zu stehen, während sie sich ihrem Ziel näherten. Ross umkrampfte die Pfeife in seiner Tasche so fest, daß er überrascht war, daß sie nicht entzweibrach. Sie hatten *wirklich* Mumm. Sonst wären sie nicht hier.

Ein paar Vögel flatterten kreischend auf, als die Bugwelle des U-Boots ihren Ruheplatz überschwemmte. Ross sah ihnen nach, bis sie in der Finsternis verschwunden waren. Heute abend würden die Vögel zurückkehren. *Und sie selbst . . .?* Männer kletterten an ihnen vorbei, und bald waren die schweren Maschinengewehre montiert und gefechtsbereit.

Ross ertappte sich dabei, wie er an seinen Vater dachte. War es für ihn auch so gewesen? Zwei Männer allein auf dem winzigen Kommandoturm jenes uralten Unterseeboots, während rings um sie die Hölle losbrach? Big Andy und der Vater von Ralph Pryce, Seite an Seite. Er sah zu seinem Begleiter hinüber. *Wie wir.*

Er beugte sich vor, als an der Vier-Zoll-Kanone weitere Gestalten auftauchten. Hoffentlich hatten sie daran gedacht, ein paar Trossen auszulegen, damit für einen Beobachter alles normal erschien, wenn sie in den Ankergrund einliefen. Er sah die Karte so deutlich vor seinem inneren Auge, als wäre sie dort abgedruckt: die verstreuten kleinen Inseln und dahinter die größere Insel Salang mit dem Hafen in Phuket. Und östlich davon der Ankergrund. Eine gute Wahl. Ross lächelte schwach. Sofern man nicht der Dumme war, der da einbrechen wollte.

Es kam so plötzlich wie eine unerwartete Leuchtbombe. Es war die Sonne, gerade noch kaum wahrnehmbar, und dann plötzlich . . . Ross schluckte; sein Mund fühlte sich an wie Leder. Er beugte sich über das Sprachrohr.

»Sonnenaufgang, Nummer Eins.«

Murray antwortete: »Kurs Drei-Fünf-Null liegt an. Alles in Bereitschaft.«

»Sehr gut.« Andere hatten den Karren angeschoben, und jetzt gab es nichts mehr, was ihn hätte aufhalten können. Er dachte an Captain Pryce, der gesagt hatte, wie gern er mitgekommen wäre. Damals hatte er es nicht ernst genommen, aber jetzt war er überzeugt, daß Pryce es auch so gemeint hatte. Und auch an den alten Rear-Admiral in Schottland dachte er, Ossie Dyer. Was würde er denken, wenn er von dieser letzten großen Tat der Männer und Jungen erfuhr, die er ausgebildet und ermutigt hatte, zu einer Zeit, als es so aussah, als stünde alles gegen sie? Ossie Dyer und sein alter Hund. Wahrscheinlich schlenderten die beiden gerade an irgendeinem schottischen Loch entlang, vielleicht in Gesellschaft seiner Marinehelferin.

Gedanken an zu Hause. In einem Augenblick wie diesem konnten sie eine tödliche Gefahr sein. Und doch stellten sie sich ein. Victoria würde an ihrem Schreibtisch sitzen, oder in Pryces Büro, und auf Nachricht warten.

»Alles in Ordnung, Sir?« fragte Tucker leise.

Ross sah ihn an und spürte ein Gefühl der Wärme in sich aufsteigen. *Ich bin derjenige, der dankbar sein sollte.* »Das sage ich Ihnen später«, antwortete er. Dann lachten beide, und unter ihnen in der Steuerzentrale blickten Villiers und Murray nervös nach oben und sahen einander dann ungläubig an.

Es würde wieder ein strahlender Morgen werden. Die richtige Zeit zum Handeln.

»Ich höre ein Flugzeug, Sir.«

Sie spähten in die dichten Schatten hinter den runden Bukkeln der Satteltanks. Das selbstbewußte Brummen der Dieselmotoren übertönte jedes Geräusch, so daß es schwer war, etwas zu hören. Aber jetzt konnten sie achtern den Schaum des Kielwassers erkennen, und die Gischt, die über die Decksaufbauten schlug.

»Irgendwo dort draußen, Sir«, sagte Tucker und deutete. »Backbord. Ich bin sicher, daß ich es gehört habe!«

Ross hatte noch nie erlebt, daß Tucker sich in solchen Dingen irrte. Und da war es tatsächlich. Ein auf- und abschwellendes Dröhnen, leiser werdend und dann wieder ganz laut.

»Achtung, bereithalten auf Deck!« Er sah, wie einer der Männer an der Kanone den Daumen in die Höhe reckte und sich dann an den Vierzöller lehnte. Er hatte sogar daran gedacht, sich einen mächtigen Verband um den Kopf zu wickeln, nicht einfach nur, um den verwundeten U-Boot-Fahrer zu spielen, sondern um seine Kopfhörer zu verbergen.

Tucker sagte heiser: »Land, Sir! Backbordbug!«

Ross hörte, wie das Periskop sich bewegte, und wußte, daß Murray jetzt noch einmal ihre Position aufnahm. Zum letzten Mal.

Das Flugzeug hörte sich jetzt ganz nahe an, aber wahrscheinlich war es deshalb noch nicht zu sehen, weil es sehr tief flog. Es wurde zusehends heller, und obwohl noch keine Farben zu unterscheiden waren, bildete Ross sich ein, er könne das Land riechen.

Murrays Stimme hallte durch das Sprachrohr. »Ich kann das Ziel sehen, Sir! Genau auf den Punkt!« Er hatte offenbar das Periskop auf volle Vergrößerung geschaltet.

Ross hörte sich sagen: »*Dort ist es!* Das verdammte Ding ist genau da, wo sie gesagt haben, daß es sein würde!« Er sah sich auf der vollbesetzten Brücke um, sah die unrasierten Gesichter der Männer. »Dann wollen wir sie jetzt mal aufwecken, wie?«

Zwei von ihnen lachten. Es war Wahnsinn; der helle Wahnsinn. Ross beugte sich erneut über das Sprachrohr, aber Wahnsinn war alles, was ihnen noch geblieben war.

»Bereithalten für volle Kraft, Nummer Eins! Halali!«

Er mußte beide Ellbogen auf die Brückenreling stützen, damit sein Feldstecher nicht wackelte. Zuerst hatte er angenommen, er würde zittern, aber dann wurde ihm klar, daß die *Tybalt* sich ihren Weg durch die heftige Gegenströmung bahnte, die den Chariots solche Mühe bereitet hatte. Es war zwar noch ziemlich verschwommen, aber er konnte jetzt das Ziel sehen, die *Java Maru*, vermutlich vorn und achtern verankert, damit ihre Schützlinge sich ihr ohne Mühe nähern konnten. Dann fiel sein Blick auf die geduckten Rümpfe, die längsseits lagen, wenigstens drei, und vielleicht auf der landwärts gerichteten

Seite weitere. Irgend jemand würde doch ganz bestimmt begreifen, was hier vor sich ging?

Ein Ausguck rief: »Flugzeug nähert sich von achtern, Sir. Wasserflugzeug.« Er fand sogar Zeit, sich zu räuspern. »Deutsche Kennzeichen.«

Ross richtete sich auf. »Halten Sie sich bereit, sein Signal zu bestätigen.«

Es war seltsam, aber er spürte überhaupt nichts, als ob alles außer seinem Verstand erstarrt wäre.

»Los geht's!«

Das Wasserflugzeug mit den deutlich auf den Tragflächen erkennbaren schwarzen Kreuzen brauste so dicht über der Wasserfläche dahin, daß es eine tiefe Furche in die Wellen schnitt.

Ross sah im Cockpit ein Licht blinken.

Er sagte fast im Selbstgespräch: »Falsches Signal.« Er nahm die Mütze ab und winkte damit, als das Wasserflugzeug wendete, um sie erneut anzufliegen. Dann richtete er eine Sekunde lang seinen Feldstecher auf das Depotschiff. Es lag immer noch im Schatten, nur den Schornstein und die Masten hatte das rotgoldene Licht der Morgendämmerung schon erfaßt. Er glaubte, auch den Tanker sehen zu können, aber der lag weiter oben am Liegeplatz. Viel weiter, als er oder die Chariot-Crews das eingeplant hatten.

Ob Major Sinclairs Gruppe wohl den ersten Teil ihres Auftrags erfüllt und die einzige Straße, die zu diesem Gelände führte, vermint hatte? Dann versuchte er sich daran zu erinnern, was Villiers ihm über *Arado*-Wasserflugzeuge gesagt hatte. Aber dafür war es jetzt ein wenig spät. Er spürte, daß Tucker ihn ansah, und sagte: »Irgend jemand muß doch wach sein!«

Sie brauchten irgend etwas, das den Feind auf den letzten zweihundert Yard ablenkte. Jetzt konnte jeden Augenblick ... »Was war das?« rief er plötzlich.

Jemand schrie: »Schnellboot, Sir! Hält auf uns zu!« Und gleich darauf. »Nein, warten Sie. Es wendet.«

Im heller werdenden Licht konnte Ross sehen, wie das Schnellboot wie wild auf den Wellen tanzte, als die Motoren auf volle Fahrt rückwärts geschaltet wurden. Es schien mit Menschen vollgepackt, aber mit japanischen Soldaten, nicht mit deutschen. Es sah so aus, als ob alle verrückt geworden wären: Einige feuerten mit den Gewehren ins Wasser, und man konnte das gedämpfte Knallen hören, aber auf diese Distanz wirkte es harmlos und geradezu unwirklich.

Tucker rief aus: »Hinter dem Schnellboot, Sir!« Seine Stimme klang wütend, ja schockiert.

Ross sah stumm zu, wie weitere Schüsse fielen, dann war ein lauter Knall zu hören, und er erkannte ihn als die Detonation einer Handgranate, die jemand ins Wasser geworfen hatte.

Es war einer der Chariots, entweder von den Explosionen zur Oberfläche geschleudert oder zu dem Fluchtmanöver gezwungen. Nur daß da niemand war, der hätte fliehen können. Eine Gestalt klammerte sich immer noch an den hinteren Sitz, und Ross konnte durch sein starkes Glas den zerfetzten Taucheranzug und die klaffenden, blutigen Wunden sehen, die über dem Wasser leuchteten, als wären sie Teil des Sonnenaufgangs.

Wer auch immer es war, er mußte aufgehalten worden sein. Vielleicht hatten sie, weil der Tanker seinen Liegeplatz geändert hatte, abwarten müssen, ehe sie ihre Sprengladung anbringen konnten. Aller Wahrscheinlichkeit nach war dabei an dem Chariot irgendein Defekt aufgetreten, oder das Atemgerät eines der Männer hatte versagt.

Ross zuckte mit keiner Wimper, als die *Arado* über ihnen hinwegbrauste und der Pilot versuchte, sich Klarheit über das Geschehen unter ihm zu verschaffen.

Sie hatten etwas gebraucht, um den Feind abzulenken. Er wischte sich mit der Hand über den Mund und rief: »Volle Kraft voraus, Nummer Eins!«

Murray wiederholte den Befehl, und die Frage, die er hatte stellen wollen, blieb ungestellt.

»Einer der Chariots«, sagte Ross. Als er wieder hinsah, waren der Chariot und sein einsamer Reiter verschwunden. Vielleicht hatten sie nicht einmal Zeit gehabt, ihre Sprengladung an dem Tanker anzubringen. Für sie war das jetzt bereits ohne Belang.

Er spürte, wie der Kommandoturm heftig vibrierte, und sah die lange Bugwelle, die sich vom Vordersteven nach hinten wälzte. In dem heller werdenden Licht wirkte das Wasser schlammig.

Auf dem Deck der *Java Maru* waren jetzt Menschen zu erkennen, und er bildete sich ein, eine Hupe zu hören, deren plärrender Klang wie eine Herausforderung über das Wasser zu ihnen herüberhallte.

»Da kommt das Schnellboot!« Die beiden Brownings senkten sich plötzlich und erwachten knatternd zum Leben, als das Boot seine Fahrt verlangsamte, um sie besser sehen zu können. Auf zwanzig Yard Distanz konnten sie ihr Ziel nicht verfehlen. Vor und zurück und auf und ab, bis nichts sich mehr bewegte und aus dem Ruderhaus Rauch quoll und gleich darauf Flammen aufstiegen. Einer der Matrosen fiel auf die Knie, den Kopf in einem lautlosen Schrei nach hinten geworfen, als ein Maschinengewehr von der Brückennock des Depotschiffs einen Strom Leuchtspurgeschosse auf sie abfeuerte.

»*Feuer!*« Der Kanonier mit dem Kopfverband betätigte den Abzug, und die Deckskanone stieß zurück, während die leere Kartusche, von niemandem beachtet, über Bord fiel. Das Geschoß explodierte in der Back des Depotschiffs, und einen Augenblick lang schimmerte das Loch, das es gerissen hatte, wie ein böses Auge, während überall Splitter durch den Rumpf flogen. Es war unwahrscheinlich, daß viele der deutschen Seeleute an Bord waren; wahrscheinlich erfreuten sich die meisten von ihnen der seltenen Freiheit einer Landunterkunft. Aber die Auswirkungen des Treffers würden vernichtend sein, besonders wenn die Nachricht von der Anwesenheit der Chariots dieses Schiff und seine Schützlinge noch nicht erreicht hatte.

Ein paar Schüsse krachten gegen den Rumpf des U-Bootes und seinen Kommandoturm, aber ein wilder Feuerstoß aus den Brownings machte dem ein Ende und mähte jeden nieder, der so unvorsichtig gewesen war, in Sichtweite zu bleiben.

»Langsam voraus!« Es war unvorstellbar! Ross sah die drei U-Boote, die ordentlich längsseits ihres neues Mutterschiffs vertäut lagen. Auf der anderen Seite gab es vielleicht noch zwei weitere. Konnte es sein, daß das ganze Geschwader hier versammelt war?

Fünfzig Yard, dann dreißig, und immer wieder krachten Schüsse gegen den Rumpf oder prallten von der inzwischen verlassenen Deckskanone ab.

Jemand schrie erregt: »Da kommt noch ein Boot!«

Ross starrte auf die Rümpfe der drei U-Boote, bis seine Augen wäßrig wurden. Der Neuankömmling kam zu spät. Er konnte Murray in der Zentrale rufen hören, er hatte sein Periskop jetzt ein Stück eingefahren, um die letzte Strecke zu vermessen. Eine Klappe in der Bordwand des Mutterschiffs öffnete sich, und ein Gewehrlauf schob sich heraus.

Tucker fing einen der Brownings-Schützen auf, als der stöhnend auf die rauhe Deckshaut fiel, und übernahm das Maschinengewehr selbst.

»Da, du Mistkerl!« Und dann schrie er: »Herrgott, das sind ja die verdammten Marines!«

Es war unglaublich, aber das Boot, das jetzt scheppernd längsseits ging, stellte sich jetzt als eine Art Lotsenkutter heraus, und als Murray die Maschinen stoppte, sprangen wildblickende Marines und Gurkhas auf Deck. Sie holten weit aus, wie Athleten, und gleich darauf detonierten ihre Handgranaten auf dem Deck des Depotschiffs.

Major Sinclair stand wie auf dem Exerzierplatz hinter ihnen und kommandierte: »Einzelfeuer! Munition sparen! Wir sind hier nicht auf dem Schießplatz!«

Dann kletterte er die Leiter hinauf und sagte: »Dachte, wir könnten das Boot gut gebrauchen. Es wird uns an Land bringen. Dann sehen wir weiter.« Er hob seine Sten-Gun und feuerte fast aus der Hüfte, und jemand fiel längsseits ins Meer.

»Villiers soll mit seiner Trickkiste raufkommen«, rief er dann. »Die außenliegenden Ziele entkommen uns sonst vielleicht.«

Er beobachtete das Wasserflugzeug, das jetzt wie ein erschreckter Vogel höhergestiegen war und zu kreisen begann.

Ross spürte, wie der Bug gegen die Bugleinen der U-Boote stieß und sich scharrend zwischen zwei Rümpfe hineinschob. Die *Tybalt* fühlte sich plötzlich schwerer an, und als er aufs Vorderdeck hinunterblickte, sah er, daß das Wasser schon fast bis an das offene Luk reichte.

»Wir haben einen Chariot verloren.«

Sinclair drehte sich kaum um. »Ich hatte auf der Straße etwas Ärger. Drei meiner Leute mußten dran glauben.«

»Tot?« Ross sah die Überraschung in Sinclairs Augen.

»Nun, jetzt sind sie es.«

Villiers kam durch das Luk getaumelt. »Was ist denn los?« Er schien von der Stille verblüfft. Nur noch ein paar vereinzelte Schüsse, der tote Matrose und eine sich langsam verziehende Rauchfahne von dem durchlöcherten Schnellboot kündeten von dem, was sich hier in den letzten Minuten abgespielt hatte.

»Wir steigen aus. Geh mit Major Sinclair und sabotiere die Vertäuung auf der anderen Seite. Wo ist Nummer Eins?«

Villiers warf einen Blick auf seinen Ärmel. Er war mit Blut bespritzt.

Dann sagte er mit leiser Stimme: »Er wollte raufkommen, um dir zur Hand zu gehen. Eine verirrte Kugel.« Er schüttelte den Kopf, als könnte er das alles plötzlich nicht mehr begreifen. »Er lebt, aber ich konnte ihn nicht bewegen. Er hat mich bloß angestarrt und gesagt, er würde auf der *Tybalt* bleiben.«

Sinclair sagte ungeduldig: »Also los, verdammt noch mal, weiter. Es bleibt nicht mehr lange so ruhig!« Er feuerte zwei Einzelschüsse auf eine offene Klappe im Mutterschiff, und Ross vermutete, daß er wahrscheinlich bei seinem letzten Sten-Magazin angelangt war.

Ross rannte über das zernarbte Deck und sah sich das vordere Luk an; jetzt floß das Wasser bereits über die Kimming.

»Wir müssen das Boot räumen«, sagte er. »Wir haben höchstens noch eine halbe Stunde.« Und dann, zu Villiers gewandt: »Beeil dich.« Er dachte an den First Lieutenant, der dort unten allein sterben würde, und sagte bitter: »Ich weiß, wie ihm zumute ist.«

Mike Tucker warf die rote Fahne mit dem Hakenkreuz über Bord. »So. Erledigt.« Murray sollte am Ende wenigstens seine eigene Fahne haben.

Ross griff an seine Pistolentasche und bemerkte erst jetzt, daß sie noch zugeknöpft war.

Wieder prallte eine Kugel vom Kommandoturm ab und sirrte davon. Sinclairs Männer zogen sich jetzt auf ihren gestohlenen Lotsenkutter zurück. Einige mußten getragen werden, und ein paar von ihnen schafften es gerade noch, über das mit Wrackteilen übersäte Deck zu humpeln. Der Chief der *Tybalt* verließ das Boot als letzter, ohne das Wasser, das durch das große Vorderluk strömte, auch nur eines Blickes zu würdigen. Jetzt senkte sich der Bug und begann unterzutauchen.

»Das Flugzeug kommt zurück, Sir!«

Ross hörte das Knattern von Maschinengewehren und sah, wie Sinclairs Männer Deckung suchten, während einer von ihnen mit einem leichten Maschinengewehr auf das Wasserflugzeug feuerte, bis sein Magazin leer war.

»Ich bin soweit, Sir.« Jugendlich und erstaunlich frisch aussehend, lud Captain Bobby Pleydell seinen Revolver nach, ohne den Blick auch nur eine Sekunde von der Reling und der Brücke des Depotschiffs zu wenden.

»Wir warten noch eine Minute.« War es richtig gewesen, Villiers zu schicken, wo sie doch schon so viel getan und so teuer bezahlt hatten?

»Das war ein wenig riskant«, sagte Pleydell gerade. Dabei grinste er und sah dadurch noch jünger aus. »Aber das ist bei diesem Verein ja eigentlich immer so!«

Die Maschinen des Lotsenbootes erwachten brausend zum Leben, um Ross sah, wie zwei der Marines einen ihrer Kameraden in sitzender Haltung stützten, damit er sehen konnte, was um ihn herum vorging.

Mike Tucker sah ebenfalls hin. Er sah, wie der Mann in ihren Armen starb und im Speigatt zur Ruhe gebettet wurde. Irgendwie wußte er: Die Fahne der britischen Kriegsmarine, die er für Ross aufgezogen hatte, war das letzte gewesen, was der sterbende Mann gesehen hatte.

»Das dauert zu lange«, sagte Ross. Eine der Trossen begann nachzugeben, als jetzt das ganze Gewicht der *Tybalt* auf ihr lastete.

»Ich schicke zwei von meinen Jungs hinüber, um ihn zu holen«, sagte Pleydell. »Die können über ein paar Leichter um das Schiff herumkommen.« Er entfernte sich, schlank und aufrecht inmitten von soviel Schmerz.

Das U-Boot zuckte noch einmal heftig und sank dann schnell zwischen den zwei inneren U-Booten. Als die *Tybalt* auf dem Meeresgrund auftraf, schienen sich die beiden anderen Boote wieder dichter aneinanderzudrängen. Ross wandte sich ab. Das Periskop war immer noch ausgefahren: Es war hier so seicht, wie sie erwartet hatten. Aber er konnte nur an das Periskop denken. Als ob Murray immer noch da wäre und das Geschehen weiter verfolgte.

Die Luft erzitterte von neuen Explosionen: Sinclairs Minen

gingen hoch. Das würde das Vorrücken des Feindes verzögern, ihn aber nicht aufhalten.

Hinter dem schützenden Rumpf des Mutterschiffs klangen die Explosionen viel näher. Villiers spürte, wie sein Herz wie wild schlug und sein Atem so hastig ging, daß er kaum seine Lungen füllen konnte. Er konnte Sinclair hinter sich spüren, seinen aufrechten Schatten erkennen, als der Major dastand und das Deck des Schiffs beobachtete, ob dort irgendeine Gefahr für ihn lauerte.

Das Klebeband wollte sich nicht von seinen Fingern lösen, und er hörte sich selbst vor Wut schluchzen wie ein unartiges Kind. Er packte den Zünder, bis wieder Klarheit in seinen Gedanken war. Jetzt war nicht Zeit für irgendwelche komplizierten Geschichten. Ross würde auf ihn warten.

»Lassen Sie sich nicht zuviel Zeit«, sagte Sinclair ohne Hast. »Ich muß Ihre Leute hier noch rausbringen, und zwar in einem Stück, wenn ich kann!« Er lachte. Ein seltsam drohendes Geräusch, aber als Villiers sich auf den Knien halb herumdrehte, um ihn anzusehen, wirkte er völlig ruhig und hatte sein linkes Handgelenk hochgehoben, um den Kompaß zu betrachten, den er dort trug.

Villiers wandte sich ab und stellte fest, daß er trotz der Gefahr, in der er sich befand, imstande war, den Zeitzünder anzubringen und einzustellen. Er hatte das während der Ausbildung auf der *HMS Vernon* so oft gemacht, daß er es mit verbundenen Augen tun konnte. Und dabei hatte er, bevor er sich für den Dienst beim *Special Service* gemeldet hatte, sogar Mühe gehabt, eine Uhr richtig einzustellen.

Es war alles so völlig klar. Wie damals in dem Krankenhaus, als er und Ross Sinclair abgeholt hatten und Caryl auch dort gewesen war. Er stand auf. »So, jetzt ist er eingestellt. Zwanzig Minuten, mit ein wenig Glück.«

Er sah zu, wie Sinclair seine Sten-Gun durchlud. »Ich dachte, Sie hätten es eilig.«

Es war, als hätte er gar nichts gesagt. Sinclair sah an ihm vorbei zum Ufer hinüber, auf das grüne Blattwerk der Bäume.

»Ich weiß es schon lange, verstehen Sie?« Er lächelte. »Den Umschlag habe ich erkannt, nicht die Schrift.« Dann fügte er scharf hinzu: »Dafür wart ihr beide viel zu schlau!«

Villiers sagte: »Ich denke, wir gehen jetzt lieber!« Er ließ die Hände heruntersinken, während der Lauf der Sten sich leicht bewegte. »Dann haben Sie es also herausbekommen. Was werden Sie jetzt tun? Mich abknallen? Darauf verstehen Sie sich anscheinend sehr gut!«

Sinclair schien diese Bemerkung nicht im geringsten aufzuregen. Er wurde eher noch ruhiger.

»Ich werde sie natürlich sehen, wenn ich zurückkomme. Und ihr sagen, was für ein Held Sie waren. Das wird ihr gefallen, der lieben Caryl!«

Villiers stand völlig reglos da. Sinclair war wahnsinnig. Jemand hätte das erkennen, hätte die Ohren aufsperren müssen. Er würde schießen, und wenige Minuten darauf würden die Sprengladungen, die er selbst gerade angebracht hatte, explodieren. Und wenn die *Tybalt* hochging, würde nichts mehr übrigbleiben. *Nichts.*

Wenn er ihm zuredete, ihn irgendwie ablenken konnte, würde jemand kommen und nach ihnen sehen. Ross würde ihn nicht zurücklassen. Aber wer würde auf die Idee kommen, nach ihnen zu sehen?

Er setzte zu einer Bewegung an, aber Sinclair sagte: »Stehenbleiben! Machen Sie wenigstens *etwas* richtig!«

Villiers dachte an den verwilderten Garten, wo er wußte, daß er seine Eltern gefunden hatte, und wo Ross bei ihm gewesen war. Er ballte die Fäuste und zuckte zusammen, als ihm die Sonne ins Auge stach.

»So ist's schön! Das hat Stil. Wie ein richtiger Gentleman!«

Villiers schwankte, konnte nicht einmal sehen, was um ihn herum vorging. Aber wie konnte das sein? Es war wie ein letzter Alptraum. Die Sonne war am falschen Platz. Er griff sich mit der Hand an die Augen und sah, wie in einer Luke in der Bordwand der *Java Maru* etwas aufblitzte, wie ein Spiegel, oder ein Heliograph, wie ihn sein Vater sooft beschrieben hatte.

Er hörte sich schreien: »*Aufpassen! Um Himmels willen!*«

Sinclairs ungläubig amüsierter Ausdruck veränderte sich, als etwas in seinem wirren Bewußtsein begriff, daß Villiers Warnung echt war. Er drehte sich halb auf dem Absatz herum und feuerte aus der Hüfte, ein ganzer Feuerstoß, auf Automatik geschaltet diesmal, seine letzte Munition.

Villiers hörte das Splittern von Glas und konnte gerade noch sehen, wie hinter dem Bullauge ein blutüberströmtes Gesicht wegsank. Den anderen Schuß hörte er überhaupt nicht. Dann lag Sinclair hingestreckt an einem Poller, und seine Augen blickten starr auf seine Brust, als ob er nichts spüren könnte, während das Blut aus ihm herauspumpte.

Villiers wollte sich bewegen, sah sich aber außerstande zu begreifen, was da gerade geschehen war.

»Ich hole Hilfe!« sagte er.

Sinclair sah ihn mit leerem Blick an. »Ja, das sähe Ihnen ähnlich. Sie sind genau der Typ dazu.«

Das mußte bereits die Agonie sein, dachte Villiers. Trotzdem erschreckte ihn das Ausmaß seines Zorns und seiner Verachtung. Selbst seine Augen flammten voller Haß. Ein Gesicht wie aus der Hölle.

»Kleines Problem, alter Junge?« Captain Pleydell kletterte über einen Leichter, nach allen Seiten sichernd, dicht hinter ihm ein Gurkha und ein bewaffneter Marine.

Villiers sagte mit rauher Stimme: »Er hat einen Schuß abbekommen, von dort oben. Aber er hat den Mistkerl erwischt!«

Pleydell nickte: »Ja, freilich. Hätte genauso Sie erwischen können.« Er beugte sich über Sinclairs Beine und knöpfte seine Uniformbluse auf. »Der Major ist hinüber, fürchte ich.«

Er klappte Sinclairs Brieftasche auf und bemerkte: »Komisch, so was rumzutragen.«

Villiers ließ zu, daß der junge Captain ihn am Arm packte und über die Leichter führte. Einmal blickte er sich um und sah, daß Sinclair immer noch hinter ihm herstarrte, aber seine toten Augen enthielten jetzt keine Drohung mehr.

Pleydell winkte dem schwankenden Lotsenkutter zu, und Villiers spürte, wie er an Bord gehievt wurde.

Eine gedämpfte Explosion dröhnte über den Ankergrund, und Minuten später sahen sie, wie der U-Boot-Tanker zu sinken begann.

Ross ließ sein Glas sinken. Einer der Chariots hatte es geschafft. Welcher von beiden, würden sie vielleicht nie erfahren.

Pleydell sagte ruhig: »Wenn jemand ein Streichholz ins Wasser wirft, könnte das recht unangenehm werden.«

Villiers blickte auf und sah, wie Ross das WRNS-Offiziersabzeichen zwischen den Fingern drehte. Aus Sinclairs Brieftasche. Ein Souvenir hatte jemand sie genannt ...

Mike Tucker sah ebenfalls zu, hatte Anteil an dem, was sie alle getan hatten. Gemeinsam.

Er sah, wie Ross das hellblaue Abzeichen ins Meer warf, und fragte sich, ob sie je zurückkommen würden; und wenn ja, ob Ross seinem Mädchen je davon erzählen würde.

Und dann, ganz pünktlich, während sie bereits hinter ihren Gurkha-Scouts durch den Dschungel taumelten, hörten sie, wie die Sprengladungen in der *Tybalt* explodierten. Wie ein Erdbeben, so daß selbst hier der Boden unter ihren Füßen bebte. Oder vielleicht auch erzitterte vor dem, wozu Menschen in der Lage waren.